王蒙小说文体研究

（增订本）

郭宝亮——著

人民文学出版社

图书在版编目（CIP）数据

王蒙小说文体研究/郭宝亮著．—增订本．—北京：人民文学出版社，2023
ISBN 978－7－02－018205－3

Ⅰ．①王… Ⅱ．①郭… Ⅲ．①王蒙—小说研究 Ⅳ．①I207.42

中国国家版本馆CIP数据核字（2023）第163312号

责任编辑　付如初
装帧设计　黄云香
责任印制　张　娜

出版发行　人民文学出版社
社　　址　北京市朝内大街166号
邮政编码　100705

印　　刷　北京汇林印务有限公司
经　　销　全国新华书店等

字　　数　322千字
开　　本　890毫米×1290毫米　1/32
印　　张　12.5　插页1
版　　次　2023年9月北京第1版
印　　次　2023年9月第1次印刷

书　　号　978-7-02-018205-3
定　　价　69.00元

如有印装质量问题，请与本社图书销售中心调换。电话：010－65233595

序　言

　　2004年5月14日，郭宝亮的博士学位论文《王蒙小说文体研究》，在经过了有关专家的匿名评审后，经过了以严家炎教授为主席的答辩委员会的严格的质询诸程序后，以优秀博士学位论文顺利通过答辩。这是近几年来令我感到比较高兴的事。为什么这样说呢？因为郭宝亮的博士论文实践了北师大文艺学学科点的一个学术理想，这一学术理想就是"文化诗学"的学术思路。郭宝亮的博士论文是从王蒙作品的形式切入，特别是从王蒙小说的语言形式切入来展开论述，对王蒙小说语言体式做了很多独到的分析，这里面的确有他自己的发现，是前人没有做到的，甚至连王蒙自己也感到，从这样一个角度来分析和解读他的作品，以前还从没有人做过。郭宝亮在论文中提出的王蒙作品中反思疑问句、反讽性语言、并置式语言和闲笔，以及其语言由封闭到开放的历时性描述，都很精彩，很有新意，也很难得的。郭宝亮的论文从王蒙的语言体式进而扩大到对王蒙的叙述个性分析，扩大到王蒙文本体式特征的分析，都是很准确的。但是郭宝亮的论文并没有在此止步，而是透过王蒙小说的外在形式进入到王蒙复杂丰富的内心世界中去，对王蒙小说文体所折射出的情感世界和文化心态，进行了流动性的描述和深刻分析。最后，郭宝亮的论文又将王蒙的小说文体放置在王蒙所生活的宏观的文化语境中，对王蒙的小说文体所体现出来的文化精神进行了很有说服力的论述。论文这个构思很好，先从形式分析进入到文化结构方式的分析，真正打通了形式与内容、内部研究与外部研究的界限，实现了方法论的突破。

郭宝亮的博士论文最为可贵之处在于，他不是从观念出发，从现成的某种理论框架出发，就像时下许多硕士生博士生论文的写法那样，先找到一个西方理论的视野和框架，然后再用这一理论视野和框架来套作家作品，从而把鲜活生动的作家作品剪裁得支离破碎，作家作品不过成为某种西方理论的印证材料。郭宝亮在撰写他的论文的时候，是从王蒙的作品实际出发，他阅读了王蒙迄今为止发表的全部作品，看作品的哪些地方打动了他，哪些地方对他有启示，哪些地方他未料想到，总之，他是从这种感性的具体的感受进入，最后才作出理论概括。他走的不是那种以现有理论来套作品的省劲的路，而是一条充满艰苦的路。这样一条路，使他能够真正进入到作品中去，进入到王蒙的内心情感世界中去，最后又能出来，概括出一种新鲜的东西。比如论文中所提出的"反思疑问句""亚对话""后讲述"等等，都是具有重要理论价值的。正如答辩委员会决议上说的，郭宝亮的博士论文"对王蒙的研究作了新的开拓和新的推进，具有很高的理论意义和现实价值"。总之，郭宝亮的论文很好地实践了北师大学科点的"文化诗学"的理论构想，这是很令人振奋的。"文化诗学"的理论构想提出来已经多年了，但始终停留在议论的、设想的层面上，而把这一理论设想运用到对具体的作家作品的研究和解读层面，并没有真正实现。郭宝亮的论文把这一设想变成了现实，所以是令人振奋的。

"文化诗学"的基本思路是否可以概括为"从文本中来到文化中去"？从1998年以来，我在多篇文章中都曾对"文化诗学"进行过论述。"文化诗学"的基本诉求是通过对文学文本和文学现象的解析，提倡深度的积极的精神文化，提倡人文关怀，提倡诗意的追求，批判社会文化中一切浅薄的俗气的不顾廉耻的丑恶的和反文化的东西。这就是我们提倡"文化诗学"的现实根由，也可以说是"文化诗学"的首要的旨趣。随着我们国家经济的迅速发展，商业主义开始流行。于是"拜物主义""拜金主义"成为时髦。本来，物质、金钱都是好东西，因此物质生产的发展和经济成果的丰盈，是我们求之不得的；我们决不愿回到那种缺吃少穿的日子去；但是再好的东西，如物质、金钱，一旦成为一种"主义"，就会让我们的精神感到压抑和不安。事情难道不是这样吗？在这种情况下，作为人文知识分子能做什么呢？我们不是政治官员，不是社会学家，不是经济学家，不是企业家，我们文学批评似乎不能整天高喊这个"主义"那个"主义"。文学理论与批评离不开"诗情画意"，我们必须是在"诗情画意"的前提下来关怀现实。那么我们所讲的"诗情画意"的前提是指什么呢？这就是文本及其语言。

我理解的文学有三个向度，第一就是语言，第二是审美，第三是文化。文学作为语言的艺术，语言就是文学作品身躯、血肉。语言在文学作品中具有本体地位的看法，是有道理的。但语言如果是干巴巴的，如果不能渗透出一种气氛、一种情调、一种韵律、一种色泽，那么，这样的语言还不能构成文学，所以文学的进一步的要求，就是它"诗情画意"的品质。用学术化的语言来说，"诗情画意"就是"审美"。"审美"是人的一种情感的评价，但又不仅仅是好看、好听这种表层的漂亮、悦耳，而是一种心灵瞬间的自由和精神的升华和超越。具有情趣所描绘的具有诗情画意的文学世界，又必然会渗透出某种文化精神来。当然，这种文化精神可能会有时代的、地域的、群体的、个体的，或者是哲学的、历史的、道德的、民俗的差异等等。语言——审美——文化，这三个向度是文学不可分割的有机整体。文化诗学的旨趣寓含在文学的语言向度、审美向度和文化向度中。"文化诗学"的构思就是要全面关注这三个向度，从文本的语言切入，揭示文本的诗情画意，挖掘出某种健康、积极的文化精神，用以回应现实文化的挑战或弥补现实文化精神的缺失或纠正现实文化的失范。

有人问我，你们提倡的文化诗学，是否与目前流行的"文化研究"

有关？当然有关，但又不同。对于文化研究我在肯定它的同时，也抱着一种怀疑精神。我觉得，西方文化研究基本上是政治性的、社会性的，它的目标是政治参与，因为它的最基本的概念就那么几种，不外是阶级、族群、性别，因此，他们提倡的就那么几种主义：后殖民主义、女权主义、东方主义等等。这些主义实际上与文学的关系并不大。当然，文化批评也经常分析作品，但他们关心的只是作品中的思想观念，他们用这种思想观念来印证他们的"主义"，并不关心作品艺术品质。因此，艺术品质很差的但只要对他们适用的作品被经常引用，而艺术品质很高而不适合他们观念的作品则弃之不顾。用美国一位学者的话说，文化研究在整体上说是"反诗意"的。因此，他们从来不说他们自己是属于哪个学科的。他们认为文化研究是不能定位的，是跨学科的。然而在中国搞文化研究的恰恰是文艺学的教授，他们要给文化研究定一个学科位置，就是要把文化研究定位在文艺学学科中，并用文化研究取代文艺学原有的研究。我一直认为，文艺学研究应该吸收文化研究的方法和视野，但文艺学研究是要讲究诗意的，这同文化研究是不同的。我从来都主张，文学理论建设不应该一阵子搞这个，一阵子又搞那个，一阵子提倡审美了就专讲审美，其他不管了；一阵子讲"语言论转向"了又把"审美"丢掉了；一阵子又搞什么"文化论转向"了，就又把审美、语言全丢了。文学理论建设是一个不断累积的过程，是几十年甚至是几百年的累积性的过程。那些被历史证明是好的、行之有效的东西，得到大家公认的东西，都应该累积下来。文化诗学的理论构想就是一种累积的成果，它要吸收过去诗学研究的成果，然后再加以综合、开拓和发展。这样的理论是在建构中完成的，不是今天打倒这个，明天打倒那个。实际上，西方的理论也是累积性的，在英美四五十年代"新批评"作为一种对作品的细读方法，在他们那里已经作为一种学术惯例，不论后来提出什么新的理论，"新批评"的方法不言自明地被累积到其中了。

4

郭宝亮的论文不仅给我们以方法论的启示，而且还有他对中国当代作家所表现出来的深刻理解。这也许跟他的经历有关，也肯定与他的艰苦的治学精神有关。在他的博士论文出版之际，我衷心祝愿他的成功，并希望他写出更多更好的著作来。

童庆炳
2005年10月1日

目　录

附 录

导言：问题的提出

站在新世纪的门槛，回眸20世纪下半叶共和国文学史，还没有哪一位作家能像王蒙这样具有如此长久和旺盛的创作热情。他从19岁创作《青春万岁》开始，迄今已有五十年的写作历史了。在这风风雨雨、坎坎坷坷的创作生涯中，王蒙已经为我们贡献出了1000余万字的文学作品，出版150余部作品集，并被译成20多种外国文字在世界各地出版。[①] 他不仅在小说创作上成就卓著，而且在散文、杂文、新体诗、旧体诗乃至文学批评、学术研究诸多领域均有不凡的建树。他以其卓越的创作实绩成为当代文坛上一个不容忽视的存在。

然而，王蒙的意义不仅仅局限于文学本身。他是共和国文学乃至文化的晴雨表，王蒙的遭遇正是新中国文学的遭遇；由他所引发的种种批判和争议，正是当代中国文化的一个缩影；通过王蒙我们甚至可以探究共和国一代知识分子写作的内在奥秘。可见，王蒙实质上已经成为一种现象，一个亟待解剖也颇值得解剖的个案。

但是，对于这样一个重要的作家，目前我们的研究仍处在拓荒阶段。尽管评论与研究王蒙的文章和专著很多，[②] 然而与王蒙所取得的

---

① 参见曹玉如编《〈王蒙年谱〉后记》，中国海洋大学出版社2003年9月第1版，第354页。

② 据不完全统计，从1956年到2003年9月，国内公开出版的评介、研究王蒙的文章著作共计776篇（部），其中包括专著5部。此统计笔者也参考了曹玉如女士和丁玉柱先生的有关材料，在此一并致以谢忱。

重大成就以及他在当代文学史和文化史上的重要地位相比，仍显得不尽如人意。不过，王蒙的确是一个不好把握、不好研究的作家。他的作品思想内容上的庞杂繁芜，他在艺术上的闪转腾挪的机智变通，他的超出于常人的广泛领域的涉猎，以及他的超常的智慧，都使他显出了不同于一般作家的复杂性。王蒙是难以穷尽的。对此王蒙也曾不无得意地声称自己是一只"得意的蝴蝶"："你扣住我的头，却扣不住腰。你扣住腿，却抓不住翅膀。你永远不会像我一样地知道王蒙是谁。"[①]在这里，王蒙所言不一定就是全然正确的，最了解王蒙的也不见得就是王蒙自己，俗云"旁观者清"，是之谓也。不过，王蒙所说的这种批评现象的确是存在的。当然任何批评都是一种看问题的角度，而这种角度实质上是一种方法论。由于批评方法的陈旧和单一，因而对王蒙的研究才出现了一定程度的滞后。那么，目前对王蒙的研究现状究竟如何呢？本导言试图对其进行一番简单的梳理。

目前，王蒙研究仍处于进行时状态，从研究形态看，可以分为两类：一类是对单篇作品的评论和研究；一类是整体研究，整体研究又分为小阶段整体研究和大阶段整体研究。下面我主要以整体研究为主，兼顾单篇作品研究，力图梳理出王蒙研究的几种基本思路。[②]

思路一：
从传统的知人论世的社会学批评方法出发，以主题学的角度切入，

---

① 王蒙：《蝴蝶为什么得意》，《王蒙文集》第八卷，华艺出版社1993年12月第1版，第705页。
② 这种梳理不是对王蒙研究和评论的全面梳理，而是有选择性的，因此，有许多对王蒙的评论和研究文章难于归类。这并不等于说这些文章不重要，而是与我的侧重点不同而已。

主要研究王蒙小说的思想意识。这一类著作和文章最多，比较有代表性的是曾镇南的《王蒙论》。[①]这部书稿出版于1987年，是对二十世纪八十年代中期以前王蒙作品的一次较为全面的总体研究。论著紧扣作品，重点分析了王蒙小说中的惶惑主题、历史报应主题、文化批判主题、幽默讽刺主题、爱情主题、死亡主题等。论者分析细致，感觉敏锐，有不少精到的见解，但由于方法比较陈旧，很多问题浅尝辄止，未能深入下去。比如惶惑主题，这实际上是作家心理的深层矛盾的体现，是知识分子的现代性体验在心灵深处的反应。不涉及现代知识分子文化精神结构的剖析是难以深入下去的。再比如历史报应主题，背后的基本心态是王蒙对存在荒诞性的体验等等。由此看来，曾镇南缺少的正是方法论上的更新问题。另外，该作由于追求一种散文化的风格，因而在结构上缺少统一的灵魂，现出一种零碎感来。此外，论著离作品太近，感悟印象多，理论升华少，也减弱了论著的必要的深度。

夏冠洲的《用笔思考的作家 —— 王蒙》，[②]亦是用的这种知人论世的社会学批评方法。论著分为作家论和作品论，在作家论中，夏冠洲提出王蒙的"恋疆情结"对其创作有影响的观点是有一定的价值的；作品论部分基本上是主题思想人物形象的阐释，有些观点虽然有自己的体悟，甚至亦很精彩，但在整体上显得比较平平，正像何西来在序言里说的："作者的理性穿透力和理论抽象力、概括力，在个别较劲的地方上不去，显得力弱。"这一说法是比较公允的。另外丁玉柱的《王蒙的生活和文学道路》[③]一书以及其他同类文章，也基本属于这一类，在王蒙研究上做出了自己的贡献，但并无重大突破。

---

①　曾镇南：《王蒙论》，中国社会科学出版社1987年11月第1版。

②　夏冠洲：《用笔思考的作家 —— 王蒙》，新疆大学出版社1996年3月第1版。

③　丁玉柱：《王蒙的生活和文学道路》，黑龙江教育出版社1994年版。

思路二：

创作心理批评。有代表性的文章有李广仓的《焦虑与游戏 ——
王蒙创作心理阐释》，[①] 孙郁《王蒙：从纯粹到杂色》，[②] 童庆炳《历史纬
度与语言纬度的双重胜利》，[③] 吴亮《王蒙小说思想漫评》，[④] 张钟《王蒙
现象探讨》，[⑤] 南帆《革命、浪漫与凡俗》，[⑥] 郜元宝《说出复杂性 ——
谈〈蹉跎的季节〉及其他》[⑦] 等。李广仓的文章直接从作家创作心理的
角度入手，就超越了一般社会学批评的只顾外不顾内的弊端，在方
法论上占了优势。李文抓住王蒙心理中政治焦虑和语言游戏这一对矛
盾，展开了相当有说服力的论述。作者把王蒙放置在一个广阔的文化
空间，从文本策略与作家个性心理入手，指出了王蒙的政治焦虑是由
语言的狂欢来加以释放和消解的。不过这篇文章由于篇幅所限，只是
抓住王蒙心理矛盾的一个方面，因而显得单薄了些。孙郁的《王蒙：
从纯粹到杂色》是一篇出色的作家论，大有王蒙自己所撰评论的风格。
孙郁眼光独到，感悟力强，对王蒙的把握是很准确的。这实际上是一
种心理批评，不过，作者的感悟淹没了理论，使这篇批评看上去就是
一种直感。童庆炳先生的文章是对王蒙"季节系列"四部的评论，所
提出的"社会心理模式"以及语言的杂体等观点，将批评上升到理论
高度，对我的论文写作具有启发意义。吴亮的文章写于二十世纪八十
年代初，该文对王蒙思想中的矛盾的发现，是比较敏锐的。不足是写

---

① 李广仓:《焦虑与游戏 —— 王蒙创作心理阐释》,《钟山》1997年第5期。

② 孙郁:《王蒙:从纯粹到杂色》,《当代作家评论》1997年第6期。

③ 童庆炳:《历史纬度与语言纬度的双重胜利》,《文艺研究》2001第4期。

④ 吴亮:《王蒙小说思想漫评》,《文艺理论研究》1983年第2期。

⑤ 张钟:《王蒙现象探讨》,《文学自由谈》1989年第4期。

⑥ 南帆:《革命、浪漫与凡俗》,《文学评论》2002年第2期。

⑦ 郜元宝:《说出"复杂性" —— 谈〈蹉跎的季节〉及其他》,《南方文坛》1997年第6期。

得比较早，且观点一带而过，未能展开。张钟的文章通过对王蒙的心理分析，提出王蒙在变动不居中的稳定心理结构，即"少共情结"，这种情结使王蒙在创新上难以走得太远。这一看法有一定的道理，也是一种普遍的观点。二十世纪八十年代初，李子云在给王蒙的通信中就提出过，但王蒙曾加以否定，[①]现在看起来，这种提法的确有把王蒙简单化的倾向，难道一个"少共情结"就能把复杂的王蒙概括了吗？况且，该文发表于1989年，如果说对二十世纪八十年代初期的王蒙还有一定的概括力的话，那么，二十世纪九十年代的王蒙肯定不能如此简单地框定。许多人一提王蒙就认为王蒙有"少共情结"，这实在是以偏概全的简单化、想当然的认识。南帆的文章也是就"四个季节"系列小说发言的，所用方法实质上介于心理批评与文化社会学批评之间。文章紧扣作品，对"季节系列"中的"革命、浪漫、凡俗"等几个关键词进行了梳理，得出了王蒙由浪漫到凡俗的转折的结论。

思路三：

纯文化批评。代表性作品有：吴炫《作为文化现象的王蒙》，[②]陶东风《从"王蒙现象"谈到文化价值的建构》等。[③]吴炫的文章就"王蒙式的忠诚""王蒙式的批判""王蒙式的创新"等几个方面展开论述，认为，王蒙式的忠诚是一种民族文化的积淀，在这一积淀中，理想信念与我们每个个体的关系就永远是母亲与儿子的关系，这是一种非理性的行为；王蒙式的批判是一种肯定性的批判，这种批判带有一定的超脱性；王蒙式的创新是方法论上的，因而更多的是一种把玩和装饰。

① 参看王蒙：《关于创作的通信 附：李子云致王蒙信》，《王蒙文集》第七卷，华艺出版社1993年12月版，第628页。
② 吴炫：《作为文化现象的王蒙》，《当代作家评论》1989年第2期。
③ 陶东风：《从"王蒙现象"谈到文化价值的建构》，《文艺争鸣》1995年第3期。

陶东风的文章是声援王蒙的。王彬彬的《过于聪明的中国作家》^①直指王蒙，陶文为王蒙鸣冤叫屈，认为王彬彬的指责是不全面的。陶文认为，王蒙与王朔是不同的，王蒙强烈的政治情结，使他对"极左"路线始终不能释怀，他对文化的市场化、商品化的认同，在他"是一种特殊的策略"，从本质上说，"王蒙至今仍是精英群体的一员骁将"。文化批评的优点是注意了作家所处的历史文化语境，因而具有相当的思想穿透力，但它的通病则是忽略了文学的肌理，这是我们应该避免的。

思路四：

文体学批评。这一类比较有代表性的著作和文章有：汪昊的《王蒙小说语言论》，^②郜元宝《戏弄和谋杀：追忆乌托邦的一种语言策略 —— 诡论王蒙》，^③孟悦《语言缝隙造就的叙事 ——〈致爱丽丝〉〈来劲〉试析》，^④童庆炳《隐喻与王蒙的杂色》，^⑤王一川《王蒙、张炜们的文体革命》，^⑥另见王一川的《汉语形象美学引论》第五章"异物重组 —— 立体语言"，^⑦于根元、刘一玲《王蒙小说语言研究》，^⑧南帆《语言的戏弄与语言的异化》^⑨等。

---

① 王彬彬：《过于聪明的中国作家》，《文艺争鸣》1994年第6期。

② 汪昊：《王蒙小说语言论》，花山文艺出版社1998年版。

③ 郜元宝：《戏弄和谋杀：追忆乌托邦的一种语言策略 —— 诡论王蒙》，《作家》1994年第2期。

④ 孟悦：《语言缝隙造就的叙事 ——〈致爱丽丝〉〈来劲〉试析》，《当代作家评论》1988年第2期。

⑤ 童庆炳：《隐喻与王蒙的杂色》，《文学自由谈》1997年第5期。

⑥ 王一川：《王蒙、张炜们的文体革命》，《文学自由谈》1996年第3期。

⑦ 王一川：《汉语形象美学引论》，广东人民出版社1999年9月版。

⑧ 于根元、刘一玲：《王蒙小说语言研究》，大连出版社1989年版。

⑨ 南帆：《语言的戏弄与语言的异化》，《文艺研究》1989年第1期。

汪昊的《王蒙小说语言论》是一部从文学语言学角度来研究王蒙小说语言的专著。该著吸收了新批评、结构主义语言学等西方文论的方法，从总论、外论和内论三个方面，展开对王蒙小说语言的分析。总论是总体印象，是语言的外在结构层次，外论和内论则是语言的深层结构。他所研究的对象是："王蒙小说艺术世界中的各类语言形式（形态），语言的结构，创作主体运用和组织语言的手段，以及这一切所涵盖所揭示的审美效应 —— 小说语言美学的意义。"[①] 这部著作的贡献就在于它从语言的角度研究文学，可以说是真正抓住了文学研究的关键，但是，这部著作的最大的不足则是没有把语言研究同王蒙小说的文化含蕴贯通起来，带有为修辞而修辞的意味，尽管作者注意到了新批评的纯文本的不足，但作者只是限于审美，仍然有纯形式之嫌。况且，作者在运用西方理论时，由于不够活化，仍使论述显得生硬有余，灵活不足。

郜元宝的论文虽然是从语言入手的，但不是纯粹语言学的研究，而是意识形态的。郜文认为王蒙的语言是通过对一元化乌托邦语言的戏仿、模拟，进而达到对其拆解、颠覆的目的，其论述给人不少的启发，但郜文也有绝对化之嫌。

孟悦的文章，是从结构主义叙事学以及意识形态批评来研究王蒙的两篇先锋小说，立论新颖，亮人耳目。文章首先从"主语与主体位置"入手，分析了王蒙的《致爱丽丝》《来劲》两篇小说在主语位置上的反"常规"行为，以及由此所导致的主体的不确定性和匮乏问题；接着作者又从"谓语，文化象征"方面分析了由于"主人公的缺失"所导致的谓语的反故事性叙述，进而指出"这种反故事叙述却又包含着一个象喻性的故事，讲的是人在文化中的处境，是人与文化的复杂关

---

① 汪昊：《王蒙小说语言论》，花山文艺出版社1998年版，第58页。

系。"① 第三部分，作者从"宾词，叙事过程"进一步展开了对这两篇小说所指涉的宾词即客体，是一种"社会象征行为"，作者指出："它们实际上可以说是以颠覆某些语言规则的方式，象喻着曾占主宰地位的某一意识形态概念体系的崩溃坍塌。更确切地说，这两篇小说与其说颠覆了语言关系，不如说（象征性地）破坏了那一形而上学地看待主体、看待主体间、主客体、主体与文化关系的观念体系，象征性地破坏了与其相伴生的小说观（人物观、情节观、叙述观）审美感知力和艺术惯例，象征性地破坏了某种久已稳固的秩序化了的文化心理结构。"② 这种由形式到文化的分析方法是极富启发性的。

童庆炳先生的文章对王蒙小说《杂色》中的隐喻的分析是十分精彩的，隐喻的理论资源显然来源于西方，但童庆炳先生把它中国化了。在这里，童庆炳先生通过对老马和曹千里的隐喻分析，对草地变化以及河水、狗、蛇等意象的细读，从而得出了《杂色》的隐喻系统语法的发现。但到此并没有完，童庆炳先生进而发现了隐喻背后的王蒙的哲学文化观念，指出：王蒙的隐喻正是他的哲学导言，是对人生相对性的揭示，对事物的变动不居的揭示，并举一反三，指出了多组二项对立图示。这种由文体到文化的思路是发人深省的。

王一川先生的文章，提出王蒙"季节系列"小说的文体特征是一种新的文体形式：即有机悲喜剧和拟骚体，所体现出来的反讽效果是骚讽。这一提法是把中西文论相结合的产物，是很有创意的。另外，王一川先生对王蒙语言的研究，提出王蒙语言是一种"立体化语言"的观点都是很有启发意义的。于根元、刘一玲的《王蒙小说语言研究》

---

① 孟悦：《语言缝隙造就的叙事 ——〈致爱丽丝〉〈来劲〉试析》，《当代作家评论》1988年第2期。

② 孟悦：《语言缝隙造就的叙事 ——〈致爱丽丝〉〈来劲〉试析》，《当代作家评论》1988年第2期。

一书，出自专业语言工作者的对文学语言的研究，显得比较地道，但这种研究仍属于传统的语言修辞性研究，并没有深入到王蒙的整个文化哲学观念之中。

从以上简单的梳理可以看出，这四种思路各有所长亦各有所短。知人论世的社会学方法、创作心理学的方法以及纯文化的方法，虽然能较深入地揭示王蒙创作的思想内涵和心理机制，但却不同程度地忽视了王蒙作为文学家的文体意识。王蒙不是哲学家，也不是单纯的思想家，他首先是一个文学家、小说家，我们首先关注的不应该是王蒙表现了怎样的思想，而是这些思想是怎样表达的。从这个意义上说，文体问题是一种最应该得到重视的研究角度。因此，第四种思路就是我所最为赞赏的。当然，以上研究有些还不能说是自觉的文体研究，有些研究还显得零碎，不够系统，而有的研究干脆就是"半截子"文体研究。由于这种种原因，使文体研究只局限于小说的艺术形式，而少有深入形式背后的思想文化及作家心理深层机制的。正是基于此，本文试图对王蒙的小说文体进行研究，并努力把"半截子"文体进行到底，从而把王蒙小说文体研究引向系统自觉的新阶段，同时试图打破内容与形式二分的旧有批评范式，广泛吸收语言学、叙事学以及新批评、现象学批评、文化批评等方法，通过对王蒙的研究实践，尝试建立一种以文体研究为核心的新的批评范式。

那么，文体与文体学的内涵又是什么呢？首先我们来看文体（style）这个概念。西方的 style 一词，在我国一般翻译成"风格"，但它还有"文体""作风""语体"等译法，而文体是可以包含着风格的，因而翻译成文体较为妥切。有论者认为："文体有广狭两义，狭义上的文体指文学文体，包括文学语言的艺术性特征（即有别于普通或实用语言的特征）、作品的语言特色或表现风格、作者的语言习惯，以及特定创作流派或文学发展阶段的语言风格等。广义上的文体指一种语言中的各种语言变体……"①该论者对文体的理解显然是来源于西方观念,把文体理所当然地限定在语言学的范畴。童庆炳先生给文体所下的定义是:"文体是指一定的话语秩序所形成的文本体式,它折射出作家、批评家独特的精神结构、体验方式、思维方式和其他社会历史、文化精神。"②这个概念实质上包含着这样三个层次:文体首先体现为外在的物质化的以语言学为核心的文本体式,其中包括语言样式、叙述方式、隐喻和象征系统、功能模式以及风格特征种种;第二个层次则是通过文本体式折射出来的作家的体验方式、思维方式与精神结构,它与作家的个性心理紧密相连;第三个层次则又与作家所在的时代、社会、历史、文化语境相联系,体现的是支撑文体的宏大的文化场域。而这后两个层次就是一定的话语秩序。由此可见,文体绝不是单纯的语言体式,而是包含着多种复杂因素的话语秩序。"话语"这一概念,在福柯那里被界定为"陈述的整体","说话的实践是一个匿名的、历史的、规律的整体。这些规律总是被确立在时间和空间里,而这些时间和空间又在一定的时间和某些既定的、社会的、经济的、地理的或者语言等方面确定了陈述功能实施的条件。"③据我的理解,福柯在这里所说的"话语"实质上就是对一种历史整体的意识形态陈述。因此,话语凝结为语言,包含了语言,而语言承载着话语的意识形态功能。质言之,文本体式与话语秩序之间的关系就像形和神之间的关系一样,没有前者就没有后者;同理,没有后者前者也无从谈起。那种把文体限定在语言学范畴中的做法,都是"半截子"文体。由此,我们可以给文体下一个简短的定义:文体就是话语体式。H. 肖

---

① 申丹:《叙述学与小说文体学研究》,北京大学出版社2001年5月第二版,第73页。

② 童庆炳:《文体与文体的创造》,云南人民出版社1994年5月版,第1页。

③ 米歇尔·福柯:《知识考古学》,谢强、马月译,三联书店1998年6月北京第1版,第151页。

在《文学术语词典》中认为："文体是将思想纳入语词的方式。"① 这种说法难免有形式主义之嫌，我们可以把其加以改造：文体是思想与语词共在的方式。由于思想与语词不可分，因此，说语词就是在说思想，说思想也是在说语词。故而我这里的文体研究，实质上是一种从语词到思想的或者说是从文本到文化的系统工程。从文本中来，到文化中去，就是我的基本方法。

很显然，文体学就是研究文体的学问。在西方，文体学同叙述学同步成为二十世纪六十年代的显学。文体学与叙述学既有区别又有重合。文体学是运用现当代语言学理论和方法来研究文体的学科，因而，它随着语言学的发展而不断变化。卡特和辛普森对不同的文体学派别提出了自己的划分，计有：形式文体学、功能文体学、话语文体学、社会历史／文化文体学、文学文体学、语言学文体学等六种。② 这些不同派别的划分，是根据不同派别所采用的不同语言学模式而得出的。韩礼德的系统功能文体学所提出的"相关性准则""前景化（true foregrounding）"理论以及语言的"元功能"即"概念功能""人际功能""语篇功能"的分析方法和注重情景语境的倾向，③ 是值得重视的。巴赫金的"复调小说"理论和研究方法实际上也可以看作是一种文体学研究。英国文体学家伯顿开创的社会历史／文化文体学把文体（语言）视为一种意识形态和权力关系的载体的观点也是颇有启发意义的。另外，童庆炳先生、王一川先生、陶东风先生的有关文体学的理论和方法，都对我的研究具有方法论上的指导意义。因此，我这里

---

① 转引自陶东风：《文体演变及其文化意味》，云南人民出版社1994年5月版，第281页。

② 参见申丹：《叙述学与小说文体学研究》，北京大学出版社2001年5月第2版，第74页。

③ 参看申丹：《叙述学与小说文体学研究》，北京大学出版社2001年5月第2版。另参见张德禄：《韩礼德功能文体学理论述评》，《外语教学与研究》1999年第1期。

的文体学，不是照搬任何一种文体学模式，而是尽可能吸收各种有益成分，构成一种综合性的文体学研究。

我的问题是这样提出来的：从文体学的角度研究王蒙，尽管只是众多研究方法之一种，但却是最直接最重要的一种。我一直认为，王蒙留给文学史的重要贡献也许是多种多样的，但他留给文学史的最重要的贡献之一一定是在文体上的创新。早在二十世纪八十年代初，王蒙就以《夜的眼》《春之声》《海的梦》《风筝飘带》《布礼》《蝴蝶》等号称"集束手榴弹"的小说文体创新，震动了文坛，在此王蒙改写了小说的传统模式；之后的《一嚏千娇》《来劲》《致爱丽丝》等则走得更远；另外，王蒙的另一类小说如《莫须有事件》《风息浪止》《加拿大的月亮》《坚硬的稀粥》《球星奇遇记》等小说又开了王朔诸人调侃小说的先河。由此可见，文体意识的自觉是王蒙最突出的特点，说王蒙是个文体家实在不为过分。韦勒克、沃伦说："只有文体学的方法，才能界定一件文学作品的特质。"[①] 我们也可以这样说：只有文体学的方法才能更好地界定王蒙作品的特质。

从文体学的角度来看王蒙的小说，它具有怎样的总体特征呢？我觉得，王蒙小说文体的总体特征就是杂糅性、包容性、整合性与超越性。杂糅性是王蒙文体的外在特征，包容性是杂糅性的内在肌质，整合性与超越性则是王蒙小说文体的基本思维方式和文化精神。因此我们可以在整体上把王蒙的小说称为"杂体小说"或"立体小说"。这种文体上的"杂"，体现的是王蒙文化精神中的巨大矛盾性和悖反性，以及他试图整合和超越这种矛盾与悖反的努力。所以，王蒙小说文体上的杂糅，不是机械的混杂，而是一种有意识的艺术整合，是站在新的历史高度对新文学史上各种文体的兼收并蓄，因而在美学上是一种

---

① 韦勒克、沃伦：《文学理论》，刘象愚、邢培明、陈圣生、李哲明译，三联书店1984年11月版，第193页。

杂多的有机统一。故而，本文的基本思路是，首先探讨王蒙小说的语言，因为语言是小说文体的肌肤，通过探讨语言的特殊运用以及它的表现功能与文化功能，试图触摸王蒙内在的文化精神（第一章）；其次，探讨王蒙小说的叙述个性，叙述是文体的骨骼，通过叙述个性特征，试图挖掘王蒙的基本价值取向（第二章）；第三，在前两章的基础上，归纳王蒙小说的体式特征。小说体式是文体的整体风貌，通过对王蒙小说体式形成过程追根溯源的考察，凸现王蒙小说文体的杂体化、立体化特征（第三章）；第四，进一步考察王蒙小说文体的语境，重点考察王蒙小说文体与作家文化心态的关系，通过考察这种关系，试图揭示王蒙深层的心理涵蕴和内在矛盾（第四章）；第五，在作家文化心态的基础上，进一步考察王蒙小说文体形成的社会文化语境，试图揭示王蒙小说文体与社会文化的关系（第五章）。最后，总结王蒙小说文体的特征，并揭示这种文体的创新意义及局限（结语）。

第一章　王蒙小说的语言及其功能

　　语言是文体问题的核心命题。文学离开了语言是不可思议的，因此许多大文论家、文学家都阐述过"文学是语言艺术"这一命题。高尔基就曾说过："文学的第一要素是语言。语言是文学的主要工具，它和各种事实、生活现象一起，构成了文学的材料。"①尽管"文学是语言艺术"这一命题不断被人说起，但我们的文学研究对语言问题的真正重视一直没有成为风气。令人欣慰的是，这种研究落后于创作实际的状况在近几年有了一定程度的改观，一些有识之士开始对作为文体的语言问题加以关注，并出版和发表了一些有影响的专著和论文。②这说明对文学语言的研究愈来愈显示出它的魅力和活力。不过，对小说语言的研究，存在着不同的路径，以传统语言学的进路来研究文学语言，主要是就语言的修辞功能加以开发，研究语言运用形成的表达效果，这是一条路；而借鉴巴赫金"超语言学"的方法来研究语言的

---

① 高尔基：《和青年作家谈话》，《高尔基选集·文学论文选》，人民文学出版社1958年11月北京第一版，第294页。

② 比如童庆炳先生在《汉语文学语言特征的独到发现》一文中指出："文学理论可以而且应该把文学语言，特别是汉语文学语言的特征作为一个重要的部分纳入体系中去。"见《汉语现象问题讨论论文集》，文物出版社1996年版，第20页。另见王一川的《汉语形象美学引论》，广东人民出版社1999年9月版；于根元、刘一玲：《王蒙小说语言研究》，大连出版社1989年版；汪昊：《王蒙小说语言论》，花山文艺出版社1998年12月版；唐跃、谭学纯：《小说语言美学》，安徽教育出版社1995年1月版等。

社会文化本质则是另一条充满诱惑的道路。巴赫金"超语言学"以及"语言形象"的说法，很好地扭转了语言研究中的传统方法，为语言研究特别是小说语言研究提供了重要的理论依据。巴赫金曾不止一次地揭示了语言（言语）是一种社会事件的现实。他说："任何现实的已说出的话语（或者有意写就的词语）而不是在辞典中沉睡的词汇，都是说者（作者）、听众（读者）和被议论者或事件（主角）这三者社会的相互作用的表现和产物。话语是一种社会事件，它不满足于充当某个抽象的语言学的因素，也不可能是孤立地从说话者的主观意识中引申出来的心理因素。"①巴赫金一直反对索绪尔把言语排除在语言之外的做法，认为活生生的具体的言语整体才是语言的精髓。因此，本章对王蒙小说语言的研究实质上是在巴赫金"超语言学"方法论的启发下对言语或话语的研究，②而不是传统的修辞性研究。一般而言，任

————————————

① 巴赫金:《生活话语与艺术话语》，吴晓都译，见《巴赫金全集》第二卷，河北教育出版社1998年版，第92页。

② 巴赫金在《陀思妥耶夫斯基诗学问题》一书的第五章，在专门研究陀思妥耶夫斯基的语言时，提出"超语言学（металингвистика）"这一概念，巴赫金说："我们的分析可以归之于超语言学（металингвистика）；这里的超语言学，研究的是活的语言中超出语言学范围的那些方面（说它超出了语言学范围，是完全恰当的），而这种研究尚未形成特定的独立的学科。"巴赫金在这里所说的"活的语言中超出语言学范围的那些方面"，实质上就是指传统语言学研究方法所难于涵盖的那些研究领域，这个领域就是"对话关系"。巴赫金说："如此看来，对话关系是超出语言学领域的关系。但同时，它又绝不能脱离开言语这个领域，也就是不能脱离开作为某一具体整体的语言。语言只能存在于使用者之间的对话交际之中。对话交际才是语言的生命真正所在之处。……不过，语言学仅仅研究'语言'本身，研究语言普遍特有的逻辑；这里的语言仅仅为对话交际提供了可能性，而对于对话关系本身，语言学却向来是抛开不问的。这种对话关系存在于话语领域之中，因为话语就其本质来说便具有对话的性质。所以，应该由超出语言学而另有自己独立对象和任务的超语言学，来研究对话关系。"（参见巴赫金:《陀思妥耶夫斯基诗学问题》，白春仁、顾亚铃译，《巴赫金全集》第五卷，河北教育出版社1998年版，第239~242页。）我在这里对王蒙小说语言的研究，显然受到巴赫金"超语言学"方法的启发，但不是照搬套用，而是力求做到一种活用。

何一种语言都具有表意功能（字面意义或概念意义）、表现功能（修辞效果）、叙事功能和文化功能（深层意义或象征意义）诸功能。（有些语言只具有这些功能中的部分功能）。通过研究王蒙对语言的特殊运用，进而揭示王蒙语言的诸种功能，最终指向其独特的文化精神。

阅读王蒙你会感受到他的语言的丰富多彩。在他的语言中既有小桥流水般的浅吟低唱，也有翻江倒海般的高歌狂啸；既有典雅细腻的抒情言志，亦有狂放粗犷的杂语喧哗。在语言运用上王蒙有多套笔墨，多种情致。特别是他二十世纪八十年代以后的小说，语言的狂欢化杂语化，那种大量运用的排比、长句，使文章显示出泥沙俱下、一泻千里、大开大阖、狂放不拘的语言气势。王一川先生称这种语言为"立体化语言"，[①] 是很有道理的。对王蒙小说语言中的大量修辞手法的运用，论者甚多，本文不拟赘述，且也不是本章的论述重点。本章试从另一方面来展开论述，来看看他的小说语言的表现形态及其功能，并试图通过这些形态和功能揭示王蒙文体的多元整合思维与杂糅包容特质。

一、反思疑问式语言：可能的文本

在阅读王蒙小说过程中的一个突出感受是他在句类选择上对疑问句的青睐。下面是笔者从王蒙小说中所选中的一篇短篇小说《风筝飘带》和两部中篇小说《杂色》《布礼》及一部长篇小说《狂欢的季节》所作的统计（见下表1-1）。据不完全统计，王蒙这几篇（部）小说中共有句子12192句，其中疑问句就有2156句之多，占总句子的18%强。

---

① 参看王一川：《汉语形象美学引论》，第五章"异物重组 —— 立体语言"，广东人民出版社1999年版，第161~189页。

表1-1：王蒙作品疑问句类使用抽样统计

篇　名	风筝飘带（短篇）	布礼（中篇）	杂色（中篇）	狂欢的季节（长篇）	合计
疑问句	126	251	219	1560	2156
总句数	763	1494	960	8975	12192
百分率	17%	17%	23%	17%	18%

　　这些疑问句不仅使用在人物对话中，而且大部分使用在叙述语言中。这些迹象表明王蒙对疑问句的大量使用已经成为一种现象，这一现象同他自己的前后期相比以及与同时代相似经历的其他作家相比，都成为王蒙小说的一种独特稳定的特色。（见表1-2、表1-3）① 这一特色影响了王蒙小说的整个语体风格，我把这种风格称为"反思疑问式"。所谓"反思疑问式"指的是王蒙在叙述中不断以自我反省的姿态向自我和"作者的读者"② 提出疑问的一种语言体式。

————————————

① 　以上表1-1的统计方法是从王蒙有重要影响的小说中随意抽选出来的。由于电脑输入的不便未能就王蒙整个文本加以统计。表1-2则是就王蒙前后期作品随意抽取出来的两个短篇、两个长篇加以对比。表1-3则是对同一时期具有相似经历的作家和题材内容相近的作品加以对比。

② 　这一术语是美国"新叙事理论"学者詹姆斯·费伦在《作为修辞的叙事：技巧、读者、伦理、意识形态》一书中使用的名词，在该书的附录"名词解释"中说："作者的读者（authorial audience）：假想的理想读者，作者为他们建构文本，他们也能完美地理解文本。与（下面的）叙事读者不同，小说中作者的读者是以这样一种默认运作的，即人物和事件是综合建构，而非真实的人和历史事件。该术语与**隐含读者**同。"参看詹姆斯·费伦《作为修辞的叙事：技巧、读者、伦理、意识形态》，陈永国译，北京：北京大学出版社2002年5月版，第169页。

表1-2：王蒙小说疑问句使用前后期对照表

篇　名	冬雨	风筝飘带	青春万岁（部分）	狂欢的季节（全部）
发表（出版）年代	60年代	80年代	50年代	90年代
疑问句	5	126	371	1560
总句数	61	763	2613	8975
百分率	8％	17％	14％	17％
备　注			主要用于对话	主要用于叙述

表1-3：王蒙与从维熙、张贤亮小说疑问句使用情况抽样对照表

作　家	王蒙	从维熙	张贤亮
作　品	杂色	风泪眼	绿化树
疑问句	219	143	267
总句数	960	1146	3719
百分率	23％	12％	7％

一般而言，现代汉语中的四种基本句类：陈述句、疑问句、祈使句和感叹句，是按语气来划分的。按照常规来说，疑问句一般多用在人物对话中，在叙述语言中大量运用实属一种反常规行为。[①] 正是这

---

① 在王蒙的这些小说中，反思疑问式语言有一些属于主人公的内心独白和自由联想，因而是自由直接引语或自由间接引语；而还有一些语言是叙述人的语言，故在此用反思疑问式语言名之。也就是说，反思疑问式语言包含了自由直接引语、自由间接引语和叙述语言。

种反常规性，使王蒙的小说区别于一般的情节式小说而成为自由联想体小说，可以说，反思疑问式这种语言体式是王蒙自由联想体小说的语言基础。我们不妨进入文本，以《蝴蝶》为例，看一看这种反思疑问式语言的叙事功能以及文化功能：

> （1）路啊，各式各样的路！ 那个坐在吉姆牌轿车，穿过街灯明亮、两旁都是高楼大厦的市中心的大街的张思远副部长，和那个背着一篓子羊粪，屈背弓腰，咬着牙行走在山间的崎岖小路上的"老张头"，是一个人吗？ 他是"老张头"，却突然变成了张副部长吗？ 他是张副部长，却突然变成了"老张头"吗？ 这真是一个有趣的问题。抑或他既不是张副部长也不是老张头，而只是他张思远自己？ 除去了张副部长和老张头，张思远三个字又余下了多少东西呢？ 副部长和老张头，这是意义重大的吗？ 决定一切的吗？ 这是无聊的吗？ 不值得多想的吗？
> ——《蝴蝶》（《王蒙文集》第三卷，华艺出版社1993年12月版，第72页。）[1]

这段疑问句式叙述语言，出现在小说《蝴蝶》的开篇章节。主人公张思远荣升副部长以后，他一个人重访自己下乡改造的山村，然后又乘坐北京牌越野汽车回北京的路上，由一朵被车轮碾碎的"小白花"引发联想，由发妻海云的死想到自己的遭遇以及乡亲们送自己回城的情景，叙述者插入了这一段疑问句叙述。如果说上文的"小白花"是一个功能性意象，由这一功能引出海云，并隐喻性地揭示了海云的命运以及张思远的忏悔的话，那么这一段叙述则是具有功能性的总叙，它具有概要性和纲领性，是以下情节发展的枢纽。通过这种疑问

---

[1] 以下所引王蒙小说原文凡出自《王蒙文集》的，均不再标示出版社，只标示卷次和页码。

句式叙述，一方面同张思远为视角的心理意识流动和谐一致，另一方面则是通过叙述者这种反思性提问，为隐含读者设置了许多必须解决的疑问和悬念。它使读者必须跟随叙述者共同反思探究并引发向下阅读的兴趣。因此在下面的各个章节，就是对这一概要叙述的回应。而几乎在每一章节的开头，都有一段疑问句式叙述，这一叙述既是对总概要的回应，也是对本章节的小概要，我把这小章节的疑问叙事称为具有子功能意义的疑问叙事。请看下面两例：

（2）这是昨天刚刚发生过的事吗？海云的声浪还在他的耳边颤抖吗？她的声音还在空气里传播着吗？即使已经衰减到近于零了也罢，但总不是零啊，总存在着啊。还有她的分明的清秀的身影，这形象所映射出来的光辉，又传播在宇宙的哪些个角落呢？她真的不在了吗？现在在宇宙的一个遥远的角落，也许仍然能清晰地看见她吧？一颗属于另一个星系的星星此时此刻的光，被人们看见还要用上几百年的时间，她的光呢？不也可能比她自身更长久么？

——《蝴蝶·海云》（第三卷，第75页。）

（3）处境和人，这二者的关系是怎样的呢？坐在黄缎面的沙发上，吸着带过滤嘴的熊猫牌香烟，拉长了声音说着啊——喽——这个这个——每说一句话就有许多人在旁边记录，所有的人都向他显出了尊敬的——可以说，有时候是讨好的笑意的，无时无刻——不论是坐车、看戏、吃饭还是买东西——不感到自己在生活中的特别尊贵的位置的张书记，和原来的那个打着裹腿的八路军的文化教员，那个为了躲避敌人的扫荡在草棵子里匍匐过两天两夜的新任指导员张思远，究竟有多少区别呢？他们是不同的吗？难道艰苦奋斗的目的不正是为了取得政权、掌握政权、改造中国、改造社会吗？难道他在草棵子里，在房东大娘的热炕上，在钢丝床或者席梦思床上，不都是一样地把自己的身心、自己的力量，自己的每一天和每一夜献给同一个伟大的党的事业吗？难道他不是时时怀念那艰苦卓绝的岁月，那崇高卓越的革命理想，并引为光荣么？那种小资产阶级的无政府主义，那种视胜利为死灭的格瓦拉式的"革命"，究竟与我们的现实，我们的人民有什么相干呢？他们是相同的吗？那为什么他这样怕失去沙发、席梦思和小汽车呢？他还能同样亲密无间地睡在房东大娘的热炕头上吗？

——《蝴蝶·变异》（第三卷，第86页。）

　　从叙述功能上看，引述2是叙述人以张思远的视角来引出海云，是对"小白花"的呼应，同时也是进一步引出下文。引述3是引出"变异"这一核心主旨，其中的含义比较丰富，反思的力度进一步加深了。

　　疑问句的叙述功能是不言而喻的，它是王蒙自由联想体小说的语言基石。然而在我看来，疑问句的文化功能更为重要，它体现的是王蒙深层的文化精神。从疑问句叙述话语的文化功能看，始终面对读者是王蒙基本的说话方式。从以上概览叙述中，叙述人所思考的张副部长、老张头、张思远都是一种符号。如果说张思远是一种纯粹符号的话，那么，张副部长与老张头则是一种身份符号，它们的背后都联结着一种特定的文化语境。张副部长与吉姆车、明亮的街灯和高楼大厦相联系，而老张头则与羊粪篓子、崎岖的山路和曲背躬腰与咬牙行走的姿态相联系。他们处于不同的社会阶层，有着截然不同的交际场域和生活方式。因此，张副部长与老张头的身份互换与错位，昭示着社会历史的巨大变迁。当然这种文化语境还不完全是疑问句式所揭示出来的，疑问句式所揭示的是一种语调，而这语调正是作者对叙述事件的评价态度。巴赫金在《生活话语与艺术话语》一文中所列举的"是这样！"那个著名的例子，很好地说明了"语调即评价"的思想。[①] 巴赫金说："语调总是处于语言和非语言、言说和非言说的边界上。在语调中，说话直接与生活相关。首先正是在语调中说话人与听众关联：语调 parexcellence（就其本质来说）是社会性的。它对于说话者周围一切变化的社会氛围特别敏感。"[②] 在这里，巴赫金强调了语调的社会语境意义，强调了语调中说话人（叙述者）与听众（读者）的关联。实际上，疑问句式的语调，就是针对读者的，是针对读者与引导读者对所叙事件的评价。可以说有没有自觉的读者意识是疑问句与陈述句的主要区别。陈述句（包括描述性的存在句和表示肯定与否定的判断句）是对一定既成事实的描述、判断，因而是肯定的、封闭的语言事实，其思维方式上带有较强的独断色彩；祈使句虽然有读者意识，但那种命令规劝的语体色彩浓烈，

---

① 参看巴赫金：《生活话语与艺术话语》。在这篇文章中，巴赫金所举的例子是："两个人坐在房间里，沉默不语。一个人说：'是这样！'另一个人什么也没说。"巴赫金认为，单从字面意义上看这段话是令人费解的，但这段话又分明表达了一个完整的意义，那么，"我们还缺什么呢？这就是那个'非语言的语境。'"巴赫金解释说："对话的时候，两个对话者看了一眼窗户，看见下雪了。两人都知道，已经是五月了，早就应该是春天了。最后，两者对拖长的冬天厌倦了。两个人都在等待春天，两个人对晚来的下雪天感到不快，所有这一切，即'一起看到的（窗外的雪花）、一起知道的（日期是五月）和一致的评价（厌恶的冬天、渴望的春天）'都是表述所直接依靠的。所有这一切都由它的生动涵义所把握、由它吸纳进自身。但是，在这里还残留有语言上未指明、未言说的部分。窗外的雪花，日历上的日期，说话人内心的评价，所有这一切都由'是这样'这句话来暗示。"于是巴赫金得出结论："非语言的情景绝不只是表述的外部因素。它不是作为机械的力量从外部作用话语，不是，情景是作为表述意义必要的组成部分进入话语。因此，生活表述作为思维整体是由两部分组成思维：（1）语言实现的（进行的）部分，（2）暗示的部分。"《生活话语与艺术话语》，吴晓都译，《巴赫金全集》第二卷，河北教育出版社1998年版，第84~86页。
② 巴赫金：《生活话语与艺术话语》，吴晓都译，《巴赫金全集》第二卷，河北教育出版社1998年版，第90页。

因而也是独断的;相反,疑问句类在对事物进行评价时往往带有怀疑、争辩、探索、对话、协商等色彩,即便是反问句,在"难道不……"或"难道是……"的表示肯定或否定的句子里,也比陈述句中的肯定句或否定句多了一些怀疑暗辩色彩。我们还以前面引述的例子来加以说明:在引述1中,叙述者对张副部长和老张头身份变异的诘问,正是旨在自己、主人公与读者的三重关联,叙述人对张思远的评价始终渴望着读者甚至主人公的呼应,因而体现的是怀疑、探索、对话与协商的文化精神。

在引述2中,叙述人借张思远对海云的忏悔、怀念体现的是张思远对自己行为的辩护,这一辩护企图获得读者的同情、谅解,进而获得灵魂的安慰。在这里,我们看到了保罗·德曼在卢梭《忏悔录》中看到的同样的东西。①

引述3在对处境与人的关系提出疑问之后,叙述人对和平时期的尊贵的张书记与战争年代朴实艰苦的张指导员进行对比,在连续的几个"难道……吗?"的反问句中,作者把战争年代的草棵子、房东大娘的热炕头与胜利之后的黄缎面沙发、席梦思软床、豪华小汽车并列在一起,对革命胜利以后的宿命般的异化现象及其悖论进行了深刻的

----

① 保罗·德曼在《辩解——论〈忏悔录〉》一文中,对卢梭在自传性文本《忏悔录》中的一个细节,即玛丽永和丝带事件的忏悔提出质疑。这个小插曲是卢梭在都灵做仆人时偷了一条粉红丝带。被发现后,他诬陷说,是一位年轻的女仆玛丽永给了他那条丝带,言外之意,是她想引诱自己。结果损害了她的名誉,最后被解雇。在《忏悔录》里,卢梭多次对这一事件进行了忏悔。德曼认为,卢梭在谈到这件事时是以一种炫耀的口吻讲述出来的。卢梭的忏悔实际上是一种开脱罪责的辩解。卢梭正是通过这种语词上的辩解,从而甩掉了自己的愧疚。同时德曼还指出,"丝带"是一种隐喻,它隐喻着卢梭对玛丽永的欲望,也可以说也隐喻着玛丽永对卢梭的欲望。德曼通过这种解构式阅读,颠覆了文本的意义确定性。参看保罗·德曼《辩解——论〈忏悔录〉》,《解构之图》,李自修等译,中国社会科学出版社1998年2月版,第263~288页。

反思，这种反思仍然是在与读者之间的对话协商中体现出来，同时也透露出作者的怀疑精神。作者所怀疑的正是我们革命之后的权力机制对迅速变异的膨化作用，这个在生活中无不感到自己具有特别尊贵位置的张书记，实际上早已不是当年的八路军文化教员和指导员了，他早已随着个人地位的升迁，把人民抛到了一边，把过去抛到了一边，尽管这种抛弃是不知不觉的，但不知不觉却往往有着更为可怕的结果。可见这种怀疑精神具有更为可怕的动摇力量。

这种怀疑精神在本质上是时代意识形态氛围的一种表征。《蝴蝶》等文本发表的二十世纪八十年代初期，正是时代发生翻天覆地变化的时期，政治上的拨乱反正，老干部的官复原职，一方面是一次有错必纠、正义对邪恶的胜利；另一方面，也引发了全民对我们的历史理念的怀疑，昔日的一些曾经显赫一时的观念、一些令人发狂的信仰，在新的历史时期都成了问题。首先是生活本身充满了疑问，然后才有文学的疑问。张思远由小石头而张指导员而张主任而老张头而张副部长的演化蜕变的轨迹，正是历史荒诞化、无常化的形象化体现。疑问句也是一种解构策略，在"难道……吗？"这样的句式背后，隐含着动摇一切、怀疑一切的潜台词。当然，王蒙对"难道……吗？"这样的反问句式的使用也是比较慎重的。王蒙使用最多的是设问，王蒙没有给出答案，也不可能给出答案，因为世界本身就是一个无解的或多解的方程式。

为了增强论点的说服力，我们可以引证许多作品，请看：

真是难解呀，生活应该是一个有目的有意义有程序的步步为营步步作业呢，还是一种随遇而安，因人而异，梦想、咀嚼、自慰、温习、怀疑、平静的或永远不得平静的过程？生活需要主题吗？什么是生活的主题？谁来掌握生活的主题？也许你最后只能说一句话："我还是不明白，我还是不明白呀！"

这是悲剧吗？消灭悲观与悲剧的痴心，就不可悲吗？

那么，这十来年，钱文被社会生活排斥在外，被史无前例的"无产阶级文化大革命"排斥在外，这究竟是一种大悲哀还是一种大解脱呢？是命运的恩典还是惩罚？是一片空白一个黑洞还是一种机缘一个奇遇呢？也许我们还可以设问，世界上究竟是要做这个那个，自以为能够做这个那个，而又被认为是相反的不但做不成这个那个而且做的事情恰恰相反的有为之士即人五人六多，还是并没有一定要做这个那个，也不认为自己一定能做成这个那个，他们只是悄悄地活着罢了的百姓凡人多呢？圣人不死，大乱不止，老子几千年前就告诉我们了。让我们再问一句，世界上那么多伟人、救世主、教主、活佛、英雄、豪杰，那么多秦始皇刘邦项羽拿破仑希特勒，他们究竟是为平民百姓带来的太平快乐温饱富足多，还是战争屠杀混乱恐怖多呢？东周列国，楚汉交兵、三国演义，两次世界大战，可谓英雄辈出……世界上究竟是伟人多的国家人民幸福还是伟人少的国家人民幸福？风流人物的业绩背后连带着多少普通人的颠沛流离，家破人亡！究竟是伟人主政的国家人民日子好过还是普通人主政的国家人民日子好一些？如果老百姓对伟人的态度多一点保留，如果伟人也去搓一搓麻将，养养鸡，酿酿酸奶，逗逗猫，如果伟人的自我感觉降低那么一点点，老百姓是受到的损失更多还是获得的益处更多呢？世上有不杀人不压倒对手不要求普通人为他或她认为正义的事业付出代价的伟人么？世上真的有把普通人看得和自己一样重要一样有价值的伟人么？……共产党不是说要消灭体脑、城乡、工农之间的三大差别吗？共产党的领导不叫总裁而叫书记（原文即秘书），不也是志在废除官员只保留秘书吗？……这一切都是来自一些多么伟大的理念呀！多么可惜，多么遗憾，伟人的伟大与平凡的现实之间总是留着那么大的距离，请问，如

果伟人与现实不存在距离，伟人还能显得那么伟大吗？ ①
——《狂欢的季节》（人民文学出版社2000年5月版，第260~262页。）

请原谅我在此所做的大段引述，因为只有作品本身说话，也许才可以说得清楚。从这段引述中，我们看到的是钱文对"文革"的怀疑、对荒诞世界的反诘，进而引发的是对历史本身的反思。连续的疑问句的排列，其指向是针对读者的，"也许我们还可以设问""让我们再问一句""请问"等提示语所透露出的语调，正是与读者协商、对话的态度。叙述人引领读者思考的正是伟人与凡人的辩证关系，在对伟人的反讽式贬抑中，作者并没有彻底地否定伟人，而是在探讨"无为而治"还是"好大喜功"之间的政治策略问题，在不断的假设之中，探究和展现的是多种可能性的世界。

无须再举更多的例证，我们可以得出结论，反思疑问式语言正是一种可能的文本。可能的文本具有开放的、多元的、未完成性和不确定性特征，它实际折射出王蒙独特的思维方式和文化精神，这就是平等、民主、多元意识，以及反对独断论和极端化思想，倡扬宽容对话的精神境界。这样的思维方式与文化精神的建立，是王蒙多年生活体验的结晶。它必然要建立在对专制话语、权威话语的不懈解构基础上才有可能。那么王蒙采用了怎样的解构策略呢？ 那就是反讽性语言的运用。

二、反讽性语言：解构策略

反讽（irony）一词，来自希腊文 eirônia，原为希腊古典戏剧中的一种固定的角色类型，即"佯装无知者"，在自以为高明的对手面前

---

① 着重号为引者所加。

说傻话，而最后这些傻话被证明是真理，从而使对手只得认输。"反讽"这一概念在文学批评特别是现代文学批评理论中得到广泛运用。美国新批评派就曾对反讽情有独钟。克利安思·布鲁克斯把反讽界定为"语境对于一个陈述语的明显的歪曲"。[①] 简而言之，反讽就是"言在此而意在彼"。也就是说，说出来的与未说出的暗示部分不重合。

阅读王蒙，我感受到他在语言运用上的大量的反讽性描写，使他的文本充满了张力。具体表现在以下几点：

1. 压制性语言

"压制性语言"主要体现在人物对话中。在王蒙的"季节系列"前的小说中，人物对话基本采用"自由直接引语"的方式。所谓"自由直接引语"就是没有引导句也不要引号的直接引语。这种方式与他的自由联想体小说一致，人物的内心独白与对话有时是可以自由转换的。"压制性语言"是自由直接引语中的一种，其主要形态是指叙述者在转述人物对话时只出现对话一方甲的话语，而对话的另一方乙的话语不出现在转述语之中，这对话乙的话语包含在对话甲的语言中。试看下面的例子：

（1）于是开始了严厉的、充满敌意的审查。什么人？干什么的？找谁？不找谁？避风避到这里来了？岂有此理？两个人鬼鬼祟祟，搂搂抱抱，不会有好事情，现在的青年人简直没有办法，中国就要毁到你们的手里。你们是哪个单位的？姓名、原名、曾用名……你们带着户口本、工作证、介绍信了吗？你们为什么不待在家里，为什么不和父母在一起，不和领导在一起，

---

① 克利安思·布鲁克斯:《反讽 —— 一种结构原则》，袁可嘉译，参看赵毅衡编选:《〈新批评〉文集》，百花文艺出版社2001年9月版，第379页。

也不和广大的人民群众在一起？你们不能走，不要以为没有人管你们。说，你们撬过谁家的门？公共的地方？公共地方并不是你们的地方而是我们的地方。随便走进来了，你们为什么这样随便？简直是不要脸，简直是流氓。简直是无耻……侮辱？什么叫侮辱？我们还推过阴阳头呢。我们还被打过耳光呢。我们还坐过喷气式呢。还不动弹吗？那我们就不客气了。拿绳子来……①

——《风筝飘带》（第四卷，第284页。）

（2）你混账！你一千个混账一万个混账一万年混账！你这一辈子混账下一辈子混账！你们倪家祖祖辈辈混账！你是混账窝里的混账球下的混账蛋儿的混账疙瘩，混账疙巴！你妈就是头一个混混账账的老乞婆！嫁给你们倪家我受她的气还小吗，还少吗？欺负我们娘家没有人啊！她挑鼻子挑眼挑头发挑眉毛挑说话挑咳嗽挑拉屎挑放屁挑笑挑哭！我当时才是个孩子，她横看着不顺眼竖看着不顺心呀！她管得我大气不敢出小步不敢迈饭也不敢吃啊！就是，就是没吃饭……现在给我讲康德来了！我先问问你，康德他活着的时候吃饭不吃饭？吃饭，那钱呢钱呢钱呢？②

——《活动变人形》（第二卷，第66~67页。）

（3）请问，"文化大革命"是老侯发动的么？"批林批孔"是老侯发动的么？什么？老侯迫害了老干部了？他是老几？他能迫害哪一个？他敢迫害哪一个？他有那个狗胆么？他挨得着人家高级干部的边儿么？没有共产党的命令，他随便靠近人家老干部，人家警卫不一枪崩了他么？从小到现在，他哪件事不

---

① 着重号为引者所加。

② 着重号为引者所加。

是按共产党的命令干的？啊，又说他是风派了，谁刮的风？整人的风极左的风按脖子的风批判的风是老侯吹出来的么？怎么上边生病老让下边吃药呀？他老侯也让人家按过脖子坐过喷气式呀，怎么现在就不说这一段了呢？不错，"文化大革命"当中主要是后期他老侯也工作过，不工作怎么行？不工作不早就完蛋了么？没有老侯他们忍辱负重，委曲求全，挨整挨骂，硬在那里支撑着，不早就天塌地陷了么？还能有今天么？[①]

——《暗杀——3322》(人民文学出版社2003年9月版，第208～209页。)

在以上引述的例句中，从转述的外在形态看，只出现对话的一方，但我们可以从这一方的声音中听到另一方的辩解的声音存在，但这一声音被说话的一方压制、包含在自己的声音里了。引述1是短篇小说《风筝飘带》中佳原和范素素谈恋爱无处可去，来到一栋新落成的居民楼，不想被居住进去的一些居民当成"小偷"加以审查，叙述人首先交代："于是开始了严厉的、充满敌意的审查。"以下是自由直接引语。审查人以"文革"式的语言开始对两个年轻人进行盘查，这样的语言是居高临下的不容辩解的，双方的力量气势明显不均，审查的一方处于强势位置，而另一方则处于弱势，但被审查的一方还是顽强地加以申辩，于是作家巧妙地让强势话语一方把弱势一方的辩解声音体现出来。引述中加着重号的词语运用的是反问的语调，体现了对方的辩解。"不找谁？避风避到这里来了？"显然是审查者不满地重复佳原和素素的辩解的语言，在重复中透露出辩解，同时体现出强势话语一方的不信任、敌意和不容争辩的压制权力。这里肯定有一场争吵，但势单力孤的佳原和素素不占上风。"你们不能走"，"公共的地方？"还给我们展示出人物的形体动作，佳原和素素要走，对方不让

---

① 着重号为引者所加。

走，于是年轻人辩解说"这是公共的地方，凭什么不让走！"强势话语更加动怒："公共的地方？ 公共的地方并不是你们的地方而是我们的地方。"这时两个年轻人肯定是轻声咕哝了一句："我们不过是随便走进来而已。"强势话语的声音更高了："随便走进来了，你们为什么这样随便？ 简直是不要脸，简直是流氓。简直是无耻……"这些人身侮辱的语言彻底激怒了佳原和素素，年轻人不得不抗议："这是侮辱！"强势话语进一步压制年轻人的抗议："侮辱？ 什么叫侮辱？ 我们还…… 拿绳子来……"语言的暴力最终转化为行为的暴力。可见王蒙在这短短几百字的话语中，浓缩了丰富的内容。这种压制性语言在表现功能和叙述功能上，除了以少胜多、对方无声胜有声之外，同时还加快了叙述节奏。这种把叙述干预减少到零的做法，和这种以强凌弱的叙述事件的情境是合拍的。

引述2中的一段，是倪吾诚与其妻姜静宜之间的争吵。姜静宜显然在语言气势上占优势，倪吾诚占弱势。由于其叙述功能与表现功能与引述1是相似的，故不赘述。引述3是《暗杀——3322》中的冯满满对李门说的话，作品中没有确指的对话者，但冯满满的话语始终是面对对话者而发的，冯满满的话在气势上占有优势。"什么？ 老侯迫害老干部了？"这句反问尽管不是针对李门的，但却是针对某些人的，冯满满肯定听到有人在背后说她的丈夫迫害老干部了，于是在压制和辩解。"啊，又说他是风派了，谁刮的风？"这则是辩解中加上压制，试图以气势压倒别人。

由此可见，王蒙的这种"压制性语言"，一般是强势者对弱势者的审查压制等不容争辩的话语，因此文本要求节奏快捷语气连贯，王蒙省略引导语并应话者的回答，使叙述干预减少到零，在表现功能和叙述功能上达到了目的。然而，王蒙这样写作难道仅仅是为了增强表达和叙述功能吗？ 在这种语言体式的背后还有什么深层的文化功能呢？

要想弄清这个问题，我们必须知道作者的声音。很显然，王蒙的声音是站在弱势话语一边的，作者虽然不动声色，但暗含的评价是在弱势一边的。作者愈是把强势话语夸张，其解构否定色彩就愈强。这实际上是反讽。作者展示的是这种强势话语的专制色彩。专制话语是以势压人以权压人的，而很少具有内在说服力。作家通过对这种话语的讽刺性模仿，体现了反对专制，渴望平等对话的思想。实质上，对于王蒙来说，这种"压制性语言"也许他在1957年那个多事之秋就深深地领教了。当他的《组织部新来的青年人》发表之后，在一些"评论新星"的批评文章中，就是这种"压制性语言"。这种语言就是假借政治上的优势对弱势话语进行毁灭性的压制和扫荡，弱势话语却被剥夺了辩解的权利。[1] 在小说《布礼》中，那个"评论新星"对钟亦成的小诗《冬小麦自述》的分析批判，也是这种"压制性语言"。这种现象在后来的历次政治运动中不是一再搬演吗？ 这种深入骨髓的体验，是王蒙进行文学创作的生活源泉。对这种语言的戏仿，在王蒙也是十分自然的。

2. 拟权威语言

讽刺性地模拟、戏仿权威话语，进而达到解构的目的，也是王蒙语言运用上的一大特色。

> 一进城就先扭秧歌，一进城就响彻了腰鼓。人们甩着红绸

---

[1] 比如，李希凡在《人民文学》1957年第11期发表的《所谓"干预生活""写真实"的实质是什么？》一文中说："这股所谓'干预生活''写真实'的逆流，可以说是从修正主义的暗流开始，逐渐和社会上的反党逆流结合在一起，然后开始了全面地向党进攻。它们的理论基础，是从去年就已经露头的文学理论上的修正主义浪潮；它们的阶级基础，是社会主义革命发展中的新出现的敌人——资产阶级右派。不管自觉或不自觉，愿意或不愿意，实质上他们的思想感情已经和资产阶级右派同流合污。这就是他们的'干预生活'和'写真实'的谜底。"另有姚文元的《文学上的修正主义思潮和创作倾向》，载《人民文学》1957年第11期。

解放了全中国，人们扭着秧歌可以扭到天堂，而一敲腰鼓，仿佛就会敲出公正、道义和财富。他那时29岁，唇边有一圈黑黑的胡髭，穿一身灰干部服，胸前和左臂上佩戴着"中国人民解放军××市军事管制委员会"的标志。在他的目光里、举止里洋溢着一种给人间带来光明、自由和幸福的得胜了的普罗米修斯的神气。……他有扭转乾坤的力量。他正在扭转乾坤。……他的话，他的道理，连同他爱用的词汇——克服呀、阶段呀、搞透呀、贯彻呀、结合呀、解决呀、方针呀、突破呀、扭转呀……对于这个城市的绝大多数居民来说都是破天荒的新事物。他就是共产党的化身，革命的化身，新潮流的化身，凯歌、胜利，突然拥有的巨大的——简直是无限的威信和权力的化身。他的每一句话都被倾听、被详细地记录、被学习讨论、深刻领会、贯彻执行，而且立即得到了效果，成功。我们要兑换伪币、稳定物价，于是货币兑换了，物价稳定了。我们要整顿治安，维护秩序，于是流氓与小偷绝迹，夜不闭户，路不拾遗。我们要禁毒禁娼，立刻"土膏店"与妓院寿终正寝。我们要什么就有什么。我们不要什么，就没有了什么。[1]

——《蝴蝶》（第三卷，第76~77页。）

在这里，王蒙的揶揄反讽的语调是明显的。革命的摧枯拉朽，神速到来的胜利，秧歌、腰鼓的热火朝天，把天真浪漫的人民推进了天堂的幻影。29岁的张思远在巨大的权力、崇拜面前，那种不可一世的救世主心态空前膨胀起来。我就是共产党、我就是革命、我就是上帝。"我们要兑换伪币、稳定物价，于是货币兑换了，物价稳定了。我们要整顿治安，维护秩序，于是流氓与小偷

---

[1] 着重号为引者所加。

绝迹，夜不闭户，路不拾遗。我们要禁毒禁娼，立刻'土膏店'与妓院寿终正寝。我们要什么就有什么。我们不要什么，就没有了什么。"显然王蒙拟仿的是上帝的语言："上帝说，要有光。于是，就有了光。"上帝是最高权力的化身，在"上帝说要有……"与"于是就……"之间，并不是一种因果关系，而是说不清道理的权力关系。这种权力关系导致的就是专制话语。专制话语是一种肯定的不容置疑的也是不讲道理的话语，它的正规威严不容亵渎，都使人不能不敬畏有加。拟仿使绷紧的威严的面孔显出滑稽的本质。它使我们不能不反思张思远的蜕变轨迹，反思我们党走向"文革"高度专制的内在机制，那种高度膨胀的权力、无监督的权力难道不是症结之所在吗？

对权威话语的讽刺性戏仿还有王蒙作品中无处不在的政治术语。请看：

> 同时，她和佳原"好了"。情报立即传到爸爸耳朵里。对于少女，到处都有摄像和监听的自动化装置。"他的姓名、原名、曾用名？家庭成分、个人出身？土改前后的经济状况？出生三个月至今的简历？政历？家庭成员和主要社会关系有无杀、关、管和地、富、反、坏、右？戴帽和摘帽时间？本人历次政治运动中的表现？本人和家庭主要成员的经济收入和支出，账目和储蓄……"所有这些问题，素素都答不上来。妈妈吓得直掉泪。[①]
> ——《风筝飘带》（第四卷，第278页。）

这里是对"文革"语言的戏仿。"文革"语言是当年的权威话语。它不仅左右着我们的语言，而且也内化为我们的思维方式乃至行为方

---

① 着重号为引者所加。

式，直到今天仍然主宰着我们的生活。看一看我们档案里的各种表格不是很能说明问题吗？问题在于王蒙把这些语言运用在父亲对女儿婚姻大事的粗暴干涉上，这种语言与语境的明显错位，就反讽性地揭示了这些语言教条僵化滑稽可笑的本质。而且不仅如此，通过这种夸张式的描写，还使语言获得了象征意味。在写实层面上是父亲对女儿婚姻的干涉，而在象征层面则预示着年青一代对僵化的"极左"生活方式的反叛以及对个人幸福生活的大胆追求，体现着王蒙深沉的人文关怀。

王蒙是一个对语言特别敏感的作家。他对权威话语的戏仿，正是建立在这种敏感基础上的。有时候王蒙对权威话语的戏仿仿佛就是为戏仿而戏仿、为语言而语言。比如下面的例子：

> 报道内容则是一连串政治咒语套语熟语：反动本能，蛇蝎心肠，刻骨仇恨，丧心病狂，处心积虑，野心仔狼，猖狂反扑，摩拳擦掌，错打算盘，时机妄想，破门而出，欲求一强，颠倒黑白，信口雌黄，混淆是非，丧尽天良，恬不知耻，瞪目说谎，狰狞丑恶，狐狸扮娘，腐烂透顶，妖精跳梁，恶如虎豹，毒如砒霜，痴人说梦，丑态难藏，自我暴露，破绽曝光，白骨成精，恶毒攻党，含沙射影，毒汁溅墙，阴谋诡计，策划急忙，铁证如山，天罗地网，人民铁拳，泰山压顶，无耻吹嘘，欲盖弥彰，铜墙铁壁，口诛笔伐，铁打江山，人民汪洋，擦亮眼睛，十手所向，油炸炮轰，粉身碎骨，无处逃遁，义愤填膺，体无完肤，匕首投枪，短兵相接，刺入膏肓，批倒批臭，婊子牌坊，司马昭心，路人皆详，以卵击石，碎壳流黄，右派得逞，工农悬梁，死有余辜，杀杀杀兵，苟延残喘，自取灭亡，胜利胜利，人心当当，金猴奋起，玉宇辉煌……

> ——《狂欢的季节》（第100页。）

这里的戏仿似乎不具备叙述功能，与小说的情节也没有太大的关系，但却具有一种快感，一种狂欢的意味。它体现的是王蒙对语言本身的哲学体认。王蒙是有自觉的语言哲学的，他曾不止一次地谈到语词和话语以及符号问题。在《读书》的《欲读书结》栏目中，王蒙写过好几篇谈语词的文章，比如《东施效颦话语词》《再话语词》《符号组合与思维的开拓》，另外还有《从"话的力量"到"不争论"》等，都在谈论语言的多义、独立，以及语言（话语）权力问题。王蒙说："语言是人创造出来的，但是语言一旦被创造出来以后，便成为一个愈来愈独立的世界。它来自经验却又来自想象，最终变得愈来愈具有超经验的伟大与神奇了。它具有自己的规律法则，从而具有自己的反规律反法则（即变体）的丰富性、变异性、通俗性与超常性。它具有组合能力、衍生能力 —— 即繁殖能力。它被人们所使用，却最后又君临人世，能把人管得服服帖帖。"[1] 在这里王蒙对语言的理解暗合了西方二十世纪语言论转向以后的索绪尔、海德格尔甚至福柯的"话语即权力"的观点。王蒙有一篇小小说，题目叫《符号》：

老王的妻子说是要做香酥鸡，她查了许多烹调书籍，做了许多准备，搞得天翻地覆，最后，做出了所谓香酥鸡。老王吃了一口，几乎吐了出来，腥臭苦辣恶心，诸恶俱全。老王不好意思说不好，他知道他的妻子的性格，愈是这个时候愈是不可以讲任何批评的意见。但他又实在是觉得难于忍受，他含泪大叫道：

"我的上帝！真是太好吃了呀！"

（他实际上想说的是："真是太恶劣了呀！"）

"香甜脆美，举世无双！"

---

① 王蒙:《从"话的力量"到"不争论"》，丁东、孙珉选编:《世纪之交的冲撞 —— 王蒙现象争鸣录》，光明日报出版社1996年1月版，第300页。

（实为："五毒七邪，猪狗不食！"）

"啊，你是烹调的大师，你是食文化的代表，你是心灵手巧的巨匠……"

（实为："你是天字第一号的笨嫂，你是白痴，你是不可救药的傻瓜！"）

……老王发泄得很痛快，王妻也听得很受用。老王想，轻轻地把符号颠倒一下，世间的多少争拗可以消除了啊。[1]

在这里王蒙告诉我们的是作为符号的语言的彰显与遮蔽功能。口是心非、言不尽意，说出的与遮蔽的一样多，就像穿衣是为了遮蔽身体，同时也彰显了身体一样。说出的不是重要的而沉默的才是重要的，所以阿尔图塞与马歇雷才提倡"症状阅读"。拉康提出"人是说话的主体而非表达的主体"。所有的这些理论，王蒙不都涉及了吗？王蒙在经验中的确已经深入到了语言的堂奥中去了。因此我们再来看王蒙对"文革"语言的戏仿，就会明白，"文革"的历史正是语言的历史，历史即话语，话语即权力。语言的狂欢语言的符咒就是历史的本质。

在这里王蒙显然已经突破了工具论的语言观，而深入到语言的本质中去了。在《蹉跎的季节》里，王蒙对出席了文代会的钱文在会上慷慨陈词一番之后，有一大段对语言的反思：

许多年以后，钱文回忆起这一段仍然深感惊异：那一天究竟发生了什么声学或者生理学现象了呢？也许这里边还有语言学的问题？当一个人说话的时候，那确实是他在说话吗？当一个人不说话的时候，他确实是不说话吗？一个人不想说话却发出

---

① 王蒙：《笑而不答——玄思小说·符号》，辽宁教育出版社2002年6月版，第10页。

36

了声音和一个人想说话却没有发出声音，这样的事情也是可能的吗？那一天他们这个组的作家确实说了话了吗？每个人是都在说自己的话呢，还是一个人通过大家说自己的话呢？一个人不说话的时候他确实是没有说话吗？说话必须是有规范有词汇有语法有句法就是说有主语有谓语有宾语有标点符号的吗？如果什么都没有那还能算作说话吗？他钱文究竟是从什么时候学会了说话，什么时候忘记了怎么说话的呢？动物不会说话吗？还是仅仅不会说假话？哑巴出怪声算不算说话？动物是不是也有功利主义的语言？至少是猫，它为了食物可以说出多么动听的招人怜爱的话来呀……

——《踌躇的季节》（人民文学出版社1997年10月版，第272页。）

这难道不是王蒙的语言哲学的宣言吗？王蒙从生活中所体悟出来的对语言的深刻理解，浸润着强烈的现代意识乃至后现代意识。政治话语情境中的失语与不得不语，面对权力和功利主义的言不由衷、词不达意、驴唇不对马嘴甚至是胡说八道，不都表现出人对语言的无能为力吗？究竟是人在说话还是话在说人呢？那个慷慨陈词的钱文是真的钱文吗？在这里，王蒙的困惑正是现代人的共同的困惑，语言的实质正是它的自足的自我指涉功能。语言是一种话语，它是自成体系的价值评价系统，面对这一强大的系统，人只能作为角色代为发声，因此，不是人在说话而是话在说人。言说在本质上说只能是语言自己说。正如海德格尔所说的："语言作为寂静之音说"，"由于语言之本质即寂静之音需要（braucht）人之说，才得以作为寂静之音为人倾听而发声"。[①] 王蒙对语言的哲学体认，使他表现出了超出同时代

[①] 参见海德格尔：《语言》，参看《海德格尔选集》第358页、第1001页、第1009页，孙周兴选编，上海三联书店，1996年12月第1版。

人的深刻。

3. 戏谑调侃式语言

当戏谑调侃成为二十世纪八九十年代文学中的一种说话腔调的时候，人们自然会想到王朔。王朔成为这种"塞林格"式的调侃腔调的代表，与他的连篇累牍的调侃给人的强烈震撼分不开。但是，考察这种说话腔调的起源，我们不能不首推王蒙。早在二十世纪八十年代初期，王蒙在他的小说《说客盈门》和《买买提处长轶事》中就开始了他的调侃。不过这里的调侃也被称为幽默。我始终认为，幽默包含了调侃，幽默是一种更宽泛的概念。林语堂把幽默界定为一种"谑而不虐"，"庄谐并出"，表现"宽宏恬静"而不是"尖刻放诞"的说法有点过于狭窄，幽默实际上应该包含机智的逗笑、滑稽模仿、戏谑笑闹、调侃反讽、插科打诨、荒诞乖张等等范畴。调侃作为幽默的一种，自然有自己的特指范围，调侃式语言"是一种运用言语去嘲弄或讥笑对象的语言行为"。[①] 当然王蒙式的调侃与王朔式的调侃不尽相同，王蒙式的调侃更蕴藉更温和，特别是他的早期调侃，这种内庄外谐的特点是很明显的；而王朔式的调侃则更具有"痞性"，因而也更尖刻更少顾忌。如果说王蒙式的调侃是一位饱经沧桑的知识分子对昔日人事的反躬自省进而采取的一种既嘲人又自嘲的说话方式的话，那么王朔式的调侃则是年青一代对旧物、对笼罩在自己头上的权威话语的轻松一击。因此我们在王蒙式的调侃里感受到的是经受历史苦难的沉重与脱不尽干系的犹豫以及过来人的旷达等复杂的情感；而王朔式的调侃则有一种局外人的爽利干脆和轻快，那是一种过把嘴瘾就死的俗人乱道。比较二人调侃的异同不是本节的重点，我想说明的是，王蒙不仅是戏谑调侃式语言的开创者，而且这种戏谑调侃式语言也是他的重要

---

① 王一川:《汉语形象美学引论》，广东人民出版社1999年9月版，第192页。

说话方式之一。在王蒙的大量小说中，以幽默调侃为主要结构方式和叙述方式的作品就占有相当的比例。如果从自传与否的角度来区分，王蒙的小说明显可以分为两大类，一类带有明显的自传色彩，以《布礼》、《杂色》、"季节系列"等为代表；另一类则是讽喻性寓言体小说，以《说客盈门》《买买提处长轶事》《莫须有事件》《风息浪止》《加拿大的月亮》《坚硬的稀粥》《一嚏千娇》《球星奇遇记》《名医梁有志传奇》等为代表。后一类作品是典型的幽默调侃体小说，因而不仅在语言上颇多调侃，而且在结构上也是幽默调侃的。从语言上说，带有自传色彩的作品也充满戏谑调侃的特色，特别是二十世纪八十年代中期以后的作品，调侃色彩愈益浓烈，因此这里的戏谑调侃式语言，并不特意区分这两类作品。

王蒙的调侃有时是通过戏仿来实现的。比如《失态的季节》里的这段话：

> 于是纷纷表态。可不是吗，现在都吃起肉来了，过去谁听说过？农民用肥皂有什么稀奇？他们还用四合一、八合一香皂呢！八亿农民洗脸洗得香喷喷的，这是闹着玩的吗？这也是虎踞龙盘今胜昔，天翻地覆慨而慷啊！过去我们的家乡至多用一点皂角灰呀！谁听说过肥皂，更不要说什么香皂了呀！我们的困难是前进中的困难，是暂时的困难；而资本主义国家的困难是灭亡中的困难，是无可救药的困难。我们的规律是斗争，失败，再斗争，再失败，直至胜利；而敌人的逻辑是捣乱，失败，再捣乱，再失败，直至灭亡。我们是不会违背这条规律的，敌人也是不会违背这条逻辑的。解放以后人民生活提高得这么快，谁没有三件五件衣裳？一年不买布要什么紧？两年三年不买布又要什么紧？新三年旧三年，缝缝补补又三年，这是我们的传统美德，也是我们的勤俭建国的精神，我们现在要发扬，今后要发扬，

一百年以后还要发扬。我们的江山是靠小米加步枪打下来的呀！三年不买布也能穿得整整齐齐！……①

——《失态的季节》(人民文学出版社1994年10月版，第384~385页。)

这段话是在二十世纪六十年代初，正值"三年困难"时期，洪嘉号召"右派"们捐献出自己的布票以缓解国家的困难后，"右派"们的表态。这里带有明显的调侃味道。其中"虎踞龙盘今胜昔，天翻地覆慨而慷""我们的困难是前进中的困难暂时的困难，而资本主义国家的困难是灭亡中的困难，是无可救药的困难""我们的规律是斗争，失败，再斗争，再失败，直至胜利；而敌人的逻辑是捣乱，失败，再捣乱，再失败，直至灭亡"以及"新三年旧三年，缝缝补补又三年"云云，都是我们耳熟能详的政治套话俗语，在今天的语境中戏仿这些乌托邦语言，所达到的效果只能是一种戏弄，一种解构。

有时王蒙的戏仿是通过极大的夸张变形来实现的，比如《球星奇遇记》中的歌星酒糖蜜演唱会的描写，就夸张性地戏仿了现实中的歌星与听众的狂热，作品有一段拟统计数字：

这一次演出创自由世界流行歌曲最高纪录，计：票房收入，60万金元。谢幕次数，108。掌声延续时间，99分钟。当场休克的观众，87人。当场发作心脏病脑溢血而毙命的，13人。当场发病后经治疗虽脱险、但留下严重后遗症、变成终身伤残者，40人。由于场上行为不端施行暴力伤害与猥亵因而被警方拘押逮走的，66人。一场演出以后，由于演员、演奏员、观众听众大量出汗而达到的减肥参数，人均4公斤。夜总会资产因群众过于激动而受到损害（包括桌椅灯具窗帘玻璃墙壁等）总计折合，11.78

①　着重号为引者所加。

万金元。实况录像销售拷贝数899万件，录音卡带销售拷贝数，
453万件。

——《球星奇遇记》（第三卷，第768页。）

这样的奇文我们在《说客盈门》里也曾经见到过。那个令人捧腹的199.5人次，那种各式各样的百分比统计数字，实在是一种语言的狂欢。我每每读到这里，都不禁窃想，王蒙在操作这些文字的时候一定充满了快感，这种谑虐的调侃闹剧，对世态人心的击打是任何一本正经的正剧所无法比拟的。

到了二十世纪九十年代，王蒙的戏谑调侃愈演愈烈，他的语言成了真正的语词的狂欢，"季节系列"把这种狂欢推向极致，使他的语言成为当代文学百花园里的一道奇异独特的风景。巴赫金在谈到陀思妥耶夫斯基的小说时，提出著名的"狂欢化"理论，认为："狂欢节上形成了整整一套表示象征意义的具体感性形式的语言，从大型复杂的群众性戏剧到个别的狂欢节表演。这一语言分别地，可以说是分解地（任何语言都如此）表现了统一的（但复杂的）狂欢节世界观，这一世界观渗透了狂欢节的所有形式。这个语言无法充分地准确地译成文字的语言，更不用说译成抽象概念的语言。不过它可以在一定程度上转化为同它相近的（也具有具体感性的性质）艺术形象的语言，也就是说转为文学的语言。狂欢式转为文学的语言，这就是我们所谓的狂欢化。"[1] 中国没有真正民俗意义上的狂欢节，因此我们很难说王蒙受到狂欢节的影响。但是，只要我们回想一下，或者说用现代人、过来人的眼光来重新审视一下中华人民共和国成立以来我们的历史，从1949年欢庆解放的响彻全国的震天的腰鼓和红绸飘飘的秧歌，到

---

[1]　巴赫金：《陀思妥耶夫斯基诗学问题》，白春仁、顾亚铃译，《巴赫金全集》第五卷，河北教育出版社1998年版第160~161页。

全民除"四害""大跃进"大炼钢铁，特别是1957年的"反右"运动，直至史无前例的文化大革命……某种意义上又有一种"狂欢"的味道。[①] 难道不正是生活的这种调侃性狂欢性，才引发了王蒙小说的调侃性狂欢性吗？ 正如王蒙在《躲避崇高》一文里所说的："我们必须公正地说，首先是生活亵渎了神圣，比如江青和林彪摆出了多么神圣的样子演出了多么拙劣和倒胃口的闹剧。我们的政治运动一次又一次地与多么神圣的东西 —— 主义、忠诚、党籍、称号直到生命 —— 开了玩笑……是他们先残酷地玩了起来的！ 其次才有王朔。"[②] 我想这些话也可以看作是王蒙的夫子自道。语言的狂欢首先是高密度的戏谑调侃，这种调侃已经凝定为作者的基本语调。我们可以说，在二十世纪九十年代的王蒙小说中，自传式的抒情小说（即自由联想体小说）与幽默调侃体小说（即讽喻性寓言体小说）已经有机地统一起来了。因此，在王蒙的长篇小说中，我们到处可见调侃与狂欢，狂欢不仅是语言的，而且是情节和结构的了。比如在《踌躇的季节》中，第十四章就是典型的调侃。这是钱文在得知形势骤变、自己的作品又不能发表以后，对自己的调侃。本章一开始，是叙述人对钱文的一句劝告："所以你必须等待，你必须面对再一次无声的拒绝、再一次的没有期限的废黜搁置，悄悄地瑟缩到一个角落里去。"作品的叙述人实际上是钱文，因此这里的话就是钱文的内心独白。"你何必激情满怀？ 你何必心潮澎湃？ 你何必目光炯炯、神交天宇？ 你何必苦苦地把自己当作一个奋勇的骑手、负重的车头、耕耘的犁铧和泣血的歌人？"从

---

① 这里所说的"狂欢"主要是就形式而言的，在实质上与巴赫金所说的"狂欢"不太一样。历次的政治运动在当时的人们看来并不具有狂欢性质，甚至还是充满血腥味的，不过"时过境迁"之后，人们回过头来，用现在的眼光来看，就具有了狂欢、喜剧的色彩，因此，王蒙把自己的小说命名为《狂欢的季节》，这显然是一种超越的审视。

② 王蒙：《躲避崇高》，《读书》1993年第1期。

这种自我规劝的抒情文字上看，这就是钱文的"离骚"，钱文的自嘲和自我调侃。一个"代乳粉"，也引发了钱文的无限玩味：

> 代乳粉，真是一个好听的名字。代乳即乳，代乳非乳，非乳代乳，乳非乳代，非乳即乳，乳非乳，乳即乳，乳乳乳代乳，乳代乳乳乳，代得你的心痒痒的！代乳代肉代股长代科员代粮代你代他，干脆说你就是个代人民，不是代人民还是正式的人民？你倒是想得美！
>
> ——《蹉跎的季节》（第308页。）

这里的玩味是痛苦的玩味无奈的玩味甚至是无意义的玩味，在对词语的调侃中，体味到自己被时代抛弃的悲凉，由对代乳粉的调侃引出自己"代人民"的身份，内中况味岂一个"痛"字了得！

于是成为"代人民"的钱文在暑期阅卷得了三十六元钱以后，买了两个大西瓜，这段对吃西瓜的描写堪称奇文：

> 多么可爱的夏天！西瓜是上苍的杰作，吃西瓜是夏天的幸福的极致，幸福、理想、诗意与西瓜同在。……踢哩秃噜，喃喃嗒嗒，三拳两脚，张飞李逵，一个西瓜就进了肚。除了西瓜，什么东西可能吃得这等痛快！夏天吃个瓜，豪气满乾坤！伏天抱个瓜，清风浴灵魂！盛夏抱个瓜，飞天怀满月！春风风人，夏雨雨人，何如西瓜瓜人！有物曰西瓜，食之脱俗尘！有瓜甘而纯，食之乃羽化！清凉，甘洌，柔润，通畅，安抚，洗濯，补养，透亮，如玉如珠，如液如浆，如画如鸟，如云如霞，如饴如脂，如鲲鹏展翅逍遥游于天地之间直到六合之外！……瓜中有道，瓜中有仙，瓜中有万物之仁，瓜中有好生之德、有消长之理、有相克相生阴阳五行八卦、有禅趣有瑜伽有烟士皮里纯！夏日

吃瓜，这就是人生，这就是思维，这也是创作！ 对于这个世界，不哭，不笑，而是要理解！ 就从理解吃瓜开始吧。这又是何等的幸福！ 从此钱文不做诗人，只做瓜人！

——《蹉跎的季节》(第313页。)

这简直是一篇充满才情的瓜赋！ 对吃西瓜的这种戏谑调侃中，透露出的难道不是作者的无尽的酸辛和无奈无望的人事沧桑之感吗？ 醉翁之意不在酒，"瓜人"之意不在瓜，这就是王蒙式的调侃，这就是王蒙式的语言的狂欢，调侃和狂欢的背后是生命的不能承受之轻！

以上所谈的压制性语言、拟权威式语言、戏谑调侃式语言都属于反讽式语言，反讽式语言的修辞表现功能是它可以制造喜剧，从而增加语言的情趣，吸引读者的阅读兴趣。同时，反讽式语言由于它的言在此而意在彼的双重指向，使语言产生复义，从而加强了语言的内在张力。反讽式语言的文化功能则要复杂得多。反讽从根本上说是一种世界观。正是由于世界的破碎，由于理性的无力，才使王蒙感到了内心的分裂。昔日统一的世界已经一去不返，正像在王蒙的长篇小说《青狐》里钱文所想的："初回北京，他以为是与五十年代的他对接。很快他就发现，五十年代已经不复存在，他不可能，谁也不可能再接上五十年代。往事飘然而去，你恋往事，往事不在乎你。"王蒙的由理想主义到经验主义的变化，导致了他对昔日的审视，而正是这审视才有了反讽。可见，历史的反讽，生活的反讽，存在的反讽是王蒙语言反讽的本源。

然而，反讽是王蒙为了打破语言的旧规范、建立语言新规范的一种策略——破是为了立。王蒙的语言新规范的基本原则就是兼收并蓄，就是杂糅包容、多元整合，具体而言，就是并置和闲笔的运用。

三、并置式语言：多样的统一

阅读王蒙的小说，经常会遇到这样一些语言现象：就是王蒙往往喜欢在一句话或是一个句群单元中将意义相近甚至相同的词汇排列在一起，共同表达同一个意思，我把这种语言现象称为繁复式并置；有时王蒙又善于在一句话或是一个句群单元中将意义相对甚至是相反的词汇排列在一起，共同表达一个复杂的意义，我把这种语言现象称为悖反式并置；而有时王蒙又善于在一句话或一个句群单元中将一些毫不相干的词汇或句子并置在一起，用于表达一个组合意义，我把这种现象称为组合式并置。有时繁复式并置、悖反式并置与组合式并置混杂在一起从而构成混合式并置。总之，这种语言的并置现象构成王蒙语言区别于其他作家的一种特色。请看以下例证：

（1）那一次他深深地感到了步入文艺界的缤纷、有趣、空洞与庸俗——另一种形式的庸俗可鄙。

——《蹉跎的季节》（第45页。）

（2）而翠柏如斯，土馒头如斯，星夜如斯，猫头鹰啼笑如斯，拔了牙再安装上假牙，瘦了又胖（读阴平）了又更瘦了百十来斤重的又聪明又愚蠢又高贵又下贱又自私又爱别人又政治又个人又渴望女性又胆小如鼠的那个名叫郑仿或者名叫王八蛋或者大好人其实全一样的暂时还活着讨厌的家伙如斯。

多么可笑！多么徒劳！多么庸人自扰！多么无事生非！多么过眼烟云，转瞬即逝，逝者如斯，不舍昼夜，付诸东流，了无痕迹！

——《失态的季节》（第438~439页。）

（3）您可以将我们的小说的主人公叫作向明，或者项铭、响鸣、香茗、乡名、湘冥、祥命或者向明向铭向鸣向茗向名向冥向命……依此类推。三天以前，也就是五天以前一年以前两个月以后，他也就是她它得了颈椎病也就是脊椎病、龋齿病、拉痢疾、白癜风、乳腺癌，也就是身体健康益寿延年什么病也没有。十一月四十二号也就是十四月十一二号突发旋转性晕眩，然后照了片子做了B超脑电流图脑血流图确诊。然后挂不上号找不着熟人也就没看病也就不晕了也就打球了游泳了喝酒了做报告了看电视连续剧了也就根本没有什么颈椎病干脆说就是没有颈椎了。亲友们同事们对立面们都说都什么也没说你这么年轻你这么大岁数你这么结实你这么衰弱哪能会有哪能没有病去！说得他她它哈哈大笑呜呜大哭哼哼嗯嗯默不作声。

——《来劲》（第五卷，第139页。）

（4）自由市场。百货公司。香港电子石英表。豫剧片《卷席筒》。羊肉泡馍。醪糟蛋花。三接头皮鞋。三片瓦帽子。包产到组。收购大葱。中医治癌。差额选举。结婚筵席……

——《春之声》（第四卷，第293页。）

以上引证的前三例均属混合式并置，第四例是典型的组合式并置。

从语言的基本风格上看，王蒙是一个善于选用长句式的作家。而长句式的构成成分主要是由于修饰成分的繁多造成的。王蒙又是一个最善于运用排比的作家。相同和相悖的修饰成分构成的铺排杂沓，使他的语言充满了恢宏的气势、激昂的旋律、浓艳的色调，犹如一部宏大的交响乐。对此论者甚多，本文不再赘述。我所感兴趣的是，王蒙在这些句式中所设置的繁复与悖反的语言的"特洛伊木马"，具有怎样深层的意义。

　　对于此类繁复与悖反现象，已有论者注意到了，有人赞扬有人批评，但不管是赞扬还是批评都是以语言修辞为出发点的。[①] 张志忠在批评王蒙语言的这种现象时，所引证的就是上述的第二例。对这两段引文，张志忠认为：从表达方式上看，"它恰好表现出王蒙在语言的纵横捭阖上形成的两种习惯：一种是联想式，由'过眼烟云'想到'逝者如斯'，由'日月经天'想到'长河贯地'，在相近的词语中信手拈来，不拘小节，逮着谁算谁，一种是在相反的意义上拼接句子，像又这样又那样又这样又那样地构成俏皮的调侃。"[②] 在这里，张志忠发现了王蒙语言中的繁复与悖反现象，但张志忠却认为"这样的语言往往用得太多太滥，使得王蒙的作品过于浮夸，过于铺陈，在不加节制地对语言随意挥霍、尽情抛洒的时候，它损害的是作家和作品。"因此张志忠断言，玩弄语言的王蒙被语言玩弄了。[③] 应该承认，如果从是否节制来看王蒙的语言，张志忠的批评是有道理。问题在于，我们这样要求王蒙的时候，王蒙还是王蒙吗？ 王蒙的特点难道不正在于语言的这种气势这种繁复悖反这种汪洋恣肆这种纵横捭阖吗？ 我认为关键不是王蒙应该不应该运用这种语言，而是他为什么运用这种语言，恰恰是在这一问题上，张文未给予我们满意的回答。我始终认为，既然繁复与悖反已经成为王蒙语言运用的一种普遍现象，那么我们就应该站在王蒙的角度对这一现象产生的来龙去脉加以澄清，从而才能在这一基础上对其语言运用的成败得失给予关注，而不是从自己的好

---

① 参看吴辛丑:《奇妙的"堆砌"——谈王蒙作品中的繁复现象》,《语文月刊》1993年第4期。在该文中作者把王蒙语言中的"堆砌"改称"繁复"，认为是一种积极的修辞现象。而张志忠在《对文学的轻慢与失态》一文中则对王蒙《失态的季节》一书中的语言繁复与悖反现象给予了批评。参见《小说评论》1995年第4期。

② 张志忠:《对文学的轻慢与失态》,《小说评论》1995年第4期。

③ 参看张志忠:《对文学的轻慢与失态》,《小说评论》1995年第4期。

恶的角度对其进行简单的指责。让我们就以以上例证2进行分析，看看这类语言所具有的各种功能。

首先我们应该弄清这段话的表意功能。这段话是郑仿深夜一个人在野外看青时的内心独白。此时的郑仿作为一个出身于资产阶级家庭的少爷，风度翩翩的名牌大学的高才生，儿童文学杂志的主编，臭不可闻的右派，一九六〇年首批浮肿病患者，因饥饿偷了公社的蒜种差点被批斗又因陆浩生书记才化险为夷的多重身份来进行联想和内心独白的。回想自己一生沉浮，荒诞之情油然而生 —— 人生如梦，人生无常的虚无感使郑仿感慨万千。这段话正是这种感慨的情绪化的产物。翠柏常青，坟头永恒，星夜寥廓，猫头鹰啼笑，人生在世，瘦也好胖也好聪明也好愚蠢也好高贵也好下贱也好自私也好爱人也好政治也好个人也好渴望女性也好胆小如鼠也好叫郑仿也好叫王八蛋也好或者大好人也好，在永恒的大自然面前，一切的一切还不是一个样，还不是可笑徒劳庸人自扰无事生非，还不是过眼烟云转瞬即逝逝者如斯不舍昼夜付诸东流了无痕迹了吗？在这里体现的是郑仿对人生对世事的虚无以及虚无之后的超脱和旷达，体现了郑仿对自身矛盾性格的难以把握以及这种把握的无意义。这样的情绪非这样的文字不足以表达，而且也非这样的文字不能表达！从修辞的表现功能上看，阅读王蒙我觉得首先是一种词汇流，语感流，气势流，情绪流，一种整体的冲击力、爆发力，正像一部宏大的交响乐，或是一场暴风骤雨，或是飞流直下一泻千里的江河水，或是喷涌而出的火山岩浆，我们来不及欣赏它的细部，便被裹挟而下，奔流到海不复回了。当然这不是说王蒙的语言细部没有意义，当我们从整体气势上的震惊回到他的具体语词细部的时候，同样可以看到王蒙的语言所带给我们的超大信息量与文化意味。我认为我们研究王蒙的语言必须回到它的文化功能上来，只有这样才能深入到语言的堂奥中去。还以上面的引文2为例，来看看它的文化功能。

这段话中的几组悖反式词组组合，聪明与愚蠢，高贵与下贱，自私与爱别人，政治与个人，渴望女性与胆小如鼠，郑仿与王八蛋云云都不是随意而为的语言游戏，而是包含了深广的历史文化评价和文化价值的社会性话语事件。在当时的历史文化语境中，聪明高贵与愚蠢下贱，体现的是知识分子与工农的对立以及两种不同的社会评价系统。在民间的非正式场合的话语体系中，高贵的知识分子被认为是聪明的阶层，而工农则恰恰相反；但在主流意识形态话语体系中，高贵的知识分子则被认为是愚蠢的，而卑贱的工农则被认为是聪明的，所谓"卑贱者最聪明，高贵者最愚蠢"就是这个意思。（关于这个意思，王蒙在他的中篇小说《名医梁有志传奇》中有很好的表现）。因此，聪明与愚蠢，高贵与下贱就不是简单的语词对立，而是不同的社会价值系统，不同的文化话语系统的对立。同理，在一个政治伦理高于一切的时代，政治与个人是高度对立的，政治提倡爱党爱国爱人民，却在极力扫荡私欲，所谓"斗私批修""狠斗私字一闪念""灵魂深处爆发革命"等提法，正是以消灭个人主体性为旨归的极权化运动。因此，顺理成章地对女性的渴望就成为时代的大忌，那是个禁欲的时代，正常的欲望也是不合革命规范的，胆小如鼠是规训与惩罚的结果，是自觉排除私欲而归顺政治伦理的自我道德化的结果。于是作为少爷、高才生、革命家、儿童文学专家、主编的体面的郑仿，变成了不齿于人类的狗屎堆的右派的王八蛋。这里的语词对立，折射的是社会历史的巨大变迁，也是不同的社会文化评价系统加之知识分子身份认同的结果。而这句话的语调的调侃式样，又体现的是郑仿的评价态度，因而构成反讽。试想一下，如此超大信息量的句式如果不是王蒙这样有着深切的社会历史体验和生命体验的作家，又有谁能为之呢？长期以来我们习惯于四平八稳的语言，习惯于所谓的优美单纯的含蓄蕴藉的语言传统，而对王蒙这样明显偏离常规的语言试验，接受起来自然有个过程，但从另一方面不也恰恰说明王蒙在语言上的创新和不断追求精神吗?

最能体现王蒙语言繁复、悖反与组合式并置的是《来劲》。这篇小说曾引起广泛的争议,原因就是这篇小说对常规的严重偏离。整篇小说没有统一的情节,也没有鲜明的形象,而是将各种意义相近或相反的词语并置在一起,形成一种莫名其妙的关系。王蒙在这里无疑是对自笛卡尔以来"我思故我在"的理性主义的清晰和判然的主体秩序的挑战。当我们习惯于将世界理性化、条理化、确定化、单纯化和戏剧化的时候,王蒙的这种非理性化、非确定性、偶然性、复杂性的追求和试验肯定会引起震惊和骚动。叙述人尽管像煞有介事地告诉我们:"您可以将我们小说的主人公叫作向明,或者项铭、响鸣、香茗、乡名、湘冥祥命或者向明向铭向鸣向茗向名向冥向命……"而实际上作者已经潜在地把主体谋杀了。这处于主语(主体)位置的这个叫"Xiangming"的人,只是一个语言符号,一个永远没有所指的拉康意义上的无限滑动的能指,因而这个位置永远只是一个不确定的位置,一个具有无限可能性的位置。由于主语(主体)位置的不确定,也带来了谓语陈述行为的多种选择性。这种选择性辐射到各个方向,既平行又垂直甚至是悖反的,诸如"得了颈椎病、龋齿病、拉痢疾、白癜风、乳腺癌,也就是身体健康益寿延年什么病也没有了"。在这里,叙述人用了一个"也就是"就把所有的正反是非全都抹平了。由此连带的是时间的模糊与空间的不确定。这样就等于彻底消解了主体的存在位置,让所有的陈述行为成为可疑的海市蜃楼。当然王蒙对语言的这种解构与颠覆,并不是单纯指向语言本身的,而是一种"社会象征行为"。对此,孟悦曾有过十分精当的论述,她说:《来劲》"是以颠覆某些语言规则的方式,象喻着曾占主宰地位的某一意识形态概念体系的崩溃坍塌。更确切地说,这两篇小说(指《来劲》和《致爱丽丝》笔者注)与其说颠覆了语言关系,不如说(象征性地)破坏了那一形而上学地看待主体、看待主体间、主客体、主体与文化关系的观念体系，象征性地破坏了与其相伴生的小说观（人物观、情节观、叙述观）、审美感知力和艺术惯例，象征性地破坏了某种久已稳固的秩序化了的文化心理结构。"① 但是，孟悦的说法只是说对了一半，我觉得王蒙的真正用意还不完全在于颠覆和解构，而是在于建构。所谓的建构，是指王蒙试图在被摧毁的语言废墟上筑建新的语言宝塔，王蒙留给语言的是多种可能性的空间，在主体位置的不确定和谓语陈述行为的多种选择性方面看，体现的既是王蒙对一元化乌托邦语言的戏弄和谋杀，② 同时又是王蒙对世界的多样统一的多元化的倡扬，语言的并置正是世界并置的投射。任何独断的、确定的、单一的世界都是对多元的、可能的、复杂的世界的篡改和遮蔽。"向明"的无限正是主体的无限的象征，谓语的选择性陈述正是世界的选择与被选择的表征。因而，这一新的语言的宝塔不是唯一的，而是多棱多面的。

　　相对于长句式的选择，短句式乃至超短句式也是王蒙小说语言中的一种常见现象，在《春之声》《海的梦》《光》《风筝飘带》《灰鸽》《蝴蝶》《如歌的行板》《相见时难》等作品以及他的大量微型小说中大量存在。这种句式往往是典型的组合式并置的语言。比如引述4，这是《春之声》中主人公岳之峰在火车上所听到的乘客议论现实的一段话。这段话的每句话之间缺乏过渡，没有起承转合，彼此独立，各自为政。每一个短句都表示一个事物一个事件或一个画面，这不同画面的并置组接，就形成一种类似电影蒙太奇的效果。二十世纪八十年代初，是中国社会发生重大转折的时代，在这样一个时代，生活中的各种新鲜事物是层出不穷的，"自由市场""香港电子石英表""三接头皮

---

① 　孟悦：《语言缝隙造就的叙事 ——〈致爱丽丝〉〈来劲〉试叙》，《当代作家评论》1988年第2期。

② 　参看郜元宝：《戏弄与谋杀：追忆乌托邦的一种语言策略 —— 诡论王蒙》，《作家》1994年第2期。

鞋""包产到组""结婚筵席""差额选举"等等就是社会生活中的新鲜事物，也是历史新时期的标志性事件。从表意功能层次上讲，"自由市场""包产到组""差额选举"属于政治生活层面的话语范畴，而"香港电子石英表""三接头皮鞋""结婚筵席"则属于日常生活层面的话语范畴。这两个范畴在历史的转折时期都获得了新的意义，因而具有了政治的意识形态文化功能。试想一下，在二十世纪八十年代初，"香港电子石英表"在大陆大行于市，"三接头皮鞋"如雨后春笋般地穿在人们的脚上，这对于一个禁锢了十几年，以千篇一律的装束，以朴素贫穷为美的民族来说，实在是一个具有革命性意义的"事件"。"香港电子石英表"与"三接头皮鞋"实际上已经成为一种文化符号、一种象征，它象征着人们崇洋崇美的普遍心态，在更深心理上则是对现代文明的向往。一般而言，一个社会的变革往往从日常生活的时尚变革开始，从服饰与装扮的革命开始。当然这种生活时尚的变革最终还是由政治的意识形态制约的。比如"文革"中，所有的妇女都剪掉发髻留成江姐式的革命的"剪发头"，男女青年对"绿军装"和劳动布工作服的青睐，都说明政治伦理与意识形态文化的渗透作用。所以新时期之初的生活时尚的变革也是政治松动的表征。总书记带头穿西装，不仅是生活事件，而且是一个政治象征事件。王蒙敏锐地发现了生活时尚变革与政治变革的微妙关系，这种新的变化和转机，就是新时代的"春之声"。然而，王蒙也看到了传统的根深蒂固，"百货公司""豫剧片《卷席筒》""羊肉泡馍，醪糟蛋花""三片瓦帽子""收购大葱""中医治癌"等等，体现的是新旧交替的社会现实，僵化的传统经济体制，古老的文化传统，依然贫穷的地域，然而"中医"可以治癌，这难道不是传统中的新的转机吗？王蒙将新与旧、沉疴与转机巧妙地组合剪接在一起，表现的是深广的社会文化内涵。"自由市场"与"百货公司"的排列，是两种不同经济体制的组接，从某种意义上暗含着一种竞争，王蒙尽管对这两种体制还没有理性的认识，但他仍然敏感到，两种价值的交锋将是攸关中国未来的事件。由此可见，这种组合式并置语言的背后是各种文化价值的并置与关联，那正是王蒙对世界"杂多统一"的世界观的体现。

四、闲笔：情致·节奏·广泛的真实性

在王蒙的成名作《组织部来了个年轻人》[①]里，有一段这样的文字：

> 临走的时候，夜已经深了，纯净的天空上布满了畏怯的小星星。有一个老头儿吆喝："炸丸子开锅！"推车走过。林震站在门外，赵慧文站在门里，她的眼睛在黑暗中闪光，她说："下次来的时候，墙上就有画了。"[②]

这里描写的是林震与赵慧文告别的情景。在两人世界中突然插入"有一个老头儿吆喝：'炸丸子开锅！'推车走过。"显然与小说的情节无关。这实际上就是闲笔。所谓"闲笔"指的就是游离于故事情节之外的部分。有的闲笔是语句式的，有的则是段落式的，有的则是章节式的。在阅读王蒙的小说时，我感到闲笔是王蒙小说语言运用的又一普遍现象，是有意为之并刻意追求的一种技巧。

早在我国古代小说中，闲笔就是一种常用的语言叙述方法。金圣叹在对《水浒传》的评点中，曾在第二回、第三回、第六回、第二十五回、第五十五回等多处提到"闲笔"。比如在第二回鲁提辖拳

---

① 该小说最初发表在1956年9月号的《人民文学》杂志时，被改为《组织部新来的青年人》，后收入《王蒙文集》第三卷，恢复为现名。

② 着重号为引者所加。

打镇关西描述时，金圣叹夹批："百忙中处处夹店小二，真是极忙者事，极闲者笔也。"[①] 张竹坡在《金瓶梅读法》中也曾提出《金瓶梅》"皆于百忙中，故作消闲之笔"。[②] 毛宗岗在评点《三国演义》时虽未明确提出"闲笔"的说法，但在许多地方所说的也是"闲笔"，可见闲笔是一种古老的语言叙述技巧。王蒙显然继承了这一技巧并对之进行了现代性的改造。古代小说中的"闲笔"虽然在主要情节之外，但仍属于总情节之中的副情节，比如《水浒传》中的店小二，他对鲁提辖拳打镇关西的反应，是整个总情节的一部分，他的功能是对叙述节奏的调节，延宕主情节高潮的快速到来，从而加强读者的阅读期待心理。古代小说是讲究"闲话少叙，书归正传"的美学规则的，因而决定了它的"闲笔"不可能游离于主情节太远。王蒙生活在二十世纪，这是一个高速度快节奏的全球一体化时代，一方面时空比古代无限地扩大了，另一方面，由于速度的提高，时空比古代又相对地缩小了，于是王蒙的闲笔成了真正的"闲笔"。他真正地游离于情节之外，插科打诨，调侃笑闹，抒情言志，臧否人事，真是精骛八极，神游万仞，纵横捭阖，气吞万象。愈到老年，王蒙的小说就愈自由狂放愈随心所欲，闲笔就愈多了起来。纵观王蒙的闲笔，其主要功能有以下几点：

首先，从表现功能上说，闲笔可以增添语言的情致，使语言更有趣味。王蒙在谈到小说语言时曾说过："小说里边还需要有一种情致。情就是感情的情，致就是兴致的致。我想，所谓情致就是指一种情绪，一种情调，一种趣味。因为小说总是要非常津津有味的、非常吸引人的、非常引人入胜的才行。这种情致是一种内在的东西。它表现出来，作为小说的构造，往往成为一种意境。也就是说，把

① 金圣叹：《贯华堂第五才子书水浒传（上）》，第二回夹批，《金圣叹全集》第1卷，江苏古籍出版社1985年7月版，第75页。
② 兰陵笑笑生：《金瓶梅》，张道深评点，齐鲁书社1987年版，第38页。

生活本身所具有的那种色彩、那种美丽、那种节奏，把生活的那种变化、复杂；或者单纯，或者朴素；把生活本身的色彩、调子，再加上作家对它的理解和感受充分表现出来，使人看起来觉得创造了一个新的艺术世界。"① 当然语言的情致并不是只有闲笔才能营造的，但闲笔却是一种很好的营造语言情致的方法。那么王蒙是如何通过闲笔来增添语言情致的呢？

通过闲笔营造一种诗意的抒情氛围，用于抒发情感，进而增添语言的情趣，这在王蒙的小说中是到处可见的。《蝴蝶》中"海云"一节，当海云成了右派，海云提出与张思远离婚，张思远看到离婚后海云脸上的喜气时，他愤怒了。接下来是一大段诗一样的抒情段落："枝头的树叶呀，每年的春天，你都是那样的鲜嫩，那样充满生机。你欣悦地接受春雨和朝阳。你在和煦的春风中摆动着你的身体。你召唤着鸟儿的歌喉。你点缀着庭园、街道、田野和天空。甚至于你也想说话，想朗诵诗，想发出你对接受你的庇荫的正在热恋的男女青年的祝福。不是吗，黄昏时分走近你，将会听到你那温柔的声音。你等待着夏天的繁茂，你甚至也愿意承受秋天的肃杀，最后飘落下来的时候，你甚至没有一声叹息。…… 但是，如果你竟是在春天，在阳光灿烂的夏天刚刚到来之际就被撕掳下来呢？ 你难道不流泪吗？ 你难道不留恋吗？ ……"这几乎与情节毫无联系的大段诗的抒情，的确非常优美，它优美得让我实在不忍心拦腰把它斩断。我不住地吟诵咀嚼，好像在咏吟一首极美的散文诗。接下来一段："然而，汽车在奔驰，每小时六十公里。火车在飞驰，每小时一百公里，飞机划破了长空，每小时九百公里。人造卫星在发射，每小时两万八千公里。轰隆轰隆，速度夹带着威严的巨响。"在这两段诗意的抒情闲笔中，也许隐喻性

①　王蒙：《关于短篇小说的创作》，《王蒙文集》第七卷，华艺出版社1993年12月版，第147~148页。

地揭示了海云的命运，海云不就像那一片无声的绿叶吗？在时代车轮的轰隆飞驰面前，她又算得了什么呢？

利用闲笔营造一种诗意的氛围，用于烘托气氛，也是增加语言情致的方法。在长篇小说《活动变人形》的第九章中，多日不回家来的倪吾诚回家来了，迎接他的是冰冷的家人和紧锁的房门。三个女人准备恶战倪吾诚，气氛紧张，一触即发，但作者徐徐道来，层次错落。恶战前三次写到"胡琴声"。第一次是在倪吾诚走进院落，穿过影壁墙时，作品写道：

> 这时不知从哪里传来一声胡琴的声音，单调、重复、迷茫。

这是以动写静，就像王维的诗《鸟鸣涧》里所写的："人闲桂花落，夜静春山空。月出惊山鸟，时鸣深涧中。"以动写静十倍其静。试想在偌大的京城的傍晚，在一个一触即发的恶战的前夕，突然冒出的一声胡琴声，该是多么单调、重复、迷茫呀。这是以倪藻的视角来写，胡琴声更增添了紧张的气氛。静来自于压抑，因为在西屋正埋伏着"伏兵"。

第二次写到"胡琴声"是在倪吾诚断喝："开门！开门！开门！"之后，作品写道：

> 不知道从哪里来的一声尖厉刺耳的胡琴。"设坛台，借东风……"号了一嗓子便没了声音。接上来的是胡同里的一声拖拖拉拉的吆喝——有洋瓶子我买！这所有的声音似乎都带有一种挑战的意味。

这仿佛是对倪吾诚暴怒的回应，是对下面恶战的蓄势。闲笔不闲，它烘托出倪吾诚的极端愤怒的心情，比直写要更有声色多了。

第三次胡琴声是在倪吾诚破门而入，西屋里的"伏兵"仍无动静时：

> 又传来京胡和清唱的声音。又突然没了。有一声鸟叫，一只小麻雀沿着斜线从推倒的门前与窗前飞上天空。后面紧跟着另一只与它相亲相爱的麻雀。它们是幸福的。它们没有理会不幸的人。它们向着晚霞飞去了，它们对独自坐在黑洞洞的大窝里的倪吾诚连瞥一下也不曾。

这种突然而来又突然没了的胡琴声使得这个傍晚的院落笼罩在一种不祥的阴阳怪气的氛围中，一场恶战在酝酿，可怕的胡琴声，就像是戏台上的伴奏。可见如此写来，语言的情趣陡然增加了多少啊！

利用闲笔制造笑料，进而增加语言的情致。在《失态的季节》里，第十三章写到右派们喝糁子粥，喝得一个个大腹便便腹胀欲破，但饿得也快，郑仿向杜冲请教多喝糁子粥的经验，杜冲却讲述了一段有关北京城大粪的说法："……哪个农民不研究大粪？你没有听这里的农民说过？偌大的北京城，什么也不出，就出一个大粪！大粪大粪，这里边也有学问的呀！去北京掏大粪，东城和西城的大粪的价钱就不一样：东城阔人多，吃得好拉得臭，粪的价钱就高一些；西城就不行啦，穷人多，吃的没有油水，拉出来的大粪上到地里也没有什么劲呀！唉，人穷就是罪呀，连拉出来的屁屁也是低人一等的啊！……"这里看似闲笔却充满调侃意味，令人发笑。

同样在《暗杀——3322》中，写"神童发明家"邹晓腾在火车上大吹大擂，作者笔锋一转写道：

> "噗……噗……噗……不不不！"
> 眼珠外凸身材匀称的男生恰好放了一个漫长而又宛转的屁，

使大家几乎笑了起来。

其次，从叙事功能上看，闲笔可以调节叙事节奏，制造间离效果。
童庆炳先生在谈到"闲笔"的时候说："所谓'闲笔'是指叙事文学作品人物和事件主要线索外穿插进去的部分，它的主要功能是调整叙述节奏，扩大叙述空间，延伸叙述时间。丰富文学叙事的内容，不但可以加强叙事的情趣，而且可以增强叙事的真实感和诗意感，所以说'闲笔不闲'。"[①] 在这里，童庆炳先生主要是就闲笔的叙述功能来谈闲笔不闲的道理的，从这个角度来看王蒙小说中的闲笔，的确起到了这样的作用。阅读王蒙，由于他的密集的"政治化革命化"的话语流，由于他的题材的高度纪实性历史性，往往会使读者应接不暇，喘不过气来。对此王蒙是心中有数的。于是他不断地制造"闲笔"，大段大段地制造，成章成节地制造。王蒙善于在叙述中突然站出来插话，比如在《活动变人形》的第五章的开头，插入一大段作者的议论，这段议论与所述倪家的故事毫不相干。同样，在第十章，当写完了姜家三女与倪吾诚的恶战之后，作者又突然出来说话："等一等，停一停。在写到四十年代也许说不上多么遥远但显得十分古旧与过了时的往事，写到那白白的愚蠢和痛苦，写到那难于置信的宿命的沉重的时候我造访了你。……"这几乎多半章的描写也与倪家的故事毫不相干，而是作者重访五十年代作为右派在此改造的故地。还有小说结尾所探讨的"跳舞的历史"考证，这种考证被张颐武称为是"欲望现代性话语"的崛起。[②] 在"季节系列"作品中，这样的闲笔就更多了。《狂欢的季节》的第八章，在写了一个一个革命人与被革命人之后，突然

---

① 童庆炳等著：《现代学术视野中的中华古代文论》，北京出版社2002年5月版，第376页。

② 参看张颐武：《王蒙"跳舞"的意义》，《文学自由谈》2003年第3期。

宕开笔写了被作家铁凝称为《狂欢季节》里最好的一章的猫与猫氏家族，①这实际上也是闲笔。这大量闲笔的运用，的确调节了叙述节奏，使叙述舒缓错落，张弛有致，从而增添了语言的情致。另外，大量闲笔的插入，也起到了犹如布莱希特所言的"间离"的效果。"间离"正如俄国形式主义的"陌生化"，都是制造效果的一种手段。"间离"就是对常规的偏离，就是让读者在正常的阅读中突然跳出来喘口气想一想，就是制造叙述的阻隔。《活动变人形》是王蒙童年创伤性记忆的产物，王蒙曾言这是他写得最痛苦的一本书，"有时候写起来要发疯了"。②第十章的那一大段闲笔就是在倪家的恶战结束以后，那刻骨铭心的"热绿豆汤情结"③使王蒙喘不过气来，闲笔是他平息情感波澜的间离方式，也是让读者引发思考的方式。

第三，从文化功能上说，闲笔扩大了生活内容的表现范围，体现了广泛真实性原则。

实际上，生活本身并不是一种纯净的蒸馏水，一种有序的，条理的，充满戏剧性的必然性的组合，而是一种混沌的，广泛的，充满杂质的，芜蔓枝杈的偶然性的"堆砌"。对于这样的复杂的生活，如何把它的真实性表现出来，是每一个艺术家所面临的严峻考验。其实，运用语言进行叙事的行为本质上是一种选择性行为，这种选择不可避免地要打上了意识形态的烙印。按照阿尔都塞的观点，"意识形态

---

① 参看铁凝：《狂欢季节里的猫》，载崔建飞编《王蒙作品评论集粹》，中国海洋大学出版社2003年9月第1版，第188页。

② 《王蒙、王干对话录》，《王蒙文集》第八卷，华艺出版社1993年12月版，第573页。

③ 方蕤（王蒙夫人崔瑞芳的笔名）曾这样描绘王蒙不幸的童年："幼年的王蒙，生活在一个不幸的家庭里。由于种种差异，使得父母的关系水火不相容。外祖母、母亲、姨妈组成联盟，一致对抗单枪匹马的父亲。有一回，王蒙的父亲从外面回家，刚走到院中，一盆才出锅的热绿豆汤兜头泼过来。直到今天，都无法抹去滚烫的绿豆汤烙在王蒙心中的印迹。"方蕤：《我的先生王蒙》，长江文艺出版社2004年3月版，第14页。

是个人同他的存在的现实环境的想象性关系的再现"，[1] 这说明意识形态的想象性质。意识形态实际上是一种"梦"，它是虚幻的但又是实在的，是作为现实支撑物的幻象，"意识形态作为梦一样的建构，同样阻碍我们审视事物、现实的真实状态。我们'睁大双眼竭力观察现实的本来面目'，我们勇于抛弃意识形态景观，以努力打破意识形态梦，到头来却两手空空一无所成。作为后意识形态的、客观的、外表冷静的、摆脱了所谓意识形态偏见的主体，作为努力的实事求是的主体，我们依然是'我们意识形态梦的意识'。"[2] 齐泽克在这里所说的实际上与阿尔都塞的"意识形态像无意识一样没有历史"的观点是一致的。既然意识形态是一种想象的、虚幻的梦的建构，而它又是现实的、无所不在的存在，那么作家对世界的观察选择就是一种意识形态的观察选择，因而作家所行使的语言叙事行为就是一种话语权力。以这种话语权力对世界对生活的选择就是一种对世界对生活对象的取舍。这种取舍伴随巨大的危险，就是很有可能把原本丰富复杂的、多元并存的、客观真实的生活世界简单化、一元化、主观化。王蒙对此有着足够的警惕。笔者在对王蒙的私下访谈中，他曾多次谈到诸如"杂多的统一""广泛的真实性"等原则。他在对张洁的小说《无字》的批评中，呼吁作家要慎用话语权力："整个作品是建造在吴为的感受、怨恨与飘忽的 —— 有时候是天才的，有时候是不那么成熟的（对不起）'思考'上的。我有时候胡思乱想，如果书中另外一些人物也有写作能力，如果他们各自写一部小说呢？那将会是怎样的文本？不会是只有一个文本的。而写作者其实是拥有某种话语权力的特权一族，而对待话语权也像对待一切权力一样，是不是应该谨慎于负

---

① 阿尔都塞:《意识形态和意识形态国家机器》，李迅译，《当代电影》1987年第4期。

② 斯拉沃热·齐泽克:《意识形态的崇高客体》，季广茂译，中央编译出版社2002年1月版，第67页。

责于这种权力的运用？怎么样把话语权力变成一种民主的、与他人平等的、有所自律的权力运用而不变成一种一面之词的苦情呢？"[1]在这里，王蒙主张的是一种民主的、平等的、宽容的态度面对写作对象，同时也体现了他对世界的多元化理解。面对世界的复杂多元，作家的取舍无论如何都将是一种语言的暴力行径。正是基于这种思想，王蒙的闲笔才是一种努力使世界、使生活对象立体化、丰富化、多元化的尝试，是广泛真实性原则的实践。从这一意义上说，闲笔也是一种并置式语言。闲笔在叙述中所插入的任何东西都是生活的一部分，恰恰是闲笔，才使被纯化、条理化了的生活获得了毛茸茸的质感。

现在我们可以回到本节的开始，《组织部来了个年轻人》中的"炸丸子开锅"的描写，在意识层面体现的是王蒙努力增加作品地域文化色彩，加强作品生活场域的丰富性的一种尝试；而在潜意识中，是否可以看作是王蒙对民间现实的一种体认？林震与赵慧文的理想主义的浪漫的生活方式是一种存在，而民间的"炸丸子开锅"的老头儿的生活也是一种存在，而且是一种常态的存在，不管组织部发生了什么，"炸丸子"总是要"开锅"的。这是把官方与民间的两种生活方式的并置。联系到整个作品的理想与现实的矛盾，这样的分析是可以成立的。

相对于早期作品的潜意识，他的二十世纪八九十年代的作品则把这种潜意识提升为自觉的意识了。在《狂欢的季节》里的猫，是作家对民间的真正的发现。在革命的政治的世界之外，仍然有民间世界的存在。钱文也可以养猫、也可以养鸡、做饭、鼓捣火炉、喝酒抽烟打麻将。这是凡人的生活，是为活着而活着的生活。"农民从来不讲什么什么不能承受之轻。农民承受的砍土镘、抬把子、麦捆、秸秆、铁锹、麻袋都只有难以扛动之重。春天浇水平地，夏天打垄挖沟，秋天

---

[1]　王蒙：《极限写作与无边的现实主义》，《读书》2002年第6期。

收割搬运，冬天运柴运煤，这就是人生，谁也改变不了的人生。在农民的人生包括死亡面前，知识分子的一切烦恼无非是吃饱了撑的而已。(《狂欢的季节》第252页)"所以，第八章的闲笔就具有了关注民间的功能，闲笔其实不闲。

五、从封闭到开放：王蒙小说语言的历时性考察

以上是从共时性层面对王蒙的语言的考察。下面从历时性层面对王蒙语言的发展作一考察。

王蒙是一个跨时代的作家，他的创作生命已有半个世纪。王蒙的语言也有个变化发展的过程。为了论述的方便，我把王蒙的语言变化发展分为三个阶段：早期，过渡期与成熟期。二十世纪五六十年代为早期，七十年代末为过渡期，八十年代以后为成熟期。如果从总体上考察王蒙的语言发展，他的语言明显经历了一个由封闭到开放的变化过程。

二十世纪五六十年代是王蒙创作的起步期，这个时候发表和写成的小说有《小豆儿》《春节》《组织部来了个年轻人》《青春万岁》《眼睛》《夜雨》。这些作品的语言明显带有时代的痕迹，封闭性是它的主要特征。所谓封闭性，是指作品的语言是自我循环的，从语法上看是规范的，从语气上看是肯定的，从色调上看是单纯的雅致的明快的，从语体上看是崇高的庄严的不容戏谑的。这样的语言是完成的语言，独白的语言，一元化的语言，因而是不可更易的语言，得不到描绘的语言，作为话语，"它是完整结束了的话语，没有歧解的话语；它的含义用它的字面已足以表达……"。[1] 王一川先生认为这种语言

---

① 巴赫金：《长篇小说话语》，《巴赫金全集》第三卷，白春仁译，河北教育出版社1998年版，第130页。

是"官方化语言"，①主要是就这种语言的意识形态性质而言的。《青春万岁》与《组织部来了个年轻人》是这个时期的代表作，从中我们可以窥见封闭性语言的本质。《青春万岁》是王蒙19岁时开始写作的作品，青春的王蒙与青春的共和国一同诞生了。在王蒙的眼里，这个时代是诗意的、浪漫的、通体光明的，因而它拒绝怀疑，摒弃犹豫，它是不容置疑斩钉截铁的。比如，郑波对分不清敌友的呼玛丽说的话就是这种非常肯定的话：

> "你错了，完全错了，你想想你有多么糊涂！"郑波摇着她的肩膀，说出每一个字，像吐出每一颗铅弹一样，"你过去的生活很苦，这难道是共产党给你的？不，正是我们伟大的党，她要擦干我们的眼泪，给青年缔造幸福！……"
>
> ——《青春万岁》（第一卷，第252页。）

《组织部来了个年轻人》在王蒙的小说中是一个特别的现象，从总体上看，它的语言仍属于封闭性语言，但善于思考的作者却试图在封闭中撕开一道口子，在总体的肯定语气中，已经掺杂了一丝怀疑的音色。不过这种怀疑不是指向一元化乌托邦总体语言，而是指向偏离了这种语言规范的现实生活的。尽管林震也对自己"娜斯嘉式"的理想生活方式感到惶惑，但曲终奏雅，最终还是"坚决地、迫不及待地敲响了领导同志办公室的门"。具有讽刺意味的是，这种封闭性的意识形态霸权语言连一丝怀疑都不能容忍，王蒙为此不得不付出沉重的代价。六十年代王蒙所写的有限的几个短篇，则完全把自己封闭在意识形态话语允许的范围内。无论是图书管理员苏淼对"眼睛"的彻悟（《眼睛》），还是主动放弃嫁到城市的机会而立志扎根农村的农村姑

---

① 参看王一川：《汉语形象美学引论》，广东人民出版社1999年9月版，第162~165页。

娘秀兰（《夜雨》），都显得拘谨而刻板。

　　二十世纪七十年代末是王蒙语言变化的过渡期，1975年开始创作的长篇小说《这边风景》由于沿用了"文革"语言套路而失败。"文革"语言是五六十年代封闭式语言的极端，其中的独白专断都使语言失去了繁衍增生能力，因而成为死语言。1978年发表的《向春晖》《队长、书记、野猫和半截筷子的故事》《最宝贵的》《光明》等作品，明显带有封闭语言的痕迹，但已经酝酿着转机。王一川先生对《最宝贵的》这篇短篇小说中，官复原职的市委书记严一行与儿子蛋蛋的一段对话视为具有"寓言性"转折的话语："父亲在家庭教育中使用的几乎全是官方语言，而儿子则以日常语言去加以理解，如把'共产主义'的'主义'（zhǔyì）理解为'出主意'的'主意'（zhǔyì），所以导致双方沟通出现困难。这里的对话场面似乎是寓言性的：它表明新的一代已对以往的官方语言产生严重隔膜。长期生活在官方化语言情景中，王蒙自然对其魅力和弊端都有着深切的体会，从而不想简单抛弃，而是力求变革。"[①] 这里的"主义"与"主意"的误听，的确是寓言性的，它昭示着在封闭式语言的铁板一块中也出现了具有消解意义的异质性话语，一种不和谐音符。随着改革开放的政治局势的变化，语言的开放性呼之欲出了。因此，1979年发表的《布礼》和《夜的眼》特别是1980年发表的《春之声》《蝴蝶》《风筝飘带》《海的梦》等作品，如"集束手榴弹"一样炸开了封闭式语言的堡垒，吹响了语言开放的进军号。

　　开放式语言是具有内在说服力的语言，它具有未完成性、多种可能性、不确定性、幽默戏谑性诸特点，杂语与并置是它的基本存在方式。这种语言是一种逐步走向成熟的语言，因此我在以上各节对王蒙语言的分析主要以这个阶段的语言现象为对象就显得顺理成章。

---

①　王一川：《汉语形象美学引论》，广大人民出版社1999年9月版，第162页。

开放式语言实质上是一种杂语，它通过整合各类他人话语，将其杂糅在自己的语言系统内，并塑造出自己的语言形象。语言形象不是单纯的修辞形象，修辞形象是在语言内部研究语言的一种方式，"在语言的自身中研究语言，忽视它身外的指向，是没有任何意义的"。①因此，语言形象是在语言自身之外的社会文化形象，用巴赫金的话来说就是："这种语言的形象，在小说中便是社会视野的形象，是与自己话语、语言连成一体的某一社会思想的形象。所以，这样的形象极少可能沦为形式主义的东西；而艺术地驾驭这些语言，也极少可能沦为形式主义的花腔。不同语言、不同派头、不同风格的形式标志，在小说中便是不同社会视野的象征。"②当然，巴赫金所说的社会视野的形象，并不是用语言去反映或再现不同的社会生活画面，而是说这种不同的社会文化视野的形象也是一种语言形象，"视野"的说法，正是指不同的价值评价系统对社会文化生活的语言凝结。而小说家的任务就是把这种不同的"他人语言"，整合杂糅在自己的统一的语言系统中，进而塑造自己的语言形象。因此，二十世纪八十年代以来的王蒙的语言创新，正是以空前开放的姿态，不断整合杂糅各种"他人语言"来塑造自己的语言形象的过程。正是这整合与杂糅，使王蒙的语言显得不够"纯净"，不够"透明"，它是庞杂繁芜的，杂语喧哗的，语言内部的矛盾悖反繁复并置，使其成为类似陀思妥耶夫斯基式的复调小说。不过，王蒙的小说还不是巴赫金意义上的"对话体"小说，他没有自觉地赋予"他人语言"以完全自主的意识，而在他的自我意识中，也没有自觉地与他人语言对话的意识，他只是试图整合他

————————

①　巴赫金：《长篇小说话语》，白春仁译，《巴赫金全集》第三卷，河北教育出版社1998年版，第73页。

②　巴赫金：《长篇小说话语》，白春仁译，《巴赫金全集》第三卷，河北教育出版社1998年版，第144页。

人语言，并尽可能地统一在自己的语言系统中。所有的这一切都与他的"补天"派身份认同有关。他始终把自己框定在体制内，既不能完全抛弃意识形态一元化语言的内核，又试图把这种语言改良为开放的与时俱进的新的语言，这种企图"厉行新政，不悖旧章"的整合思维，[①] 使他的语言内部充满矛盾。如此一来，王蒙的小说中已经出现了不自觉的对话因素，这种对话因素是无意识层面的，我把它叫作"亚对话"体。所谓"亚对话体"，是说这种对话不是意识层面的对话，而是无意识层面的对话，作者为各种他人语言留下了相互对话的"症候"，而作者意识便呈现为难以化解的矛盾。

"亚对话体"这一概念，是我对王蒙小说语言体式的一种概括。很显然，它是相对于巴赫金的"对话体"而言的。巴赫金在对陀思妥耶夫斯基的小说的复调性进行研究时指出："有着众多的各自独立而不相融合的声音和意识，由具有充分价值的不同声音组成真正的复调——这的确是陀思妥耶夫斯基长篇小说的基本特点。在他的作品里，不是众多性格和命运构成一个统一的客观世界，在作者统一的意识支配下层层展开；这里恰恰是众多的地位平等的意识连同它们各自的世界，结合在某个统一的事件之中，而相互间不发生融合。"[②] 在这里，巴赫金所说的陀思妥耶夫斯基小说的复调——对话性，是在意识层面的自觉的对话。这种对话打破了作者统一的意识支配，而呈现为众多的地位平等的意识之间的对话，因而与独白小说区别开来。王蒙的"亚对话体"是介于独白小说与对话体小说之间的一种小说语言体式，这种体式沿用了独白小说的语言套路，作者试图把各种不同的

---

① 笔者在对王蒙的私下访谈中，王蒙特别推崇张之洞所提出的16字箴言："启沃君心，克守臣节，厉行新政，不悖旧章。"王蒙将其概括为整合。

② 巴赫金：《陀思妥耶夫斯基诗学问题》，白春仁、顾亚铃译，《巴赫金全集》第五卷，河北教育出版社1998年版，第4页。

意识统一在自己的意识中，但在实质上作者已经无力控制局面，这是由于世界本身的破碎，使得一统语言破绽百出，矛盾重重，语言中的矛盾和悖反，产生了不同的声音，因而，这种对话是无意识层面的对话，因而我把它称为"亚对话体"。

为了明晰地说明这个问题，我们还是回到文本，从贯穿王蒙整个文本的两个关键词入手，加以考察。这两个关键词就是："应该/实际"。"应该/实际"这一对矛盾，正是"理想/现实"这一对矛盾的具象化与语词化。也可以说正是它们的语言形象。在《青春万岁》的第七节，杨蔷云到苏宁家，苏宁的哥哥苏君与杨蔷云有一段对话：

> 苏君掏出一条女人用的丝质手绢，用女性的动作擦擦自己的前额。收起来，慢慢地说："……我不反对学生可以集会结社。但也不赞成那么小就那么严肃。在你们的生活里，口号和号召非常之多，固然生活可以热烈一点，但是任意激发青年人的廉价的热情却是一种罪过……"
>
> "那么，你以为生活应该怎么样呢？"
>
> "这样问便错了。生活是怎么样就是怎么样，而不是'应该'怎么样。人生为万物之灵，生活于天地之间，栖息于日月之下，固然免不了外部与内部的种种困扰。但是必须有闲暇恬淡，自在逍遥的快乐。……"
>
> ——《青春万岁》（第一卷，第56页。）

在这里，王蒙对苏君的语言描绘是作为反面形象出现的，它还不足以构成与杨蔷云们对话的能力，作品把苏君写成具有阴柔行为（女人用的丝质手绢、用女性的动作擦前额）的旧时代"病人"（患肺病），目的是衬托杨蔷云的阳刚（杨的性格像男性）的新时代的健康的生活。然而，苏君的语言毕竟是有代表性的，杨蔷云不能不"低下头，沉思"，"然后严肃而自信地向着苏君摇头"，发表了一篇宏大的庄严的议论，这时作品写道："于是蔷云轻蔑地、胜利地大笑，公然地嘲笑苏君的议论。"可见在封闭性语言之中是不可能构成对话的。杨蔷云的胜利不是语言说服的胜利，而是气势压制的胜利，而作者的态度偏重在"应该"一边，这是不容置疑的。

《组织部来了个年轻人》中也写到了"应该 / 实际"这一对矛盾。第六节写林震在党小组会上受到严厉批评，林震的辩解是："党章上规定着，我们党员应该向一切违反党的利益的现象作斗争……"刘世吾的批评是："年轻人容易把生活理想化，他以为生活应该怎样，便要求生活怎样，做一个党的工作者，要多考虑的却是客观现实，是生活可能怎样。年轻人也容易过高估计自己，抱负甚多，一到新的工作岗位就想对缺点斗争一番，充当个娜斯嘉式的英雄。这是一种可贵的、可爱的想法，也是一种虚妄……"听到这种批评，林震的反应是："像被击中了似的颤了一下，他紧咬住了下嘴唇。"这里攻击"应该"的刘世吾的声音显然比苏君的声音要强大得多，而林震的声音比起杨蔷云来也弱小得多，不自信得多，他的反应也比杨蔷云要强烈得多。而在作者的自我意识中，林震的来自书本的理想主义规范化语言是一条正途，刘世吾的基于现实的"实际主义"显然是一种对乌托邦话语的偏离，但它也是具有一定的合理性的，作者找不到驳斥的理由，他只有惶惑和矛盾，然而作者又渴望把刘世吾的"实际主义"统一到林震的理想主义上来，唯一的解决方法就是寻求最高意识形态话语——权力的支持。由此可见作者渴望的是统一而不是对话。

复出以后的王蒙在对待理想与现实的问题上发生了明显的改变。在作者的自我意识中出现了不能统一的声音。历史前进的必然性与历史本身的荒诞性，理想主义的合法性与它的虚幻性，"实际主义"的庸俗性与它的合理性等等声音同时响彻在王蒙的意识中。《布礼》中的"灰影子"，《蝴蝶》中的"审判"，《如歌的行板》中的"无序号的篇章",作者都采取了"对话"的方式,当然作者设置的对话的一方都不足以与主人公抗衡,他们就像一个影踪缥缈的"灰影子",但却是作者不能压抑的存在,他透露的正是作者意识中的怀疑和解构的声音。但是作者仍然不希望他们之间产生真正的对话,"灰影子"的存在使作者感到不安,他必须努力从自己的自我意识中将其清理出去。然而,主人公毕竟承认了自己昔日的狂热,承认了自己对过多"应该"的青睐的幼稚,他的成熟是对"实际主义"的有条件接纳,他不能容忍对根本原则的否定,这同样与八十年代初主流意识形态既清理历史的错误又坚持基本原则的方针合拍。八十年代初期主流意识形态所设置的陷阱就是它在现代性的解放的大框架下,把体制上的错误巧妙地转嫁给了一个臭名昭著的他者——封建专制主义,从而把政治的新时期置换成一个类似于"五四"时期的第二次思想解放运动,使知识分子在撒了怨气又欢庆解放之中,遮蔽了体制本身的弊端。于是,王蒙所"致以布礼"的"布礼"实际上已成为虚幻的无法说清的东西,它存在着高悬在我们的头上,但谁又能说清楚呢?《海的梦》也许正是对理想的虚幻性的一个很好的注解。当平反后的五十二岁的缪可言来到梦牵魂绕的大海时,实际的大海与梦中的海其实并不一样,缪可言的"若有所失"难道不是对理想的某种程度的幻灭吗?但作者不忍心破坏缪可言的一生的"海的梦",于是在结尾安排了一个美得不能再美的夜月下的海景:

> 他感到震惊。夜和月原来有这么大的法力!她们包容着一切,改变着一切,重新涂抹和塑造着一切。一切都与白天根本不同了。红柳,松柏,梧桐,洋槐;阁楼,平房,更衣室和淋浴池;海岸,沙滩,巉岩,曲曲弯弯的海滨游览公路,以及海和天和码头,都模糊了,都温柔了,都接近了,都和解了,都依依地联结在一起。所有的差别——例如高楼和平地,陆上和海上——都

在消失，所有的距离都在缩短，所有的纷争都在止歇，所有的激动都在平静下来，连潮水涌到沙岸上也是轻轻地，试探地，文明地，生怕打搅谁或者触犯谁。

——《海的梦》（第四卷，第309页。）

夜和月遮盖了海的本来面目，也许虚幻才是美的极致，理想不正是这样的虚幻的东西吗？在这里王蒙再一次用他的"和稀泥"的整合式思维，把理想与现实之间的差异抹平了。王蒙在意识中把对话变成了超越。

然而差异是不能抹平的，矛盾也无法真正地超越。在"应该"与"实际"之间的语言漂流，成为王蒙八十年代中后期以后创作中的一个基本主题。《活动变人形》中的倪吾诚的"应该"哲学，是倪藻审视的主要问题："……有一些无孔不入的'应该'像投向姐弟俩的一根又一根捆人的绳索，而另一些'应该'则犹如白昼说梦……接受父亲的'教育'是怎样地痛苦，怎样的一场灾难啊！"王蒙对"应该"这一语词的态度变迁是颇有意味的，它标志着王蒙由虚幻的"应该"的天空向"实际"大地的回落，但王蒙并没有完全降落在大地上，倪藻对赵尚同的审视同样说明王蒙对庸俗的"实际主义"的警惕。王蒙就是徘徊在理想与现实之间，他背负着沉重的历史负担，踯躅在"应该"与"实际"的语言缝隙中。他整合着，他渴望和解渴望超越渴望中庸渴望弥合断裂的灵丹妙药。在"季节系列"中，幻灭感随处可见，对"骗净"了的清醒标志着王蒙自我意识的新的转变，但我们仍然看到那随时闪现的对历史、对自己的辩解：

然而，我们要活下去，要咯咯咯地迈出虽不阔大却是坚定不移的步伐。我们要咬紧牙关，露出微笑，唱出最新最美的歌曲。即使已经两眼昏花，我们仍要描摹缤纷的色彩。即使已经重听依稀，我们仍然要赞美激越的铿锵。即使已经一跛一拐，我们仍然要展现竞争马拉松冠军的顽强。即使已经满眼的苦泪，我们仍然要肯定奇妙的人生。

……

因为我们经历了浴血的战斗，我们在刑场上高歌，在刑场上举行婚礼。不能理解我们的坚强勇敢的黄口小子又怎么能理解我们的忍辱负重、俯首甘为快乐的牛？

——《踌躇的季节》（第165页。）

这样，王蒙一方面在坚守着理想，同时也在拆解着理想；另一方面王蒙在回归着现实，同时也在拒斥着现实。王蒙的矛盾与复杂性使他的语言中涌动着多种声音，使他的文本充满破碎感，杂语喧哗成为他的基本语言存在。但王蒙是要超越的，对话永远不会是陀思妥耶夫斯基意义上的对话，王蒙的对话只能是无意识的"亚对话"。

由此可见，王蒙的八九十年代的语言就处在这样的一个位置上：它既拆解着规范，同时又坚守着规范；它是杂语喧哗的，同时又回旋着启蒙的主旋律；它一只脚踩着历史，一只脚却跨进了未来；它先锋又传统，它庄严又嬉戏，它就是一个多棱多面的矛盾体。

小　结

语言是小说文体的肌肤，王蒙小说的语言具有自己独特的表现形态及功能。大量疑问句的运用，是王蒙小说区别于其他作家小说的一个独有的现象，我把这种现象称为"反思疑问式语言"。这种语言是王蒙自由联想体小说的语言基础，它不仅在叙述上具有自己独特的功能，而且在文化上也具有重要的功能。始终面对读者是王蒙基本的说话方式，疑问句类特有的语调，使反思疑问式语言具有了对话、协商、怀疑和探索的文化功能。反思疑问式语言使王蒙的小说成为可能的文本。可能的文本具有开放的、多元的、未完成性和不确定性特征，它实际折射出王蒙独特的思维方式和文化精神，这就是平等、民主、多元意识，以及反对独断论和极端化思想，倡扬宽容对话的精神境界。

由于这种思维方式和文化精神，王蒙对传统的乌托邦语言采取了反讽性的解构策略，具体表现在对"压制性语言"的解构，对"权威语言"的戏仿以及戏谑调侃式语言的运用上。这些反讽性语言的修辞功能是它可以制造喜剧效果，并使语言产生复义，从而加强了语言的内在张力。反讽性语言的文化功能体现在王蒙的语言哲学和世界观上，正是历史的反讽，生活的反讽，存在的反讽成为王蒙语言反讽的本源。

反讽性语言是王蒙为了打破语言的旧规范从而建立语言新规范的一种策略。破是为了立。王蒙的语言新规范的基本原则就是兼收并蓄，就是杂糅包容、多元整合，具体而言，就是并置和闲笔的运用。并置式语言是王蒙小说语言的一个独特现象。并置分为繁复式并置、悖反式并置和组合式并置。这些并置体现了王蒙兼收并蓄，杂糅整合的文化精神，是王蒙对世界多样统一世界观的表征。

在王蒙的小说中存在着大量的闲笔，闲笔实际上是一种特殊的并置式语言。闲笔的表现功能是可以增添语言的情致，使语言更有趣味；闲笔的叙事功能是可以调节叙述节奏，制造间离效果；闲笔的文化功能是它扩大了生活内容的表现范围，体现了广泛真实性原则。由此可见，闲笔其实不闲。

以上是从共时性角度来考察王蒙小说的语言。从历时的角度看，王蒙小说语言经历了一个由封闭到开放的变化过程。二十世纪五六十年代是王蒙创作的起步期，这一时期的语言明显带有时代的痕迹，封闭性是其主要特征，这种语言是完成的语言，独白的语言，一元化的语言，因而是不可更易的语言，得不到描绘的语言；二十世纪七十年代是王蒙语言变化的过渡期，是由封闭到开放的蜕变时期；二十世纪八十年代是王蒙小说语言的全面开放时期，这时期的开放性语言具有未完成性、多种可能性、不确定性、幽默戏谑性诸特点，杂语与并置是其基本的存在方式。开放式语言实质上是一种杂语，它通过整合各类"他人话语"，将其杂糅在自己的语言系统内，并塑造出自己的"语言形象"。正是这种杂糅与整合，才使王蒙的语言具有了类似于陀思妥耶夫斯基的复调 —— 对话性小说，但王蒙的小说不是巴赫金意义上的对话小说，而是一种"亚对话体"小说，"亚对话体"是无意识层面上的对话，以此为基础的小说介于独白小说与对话小说之间，是王蒙内心矛盾的外在投射。

第二章　王蒙小说的叙述个性

　　叙述是人类的基本行为之一。正像罗兰·巴尔特所言的："对世界的叙述，无计其数。"而小说叙述是人类叙述行为的重要的代表性文体之一。因此研究小说文体，不研究叙述是不可思议的。如果说语言是小说文体的肌肤，那么叙述就是小说文体的骨骼。从叙述方式、叙事个性上我们可以看出一个作家的精神追求，因此我在这里的叙事分析不是纯粹的西方经典叙述学的分析，而是借鉴其中的一些方法，对王蒙小说进行叙述个性特征的分析。

一、从显现性文本到讲说性文本：
王蒙小说叙述语式的演变

　　显现性与讲说性这两个概念脱胎于显示（showing）和讲述（telling）。这两种不同的叙述语式，来源于柏拉图的《理想国》中所提出的"模仿（mimesis）"和"纯叙事（diegesis）"的对立。按照柏拉图的意思，模仿就是竭力造成不是诗人（叙述人）在讲话的错觉，而纯叙事则正好相反，以诗人（叙述人）自己的名义讲话，而不想使我们相信讲话的不是他。^①亚里士多德把纯叙事与直接显示看作模仿的两种不同的形式，目的就是试图调和两者的对立。但经亨利·詹姆斯及其弟子们加以定型化，显示与讲述已被人们广泛接受。人们一般认为，讲述是古代小说常用的一种叙述语式，而现代小说一般采用显示的方法，因为只有显示才被认为是真实客观的。实际上，显示也是一种讲述，只是这种讲述隐藏了作者，用柏拉图的话说就是"假装不是诗人在讲话"。为此，布斯在《小说修辞学》中，已尖锐地指出了区分"显示"与"讲述"二者的武断性。^②不过，我认为，尽管二者都是

---

① 柏拉图在《理想国》第三卷，392d–397处，主要谈了"叙述"（diegesis）、"模仿"（mimesis）与两者兼有的三种讲故事的方式。实际上，这三者都是广义上的"叙事方式"（narration）。柏拉图以荷马史诗《伊利亚特》开头赫吕塞斯向阿伽门农求情释放女儿为例，对三种叙事或描述方式作了区别。如柏氏所说："这里是诗人自己在讲话，没有使我们感到别人在讲话。在后面一段里，好像诗人变成了赫吕塞斯，在讲话的不是诗人荷马，而是那个老祭司了。"（393b）

照前者那种方式讲下去，"不用赫吕塞斯的口气，一直用诗人自己的口气。他这样讲就没有模仿而是纯粹的叙述（pure and simple diegesis without mimesis）"（393d）

按照柏拉图的说法，这里的"诗人"，是指荷马。"没有模仿的纯粹叙述"是指诗人自己的直接叙述，也就是直抒胸臆的表情达意方式，这是"抒情诗（lyrics）"体裁或文类的基本特征。

诗人"变成赫吕塞斯"讲话，不再是"纯粹的叙述"，而是"通过模仿来叙述"（diegesis through mimesis），诗人"完全同化于那个故事中的角色"，"使他自己的声音笑貌像另外一个人，就是模仿他所扮演的那一个人了。"（393c–d）。悲剧和戏剧通常采用这种叙事方式。剧作家把诗人直述的部分删去，只留下模仿性的对话，以满足戏剧表演的需要。

史诗所采用的叙述方式，就是两者兼用的叙述方式（integrated diegesis），既采用诗人直接叙述或不模仿任何他人直抒胸怀的方式，也采用模仿他人或以他人口气讲话的叙述方式，这在《伊利亚特》和《奥德赛》中十分常见。

以上参看柏拉图：《理想国》第三卷，郭斌和、张竹明译，商务印书馆1995年版，第94~100页。

② 参看布斯：《小说修辞学》第一章《"讲述"与"显示"》，华明、胡晓苏、周宪译，北京大学出版社1987年版，第3~23页。

一种"讲述"，但却体现了不同的对世界的理解和言说方式，因而这种区别是根本的。布斯所看到的只是修辞层面上的，而没有上升到文化。如果从文化精神上看，显示所昭示的正是笛卡儿以来的理性主义的胜利。作者隐退让世界自己呈现，并不意味着意识形态的淡化，而是科学主义、整体性、必然性以及世界统一的宏大叙事的表现。而传统叙事中的专断的"讲述"，从叙述技巧上看，显得不够成熟，而从文化上看，则属于一种"神学"世界观，作者试图主宰读者，把自己的判断强加于读者，因而引发了自福楼拜以来众多作家、批评家的反感。他们确信："'客观的'或'非人格化的'或'戏剧式的'叙述方法自然要高于任何允许作者或他的可靠叙述人直接出现的方法。"① 可见，这种由讲述向显示的转变，体现的是由神学向科学的世界观的转变，因此，对二者的区分就是很有必要的。

王蒙小说的显现性，主要指的是他的二十世纪八十年代以前的创作，特别是二十世纪五六十年代的创作。这些小说在创作方法上主要遵循的是革命现实主义的方法。革命现实主义的重要思想就是真实性与倾向性完美统一的思想。马克思在1859年写给拉萨尔的信中曾提到著名的"莎士比亚化"与"席勒式"问题，恩格斯在给敏·考茨基的信中也曾指出："我决不反对倾向性本身……可是我认为，倾向应当从场面和情节中自然而然地流露出来，而无须特别把它指点出来；同时我认为，作家不必把他所描写的社会冲突的历史的未来的解决办法硬塞给读者。"② 在这里，马克思恩格斯所倡导的这种创作方法与福楼拜等人所提倡的"显示"的叙述语式是一致的。王蒙创作的这种显现性，正是在这一大背景下的产物。

然而，王蒙的显现性与福楼拜等西方作家的显示也具有质的区

---

① 布斯：《小说修辞学》，华明、胡晓苏、周宪译，北京大学出版社1987年版，第10页。
② 《马克思恩格斯选集》第4卷，人民出版社1995年版，第673页。

别。作家的评论虽然不在作品中现身，但作家的激情却无处不在。这种显现性是当下的即刻显现，是对现实社会生活的瞬间记录，它基本上不具备历史的纵深感，因而这样的小说是空间性的而不是时间性的。我们只要看一看《青春万岁》和《组织部来了个年轻人》以及《眼睛》《向春晖》《最宝贵的》等作品，就会很清楚。《青春万岁》是一个又一个的场面和情节的连缀，而每一个场面和情节又可以还原为一个一个的画面，这部作品虽然不具有完整的故事性，但还是有情节的。这部作品后来改编为电影不是没有原因的。《组织部来了个年轻人》描写的是"一个春天"的故事，时间只有两到三个月，地点是区委会组织部。主人公尽管遇到了不少"麻烦"，但投身的却是一项"伟大"的事业。特别是小说的结尾："隔着窗子，他看见绿色的台灯和夜间办公的区委书记高大的侧影，他坚决地、迫不及待地敲响了领导同志办公室的门。"这样，一个"春天"的故事，一项"伟大而麻烦"的工作，一个充满"希望"的结尾，就决定了小说所显示出来的世界基本上是一个完整的、统一的、肯定的、光明的有机世界。在这样一个世界中，那个虽然不出场，但无处不在的作者的自信和豪情却已经蕴含在这个世界中了。这不是王蒙一个人的特点，而是时代的特点，时代造就了不同作家共同的叙述方式，那样的时代无须讲述，时代和生活可以自我显现，作家只是时代和生活的书记员。

然而，时代和生活在1957年的那个严冬突然断裂了，一个少年布尔什维克，一个党培养的革命作家，突然间成了革命的敌人、革命的对象。这个巨大的反差，使王蒙不知所措。戴帽、改造、回城、自我放逐新疆十六年，这近四分之一世纪的规训和惩罚、生聚与教训，对于王蒙来说实在是一次沉痛的生命体验。于是，当二十世纪七十年代末他重回文坛之后，昔日的那个完整的、统一的、肯定的世界早已断裂而破碎了。它再也不能自我显示，它必须依赖于讲述。不能自我显示是说，这个世界对于王蒙而言已经不能那样自信地把握了，世界成为异己的排斥的存在。于是我们看到，王蒙在二十世纪七八十年代之交的叙述方式发生了重大改变，显现性悄然退位，而讲说性浮出历史地表，成为他最直接的叙述语式。

关于讲说性问题，一些论者已经注意到，并作了比较精当的论述。比如郜元宝在《特殊的读者意识和文体风格》一文中指出：王蒙小说中的"人物的意识和动作不是作为纯客观的过程被呈现出来，而是在作者和读者的话语交流中被讲述出来。在讲述中，无论人物深层的意识流变还是外在的言语行为都被讲述者的主观意识充分过滤和逻辑化了"[①]。吴广晶在《王蒙小说：生活与叙事的纠缠》一文中指出："王蒙是一个充满激情的作家，即使不判断，他也要不停地'说'，'说'成为他无法改变的存在方式。世界通过'说'而进入他的小说，王蒙在'讲说'小说，其小说中的'生活气息'和'生活原貌'都是通过'诉说'（王蒙语）传达出来的。"[②]郜元宝在《"说话的精神"及其他——略说"季节系列"》一文中，把这种"讲说性"称为"说话的精神"："在小说中冲破一切障碍，直接站出来痛快地'说话'，这是小说家王蒙最大的特点，其小说的意义的发源地不是被讲述的故事，而是讲故事的人在讲故事时永远蓬勃有力地自说自话。"[③]那么，王蒙的讲说性是否就是柏拉图所谓的纯叙事或是布斯所说的专断的讲述？回答是否定的。王蒙的讲说性也许类似于热奈特对普鲁斯特所作的总结："把最高度的展现与最纯粹的讲述熔于一炉"，[④]因此，王蒙的讲

---

① 郜元宝：《特殊的读者意识和文体风格——王蒙小说别一解》，《小说评论》1988年第6期。

② 吴广晶：《王蒙小说：生活与叙事的纠缠》，《首都师范大学学报》（社科版）2000年第5期。在该文中，作者提出王蒙小说的"讲说性"概念，本文借用了这一概念，在此谨表谢意。

③ 郜元宝：《"说话的精神"及其他——略论"季节系列"》，《当代作家评论》2003年第5期。

④ 热拉尔·热奈特：《叙事话语 新叙事话语》，王文融译，中国社会科学出版社1990年11月版，第112页。

说性也可以称之为"后讲述",所谓"后讲述",是说这种讲说性,是一种夹叙夹议的讲说故事的方式,是一种站在新的时代对历史的回溯对往事的追忆。以上论者对王蒙说话性的发现是睿智的,但不看到王蒙小说中的高度的显示性存在也是对王蒙的误解。我们可以说,王蒙正是在讲说中试图展示并重构历史的真实。因此,王蒙的讲说与传统的专断的讲述也有了根本的区别。传统的讲述是君临世界之上的神学讲述,而王蒙的讲说是"在世界之中"的讲说,是一种试图弥合断裂与破碎的讲说,这样的讲说者是平等的、自我限制的讲说者。"在世界之中"的讲说,是王蒙"后讲述"的基本特征,也是王蒙的基本处世方式。"在世界之中"这一海德格尔式的哲学言说,揭示的是人生在世的基本存在方式。按照海德格尔的观点,"在之中",不是那种纯粹的主客二分,而是人"融身"在世界之中,"依寓"于世界之中,"世界乃是由于人的'在此'而对人揭示自己、展示自己。人生在世,首先是同世界万物打交道(制造、办理、使用、操作、疏远、自卫等等都是'打交道'的方式),对世界万物有所作为,而不是首先进行认识,换言之,世界万物不是首先作为外在于人的现成的东西而被人凝视、认识,而是首先作为人与人打交道、起作用的东西而展示出来。人在认识世界之先,早已与世界万物融合在一起,早已沉浸在他所活动的世界万物之中。世界万物与人之同他们打交道不可分,世界只是人活动于其中的世界。所以,融身于世界之中,依寓于世界之中,繁忙于世界之中 —— 这样的'在之中',乃是人的特殊结构或本质特征。人('此在')是'澄明',是世界万物之展示口,世界万物在'此'被照亮。"① 我在此言及的海德格尔的理论,并不是要用它来框范王蒙,而是说王蒙在某种意义上恰恰与海德格尔的理论有了一定

---

① 张世英:《天人之际 —— 中西哲学的困惑与选择》,人民出版社1995年5月版,第4页。

的暗合，王蒙的"在世界之中"实际上是一种体验，一种反思，一种从不凌驾于世界之上的、平等的、既让世界自我显示又要讲说的现代讲述。

王蒙的"后讲述性"首先源出于他的艺术观念。在王蒙看来，生活的真实性是很难描述的，那种试图穷尽事物外在真实的想法，都将是费力不讨好的。在谈到小说的可能性时，王蒙很推崇概括性和模糊性以及混沌性，他说："人们除了追求生活的真实性、变异性以外还追求生活的概括性、模糊性。长期以来人们相信小说写得越具体越好，越鲜明越好，越不可更易越好。古典小说巴尔扎克的小说就是这样写的，某年某月某日，什么季节，什么天气，在巴黎的哪条街上，在什么样的灯光下，一个什么样的女人在等待着谁。但近几十年来人们又感觉到小说可以有一种模糊的写法，不确定的写法，由于它的不确定它就变成了一种框架，这框架可以容纳许多不同的东西。"① 王蒙平生最喜欢的书是《红楼梦》，认为它是一部"混沌型"的小说，王蒙说："《红》在各方面呈现出的混沌现象说明了什么？我认为这是一个伟大的小说家在他的人生经验里在他的艺术世界里的迷失。因为他的经验太丰富了，他的体会太丰富了，他写了那么多人，那么多事，他走失在自己的人生经验里，走失在自己的艺术世界里。他的艺术世界就像一个海一样，就像一个森林一样，谁走进去都要迷失。……托尔斯泰的笔调显得非常亲切非常细致，一次舞会就可以写好几章，人物的肖像写得十分细腻，但最后事情本身总是很清楚的，没有太多的迷失感；巴尔扎克写的人物也很多，要从头到尾看一遍也是十分疲劳的，他的笔像外科医生的解剖刀一样解剖每一个人的心灵，解剖每一个人与其他人的利害关系。曹雪芹其实没有那么细腻地去写每一个人，比如林黛玉长什么样？也就那么几句话；他经常用四字一句的熟

① 王蒙：《小说的可能性》，载《王蒙谈小说》，江西高校出版社2003年10月版，第56页。

语套语，简练地写了许多人和事，既有实际经验又有虚构。……"①在这里，王蒙对托尔斯泰和巴尔扎克的解剖刀式的细致描写显然并不认可，他认可的是《红楼梦》式的简练而模糊的写法，这种既有实际经验又有虚构的写法，实际上就是王蒙的"后讲述"。因为在王蒙看来，事物的外在真实是不能靠语言的描写传达的，描写得愈细致，限定就愈多，给读者的想象空间就愈少；反之，讲说是一种传达作家内在体验的方式，作家的体验愈丰富，讲说的语言就愈简练，所谓的"欲说还休""言不尽意""只可意会不可言传"等等说法就是这个意思。并且这种传达内在体验和内在真实的讲说，还具有重要的心理学内涵，它可以充分调动读者的创造性联想，从而为读者提供广泛的艺术想象性空间。

然而，王蒙的"后讲述"在根本上还是现实文化变迁所带给王蒙的不能克服的悖论。王蒙是一个具有不能化解的政治情结和史诗情结的作家。题材的政治性和历史性，使他始终雄心勃勃地要还原历史的本来面目，但记忆中的对历史的审视和重构又不断阻隔着对当时历史原貌的还原，这构成他内心深处的深重的矛盾。正如保尔·利科所说的："矛盾是想讲述当时亲历之事和想讲述事后回忆起之事的矛盾；叙事时间倒错所反映的错杂交迭时而归因于生活本身，时而归因于记忆的矛盾；特别是注定既寻求'超时间'又寻求'纯状态时间'的矛盾。"②正是这种矛盾决定了王蒙叙述语式的高度展现与纯粹叙述熔为一炉的讲说性。与年青的一代作家对历史的轻慢和任性的态度和处理方式不同，（比如"新历史主义"作家们），王蒙是历史的亲历者，见

---

① 王蒙:《伟大的混沌》,《王蒙文集》第八卷，华艺出版社1993年12月版，第315~316页。

② 保尔·利科:《虚构叙事中时间的塑形》，王文融译，三联书店，2003年4月版，第152页。

证者，他必须对历史负责，必须对自己的情感负责。因此展现当时历史的原貌，并尽最大可能地逼真化，就成为王蒙写作的追求；然而历史的转瞬即逝性，历史的记忆性又使他只能依赖记忆的逻辑来加以重构，于是，讲述成为重构历史的唯一方式。王蒙说："当我写到年轻的时候，当然充满自豪，我最美好的青春时代就是这么度过的。当然，怀旧的时候就会想到，那个时候有幼稚的、不切实际的，甚至也有荒谬的一面，但那些伟大、难忘、幼稚、荒谬、神圣、无情、多情……很多好的词和不好的词，都在我的写作范围之中。有人只看到作品中对那个时代的一些事情嘲笑的一面，但嘲笑之中就没有温馨的回忆、没有美好的依恋、没有惶惑吗？我觉得我们完全可以跳出来，有事后诸葛亮的看法也不妨，不哭不笑而去理解，不是简单地歌颂，更不是去简单地咒骂。我希望能够再现当年的激情，哪怕那种热烈中也包含有幼稚和荒谬。我并不是想制造一个悲情系列、煽情系列。我从来没有否定革命，而且认为革命是必然的、在当时当地不可避免的，它是最能动员人的，是充满了激情的，有它的正义性。但革命又决不是一帆风顺的，是要付出巨大代价的，在革命的名义下也会犯错误，也会做蠢事，也会出现不义，也会出现痛苦。……"[1] 这一段话体现了王蒙对历史的基本态度和基本理解。历史对于王蒙来说就是一堆剪不断理还乱的情感乱麻，一堆混沌，面对历史王蒙所讲说的和遮蔽的一样多，我们甚至可以说，不是王蒙在说历史，而是历史在让王蒙不停地言说。正像王蒙自己所说的："写短篇是我写它，写长篇是它写我。一大堆东西在追着你，有一种被控制的感觉。"[2] 讲说就是摆脱这种被控制的方式，就是超越这种矛盾的方式。历史断裂了世界破碎了，讲说是在这破碎和断裂中冒出的芽，讲说是试图补缀这断裂和破碎的

---

[1]　参看江湖　阎琳:《漫步在"季节"的长河》,《文艺报》2000年6月20日第1版。

[2]　参看江湖　阎琳:《漫步在"季节"的长河》,《文艺报》2000年6月20日第1版。

焊枪，讲说也是慰藉心灵的一剂药方。然而，历史难道可以破镜重圆吗？讲说最终只能证明这历史这世界的无可救药的命运。

那么，王蒙的讲说性究竟是从何处入手的呢？

二、讲说者的位置：视角与声音

王蒙小说的讲说性只是一个基本的现象，讲说性的内在结构是如何建构起来的？它究竟有什么意义？要弄清这些问题，我们还须从讲说者的位置入手。所谓讲说者的位置，就是指的一种叙述的视角和叙述的声音。通俗地讲就是由"谁看"和"谁说"的问题。关于这个老生常谈的问题，西方经典叙述学对此已有深入的研究。比如托多罗夫的视点理论，谈的就是叙述者与作品人物的关系：叙述者＞人物，是从后面观察，就是传统叙事中的全知全能的叙述行为；叙述者＝人物，属于同时观察，这是有限视角叙述行为；叙述者＜人物，属于从外部观察，这是一种更加有限视角的叙述行为。[①] 热拉尔·热奈特则把视点、视角概念改称为聚焦概念。[②] 不过，经典叙述学基本上都是从文本内部的叙述者来言说的，因而，他们所谈的视点和聚焦都是指的叙述者的位置。而王蒙小说中的讲说者的位置不仅是指的叙述者的位置，而且还是作者的位置，同时也是一个建构主体的位置，因而这一位置便不仅仅是一个技巧问题，而是一种意识形态文化问题了。这就是说，王蒙小说中的讲说者的位置具有三个层次：一是叙述人的位置，一是作者的位置，再一个就是"作者的读者"的位置。"作者的读

---

① 参看兹维坦·托多罗夫：《叙事作为话语》，见张寅德编选：《叙述学研究》，中国社会科学出版社1989年5月版，第298~300页。

② 参看热拉尔·热奈特：《叙事话语 新叙事话语》，王文融译，中国社会科学出版社1990年11月版，第129页。

者"不同于实际的读者，它是作者设置出来的理想读者，因而也叫隐含读者。这三种位置，构成王蒙小说讲说者的位置。隐含读者是讲说者的接受者，实际上也是一个潜在的讲说者。在王蒙的小说中第一人称叙述并不多，而大部分属于第三人称叙述。而第一人称叙述基本上不具有自传色彩，比如《悠悠寸草心》中的理发师，《坚硬的稀粥》中的"我"，《如歌的行板》中的周克等，我们不会一下子就把他们指认为王蒙，反倒在第三人称叙述的小说中却最具自传色彩。钟亦成、曹千里、倪藻、钱文等都基本上是作者的化身。[①] 所以，我把这一类小说称为第三人称自传型小说，这类小说在王蒙的小说中占有重要的地位，因而把第三人称讽喻性寓言小说也排除在外了。在这类小说中，第三人称叙述人不是全知全能的传统型的视角，而是以主人公为视角的有限视角叙述。在王蒙的这些小说中，主人公是一种成长加考验型人物，主人公的位置是一个不断回溯的位置，他站在一个既定的观念上，重新观看自己的人生道路，进而通过省思自己的得失来鉴证历史的得失。钟亦成对"布礼"的追寻，张思远对"党魂"的寻觅，曹千里对人生意义的思考，倪藻对父辈的审视，钱文对历史的省思，均是如此。这样，回溯或追忆就成为基本的叙述姿态。由于回溯或追忆，就使主人公的视角具有了双重性，一个是追忆往事的主人公的视角，一个是被追忆的主人公在当时正在经历往事时的视角。这两个视角的对比是成熟与幼稚、超然事外与不明真相之间的对比，于是构成叙述张力。在《布礼》这篇小说中，主人公钟亦成就是这样一个具有双重性的人物。他的活动时空就是王蒙所说的"故国八千里，风云三十年"。在这样的一个时空中，小说打破时空的线性连缀，时序颠倒，时空倒错，大开大阖，充分展开自由联想，于是我们看到的实际上是两个钟

[①] 王蒙的"在伊犁"系列小说是个特例，这一组以第一人称叙述的小说，实际上接近纪实小说，因而与我这里说的虚构小说具有不同的美学风范。

亦成，一个是历史中的钟亦成，一个是"现在"的钟亦成。当1957年的"反右"冷风吹来的时候，钟亦成的生活连续性中断了，他不能理解、不能接受，但他不明真相，不知就里。在一次又一次的批判之后，钟亦成终于接受了意识形态的"询唤"：

> 天昏昏，地黄黄！我是"分子"！我是敌人！我是叛徒！我是罪犯！我是丑类！我是豺狼！我是恶鬼！我是黄世仁的兄弟、穆仁智的老表，我是杜鲁门、杜勒斯、蒋介石和陈立夫的别动队。不，我实际上起着美蒋特务所起不了的恶劣作用。我就是中国的小纳吉。我应该枪毙，应该乱棍打死，死了也是不齿于人类的狗屎，成了一口黏痰，一撮结核菌……
>
> ——《布礼》（第三卷，第24页。）

这是当时的钟亦成，幼稚的不成熟的钟亦成。这个钟亦成尽管有委屈，但对党的信任对"布礼"的信念，使他必须承认现实认可现实。他对恋人凌雪的表白："我自己想也没有想到，原来，我是这么坏！从小，我的灵魂里就充满了个人主义、个人英雄主义的毒菌。上学的时候总希望自己的功课考得拔尖，出人头地。我的入党动机是不纯的，我希望自己做一番轰轰烈烈的事业，名留青史！还有绝对平均主义、自由主义、温情主义……所有这些主义到了社会主义革命的严重关头就发展成为与党与社会主义势不两立的对立物，使我成为党内的党的敌人！凌雪，你别忙，你先听我说。譬如说，同志们批判说，你对社会主义制度怀有刻骨的仇恨，最初我想不通，想不通你就努力想吧，你使劲想，总会想通的。后来，我想起来了，前年二月，咱们到新华书店旁边的那个广东饭馆去吃饭，结果他们把我们叫的饭给漏掉了，等了一个小时还没有端来……后来，我发火了，你还记得吗？你当时劝我了呢。我说：'工作这样马虎，简直还不如私营时候！'看，这是什么话哟，这不就是对社会主义不满吗？我交代了这句话，我接受了批判……我就是坏，我就是敌人，我原来就不纯，而后来就更堕落了。……"这一番表白，不能不说是真诚的，当时的钟亦成只能是这样的水平。

然而与"灰影子"对话的钟亦成呢？他说："是的，我们傻过。很可能我们的爱戴当中包含着痴呆，我们的忠诚里边也还有盲目，我们的信任过于天真，我们的追求不切实际，我们的热情里带有虚妄，我们的崇敬里埋下了被愚弄的种子，我们的事业比我们所曾经知道的要艰难、麻烦得多。然而，毕竟我们还有爱戴、有忠诚、有信任、有追求、有热情、有崇敬也有事业，过去有过，今后，去掉了孩子气，也仍然会留下更坚实更成熟的内核。……"这显然又是另一个钟亦成了：一个成熟、明了、思考的钟亦成。问题在于，这第二个钟亦成与第一个钟亦成之间的反差是如何造成的？这显然与叙述人的声音有关。我们当然不能把叙述人完全与作者王蒙画等号，但钟亦成与作者的叙述声音的重合我们还是听得出来的。钟亦成不是叙述人，而只是叙述的视角，一个体验者观察者，他的视角最终与叙述人视角的重合，使他无限趋向于与作者的重合。因此作者所在世界的位置，就是钟亦成的回溯或追忆往事的最后边界。我们来看下面的这段叙述：

> 多么真挚的情诗！让后人去嘲笑、去怀疑、去轻视吧，让他们认定我们不懂诗，不懂人情，教条主义和"左"吧，即使在成了"分子"以后，这首诗的温习，带给钟亦成的仍然是善良而又美好的、充实而又温暖的体验。
>
> ——《布礼》（第三卷，第31页。）

这是对钟亦成写给恋人凌雪的情诗《给我提点意见吧》的评述。这里的"多么真挚的情诗！让后人去嘲笑、去怀疑、去轻视吧，让他们认定我们不懂诗，不懂人情，教条主义和'左'吧"显然是第二钟亦成的声音，而"即使在成了'分子'以后，这首诗的温习，带给钟亦成的仍然是善良而又美好的、充实而又温暖的体验"则是叙述人的声音，这两种声音的融合折射出的正是作者的声音。对此，巴赫金有精辟的论述："在叙述人的叙事背后，我们还看得到第二种叙述——作者的叙述，他讲的对象与叙述人是一致的，不过在此之外也还讲到叙述人本身。我们感觉得出每一叙述成分都分别处于两个层次之中。一是叙述人的层次，是他的指物达意表情的层次；另一个是作者的层次，作者利用这种叙述、透过这种叙述，折射地讲自己的话。被收进作者这一视野的，除了全部叙述内容外，同时还有叙述人自己及他的话语。在叙述对象身上，在叙述当中，在叙述过程中展现出来的叙述人形象身上，我们可以捕捉到作者的语调和侧重。感觉不到这第二个表达意向情调的作者层次，就意味着没有理解作品。"①

如果说王蒙的这一作者层次在《布礼》《蝴蝶》等小说中还是朦胧地外在于作品的话，那么在《杂色》里就是内在于作品的了。内在于作品意指，作者在作品中直接发言，作者的声音成了作品中的一个形象。

（1）好了，现在让曹千里和灰杂色马蹒蹒跚跚地走他们的路去吧。让聪明的读者和绝不会比读者更不聪明的批评家去分析这匹马的形象是不是不如人的形象鲜明而人的形象是不是不如马的形象典型，以及关于马的臀部和人的面部的描写是否完整、是否体现了主流与本质、是否具有象征的意味、是否在微言大义、是否情景交融、寓情于景、一切景语皆情语、恰似"僧敲月下门"、"红杏枝头春意闹"和"春风又绿江南岸"去吧。让什么如

---

① 巴赫金:《长篇小说话语》，白春仁译,《巴赫金全集》第三卷，河北教育出版社1998年版，第98页。

果是意识流的写法作者就应该从故事里消失，如果不是意识流的写法第一场挂在墙上的枪到第四场就应该打响，还有什么写了心理活动就违背了中国气派和群众的喜闻乐见，就是走向了腐朽没落的小众化，或者越朦胧越好，越切割细碎，越乱成一团越好以及什么此风不可长，一代新潮不可不长的种种高妙的见解也尽情发表以资澄清吧。然后，让我们静下来找个机会听一听对于曹千里的简历、政历与要害情况的扼要的介绍。

……

——《杂色》（第三卷，第141～142页。）

（2）这是一篇相当乏味的小说，为此，作者谨向耐得住这样的乏味坚持读到这里的读者致以深挚的谢意。不要期待它后面会出现什么噱头，会甩出什么包袱，会有个出人意料的结尾。他骑着马，走着，走着……这就是了。每个人和每匹马都有自己的路，它可能是艰难的，它可能是光荣的，它可能是欢乐的，它可能是惊险的，而在很多时候，它是平凡的，平淡的，平庸的，然而，它是必需的和无法避免的，而艰难与光荣，欢乐与惊险，幸福与痛苦，就在这看来平平常常的路程上……

——《杂色》（第三卷，第157～158页。）

这两大段作者的直接议论，使作者与叙述人完全重合了。作者与叙述人重合的结果是宣告了作者所在世界与小说虚构世界的对接。在引述1中，作者通过调侃表明了作者所在世界的位置即——二十世纪八十年代。在引述2中，作者通过点题，表明《杂色》的隐喻性质，而这一隐喻正是相对于作者所在社会生活世界而言的。

让虚构的小说世界与作者所在生活世界的对接，在王蒙的长篇小说中表现得尤为突出。《活动变人形》是王蒙的一部家族小说，在这部小说里，作者设置了倪藻这个叙述视角。这是一个省思的视角，一个连接不同时代不同文化的视角。也是连接倪藻与作者王蒙的纽带。小说第一章的那个第一人称"我"，我们既可以看作是倪藻的内心独白，也可以看作是作者的话，作品中不断插入的作者的讲说，比如我们在本文第一章所说的闲笔，即第五章的开头与第十章的多半章的作者的插话，还有小说的续集的最后一章（第五章），作者直接说话："我的朋友！在本书即将结束的时候我想起了你。……"作者造访生活世界中的一个一个的知识分子朋友，最终与倪藻相遇。这一相遇是意味深长的，它一方面说明作者表面上试图告诉读者倪藻非王蒙，倪藻是一个虚构的人物，另一方面他又使我们坚信倪藻就是王蒙，倪藻与作者重合了，这一重合是虚构世界与生活世界的对接，这一对接，实际上构成了王蒙小说的两个世界，一个是虚构的小说世界，一个是现实的生活世界。现实生活世界由作者的插话式的讲说，变成了小说中的一个实实在在的世界。这样，王蒙的小说就成为有两个世界叠加而成的立体世界，生活世界是"叙述现在时"，也就是说它是作者的立足的位置，也是叙述人立足的位置，通过这个位置，引导读者跟随叙述人去审视虚构的小说世界，这个虚构的小说世界是追忆和重构出来的，因而具有了历史的纵深感。这是王蒙的创新之处，和过去的小说相比，我们的感受会十分强烈。回想一下"十七年"的小说，无论是《青春之歌》还是《红旗谱》，甚至包括那些专门写历史的小说，都不具有这个"叙述现在时"的生活世界，而是把历史还原成当下的即刻显现，仿佛他所写的历史就是正在发生的事件，因而制造的是历史的真实幻觉。读者沉浸其中的，仿佛就是真实的现实，反而忘记了真正的现实世界。可见这样的小说没有时间的纵深感，所以是平面的而不是立体的。当然把这个生活世界引入小说之中，并不意味着作者把它原原本本地仔细描绘出来，而是通过面向读者的讲说或"预叙"，让读者建构出来的。在这里，读者也成为小说中的一个特殊的主体——建构主体，这个主体的积极参与，才使王蒙小说的两个世界成为相互审视的完整的艺术文本。正如我在前面说过的，始终面对读者是王蒙小说的基本说话姿态，讲说性从根本上决定了王蒙的积极的读者意识。对此有论者已经指出来了。[①] 我在此想从另一侧重点谈谈王蒙是如何建构了读者主体，而这个读者主体又是如何建构了王蒙的两个世界的艺术文本的。

王蒙的小说曾被称为是"意识流"小说，而意识流小说也曾被称为是无故事无情节小说。按照传统的理解，王蒙的小说的确不是情节小说。传统的情节小说应该是有统一的故事，有连续性有悬念的作品，它严格按照开端、发展、高潮、尾声的所谓"弗雷塔格金字塔"[②] 式的结构模式进行叙述。而王蒙的小说也许从《青春万岁》时起就没有首尾连贯的统一的故事情节。复出以后的作品更是取消了线性的时间连缀，由人物的自由联想使不同的事件场景甚至是情绪任意连缀起来，从而构成作品的整体。相对于情节小说而言，王蒙的小说可以叫作"情景小说"。情景小说由于抽掉了作品内在的因果逻辑链和常规时间链的正常链接，因而更需要读者的主动参与。实际上，故事并不是由作家直接写出来的，而是由读者从作家提供的诸多序列事件中所发现的信息建构而成的。[③] 传统作品所提供的序列事件更完整更富有逻辑性，而王蒙所提供的序列事件则具有更大的跳跃性、少逻

[①] 参看郜元宝：《特殊的读者意识和文体风格 —— 王蒙小说别一解》，《小说评论》1988年第6期。

[②] 1863年由居斯塔夫·弗雷塔格提出，认为叙述作品或戏剧作品有五个基本环节，除了开场与收尾之外，依次是"展示""复杂化""高潮""逆转""解决"，高潮是金字塔尖，前两个环节是"情节上升"，后两者是"情节下降"，这就是"弗雷塔格金字塔"。参看赵毅衡：《当说者被说的时候 —— 比较叙述学导论》，中国人民大学出版社1998年版，第173页。

[③] 关于这一思想可参看爱玛·卡法勒诺斯的《似知未知：叙事里的信息延宕和压制的认识论效果》一文，见戴卫·赫尔曼主编《新叙事学》，马海良译，北京大学出版社2002年5月版，第3~35页。

辑性和反因果性，所以建构读者主体性对于王蒙而言显得尤为迫切。而阅读王蒙的确也构成了对读者的智力和耐心的挑战。王蒙的作品之所以不好读，是跟他作品中的情景很难建构成完整统一的故事有关。不要故事只要生活事件，不要情节只要情景，这是王蒙一贯的追求。早在他创作《青春万岁》时就有过这样的想法："能不能集中写一个故事呢？太抱歉了，我要写的不是一个大故事而是生活，是生活中的许多小故事。我所要反映的这一角生活本来就不是什么特殊事件，我如果硬要集中写一个故事，就只能挂一漏万，并人为地为某一个事件添油加醋、催肥拉长，从而影响作品的真实性、生活感，并无法不暴露出编造乃至某种套子的马脚。这样的事，我不想干。"① 这样的美学追求造就了他特殊的文体形态。二十世纪八十年代以来，他的一系列所谓的"意识流小说"自不待言，就是已有所内敛的长篇小说也仍然没有"故事"。比如"季节系列"长篇小说，就没有中心事件，没有扣人心弦的情节。作者吸引读者的方法，主要靠作品的思想和情调的魅力。而这思想和情调主要是作者讲述出来和描写出来的。作者在讲述中通过与读者的对话、协商、共谋，实际上控制了读者的立场，从而就像阿尔都塞所说的意识形态机制那样，把读者询唤为主体。阿尔都塞在《意识形态和意识形态国家机器》一文中，把意识形态的运作机制，表述为建构主体的过程。像诸如民族国家之类的权威作为大主体通过意识形态国家机器把个人询唤或征募为主体。被询唤或征募为主体的个人一方面要绝对服从于大主体这一权威，另一方面又认为自己是一个自由的行为者。这就是个人与其存在现实之间的想象性关系的再现。② 英国的新叙事理论学者马克·柯里认为，阿尔都塞的意识形

<hr />

① 王蒙：《我的第一篇小说》，《王蒙文集》第七卷，华艺出版社1993年版，第620页。
② 参见阿尔都塞：《意识形态和意识形态国家机器》，李迅译，《当代电影》1987年第3期、第4期。

态理论暗含着文学建构主体的作用，他说：

> 事实上，阿尔都塞在他的文章中几乎没有提到文学，但他将文学命名为一种机制，这种机制将主体建构为一个具有自由幻想的奴隶。这一命名法在叙事学史上占了一个创新的地位。阿尔都塞的马克思主义从80年代后期到千年之末的这段时间里非常盛行，这主要是因为其主体性概念与叙事学所了解的小说视角之间的协同作用。
>
> 这种协同作用可以马上得到解释。假如布斯表明小说控制了读者的立场，而这个立场又决定了同情的问题的话，那么，阿尔都塞的马克思主义就只增加了这么一点，即小说通过控制读者的立场，使得读者不仅能够同情，而且与某种主体立场完全一致并因此而具有主体立场和社会角色。"质问"是阿尔都塞给这一过程起的名字。就像一般的主体性一样，它也是一个过程，由文本控制着。但读者却存有一种幻觉，以为一致性是自由自在地达到的。①

从这一角度来看王蒙的小说，我们会发现，王蒙正是通过"讲说"把读者询唤成为主体。当读者阅读"季节系列"的时候，会以钱文的视角为自己的视角，以钱文的立场为自己的立场，这是作者让读者与钱文保持了零距离接触的缘故。同样由于作者与钱文身份的基本重合，读者也与作者产生认同。这时作者的讲述就成为读者的认同对象。比如，当我们读到曲风明对钱文诗歌的分析时，我们会同情钱文，会感到曲风明的可憎，会感到时代的荒谬，而这所有的一切都是钱文

---

① 参看马克·柯里：《后现代叙事理论》，宁一中译，北京大学出版社2003年8月版，第32~33页。

的立场，同时也是作者的立场。

在"季节系列"这一大型文本中，作者一方面要立足于"叙述现在时"不断地回溯历史，另一方面又不断地趋向于当下的"叙述现在时"，作为一个具有现实情怀的作家，一味地沉浸于历史肯定是不明智的，他必须让自己的读者一边回望过去，一边还要关注现实。但作为长篇小说，又不可能像他所写的中篇小说《一嚏千娇》那样，让读者直接参与到小说的创作中去。于是，王蒙采用的方式一是大量地进行"预叙"，二是由作者直接出面讲说，这两种叙述方式的交叉混合，就为自己隐含的读者提供了想象性重构的空间。

预叙是一种在叙述中不断预告未来的叙述方式，这种叙述方式在传统小说特别是"五四"以来的小说中是较少使用的。在传统的评书中，有"某某如何如何，这是后话，暂且按下不表"的说法，可以看作是预叙，但这种预叙一般是补充式预叙，为的是补充在正文中不便讲述的未来的内容，因而不具有叙述功能意义。《红楼梦》第五回贾宝玉神游太虚幻境所看金陵十二钗的描写是总纲式预叙，但仍带有古代谶纬宿命的神秘色彩。二十世纪八十年代以来，在"先锋小说"中大量采用预叙方式，一时间"许多年以后，我们将看到……"的这一马尔克斯式的句式成了他们的基本叙述方式。但先锋作家在长篇小说中却较少采用这种方式（如苏童与余华的长篇小说叙述渐趋平实，预叙较少见到）。王蒙的长篇小说"季节系列"却大量采用预叙，于是，热奈特所说的预叙的标准格式"我们将看到……""我们以后将看到……"的句式便不时出现在王蒙的叙述中。《恋爱的季节》是王蒙"四个季节"中时间最早的一个季节，也是王蒙写得最热闹，最具现场感的一部小说。这部小说也可以看作是对《青春万岁》的一次重写。之所以说是重写，是因为我们在阅读中时时会感到有一个高居于五十年代之上的审视的目光，这个目光锐利超然成熟老辣，既迷恋着美好的青春、爱情、革命、光明的时代，又毫不客气地诊断着青春、爱情、革命、光明背后的分裂、幼稚、狂热等病灶与暗影。我所感兴趣的是读者为什么会认同这个审视的目光，叙述人与叙述对象的时间距离显然是重要原因，这正应了福柯的那句名言："重要的不是话语讲述的年代，而是讲述话语的年代。"而这个距离的营造，又源于作者不断出现的预叙。"在许多年以后，在他步入中、老年以后，他十分惊异于他曾经有过一个如此集中地做梦的年龄。……""在此以后，在他年事渐长成为成年、中年并且一点一点步入老年之后，他也有梦，他或者也有不是很少的梦，但他再也记不住自己的梦了，他再也不沉浸自己的梦了。他再也不怀念自己的梦了。……"在这里，可靠叙述人让钱文披露自己未来的心迹，实际上就等于告诉读者老年钱文与青年钱文的心理距离，这种距离也是读者与青年钱文的距离。在《踌躇的季节》第六章，整个一章都是预叙，作者从六十年代突然插入三十年以后的事，在犁原的遗体告别会上，这已经是二十世纪九十年代的事了。这样大跨度的预叙，对于读者来说，肯定是一个不断间离化的过程。

在"季节系列"中大量存在的作者直接出面的讲说，在过去的小说中也是罕见的。作者的讲说是针对现实的，他不断地掀起现实的一角，引发的是读者对现实生活世界的重构，当读者读到"久违了，我亲爱的朋友。是什么样的庸俗龌龊的事务缠住了你！电话和采访，仪式和聚会，名誉头衔和上不上镜头，意气之争与阴谋诡计，泼污水的快意与一锤子打不出一个响屁来的木头墩子，打翻了醋罐与绝望的震怒旋涡中的稻草，迅速的反应与短平快的出手，碍于情面的约稿与半是文场半是官场的公关 …… 王蒙，你就这样地浪费着你的才华和来之不易而又深知老之将至的大好光阴！"时，当我们读到"我们还是这样穷！我们还是没有硬通货，没有美国绿卡，没有瑞士或者西班牙的别墅，没有人获得价值三十万美元的诺贝尔文学奖。《大家》杂志发一个十万元的奖就引起了十五级地震！或者用一个青年人的达到极致的话来说，叫作中国人到现在还忙着患流行性感冒，连个艾滋病都没混上！你们倒是因为成了老革命而不少得好处。我们呢我们呢？我们不喜欢你们！你们这样的人享受你的副部级待遇然后时时准备表态拥护党的指示不就够了么？还不行吗？还时不时插嘴侈谈什么当代文学！"时，读者朋友恐怕就不能不把生活现实与小说中的虚构世界联系起来了。

由此可见，王蒙小说中的预叙和讲说，一方面服务于自己的叙述，另一方面是引领读者把作者与读者共在的现实生活世界重构为一个完整的世界，从而与虚构世界一起，构成小说文本的立体复合结构。我们可以用下图表示：

附图2-1：

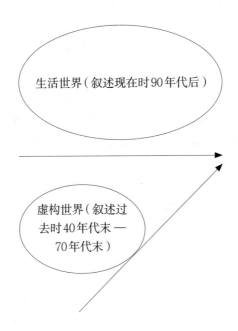

上图中，平行直线代表叙述现在时，是作家写作的年代，因而也是现实生活世界。斜线代表叙述过去时，是小说所写的年代，属虚构

世界。这两个世界共同存在于小说文本中,它们无限趋向于接近却永不相交,构成相互审视相互渗透的意识共同体。

三、多重视角与不定视角:多元化与相对性

王蒙小说的叙述视角基本上是由他的主人公担任的,但这并不是说王蒙小说的叙述视角就是固定不变的。实际上王蒙在叙述视角的安排上具有很大的灵活性。他之所以喜欢使用第三人称叙事,就与这种灵活性有关。王蒙小说叙述视角的灵活性表现在多重视角和不定视角的运用上。所谓多重视角,是指对同一事件或同一个人物观察的多角度性和多侧面性。这种对同一对象的多角度多侧面的聚焦,就构成一种立体复合式的特点。所谓不定视角,一是指在同一作品甚至同一章节中的叙述视角的不断换位,二是指叙述角度的不确定性或模糊性,它的标准格式是"有人说(看到)……"。这种不定视角的运用,构成作品的干扰因素,增加了阅读的涩感和张力。

王蒙对《活动变人形》中的"图章事件"的多重视角很觉得意,这说明他在有意识地追求这种技巧。① 姜静宜对"图章"的特殊感受

---

① 王蒙曾不止一次地谈到《活动变人形》中"图章事件"的处理,他说:"《活动变人形》有一点没有任何人评论到,就是我从这个人物的视角写完这件事后,我又从另一个人物的立场写,完全是同一事件。一上来就写'图章事件',从静宜的立场写,读者也会觉得倪吾诚太不像话了,哪有给一个作废的图章让妻子去领工资? 这不是为了骗取她的忠顺? 从倪吾诚来写就非常合理,他是什么样的恍惚状态之中给她图章的,他是无意中拉抽屉拿出图章来,而静宜一下子就拿了过来。静宜是非常关心图章的,而倪吾诚穷极潦倒,图章到底是什么样的状况,他自己也不关心,都是可以理解的,后面的很多事情也是这样的。吵架事件是写了一章,倪吾诚的体验一章,静宜的体验是一章,静珍的体验和老太太的体验也是一章。"参看《王蒙王干对话录》,《王蒙文集》第八卷,华艺出版社1993年版,第589~590页。另见《小说的可能性》一文,载《王蒙谈小说》,江西高校出版社2003年10月版,第71页。

以及这种感受的前后变化，源于她的教养和经济状况。王蒙以静宜的视角来看就拉近了读者与静宜的距离，让读者对静宜产生同情，从而与静宜一起痛恨倪吾诚；而从倪吾诚的视角来写"图章事件"，则又使读者理解了倪吾诚，原谅了倪吾诚。这种多重视角的运用，其实在王蒙的其他小说中也很常见，特别是那些写人情世态的寓言和荒诞小说中，都是就一件事写不同人的反应。《加拿大的月亮》对赵小强的"报屁股文章"的迥然不同的态度，是不同利益集团、不同阶层人士从不同的角度观察的结果。《郑重的故事》以极其荒诞的笔法叙写了厄根厄里公国诗人阿兰即将获×国戈尔登学院戈尔登黄金文学奖的消息传来之后，朝野上下、文坛内外所引发的轩然大波。作品让不同阶层的人，不同的政治党派纷纷表现自己的态度，也是利用视角的不同来体现的。《要字8679号——推理小说新作》是以案件调查的方式让不同的人对市委书记周世充发表看法，从而揭示一种社会人生世相。这种写法在西方十八世纪的书信体小说（比如法国拉克洛的《危险关系》1782年）以及福克纳的意识流小说中是很常用的。这种立体观察的方法表明了作品人物的主体意识，作者没有把自己的自我意识强加于人物，而是尊重人物的自我意识，允许人物有自主行事的道理与权利，体现的是作家平等民主思想以及对世界多元化相对性的理解。

关于视角的作用，王蒙在自己的中篇小说《一嚏千娇》中有很好的发挥。《一嚏千娇》是一篇标准的"元小说"。所谓"元小说"，简单地说就是"关于小说的小说"。"小说自己谈自己的倾向，就是'元小说'。"[①] 在这篇自我暴露的小说中，作者公开地谈论"视角问题"，并以李白的《静夜思》和杜牧的《清明》为例，不无调侃地说，李白的诗

---

① 赵毅衡：《当说者被说的时候——比较叙述学导论》，中国人民大学出版社1998年版，第261页。

是从诗人——游子的视角写的。如果以月亮的视角为视角呢？该诗应是：

> 不知寒与热
> 莫问白与黑（读贺，王注）
> 悲喜凭君意
> 与我无干涉

同理，杜牧的诗也是从诗人——行人的视角写的，如果从一个毫无诗意、唯利是图的酒家视角写呢？则是：

> 清明时节雨哗哗
> 生意清淡效益差
> 我欲酒中掺雨水
> 又恐记者报上骂

或者从另一个毫无诗意的行人视角来写：

> 清明时节雨霏霏
> 路上跌跤欲断腿
> 借问医家何处有
> 的士要你付外汇 [1]

王蒙在戏谑调侃之中，言说的却是一个严肃的哲学——认识论

---

[1] 王蒙：《一嚏千娇》，《王蒙文集》第三卷，华艺出版社1993年12月版，第718~721页。

与方法论问题，视角问题不是一个简单的技巧问题，而是文化立场问题，意识形态问题，道德伦理问题。凡事从别人的角度想一想，就会避免绝对化、极端化，这也是王蒙的辩证法。因此在《一嚏千娇》中，王蒙把视角给了各个人物，不仅给了女秘书、老"坎"、老中医，而且给了老"喷"，让每一个人物都从自己的切身体验和自我意识中发言，于是每个人物都有了存在的自足性。真理是绝对的吗？真理也是相对的，世界的多样性决定了真理的相对性，任何理由的把世界极端化从而把真理绝对化的倾向在王蒙看来都将是可怕的。

在王蒙的小说中不定视角的采用也很普遍。在他的长篇小说，特别是"季节系列"中，钱文作为一个主要视角，贯串全文，但王蒙也没有让钱文时时处处都作为观察者聚焦者，这样对于一个系列长篇小说来说就显得太拘束，而是不断采用视角换位的方式，写到哪个人物就以哪个人物的视角来聚焦。写到周碧云就以周碧云为视角，写到赵林就以赵林为视角，写到祝正鸿就以祝正鸿为视角，写到犁原就以犁原为视角等等依此类推。但王蒙的人物视角也是灵活的，当观察人物本身时是叙述人的外视角，当观察旁人时则采用人物内视角，比如《恋爱的季节》中写周碧云时，首先是从外视角观察介绍周碧云：

> 1951年4月下旬的一个周末夜晚，小雨飒飒，空气里充满着诱人的潮气与土香。周碧云坐在自己的办公桌前，正在准备"五四"青年节纪念会上对新民主主义青年团团员们的讲话。
> ——《恋爱的季节》，（人民文学出版社1993年4月第1版，第1页。）

接着便换成周碧云的内视角：

> 直到这时，她才想起了来自天津英租界花园附近的小洋楼的两封信。两封信都是她的男朋友——应该说是她的未婚夫舒亦

冰写的，两封信都用的是长型国际航空信封——这真莫名其妙，从天津往北京寄信，为什么要用航空信封呢？两封信的邮戳都是4月23日，两封信的字迹都是那样拘谨、一笔一画地不苟、还有点娟秀的女气。①

——《恋爱的季节》，（人民文学出版社1993年4月第1版，第2页。）

这里不打着重号的是叙述人的概述性的介绍，而打着重号的则是从周碧云的视角来写的。在这一章中，舒亦冰的冰冷不合时宜的小资产情调和满莎的火热开朗的新时代诗人气质都是通过周碧云的眼睛和感受写出来的。这种换位式不定视角的采用一方面避免了全知视角的专断讲述，另一方面也弥补了纯个人视角的局限性与片面性，增加了生活的广度和实感。因为在生活中就是众多的人物视角构成的世界，世界的复杂性和客观性就是这样形成的。

在王蒙的小说中模糊性不定视角采用的频率不是很高，但却是一个应引起我们注意的现象。在《蜘蛛》这篇小说中，作者是超叙述者，美珠是主叙述者，祝英哲是聚焦者（视角）。但在作品结局的关键时刻，即作品对祝英哲与老老板的权力斗争中海媛（老老板的女儿，祝的妻子）的作用交给了不定视角，"有人说海媛是这场争夺战中的关键人物。……""也有人说海媛为维护父亲的尊严和利益与丈夫反目，扬言要与丈夫离婚。……""或者说海媛一会儿拥夫打父，一会儿爱父攻夫……""或者说海媛自从车祸后智能状况日益恶化……"这种不定视角的采用增加了事件的不确定性和神秘感，使作品变得更加扑朔迷离。

在《暗杀——3322》中，李门是常规叙述视角，但在第五章却改换为模糊性不定叙述视角。本章叙述的情节是风流成性的大学生

---

① 着重号为引者所加。

甘为敬与毕玉、小燕子、冯满满之间的情感纠葛。李门作为一个从外部观察的视角，不可能深入到这几个人的私生活领域，因此只能依靠这种不定视角。于是我们看到的是这样的句式："有人说小燕子与甘为敬的吹是真吹……""先是在女生中然后是在男生中传出了甘为敬……""说是……""又说……""据说……""甚至有人说……"等。可见不定视角的标准格式是"有人说（看到）……"，但叙述人却不知道这个人到底是谁。这种叙述视角的叙述功能正像我在上面所说的可以增加事件的不确定性和神秘感，从而增强阅读效果。但从文化功能上说却要复杂得多。叙述视角说到底是个文化立场问题，意识形态问题。多重视角和不定视角正是王蒙文化立场的体现。多重视角在前面已经说过，不定视角的运用主要是在二十世纪八十年代后期和九十年代。使用模糊性不定视角的文本《蜘蛛》发表于1991年5月的《花城》第3期，《暗杀——3322》出版于1994年10月。从这些小说的写作和出版（发表）的时间来看恰恰是王蒙创作思想与文化思想的蜕变时期。王蒙在谈到这一转变时说："我觉得在写《青春万岁》的时候，对人生是用一种非常浪漫的态度，认为世界就是光明的胜利和光明对黑暗的一种搏斗。现在世界对我来说是复杂得多了，我不认为我有责任或有权力或有能力把一切都告诉读者，说什么是光明的，什么是黑暗的，什么是好的，什么是坏的，你们要这样，你们不要那样。在写《青春万岁》的时候，我充满了自信。我觉得我在告诉青年人应该怎么样，不应该怎么样。但现在来说，我是在把一个真实的历史过程，把一个真实内心的过程告诉读者，让读者自己去作出他的结论。"[①] 正是世界的复杂性使王蒙不再专注于一统世界的乌托邦想象而醉心于多元的图景，正是对过去的不自信才使王蒙抛却了绝对的承诺而趋向于相对的辩证。不定视角难道不正是世界真相的视角吗？ 上

---

① 参看曹玉如编《王蒙年谱》，中国海洋大学出版社2003年9月版，第173页。

帝死了，我们不是上帝，肉眼凡胎的我们究竟能看到些什么？不定视角是一种现代人的权力自限，是承认自我渺小的一种坦诚和明澈。这庶几就是王蒙不定视角的文化内涵。

四、空间的时间化：建构文本双重语法的策略

任何观察都是在一定的时间和空间中进行的，离开了特定的时间与空间，任何视角都没有意义。因为时间与空间是观察视角的具体处所，它提供了观察的具体语境，而这具体的语境使视角具有了声音，"声音即活跃于语境之中"。[①] 因此，研究小说的时间和空间以及它们的不同特点，就显得很有必要。

王蒙小说的时间和空间具有怎样的特点呢？对此王蒙在二十世纪八十年代初所提出的"故国八千里，风云三十年"的表述，体现了王蒙小说的基本时空特点。不过这一说法带有一定的比喻性，如果从实际来看，王蒙小说描写的空间范围已经是国内国外，时间跨度已逾百年。可以叫作："故国几万里，风云上百年"了。[②] 然而这种笼统的说法并不能反映王蒙小说时空的具体特点，我们必须从王蒙小说时间和空间的具体关系入手，才有可能抓住它的实质。我觉得，王蒙小说时间与空间的具体特点就是王蒙非常善于将空间时间化，所谓空间时间化就是说王蒙总是善于在空间中看到时间，总是善于把特定的空间与时间联系起来，从而使空间成为历史时间流程中的一个有机的点。

---

① 苏珊·S.兰瑟《虚构的权威——女性作家与叙述声音》，黄必康译，北京大学出版社2002年5月版，第13页。

② 大家只要看看《活动变人形》，就会一目了然。倪吾诚应属于"五四"一代知识分子，他的活动范围已不限于本土。倪藻属于"四九"一代知识分子，他的活动范围也不限于国内。王蒙的长篇新作《青狐》所写为八十年代。《青狐》中钱文的儿子钱远行属于"知青"一代。因此王蒙写作的时空范围应该是"故国几万里，风云上百年"。

空间成为时间交汇的点，空间就不是孤立的随意的场面组合，而是承载着历史时间内涵的生活视窗和操作平台。在这个视窗或操作平台上，时间在不停地流动，各种人事来来往往，"你从远方来，我到远方去，遥远的路程经过这里"。①"这里"成为时间绵延不息的一个观察哨，一个联结过去与未来的驿站。

《相见时难》中的蓝佩玉与翁式含的相见在北京，在蓝立文教授的追悼会上，然而这一相见的空间意义却决定于时间的交汇，"相见时难"难就难在历史时间的交织的困难。在翁式含看来，一个曾经的"少年布尔什维克"，在历经时间的磨难之后，却要与一个革命的"逃兵"，一个养尊处优的洋博士，一个被奉为上宾的美籍华人蓝佩玉"相见"了，这一阻隔了三十多年的相见，使看不见摸不着的时间具有了沉甸甸的分量，时间使蓝佩玉的回归与故地重游成为历史整体中的一部分。如此一来，"海外华人回故国"的简单的空间性事件转化成为重大的历史（时间）性事件了。

《活动变人形》本是老北京的一个不幸的知识分子旧家的故事，三个女人一个男人两个孩子，一个破落的大院，演绎的是一出凄苦的人生剧目。这样的故事我们在巴金的《家》、老舍的《骆驼祥子》、曹禺的《雷雨》等作品中似曾相识，但王蒙的故事开场却选择在二十世纪八十年代的欧洲，在盛赞中国文化的史福岗的家里，让倪藻面对那"难得糊涂"的旧条幅，从而掘开记忆的闸门，使空间转化为时间的连缀。王蒙借倪藻发现：

> 除了现在的他以外，还有又一个他生活在旧事里。原来人们在五十年代告别四十年代，又在六十年代告别五十年代，就像人

① 海子:《黑夜的献诗——献给黑夜的女儿们》，西川编《海子诗全编》上海三联书店1997年版，第477页。

们离开了上海去了青岛，离开了青岛又去了烟台一样。人们一般以为，空间的旅行是可逆的。而时间的旅行是不可逆的。但是今晚，他获得了一次激动人心的体验，在八十年代，在异域，他发现了一些久已埋葬的过去。

考古？

连结。又续上了吗？

——《活动变人形》（第二卷，第24页。）

注意王蒙在这里说的"考古"一词，"考古"难道不正是在"空间"中发现"时间"的一种方法吗？而"考古"中的"空间"不过是作家在其中寻找"时间连结"的"掘进坑"而已。于是，我们在王蒙的作品中不断发现对时间的特殊青睐。王蒙说："生活是以'日子'的形式展现在我的眼前，以'日子'的形式敲打着我的心灵、激发着我的写作的愿望的。这就是说，时间是生活的一个要素，是生活最吸引我的一个方面。生活是发展的、变化的、日新月异的。那随着时间的推移而不断出现的新事物，那时代、年代的标记，就像春天飞来的第一只燕子，秋天落下的第一片黄叶，总是特别引起我的关注和兴趣。……我希望我的小说成为时间运行的轨迹。"[1]可见对时间的关注是王蒙自觉的艺术行为，甚至他的许多小说的题目都与时间有关：《恋爱的季节》《失态的季节》《踌躇的季节》《狂欢的季节》是直接关注时间的；《春之声》《如歌的行板》《冬天的话题》以及《布礼》《蝴蝶》等都与变化有关，因此也可以看作是时间性的题目。对时间的青睐，使王蒙的作品很少共时性的空间展示，而偏好历时性的时间连缀。这成为王蒙小说的一大特色。然而，对时间的青睐，并不意味着王蒙对空间的轻视。

---

① 王蒙：《倾听着生活的声息》，《王蒙文集》第六卷，华艺出版社1993年12月版，第126页。

实际上，时间与空间是不可分割的统一体，没有离开时间的空间，也不存在脱离空间的时间。时间与空间的这一统一体就是巴赫金所谓的"时空体"（хронотоп）。巴赫金认为："在文学中的艺术时空体里，空间和时间标志融合在一个被认识了的具体整体中。时间在这里浓缩、凝聚，变成艺术上可见的东西；空间则趋向紧张，被卷入时间、情节、历史的运动之中。时间的标志要展现在空间里，而空间则要通过时间来理解和衡量。这种不同系列的交叉和不同标志的融合，正是艺术时空体的特征所在。"[1] 王蒙的小说正是如此。王蒙小说中的空间被时间化了，因此他的作品的时空体便具有了历时性的特征。综观王蒙的小说文本，他的具有标志性的时空体是"在路上"。[2]《春之声》中的岳之峰在闷罐子火车上，《夜的眼》中的陈杲从边疆来到北京，《海的梦》中缪可言只身来到海边，《杂色》中的曹千里骑马走在草原上，《蝴蝶》中的张思远驱车回乡去"找魂"，《相见时难》中的蓝佩玉从美国来到北京，《活动变人形》中的倪藻的回忆是在乘飞机去欧洲的旅途中，"季节系列"中的钱文不断从城市到乡村又从乡村回城市再从内地到边疆，实际上也在路上。"在路上"这一颇受巴赫金推崇的时空体，具有"流动""变化""转折"等明显的时间性意义。"在路上"是一个不确定的方位，它既联结着过去又无限地指向未来，它的不断运动性、流逝性使它与时间的结构极其相似。"在路上"正是时间的隐喻，历史的隐喻，人生的隐喻。但是，我们还应注意到这一现象，"在路上"这一时空体只出现在王蒙八十年代以后小说中，而在他的早期

---

[1] 巴赫金：《小说的时间形式和时空体形式——历史诗学概述》，白春仁译，《巴赫金全集》第三卷，河北教育出版社1998年版，第274~275页。

[2] 王培元在《"一个人远游"：王蒙小说的一个模式》一文中，把"在路上"的这一模式归结为"一个人远游"，并分析了这一模式与我国民族的文化——审美心理的某种契合程度，从而着重分析了"一个人远游"的"文化原型"意义。见《当代作家评论》1995年第6期。

小说中却没有出现。在《青春万岁》中的时空体是学校，《组织部来了个年轻人》则是组织部，《眼睛》则是在图书馆，这些时空体是一些固定场所，因而是确定的处所，无变化的处所，这些场所的时间是正常的物理性时间，因而它并不显得很突出很强烈。八十年代以后的"在路上"时空体，成为开放的、流动的时空体，在这一时空体中，时间不是按照正常的物理时间的序列流动，而是经由心理整合的重构之后的时间，因而具有跳跃性、重叠性乃至倒错性等特征。这一时空体一方面表明王蒙小说愈来愈成为内省式的思想小说，另一方面也隐喻性地表明知识分子的主动探索与不得不流浪的命运。

《杂色》是一篇相当典型的"在路上"的时空体文本。这篇小说如果单从空间意义上看，似乎没有什么意义，但是经过王蒙的空间时间化处理，这篇小说具有了深刻的隐喻义。作品的表面语法是"曹千里骑马走在路上"。这一语法成分中明显缺少宾语——陈述指涉对象，作者介绍"他骑马去做什么，这是并不重要的，无非是去统计一个什么数字之类，吸引他的倒是骑马去夏牧场去本身"。可见，"走在路上"成为该语法成分中的重要部分。"走在路上"是对"过程"的展示，在"路上""走"，是曹千里和杂色老马的基本状态。如果只是写这一天的"走"，那这篇小说的确是"乏味"的，没有意义的，作者的警告"不要期待它后面会出现什么噱头，会甩出什么包袱，会有个出人意料的结尾。他骑着马，走着，走着……就是了"。反倒勾起我们寻找作品深层语法的冲动。那么这个深层语法是什么呢？那就是有关"时间"的寓言。作品首先写马，马是马厩里最寒碜的马，杂色而肮脏，连鞍子都是最破烂最不成样子的。这样一匹马实际上正是曹千里的象征，"千里"与"马"的组合，隐喻性地意指了曹千里怀才不遇，落魄遭难的身份。什么人骑什么马，什么马配什么鞍子，落魄的曹千里骑着同样落魄的杂色老马上路了。写到这里，作者适时地插叙："好了，现在让曹千里和灰杂色马蹒蹒跚跚地走他们的路去吧。……然后，让我们静下来找个机会听一听曹千里的简历、政历与要害情况的扼要介绍。"于是在戏谑性的拟档案体的介绍中，王蒙打通了历史的时间隧道，空间时间化了："今天是什么？ 今天是1974年七月四日，曹千里现年四十三岁六个月零八天又五个小时四十二分。"因此，曹千里不是孤立地行进在草原上的人，他是一个音乐家，一个历史中的人，他的行进就是在具体的时间空间中的社会性存在了。如果说，1974年七月四日这一天在路上的行进是横轴，那么四十多年的历史时间就是垂直的纵轴，于是这一天的行进，就不是简单的写实，而具有了明显的寓言意义。童庆炳先生对《杂色》的隐喻语法的分析是十分精彩的，他明确地指出了《杂色》是一个具有双重语法的隐喻性文本，"王蒙的《杂色》就是在现代意义上一系列的隐喻艺术体系。他写的是曹千里和他的杂灰色老马的一天的充满艰难困苦的路程（此物），可这种描写在读者的领悟中，已转移成对极左路线控制下的苦难中国（彼物）的描写。难道曹千里的遭遇和老马脊背上的血疤以及他们（它们）的负重行进，不正是暗含着多灾多难的祖国曲折的历程吗？ 顺便说一句，曹千里和杂灰色的老马是一而二，二而一的，是'异质同构'的，曹千里就是杂色老马，杂色老马就是曹千里 …… 这本身就是一个隐喻，而这人马同一的形象又被转移为苦难中国的形象。在这一小一大的隐喻形象之间，还有不大不小的中级的隐喻形象，如曹千里过'草地'时那气候突然是风和日丽，突然又暴风骤雨，突然又艳阳高照，这无常变化，作者用了'你的善良愿望立刻就被否定了'，'一个时代结束了'，'又是一个突然'等句子来加以描写，这都不是随意之笔，在作者的意识中，他可能用来指'反右'运动、'文革'突变等，草地的气候变化转移为对历史的某一阶段的暗示。"[1] 在这里，童先生的论述已经暗含了我所说的"空间的时间化"的意思。正是因为空间的时

---

[1] 童庆炳：《隐喻与王蒙的〈杂色〉》，《文学自由谈》1997年第5期。

间化，才使读者的阅读指向了深层的隐喻语法。我们可以用图表归纳一下《杂色》中的横轴（空间轴）与纵轴（时间轴）的结构单元。（见附表2-1）

附表2-1：《杂色》的空间轴与时间轴对照表

	1	2	3	4	5	6	7	8
横轴（空间）	曹千里骑马准备出发	曹千里骑马过河	曹千里骑马来到村落	曹千里骑马来到溪谷（遇狗与蛇）	曹千里骑马来到草原、草原美景	草原暴风雨、冰雹与突然转晴	曹千里饥饿难忍，骑马来到"独一松"打尖，遇哈萨克老妈妈和牧民	曹千里歌唱，老马奔跑
	1	2	3	4	5	6	7	8
纵轴（时间）	曹千里简历、政历	曹千里思考河流的年代	曹千里爱音乐及其遭遇	作者插话点题、人们对曹千里的猜测与同情	曹千里回忆自己少年生活	曹千里的感觉"只觉得是在经历一个特异的、不平凡的时代""一个时代结束了"	曹千里想到儿时玩伴、妻子、诗和音乐	点题，作者站在八十年代的春天对"严冬"的回顾

从附表2-1中可以看出，空间轴上的场景与时间轴上的插叙、回忆基本构成——对应的关系，这种关系是空间与时间的隐喻对应，正像童庆炳先生所说的，曹千里的一天的行进就是我们时代的隐喻性缩影。草原的气候变化象征着时代的政治气候的变换。第7单元的曹千里的饥饿感，我们既可以看作是二十世纪六十年代初的大饥荒的隐喻，也可以看作是曹千里等知识分子的精神饥渴的隐喻，哈萨克牧民老妈妈给曹千里马奶子喝隐喻性地揭示了知识分子向人民认同，从而汲取精神力量的普遍的元叙事规则，所以我认为，第7单元是一个具有功能意义的结构单元，它是"在路上"发生转折的一个重要契机。这里的哈萨克牧民老妈妈正是"人民——母亲"的形象，与张贤亮笔下的马缨花（《绿化树》），李国文笔下的郭大娘（《月食》），张承志笔下的老额吉等是一致的。曹千里在空间轴是生理上的饥饿，而在时间轴则产生了对儿时玩伴、对妻子、对诗、对音乐的向往，恰是一种精神活动。知识分子的磨难在人民中间找到了慰藉，从而超越了苦难，获得了升华。由此可见，空间的时间化是多么重要，如果去掉了纵轴（时间），这个故事是不可思议的。正是空间的时间化即纵横两轴的交织，才使作品具有了深层语法。这样，表层语法"曹千里骑马走在路上的遭遇"，就置换为作品的深层语法"知识分子在人生道路上的遭遇与精神追求"。

与《杂色》相类似的是《夜的眼》《春之声》《海的梦》，甚至《蝴蝶》，甚至《布礼》。这些小说的创作时间都比《杂色》要早，可见作者的这种方式不是偶一为之的心血来潮，而是一种自觉的艺术探索。

《夜的眼》中的陈杲，是一个来自边远省份的边远小镇的作家，他到大城市之后的所见所感，使他既兴奋又惶惑。关于城市的街道的霓虹灯与女人的装束，关于民主与羊腿，关于"走后门"的扫兴的经历，关于跃过工程壕沟的历险经历以及那个安全警示的橙红色小灯泡，这所有的一切都构成小说的表层语法结构，但由于作者把陈杲的二十年前的经历引入小说，从而使陈杲不仅是一个来自下层来自边缘的外来人，而且还是一个来自时间的有来历的社会人、历史人，因此，陈杲的感觉就不仅是边缘人对大城市的感觉，而是一种接通了时间绵延的历史的感觉，只有这种历史的感觉，才能在人们高谈阔论"民主"的时候，陈杲想到"羊腿"，想到"民主"与"羊腿"的辩证法。即便在作家们的创作座谈会上，相对于别人的高调，陈杲的发言是低调的："要从一点一滴，从我们的脚下做起，从我们自己做起。"这种低调是历史的回声，是陈杲二十多年的坎坷，二十多年的改造的经验与教训的结晶，因为这种高调早在二十年前陈杲就喊过了，而且我们吃这种高调的亏还少吗？于是，陈杲才能在大城市的明亮的霓虹和五光十色的转机中看出那如小小的问号或惊叹号的黯淡的警示灯中潜藏的危机，才能在人们高谈阔论中听出不和谐音符。如魔鬼的眼睛般可怕的小小的安全警示灯，由于空间的时间化处置，便使其具有了重要的隐喻意：这小小的橙红色的灯泡难道不是历史对现实的疑问和惊叹吗？面对现代化的这一巨大"工程"，我们难道不需要许多个这样的"安全警示灯"吗？《夜的眼》发表于1979年10月21日的《光明日报》上，对于喜气洋洋"走进新时代"的人们来说，无疑具有振聋发聩的提醒作用。可见，这种主题的深刻性的获得，正是空间时间化修辞的结果。

短篇小说《春之声》亦复如是，它的空间轴是在"闷罐子车"上。工程物理学家岳之峰回乡探亲，时间不过几个小时，但通过岳之峰的自由联想，使空间时间化了。从而使"闷罐子车"这一小时空体，变成了"过去未来国内国外"这一大时空体。如此一来，表层语法"岳之峰在闷罐子车上的所见所闻所感"就置换为"知识分子对转型期中国的所见所闻所感"的深层语法了，正是空间的时间化，使"闷罐子车"获得了象征意义。"闷罐子车"虽破，但车头是新的，"春之声"的旋律已经奏响，希望不就在前面吗？

发表于1980年的短篇小说《海的梦》在空间时间化的处置上，除了继续着《夜的眼》《春之声》等小说的套路外，作品又增加了新的因素。这一因素就是把未来的时间之维也纳入作品中来。这样，小说中的空间被时间化了的不仅是历史，而且还有未来，历史与未来共同交织在现在的时空体中，就使他的小说具有了空前的容量。把未来的时间之维纳入小说中，作者采用了两代人并置的时空体方式。五十二岁的缪可言只身来到海滨寻找自己昔日的"海的梦"，但这种绚烂多姿的"海的梦"只属于青春，属于甜蜜与苦恼的初恋。"爱情，海洋，飞翔，召唤着他的焦渴的灵魂。A、B、C、D，事业就从这里开始，又从这里被打成'特嫌'。巨浪一个接着一个。五十二岁了，他还没有得到爱情，他没有见过海洋，更谈不上飞翔……然而他几乎被风浪所吞噬。你在哪里呢？年轻勇敢的船长？"这一大段的概述性叙述，引进的是历史时间之维，"海的梦"就是爱情之梦、事业之梦、理想之梦，然而，历史的荒谬彻底粉碎了他的所有梦想，因此，当他看到现实中的真的大海时，它早已不是理想中的大海了，它既不是高尔基笔下的暴风雨前的大海，也不是安徒生的绚烂多姿、光怪陆离的海，更不是杰克·伦敦或者海明威所描绘的海，它什么都不是，它就是现实："平稳，安谧，叫人觉得懒洋洋。"这样一种感觉，正是缪可言对青春不再、生命流逝的一种懊悔、沮丧和挽悼的心情的外化。"晚了，晚了。生命的最好时光已经过去了。"于是他决计离开大海。离开大海隐喻性地表征了他对理想的幻灭。然而，理想的诱惑对缪可言而言是如此地强大，终于在他离去的前夜，他为自己制造了一个更大的更加虚幻的新的理想——月夜下的"海的梦"。王蒙把这个新的理想寄托在年青一代身上，缪可言惊起的一对年轻的情侣，正是缪可言未实现的自我的想象性满足。未来就这样被王蒙整合进作品，空间彻底时间化了，一个"寻海—观海—离海"的普通的故事，具有了"寻找理想—理想幻灭—再造理想"的复杂的隐喻性深层语法。

然而，这种没有亲缘关系的两代人时空体在王蒙的其他小说中也存在着，如《湖光》中的李振中对丽君夫妇，《青龙潭》中的赵书章、周兰新对晓铁、红叶等，这种两代人的组接，被曾镇南称为是表现了"生活的流动感，青春的连续性"①，不过在我看来，它体现的是王蒙的一厢情愿。这种在下一代身上寄托理想的愿望，实质上是虚幻的。而且这种虚幻性，在具有血缘关系的父子两代人身上得到了充分的体现。

　　曾镇南准确地指出了王蒙小说中这一大量存在的父子两代人的结构方式，但却认为这种方式体现的是一种青春的主题则是不确的。②我觉得，王蒙的这一结构方式，正是把空间时间化的一种方式，父一代的存在引入的是历史，子一代的存在引入的是未来，历史与未来在现在层面上的交汇，构成的是父子之间的尖锐冲突，其隐喻的核心是历史时间与未来时间的断裂。时间的断裂感一直是王蒙萦绕不散的心病。早在1978年发表的短篇小说《最宝贵的》里面，父子冲突就显得激烈而不可调和。官复原职的严一行，是作为正义与信念的化身出现的，而儿子蛋蛋则被写成了正义与信念的"叛徒"遭到父亲的谴责，尽管这一谴责也包含着同情和谅解，因为蛋蛋的叛卖不是罪恶而是过错，而最大的罪恶之源是"四人帮"，不过，它透露出的信息却是时间的断裂。正像我在第一章所说过的，蛋蛋把严一行所说的主义理解成"主意"，就表明了父子两代人的不能沟通。这种不能沟通是不同价值观导致的。当然由于这篇小说写的年代比较早，王蒙还不能深入地挖掘蛋蛋的价值根源，但他敏感到父子两代之间的冲突，是时代断裂的表征，而且这种断裂的鸿沟是很难填平的。之后的《悠悠寸草心》中的吕师傅与他的儿子，王蒙给予儿子以比较客观的观照。吕

---

① 参见曾镇南：《王蒙论》，中国社会科学出版社1987年版，第81页。

② 参见曾镇南：《王蒙论》，中国社会科学出版社1987年版，第67～76页。

师傅的热与儿子的冷，吕师傅的对党的干部的热切希望与儿子的彻底怀疑，构成父子两代对待历史的不同态度。吕师傅的"补天"派态度，决定了他对历史时间断裂的痛惜和试图补缀断裂的尝试；而儿子则是决绝的，这种决绝态度决定了儿子对父亲的努力给予无情的嘲讽。张思远与冬冬亦是如此。张思远与冬冬所经历的三次冲突与和解，实际上并不是真正的和解，它表明冬冬作为一代青年人独立思考的意识以及完全不同于张思远一代人的价值观和人生观。正像曾镇南敏锐觉察到的：王蒙"不是简单地在张思远与冬冬的关系中显示'代沟'和弥合'代沟'的希望，而是在对两代人的差异的越来越深细的发掘中，寻摸到了我们社会的思想、人的观念变迁的轨迹"①。此言信矣。

实际上最彻底地表现父子两代之间冲突的不可调和性，从而表现历史时间与未来时间之间断裂的小说是《活动变人形》和"季节系列"以及长篇新作《青狐》。这几部长篇小说，恰恰可以看作是具有连续性的准自传体小说。前者是革命前倪藻与倪吾诚父子之间断裂的故事，后者则是革命后泛父子之间断裂的故事，所谓泛父子是说这种父子关系不一定是血缘关系而是宽泛意义上的。在《活动变人形》中，作为子的倪藻对父亲倪吾诚的审视，是子与父的一次主动的断裂，这一断裂的指向就是倪吾诚的空洞的理想主义。"季节系列"小说中，钱文作为父一辈与王蒙称之为"黄口小子"的子一辈的断裂是"后革命时期"的时代的断裂。这一断裂是以插入的文本形式，折射出现实生活中王蒙的困惑与不被理解的孤独和悲愤。比如在《踌躇的季节》第九章有两页的篇幅插入王蒙反驳子一代对他的攻讦："因为我们经历了浴血的战斗，我们在刑场上高歌，在刑场上举行婚礼。不能理解我们的坚强勇敢的黄口小子又怎么能理解我们的忍辱负重、俯首甘为快乐的牛？"在这里的复数"我们"是指的王蒙这一代人。在此书的

---

① 曾镇南：《王蒙论》，中国社会科学出版社1987年版，第71页。

第六章，王蒙插入一大段议论，表明同样的对父子断裂现象的痛心：

> 是的，你们不能理解犁原这样的人，然后同样的命运立即就
> 会降落到钱文这一代人身上。在小毛孩子们看来，犁原是软弱
> 的、不可救药的、官气十足的、没有独立人格的、过了时的、不
> 具备写作的才华才转而搞评论、又由于搞不成评论了才转而当领
> 导的老把戏。包括犁原和他们那一辈人的痛苦与牺牲，在某些人
> 看来也是徒劳的、昏乱的、盲目的与自作自受 —— 叫作"活该"
> 的。……
> 　　在中国，儿子永远也不会原谅父亲。
> 　　　　　——《蹉跎的季节》(人民文学出版社1997年10月版104页)

在《青狐》中，钱文与儿子钱远行的断裂虽然没有以这种激烈的
形式出现，但那种根本不理解的隔膜那种在孝道背后的对钱文历史的
轻视，是钱文所深感悲哀的。

可见这一断裂是真正的断裂，不可弥补的断裂，因而这一断裂
才使得历史时间与未来时间彻底脱节。空间的时间化收获的是断裂，
断裂是王蒙时间隐喻的谜底。当然，这种断裂的深层涵蕴是一种价
值观、文化观的隔膜。时代的社会文化的变迁造就了不同代际的不同
的价值观、文化观、世界观，倪吾诚信奉的是空洞的理想主义，是无
用的西方文明的皮毛；而倪藻信奉的是革命理想主义。钱文与"黄口
小子"的断裂，则是他们对"革命信念"的不同态度，是"改良"与激
进、留恋与决绝的对立。而钱文与儿子钱远行的断裂，则是在二十
世纪九十年代新的历史时期的新的价值观、文化观、历史观的严重分
歧。相对于钱远行，钱文是传统的；而相对于钱文，钱远行则是现代
市场经济的产物。钱文生活在过去，生活在幻想里，而钱远行则生活
在现实的实用里，生活在当下的瞬间享乐中。因此这种断裂是不可调

和的，甚至是不能沟通的。

王蒙小说空间时间化的另一种方式是历史情景的循环性描写。所谓历史情景的循环性描写，是指在王蒙的小说中常常出现相似的历史情景，相似的历史场景、相似的历史人事，从而把不同的历史时空连缀成相似的历史时空。这种相似乃至重复的历史时空，王蒙称之为"报应"。正是通过这种循环、重复乃至报应的描写，王蒙把历史时间的线性流程转换为环状舞蹈，在这种环状舞蹈中，展现出王蒙对历史的全部感慨与哲学体悟。

曾镇南曾认为王蒙的历史报应思想是他的小说中的一个重要的主题。[①] 我觉得这种说法并不到位。历史报应只是王蒙描写的一种历史现象，这种现象的更深层次则是对历史 —— 政治荒诞性的体悟。当我读到《布礼》中的宋明的遭遇时，我感到历史的玩笑和荒诞本质。一九五七年的钟亦成的遭遇，在一九六七年几乎原封不动地被宋明遭遇了。历史循环了重复了报应了，"那个津津乐道地、言之成理地、一套一套地、高妙惊人地分析钟亦成所说的每一句话或者试写过的每一句诗，证明了钟亦成是彻头彻尾的资产阶级右派"的宋明同志，在十年之后，也被"革命造反派"分析成是"一贯包庇重用反革命修正主义的理论家"跟着区委书记老魏陪斗。宋明甚至没有钟亦成的坚强，他选择了自杀，也许只有这种极端的选择才可以证明他的清白吗？同样我们在《失态的季节》里看到的曲风明也许正是宋明的扩展。一九五七年曲风明也像宋明一样对萧连甲和钱文进行过分析，他的风度、他的语言、他的逻辑、他的深入浅出、颠扑不破、不温不火、入情入理、原则灵活、苦口婆心、雅俗共赏、无坚不摧、请君入瓮，都使萧连甲不能不感到由衷的折服；他的对钱文的诗的无限上纲，使钱文不能不感到惊心动魄。这样一个"左派"，一个管"右派"的革

---

① 参看曾镇南：《王蒙论》，中国社会科学出版社1987年版，第18~31页。

命干部，却在一九五九年被划成"右倾机会主义分子"与被他管过的右派一起劳动改造，一起被嘲笑被揶揄，"文革"中他的命运更悲惨，他不能不也走上自杀的不归路。这真是"斗人者人恒斗之，划人者人恒划之，整人者人恒整之"啊！然而，王蒙并没有把他们漫画化，甚至没有指责，而是带着极大的同情心怜悯心描述了他们的遭际。王蒙通过这种历史的循环、轮回、报应，使不同的历史空间时间化了，使孤立的历史事件成为整个历史进程中的必然的环节。王蒙愈是不动声色，政治的险恶、历史的荒诞就愈加鲜明地凸现出来。

如果说，宋明与曲风明的身上都还带有令人讨厌的"左"的胎记，那么张思远则带有更加正当的理由来行施他的书记的职责。一九五七年他义无反顾地把纤弱的如小白花般颤抖的海云抛出去了，"文革"一开始，他又高举阶级斗争之剑，毫不留情地把一个又一个同志抛了出去，最后把自己裸露在斗争的前沿了，他落了个同样的下场。历史的报应使张思远感受到强烈的自我分裂，感受到自我身份认同的危机：

> 然而现在又出现了一个张思远，一个弯腰缩脖、低头认罪、未老先衰、面目可憎的张思远，一个任凭别人辱骂、殴打、诬陷、折磨，却不能还手、不能畅快地呼吸的张思远，一个没有人同情、不能休息和回家（现在他多么想回家歇歇啊！）、不能理发和洗澡、不能穿料子服装、不能吸两毛钱以上一包的香烟的罪犯、贱民张思远，一个被党所抛弃，一个被人民所抛弃，一个被社会所抛弃的丧家之犬张思远。这是我吗？我是张思远吗？张思远是黑帮和"三反"分子吗？我在仅仅两个星期以前还主持着市委的工作吗？这个弯着的腰，是张思远书记——就是我的腰吗？这个灌满了稀糨糊的棉衣（红卫兵把大字报贴到了他的背上，顺手把一桶热糨糊顺着脖领子给他灌进去了）是穿在我身上吗？这

个移动困难的、即使上厕所也有人监视的衰老的身躯，就是那个形象高大、动作有力、充满自信的张书记的身躯吗？这个像疟疾病人的呻吟一样发声的喉咙，就是那个清亮的、威风凛凛的书记的发声器官吗？他一次又一次地向自己提出这样的问题，百思不得其解。他得到结论：这只能是一场噩梦。这是一个误会，是一个差错，简直是在开一个恶狠狠的玩笑。不，他不相信自己会成为党和人民的敌人，不相信自己会落得这样的下场。我们应当相信群众，我们应当相信党，这是两条根本的原理。这个活着还不如死了好的癞皮狗一样的"三反"分子、黑帮张思远并不是他自身，这是一个莫名其妙的躯壳硬安在了他的身上。标语上说：张思远在革命小将的照妖镜下现了原形，不，那不是原形，是变形。他要坚强，要经得住变形的考验。

——《蝴蝶》(第三卷，第88～89页。)

这难道不是王蒙的"变形记"吗？张思远的变形，是历史的荒诞性、政治的游戏性之表征。

《相见时难》中的翁式含对三十年后与蓝佩玉的相见，不也蕴含着三十年河东三十年河西的世事变迁的荒谬感吗？这与钱文在五十年代末对苏联变修的不解是一个问题：

然而钱文也窃自起疑，原来说的苏联那么好，怎么一下子就又这么十恶不赦地大坏特坏了？是真的都那么痛恨苏联吗？如果从一九四八年八月就痛恨苏联，那不是思想太反动么？那时候不喜欢苏联是反动，现在如果喜欢苏联当然也是反动，这是多么可怕呀！也许政治家说爱就爱，说恨就恨，该敌就敌，该友就友，可是百姓们呢？青年们呢？他们原来爱苏联是真爱而不是假爱呀。由真爱变成真恨，那就连打个"等儿"(读 denr)都不需要么？就没有一点过程吗？
——《失态的季节》(人民文学出版社1994年版第398页。)

　　这就是政治，这就是历史！政治与历史的荒诞性游戏性残酷性是任何想象力都难以企及的。作为一个革命历史的政治生活的亲历者，王蒙的体验是刻骨铭心的。当了二十多年右派的闵秀梅在改正右派的时候，才知道当年的右派根本就没有批准，因此也无须改正；还有那个十七岁的女打字员，因撕奖状撕出的右派；那个单位的负责划右派的头头因发牢骚发出的右派；那个因憋不住一泡尿而"尿"出的右派……这种种政治生活中的真人真事不比那一部小说更富戏剧性呢？这实在不亚于萨特《墙》中的那位本想戏弄敌人，却反被世界戏弄的游击队长伊皮叶达的荒诞感。在《狂欢的季节》里，王蒙写到祝正鸿时，回忆彭真在一次动员老知识分子改造思想的会上，正颜厉色说："不要成为为旧社会殉葬的金童玉女！""他祝正鸿听之心惊，觉得这话字字千钧，泰山压顶，带有通牒和震慑的意味：我们正在埋葬旧社会，你们如果不改造思想，我们也埋葬你们。想不到讲话的人也迅即变成了被铁定埋葬的对象，'文革'一来，他老人家也成了殉葬品了。这正像七届四中全会上就批判高岗、饶漱石问题，少奇同志说过：'帝国主义已经或者正在我们的党内寻找代理人，不这样提问题就不是马克思主义。'他祝正鸿读了这个文件也是心惊肉跳，五体投地，面如土色。过了若干年，毛泽东说他刘少奇就是睡在身边的赫鲁晓夫——这么说他老说的代理人不是别人正是他自己。这世间的事就应验得这么邪！……"这是王蒙从现实生活中读出的历史的报应，这"应验得这么邪"的历史难道还不够荒诞吗？

　　然而，由于王蒙天性中的悲天悯人的情怀和乐观主义，还由于他对这段革命历史的活生生的切肤体验，使他还不能拉开足够的距离来观照它，因而他不可能像鲁迅那样对历史采取寓言化的整体洞察，也不可能像更加年青一代作家（如先锋派作家、新历史主义作家、刘震云等人）那样对历史采取极端化乃至虚无主义的立场。因而在王蒙的荒诞感中仍伴随着他对历史中的人的命运的极大同情心，悲悯心。故而，荒诞感与沧桑感、悲凉感乃至怀恋感同在，这就是我们在读"季节系列"时，既感受到王蒙强烈的反讽喜剧荒诞效应，同时也感受到沉浸其中的历史本身的沉重感和严肃性。王蒙的这种复杂混沌的情感使我们很难只从一个方面来观照他的作品。因此单说王蒙写了历史报应，显然没有深入到王蒙的意识中心，报应的背后有深意存焉。

小　结

本章主要探讨王蒙小说的叙述个性。在叙述语式上，王蒙小说经历了由显现性到讲说性的演变。二十世纪八十年代以前的叙述是显现性的，这种显现性是当下的即刻显现，是对现实社会生活的瞬间记录，它基本不具备历史的纵深感。因而这样的小说是空间性的而不是时间性的。然而，历史的断裂与世界的破碎，使八十年代王蒙的叙述方式发生了重大改变，显现性悄然退位，讲说性浮出历史地表，不过王蒙的讲说性不是传统的专断的讲述，而是把高度的显现性与纯粹的讲说性有机统一的讲述，因而是一种"后讲述"。"后讲述"是一种"在世界之中"的讲说，是一种试图弥合断裂与破碎的讲说，这样的讲说者是平等的、自我限制的讲说者。

讲说是与讲说者的视角和声音分不开的，这就是讲说者的位置问题。王蒙小说中讲说者的位置有三个层次：叙述人的位置，作者的位置和"作者的读者"的位置。由于王蒙小说的准自传性质，使他的叙述人与作者乃至主人公达到了重合。在王蒙的小说中，回溯或追忆是他的基本叙述姿态，由于回溯或追忆，就使主人公的视角具有了双重性，一个是追忆往事的视角，一个是被追忆的主人公在当时正在经历往事时的视角。这两个视角的对比是成熟与幼稚、超然事外与不明真相之间的对比，于是构成叙述张力。由于主人公与叙述人的重合，他们共同折射着作者的声音，这样就造成作者所在世界与小说虚构世界的对接，这一对接，实际构成王蒙小说的两个世界，一个是虚构的小说世界，一个是现实的生活世界。现实生活世界由作者的插话式的讲说，变成小说中一个实实在在的世界。这样，王蒙的小说就成为有两个世界叠加而成的立体世界，生活世界是"叙述现在时"，也就是说它是作者的立足的位置，也是叙述人立足的位置，通过这个位置，引导读者跟随叙述人去审视虚构的小说世界，由于这个虚构的小说世界是追忆和重构出来的，因而具有了历史的纵深感。当然，王蒙的生活世界不完全是通过作者直接叙写出来的，而是通过预叙和作者直接的讲说，由"作者的读者"建构出来的。

王蒙小说的叙述视角基本是由主人公担任的，但王蒙在视角的安排上还具有很大的灵活性。这种灵活性表现在多重视角和不定视角的运用上。所谓多重视角，是指对同一事件或同一个人物观察的多角度性和多侧面性。这种对同一对象的多角度多侧面的聚焦，就构成一种立体复合式的特点。所谓不定视角，一是指在同一作品甚至同一章节中的叙述视角的不断换位，二是指叙述角度的不确定性或模糊性。这种不定视角的运用，构成作品的干扰因素，增加了阅读的涩感和张力。从文化功能上说，多重视角属于一种立体观察，这种立体观察的方法表明了作品人物的主体意识，作者没有把自己的自我意识强加于人物，而是尊重人物的自我意识，允许人物有自主行事的道理与权力，体现的是作家平等民主思想以及对世界多元化相对性的理解。不定视角亦是如此，不定视角的采用一方面避免了全知视角的专断讲述，另一方面也弥补了纯个人视角的局限性与片面性，增加了生活的广度和实感。因为在生活中就是众多的人物视角构成的世界，世界的复杂性和客观性就是这样形成的。正是世界的复杂性使王蒙不再专注于一统世界的乌托邦想象而醉心于多元的图景，正是对过去的不自信才使王蒙抛却了绝对的承诺而趋向于相对的辩证。不定视角难道不正是世界真相的视角吗？上帝死了，我们不是上帝，肉眼凡胎的我们究竟能看到些什么？不定视角是一种现代人的权力自限，是承认自我渺小的一种坦诚和明澈。这庶几王蒙不定视角的文化内涵。

　　任何观察都是在一定的时间和空间中进行的，离开了特定的时间与空间，任何视角都没有意义。因为时间与空间是观察视角的具体处所，它提供了观察的具体语境，而这具体的语境使视角具有了声音，"声音即活跃于语境之中"。王蒙小说的时间与空间具有怎样的特点呢？那就是他特别善于将空间时间化。所谓空间时间化就是说王蒙总是善于在空间中看到时间，总是善于把特定的空间与时间联系起来，从而使空间成为历史时间流程中的一个有机的点。空间成为时间交汇的点，空间就不是孤立的随意的场面组合，而是承载着历史时间内涵的生活视窗和操作平台。由时间和空间构成的时空体在王蒙的作品中具体表现为："在路上"时空体，两代人并置时空体，循环的历史情景时空体等。这些时空体，不仅使空间时间化了，而且也使文本具有了深层次的隐喻性语法，从文化涵蕴上看，它们体现的正是历史的断裂和存在的荒诞感。

第三章　王蒙小说的体式特征

如果说语言是文体的肌肤，叙述是文体的骨骼，那么小说体式就是由肌肤与骨骼有机统一而成的整体风貌。本章试图在前两章对王蒙小说语言和叙述的考察基础上，来描述王蒙小说的体式特征及其文体渊源。

王蒙在文体上的最大创新是他贡献给当代文学的几种小说体式：自由联想体、讽喻性寓言体和"拟辞赋体"。所谓自由联想体，是指王蒙在小说创作中以自由联想为主要方法的那一部分作品。这一部分作品一般具有一定的自传性，内向性。主人公通过内心独白和自由联想展示自我意识和内在精神世界。这一类作品主要以《夜的眼》《海的梦》《风筝飘带》《春之声》《杂色》《布礼》《蝴蝶》《如歌的行板》等为代表，这些小说也曾被评论界称为"意识流"小说。所谓"讽喻性寓言体"小说，是指王蒙的另一部分作品。这些作品以描写世态风情为主，作者一般采取冷嘲热讽或戏谑调侃的姿态，以寓言化荒诞化的方式把所叙事件展示出来。这类作品主要以《莫须有事件》《风息浪止》《说客盈门》《加拿大的月亮》《坚硬的稀粥》《球星奇遇记》《满涨的靓汤》《郑重的故事》等为代表。所谓"拟辞赋体"是以上两种文体的杂糅和整合进而有机统一为一体的一种小说体式。主要以"季节系列"作品和《青狐》为代表。如果说自由联想体小说主要以内在抒情性为主，那么讽喻性寓言体小说则主要以外在的讽喻性为主，而"拟辞赋体"小说则兼及自由联想体小说和讽喻性寓言体小说的各自特点，充分吸收古代辞赋的文体气质，铺排扬厉，大开大阖，嬉笑怒骂，调侃狂欢，进而形成王蒙特有的以反讽为实质的文体形式。当然，从整体上来看王蒙的小说，远不止这几种文本体式，比如他的小小说，写得往往简练机智；他的《一嚏千娇》《来劲》《致爱丽丝》《组接》等作品，又是十足的先锋实验小说，其中的"元小说"性质明显，因此，以上三种文本体式是不能涵盖王蒙整个小说创作实际的。不过，这三种文本体式是有代表性的，故而，本章主要就这三类作品的文本体式谈谈其主要美学特征、传承关系及功能。

一、自由联想体

"自由联想"这一概念，源自弗洛伊德精神分析学。是他医治精神病患者所采用的一种方法。弗洛伊德说："……事实上，无数观念很快就在他的脑中出现并引出一些其他观念；但是它们都一概被自我观察者认为无意义或不重要，并与要考虑的题目无关。……"[1] "……此处要说的只是，如果我们把自己的注意力准确地转向'干扰着我们思维的'、通常被我们的批判官能看作无用的垃圾而被抛弃掉的那些'不随意的'联想，我们就能获得使我们解决任何病态观念的材料了。"[2] 这里的"不随意的联想"，实际就是自由联想。在《精神分析引论》一书中，弗洛伊德明确地提出自己的方法为"自由联想"，他说："我若问某人对于梦中的某一成分有什么联想，我便要他将原来的观念留在心头，任意想去，这便叫做自由联想。自由联想需要一种特殊的不同于反省的注意，反省是我们要排除的。……"[3] 可见作为一种精

---

① 弗洛伊德：《论梦》，见《释梦》，孙名之译，商务印书馆1996年6月版，第627页。
② 弗洛伊德：《论梦》，见《释梦》，孙名之译，商务印书馆1996年6月版，第627页。
③ 弗洛伊德：《精神分析引论》，高觉敷译，商务印书馆1984年11月版，第77页。

神疾病的治疗方法，病人所谈出来的"自由联想"，主要是一种无意识的流露，既没有逻辑又没有意义，医生从中可以发现症状。后来这种"自由联想"的方法为"意识流"小说所采用，但主要仍是从潜意识角度使用这一方法的。我在这里借用这一概念来说明王蒙的小说，没有采用弗洛伊德的原意，也就是说王蒙小说中的自由联想基本没有涉及无意识领域，而是在经验的理性的领域中进行。所谓"自由"是相对于一般联想而言的。一般联想往往有自己的特定范围，有一定的限制，而自由联想则基本打破了这些限制，并成为结构全文的主要方式。由于这类小说所呈现出来的是一种以自由联想为骨架的体式。因此，我称其为自由联想体。

1. 自由联想体的联想方式

王蒙的自由联想体的联想方式是由现实的触发（他物），进而产生发散型的联想（引起所咏之词）。一种联想与另一种联想之间并没有必然的联系，这种联系只是相邻性的、类比式的。我们以《春之声》为例，看看这种联想的结构特点。（见附表3-1）：

附表3-1:《春之声》自由联想结构图

现实触发点（他物）	联想（引起所咏之词）	
	浅层联想	深层联想
（1）火车的晃动（感觉）	童年的摇篮	儿时与伙伴游泳；母亲的坟墓；年迈的父亲
（2）车轮撞击铁轨的噪音（听觉）	冰雹声；打铁声；	歌曲《泉水叮咚响》；广州人磁板的声音；美国抽象派音乐；杨子荣咏叹调；

现实触发点（他物）	联想（引起所咏之词）	
	浅层联想	深层联想
（3）乘闷罐子车回故乡（现实）	回想自己出身，政治运动	奔驰汽车工厂装配线转动；西门子公司规模巨大
（4）旱烟叶的辣味；南瓜的香味；柿饼的甜味；绿豆的香味；（嗅觉）	×城火车站站前广场上的土特产；绿豆苗是可爱的；	灰兔子毁坏绿豆；追赶野兔；银灰色的狐狸
（5）列车员指挥乘客上下车；熙熙攘攘的人群（视觉）	人口问题（王府井与汉堡街道对比）；站前广场的人多；人多增加闷罐子车	1946年学生运动；一个人逛故宫
（6）车在移动；过桥（感觉、听觉）	离家乡又近一些	想起摘掉地主帽子的父亲；联结着过去和未来，中国和外国，城市和乡村，此岸和彼岸的桥
（7）女列车员像是一尊全身的神像……靠一支蜡烛的光亮领导着一车的乌合之众。（象征）		
（8）乘客的议论；牢骚；火车的奔驰声（听觉）	回顾历史；着眼现实；渴望理想	莱茵河的高速公路；山坡上的葡萄；暗绿色的河流；法兰克福的孩子；故乡西北高原的童年生活；新中国成立前的北平的革命；新中国成立后的北京的初恋，春天的信息

现实触发点（他物）	联想（引起所咏之词）	
	浅层联想	深层联想
（9）学德语的抱孩子的妇女与她的三洋牌录音机；民警提醒乘客注意扒窃（视觉）	对学德语妇女的身份的想象	
（10）录音机播放《春之声圆舞曲》。"闷罐子车正随着这春天的旋律而轻轻地摇摆着，醺醺地陶醉着，袅袅地前行着"。（象征）		
（11）岳之峰到站，看到整个列车："他看到了闷罐子车的破烂寒碜的外表……但是……火车头是蛮好的，火车头是崭新的……"（象征）		

从上表可以看出，《春之声》这篇小说的基本语法是：岳之峰春节期间乘闷罐子车回故乡探亲。其引发联想的方式是由现实的触发点引发，进而产生不同的联想。小说明显分为两条线索，现实部分的情节片段为一条线索，主要是由岳之峰的各种感觉体现出来，由这种感觉出发，产生联想这条线索。根据联想与现实触发点的远近，分为浅层联想和深层联想。在现实这条线索，我们基本可以将其还原为一个前后连接的叙事序列。工程物理学家岳之峰在出国考察三个月后，接到八十多岁刚刚摘掉地主帽子的老父亲的来信，决定回一趟阔别二十多年的家乡。岳之峰如何买票，如何坐上了闷罐子火车，在车上所感所见所听所思，最后下车回到故乡，这实际上是一个完整的情节系列，但作者打破情节的完整性，把情节拆成碎片，由碎片联想开去，辐射开去，最终拆除了自然时空的界限，并赋予作品以象征性意境。

联想的深浅程度，是根据联想与现实触发点的距离远近来决定的。比如在上表中的第一条，列车的晃动引发了童年摇篮的联想，二者之间的相似点是晃动；由童年的摇篮，联想到童年与小伙伴游泳的生活，这与列车的晃动之间就没有任何联系了，在这里，童年生活与童年摇篮之间发生了联系。之后，母亲的坟墓和正在走向坟墓的父亲，就与现实的触发点的距离更远。它是童年生活与故乡引发的。同样，在第二条中，车轮撞击铁轨的噪音所引发的冰雹声与打铁声的联想是比较接近的，然而，《泉水叮咚响》的歌声，广州人凉棚下面的三角磁板的响声，美国抽象派音乐，基辛格听杨子荣打虎上山的咏叹调之间的距离则较远。由此可见，王蒙的联想是自由的、无拘束的联想。不过，这种自由联想之间，还是有逻辑可依，有规律可循，有理性可凭。王蒙没有涉及潜意识领域，他的联想完全控制在经验的范围内。因此，王蒙的联想在其他篇什里也是依此规律操作的。《蝴蝶》里的那朵颤抖的"小白花"，已经不是一个简单的外在可感的只是引发联想的一般事物，而是成为了一个重要的功能性意象，这个意象蕴藉饱满，本身就是一个象征。由此引发的联想，既是相关的又是相似的。海云不就是这样的一朵"小白花"吗？如果用传统的"比兴"来比附，"小白花"这一意象既是"兴"又是"比"。

自由联想体在文体上属于心理小说的范畴，它的联想是人物心理的一种独白，内向性、情景性是它的主要特征，因此，叙述人的语言与转述语言的有机衔接就显得非常重要。王蒙是如何处理这一问题的呢？在第一章我曾谈到王蒙的反思疑问式语言的选择，这些语言是自由联想体的语言基础，主要是就这些句类中的自由直接引语而言的。我觉得，自由直接引语的运用是王蒙进行自由联想的操作方法。那么，何为自由直接引语呢？在回答这一问题之前，须弄清什么是直接引语和间接引语。所谓直接引语，就是对人物语言的"直接记录"；所谓间接引语，就是用叙述者语言转述人物语言。这两种引语都需要引导句。比如：

（1）张三吃了一惊。他说："我莫非弄错了？"（直接引语）

（2）张三吃了一惊。他说：他莫非弄错了？（间接引语）

在直接引语基础上去掉引导句就是自由直接引语；同理在间接引语基础上去掉引导句就叫自由间接引语。比如：

（1）张三吃了一惊。我莫非弄错了？（自由直接引语）

（2）张三吃了一惊。他莫非弄错了？（自由间接引语）

在传统小说中，自由直接引语和自由间接引语是较少使用的。在现代心理小说中却大量使用。王蒙作为新时期文学的领军人物，他对中国心理小说的发展是做出了贡献的。自由直接引语的运用是自由联想体的基本语言方式。在《春之声》中就有着大量的自由直接引语。请看：

> 咣的一声，黑夜就到来了。一个昏黄的、方方的大月亮出现在对面墙上。岳之峰的心紧缩了一下，又舒张开了。车身在轻轻地颤抖。人们在轻轻地摇摆（a）。多么甜蜜的童年的摇篮啊！夏天的时候，把衣服放在大柳树下，脱光了屁股的小伙伴们一跃跳进故乡的清凉的小河里，一个猛子扎出十几米，谁知道谁在哪里露出头来呢？谁知道被他慌乱中吞下的一口水里，包含着多少条蛤蟆蝌蚪呢？闭上眼睛，熟睡在闪耀着阳光和树影的涟漪之上，不也是这样轻轻地、轻轻地摇晃着的吗？失去了的和没有失去的童年和故乡，责备我么？欢迎我么？母亲的坟墓和正在走向坟墓的父亲（b）！

在这段文字中，a是正常的叙述语言，b则是岳之峰的内心联想，由叙述语言直接转入人物的内心语言，之间没有引导语，使叙述干预减少到最低程度，从而减轻了叙述语境的压力。《春之声》这篇小说，大部分是采取的这种方法。因而使这篇小说看起来就像是内心独白小说。但王蒙的小说实际上不是内心独白小说，就是因为他的联想没有联成一气，而在联想中不断有现实情景的插入。

在其他自由联想体小说中，使用自由直接引语的也非常典型。比如《蝴蝶》中的这一段：

> 那是什么（a）？忽然，他的本来已经粘上的眼皮睁开了。在他的眼下出现了一朵颤抖的小白花，生长在一块残破的路面中间（b）。这是什么花呢？竟然在初冬开放，在千碾万轧的柏油路的疤痕上生长（c）？抑或这只是他的幻觉？因为等到他力图再捕捉一下这初冬的白花的时候，白花已经落到了他乘坐的这辆小汽车的轮子下面了。他似乎看见了白花被碾压得粉碎。他感到了那被碾压的痛楚。他听到了那被碾压的一刹那的白花的叹息（d）。啊？海云，你不就是这样被压碎的吗？你那因为爱，因为恨，因为幸福和因为失望常常颤抖的，始终像儿童一样纯真的、纤小的身躯呀！而我仍然坐在车上呢（e）。

这一段中，b、d是正常的叙述，a、c、e则是自由直接引语。a句中的"那是什么？"是引发新的联想的陡然转折，这是张思远在发现路上的"小白花"时的思绪的突然集中。b句中的叙述并不是客观的，小白花是"颤抖"的，路面是"破碎"的，其中无不浸染着张思远的情绪。c句中的自由直接引语，进一步揭示张思远的惊讶和疑惑。而d句中的叙述则是叙述人对张思远心理的猜测，叙述人基本不用判断句，而采用一些表示猜测的副词如"抑或"、"似乎"和表示感觉的动词如"感到……痛楚"、"听到……叹息"等，来折射张思远的内心忏悔。e句又是自由直接引语，则是张思远的联想，由"白花"而海云，由"白花"的被碾压而想到海云被摧残的命运，由"白花"的颤抖、不起眼而联想到海云的纯真、纤小的身躯。"而我还坐在车上呢"是张思远把自己的命运与海云的命运作对比，蕴含着丰富的潜台词，同时也是引发下一个联想的过渡句。

我们没有条件做王蒙小说中的自由直接引语使用情况的统计，但从阅读中，它的大量存在我们是可以感觉到的。正是这大量的自由直接引语的存在，才使王蒙的小说成为一种自由联想体小说。而自由联想是主人公的自由联想，主人公意识在小说中成为主要的意识。正如上面说的，由于没有引导语，所以叙述人的干预减少到较低限度，从而减缓了叙述语境的压力。主人公可以自由表现自己的思想和意识，叙述人也不得不服膺于主人公的意识。主人公的主体性得到最大限度的表现。而在王蒙的这类小说中，主人公与叙述人乃至作者都是基本统一的，因此，他的这类小说就好像是自传小说。无论是钟亦成、张思远、曹千里还是缪可言，都与王蒙本人很相像。但是，有意思的是，王蒙的这些小说在人称上都是第三人称，而第一人称小说却并不具有自传性。这说明，王蒙并不情愿把自己的小说变成自传式小说。这在他的一些小说中类似《红楼梦》"真假宝玉"的设置，如《活动变人形》中的倪藻与作者王蒙的最后相遇，"季节系列"和《青狐》中的钱文与王模楷的设置，都是在努力回避读者把主人公当成作者自己。这说明，他追求一种客观性，希望用小说记录自己经过的共和国的这段历史，希望为后人提供一段真实可感的客观的历史。这种用心，就使得王蒙既要把自己摆进历史，又要把自己从历史中拽出来，作者和叙述人不愿意过多地干预主人公的思想意识，希望让主人公自己呈现自己。主人公的独立性、自主性正是二十世纪八十年代以来主体性哲学的体现。

从美学功能上看，自由联想体小说打破了情节小说的戏剧化模式，使情节小说的外在的动作性冲突转化为内在的心理性冲突，从而拓展了小说表现生活的范围。"向内转"是它的基本美学倾向，"感觉化"是它的基本美学特征。

我在这里所说的王蒙小说的基本美学倾向和美学特征的"向内转"和"感觉化"，并不是说王蒙对外在的社会生活不关心，而是说王蒙对社会生活的处理方式上与别人具有了区别。王蒙的"向内转"是他对社会生活具有了丰富的经验和刻骨铭心的体验之后的一种自然而然的处理方式，是社会生活高度发酵后的情感感觉化方式。这样的方式必然是一种冥想式的、独白式的、自由联想式的方式，因而，在这样的一些小说中，王蒙的主人公都是思想者，即干部和知识分子，有论者提出的王蒙小说的主人公模式是"一个人远游"的观点的确非常切中肯綮。[1]"一个人远游"说明王蒙小说的情节设置不注重外在的故事情节，而注重人物的内心联想，内心联想所体现出来的冲突是心理式的。

2. 自由联想体溯源

王蒙小说的自由联想体不是凭空而来，而是有着丰富的历史渊源的。这一渊源与我国传统文学更亲近。然而在谈到这一问题之前，我们还必须辨析自由联想体与西方"意识流"小说的关系。实际上，直到今天，当人们说起王蒙的时候，仍会不约而同地把王蒙的名字与"意识流"小说连在一起，主要是基于他一系列作品所进行的突破传统情节小说的实验。早在二十世纪八十年代初他连续发表的曾被称为"集束手榴弹"的六篇小说[2]就震惊了文坛，一时间赞赏的、批评的纷

---

① 看王培元：《"一个人远游"：王蒙小说的一个模式》，《当代作家评论》1997年第6期。

② 这六篇小说是《夜的眼》《布礼》《风筝飘带》《春之声》《海的梦》《蝴蝶》。

纷表态，王蒙因此被称为是"最先吃蜗牛的人"[1]。对王蒙的这种印象主要来自读者的反应，在当时的读者中实际上存在着两种态度四种意见：一种态度是赞扬的，另一种态度是批评的；在赞扬的态度中有三种意见，一是更年轻一代对王蒙"意识流"的极力推崇，认为王蒙就是中国"意识流"小说的代表。[2]另一种是一些与王蒙年龄相当的评论家，他们在肯定王蒙的创新的同时，却在极力否定王蒙与西方"意识流"小说的关系。比如何西来在一篇文章中就说过："我不赞成把王蒙的六篇小说称为'意识流'小说。他着重写主观的感情、情绪，他的运用跳跃变换的联想手法，以至作品的某些朦胧的意境，虽说不无西方意识流小说的影响，但更多的恐怕还是深受本民族文学的影响。首先，鲁迅《野草》的散文诗的意境和手法，就给过他不少陶冶。这从六三年他写的长篇论文《〈雪〉的联想》中就可以看出来。他对《野草》是进行过深入系统的研究的。……另外，还应当看到李商隐的那种迷离、晦涩，然而很凄婉、很美丽的意境对王蒙的影响。这样就容易理解他为什么会把鲁迅的《野草》，李商隐的无题诗都干脆说成'是意识流的篇什'了。然而，这里的'意识流'已经是一种很宽泛的手法了。有人根据王蒙的探索，得出了轻视以至否定民族传统的极端结

---

[1]　语见刘心武：《他在吃蜗牛》，《北京晚报》1980年7月8日。另见李丹：《是"带头吃蜗牛"还是"曲高和寡"——王蒙新作引起不同反响》，《羊城晚报》1980年8月29日。

[2]　1979年年末，厦门大学中文系的田力维、叶之桦代表自己的同学写信给王蒙，就意识流问题向王蒙请教，信中说："您的作品《夜的眼》在《光明日报》发表后，我们厦门大学中文系的同学争相传阅，许多人喜欢您的这篇小说；也有些人说看不懂，不知主题是什么。我们想，这是因为您采取了一种新的表现手法——意识流。不了解意识流方法特点的人，有时就不太容易了解作品的含意，或看不懂，或把作品思想看得过于简单。我们认为你有意识地运用了外国文学中这一现代派的表现手法。我们对你的这一尝试的勇气很钦佩，并觉得你取得了很大的成功，你可以算是三年来最早敢于在文学领域中，标艺术手法之新的作家之一。"见《关于"意识流"的通信》，《鸭绿江》1980年第2期。

论，其实是并不符合王蒙实际的，而且也一定不是王蒙的本意。"① 阎纲也说："王蒙的小说不是西方的'意识流'。我以为把王蒙的小说同西方'意识流'区别开来具有根本性的意义。…… 西方'意识流'并不像个别同志描绘的那样，似乎他比我们的'土'玩意高明、好玩得多，好像我们的王蒙在东施效颦，步洋人的后尘。误会！"② 王蒙本人对"意识流"的态度也很微妙。他在许多场合不承认自己写的就是"意识流"小说，而在一些场合却又有条件地承认受到"意识流"的影响。③ 另一种意见与第二种意见相似或者是一种折中，就是把王蒙的"意识流"称为"东方意识流"。④ 而在批评王蒙的态度中，一般认为王蒙的小说由于学习了西方"意识流"，故而看不懂。比如有论者认为："王

---

① 何西来：《心灵的搏动与倾吐 —— 论王蒙的创作》，徐纪明、吴毅华编《王蒙专集》，贵州人民出版社1984年2月版，第165页。

② 阎纲：《小说出现新写法 —— 谈王蒙近作》，见徐纪明、吴毅华编《王蒙专集》，贵州人民出版社1984年2月版，第195页。

③ 1980年在一个"王蒙创作讨论会"上的发言中王蒙说："至于给这些感觉扣上什么帽子，这种感觉是不是'意识流'？ 对不起，我也闹不清什么叫'意识流'。有人说，你这不叫'意识流'，就叫'生活流'。这也请便。还有的同志是因为对我怀有好意，认为'意识流'是一个屎盆子，说王蒙写的小说可绝不是'意识流'，写的是我们的生活。好像谁要说'意识流'，就准备和他决战。这我也谢谢。"见王蒙：《在探索的道路上》，见徐纪明、吴毅华编《王蒙专集》，贵州人民出版社1984年2月版第75页。王蒙在另一篇文章中说："去年我被某些人视为'意识流'在中国的代理人。由于自己对'意识流'为何物并不甚了了，所以也不敢断定自己究竟'流'到了何种程度，'流'向了何方，是不是很时髦，是不是一出悲喜剧，以及是丰富了还是违背了现实主义 …… 至于把我的近作仅仅归结为'意识流'，只能使我对这种皮相的判断感到悲凉。"见王蒙《倾听着生活的声息》，同上第95页。在《关于"意识流"的通信》一文中，王蒙说："我也承认我前些时候读了些外国的'意识流'小说"。见徐纪明、吴毅华编《王蒙专集》，贵州人民出版社1984年2月版，第123页。

④ 参见石天河：《〈蝴蝶〉与"东方意识流"》，《当代文艺思潮》1985年第1期。另见宋耀良：《意识流文学东方化过程》，《文学评论》1986年第1期。还见李春林：《王蒙与意识流文学东方化》，《天津社会科学》1987年第6期。

蒙目前的探索，与成功之间还有很大一段距离。说王蒙正在误入歧途，固然未免武断；说王蒙所借鉴的意识流方法，是当前小说创作的方向，也实在难以服人。"① 在这里体现的是在时代转折时期的读者群体的分化。一方面，改革开放，向西方学习已经成为时代潮流，另一方面，我们的主流意识形态仍然是遮遮掩掩犹抱琵琶半遮面。这里有一个突破主流限制和固守主流限制的冲突。年青的一代较少顾虑，他们对西方的现代派是不加选择地激赏，因而他们对王蒙小说中的"意识流"指认是直接的、欣赏的；而中青年读者（包括评论家），由于他们一般都经历过"反右""文革"等重大的政治运动，在骨子里他们对极左以及由此所凝定而成的习惯深恶痛绝，渴望突破渴望创新是他们的内在需要。然而，也由于政治运动恐惧症，使他们在表述上比较谨慎。他们之所以急于把王蒙与西方"意识流"择清，主要是从这一方面考虑的，同时他们对西方现代派的态度也是充满矛盾的，那是一种既钦慕又害怕的心理。"东方意识流"的说法，在某种意义上体现的同样是西方中心主义的立场。把王蒙作为"意识流"而加以批评的一些读者，他们的阅读经验体现的正是主流意识形态的态度。改革开放是一把双刃剑，一方面带来的是社会进步经济的复兴，另一方面也直接威胁着传统的权力关系，动摇着传统信念和体制，因此，主流意识形态在改革开放的总方针中，始终警惕着西方文化的长驱直入，这说明，我们的改革开放是有条件有限制的改革开放，在实质上与洋务运动的"中学为体西学为用"具有较多的相似性。1982年下半年《文艺报》等展开对"现代派"的批判，批判的由头正是由于高行健的一本小书《西方现代派技巧初探》，以及围绕这一本小书冯骥才、刘心武、李陀、王蒙四人致高行健的表示赞赏的信。这一批判显然是有

---

① 李从宗：《王蒙寻找到了什么？——评王蒙近期小说创作的得失》，见徐纪明、吴毅华编《王蒙专集》，贵州人民出版社1984年2月版，第304页。

来头的。王蒙在纪念胡乔木的一篇文章中这样说："乔木同志在当时的政治局分管意识形态工作。他当然熟知这些情况，更知道批'现代派'中'批王'的潜台词和主攻目标。1983年春节他对我一再说：'我希望对于现代派的批评不要影响你的创作情绪。'"[①] 接着是1983年的"反精神污染"运动以及后来的"反对资产阶级自由化"运动，都是针对文艺界、思想界的接受西方文化影响的整肃运动。[②] 然而具有嘲讽意味的是，意识形态的每一次批判不仅不能削弱被批判对象的影响，反而越发扩大了它的影响。"青山遮不住，毕竟东流去"，意识形态的威权也在这种无效的批判中不断丧失。这一方面表明了主流意识形态的对昔日惯性的承继以及对创新潮流的防范与试图规约的方针，另一方面也反证了王蒙突破旧有的文体限制，追求新异性的勇气。赞扬和反对的两种意见都把王蒙指认为"意识流"，说明当时的普遍社会心态就是认为创新等于西化。这种接受心理，正是当时的阅读意识形态。在这一心态下，真实的王蒙反倒被遮蔽了。

那么王蒙究竟与西方"意识流"小说有什么关系呢？我觉得，断然否定西方"意识流"对王蒙的影响是不客观的，王蒙自己也说："我承认我前些时候读了一些外国的'意识流'小说，有许多作品读后和

---

① 王蒙：《不成样子的怀念》，《读书》1994年第11期。

② 比如1983年1月，《当代文艺思潮》发表徐敬亚《崛起的诗群——评我国诗歌的现代倾向》，猛烈抨击新诗传统，极力赞扬"朦胧诗"的新的现代派特质。文章发表后引起热烈讨论，主流意识形态发动了措辞严厉的批判，1984年3月5日，徐敬亚在《人民日报》发表《时刻牢记社会主义的文艺方向》的自我批评文章。1984年第4期《文艺报》发表《一场意义重大的文艺论争——关于〈崛起的诗群〉批评综述》，指出：围绕徐敬亚同志《崛起的诗群》一文所展开的这场论争，涉及文艺领域一系列带根本性的重大原则问题。这些问题是如何对待60年来的革命新诗传统，如何看待今后新诗发展道路的问题。是摒弃传统，走西方现代主义的道路，还是继承革新"五四"以来的新诗传统，走具有中国特色的社会主义文艺道路？这关系到诗歌要不要坚持为人民服务、为社会主义服务的方向，要不要坚持社会主义旗帜的重大问题。

你们的感觉一样，叫人头脑发昏，我当然不能接受和照搬那种病态的、变态的、神秘的或者是孤独的心理状态。但它给我一点启发：写人的感觉。"① 可见，"意识流"对王蒙的影响主要是一种思潮式的、方法论的影响和启发。西方"意识流"小说是一种流派，不是简单的技巧，这从"意识流"（stream of consciousness）一词的发现者美国哲学家兼心理学家威廉·詹姆斯对"意识流"一词的定义中就可以看出来，威廉·詹姆斯认为："意识在它自己看来并非是许多截成一段一段的碎片。乍看起来，似乎可以用'链条'或'系列'之类字眼来描述它，其实，这是不恰当的。意识并不是一节一节地拼起来的。用'河'或者'流'这样的比喻来描述它才说得上是恰如其分。此后再谈到它的时候，我们就称它为思维流、意识流或主观生活之流吧。"② 威廉·詹姆斯认为，意识流也像鸟的生活一样，是由飞行和栖息的交替构成的："我们可以把意识流中的栖息之所称为'实体部分'，把飞行过程称为'过渡部分'。我们思维的主要目的在任何时刻似乎都是要从我们刚刚有过的实体部分出发获致另一个实体部分。可以说，过渡部分的主要作用正是要把我们从一个实体部分的终结引渡到另一个实体部分的终结去。"③ 在这里威廉·詹姆斯所谈的正是人的意识的一种普遍现象。因此，"意识流"被引入文学领域之后，它不是技巧，而是被描写的对象。美国文学理论家汉弗莱认为："我们不妨设想，意识不但形同冰山，而且它本身便是一座完整的冰山，而不是露出水面的那一小部分。照此推论，意识流小说主要关心的则是水面下

---

① 王蒙:《关于"意识流"的通信》，见徐纪明、吴毅华编《王蒙专集》，贵州人民出版社1984年2月版，第123页。

② 威廉·詹姆斯:《心理学原理》，象愚译，见柳鸣九主编《意识流》，中国社会科学出版社1989年12月版，第346页。

③ 威廉·詹姆斯:《心理学原理》，象愚译，柳鸣九主编《意识流》，中国社会科学出版社1989年12月版，第348页。

那一部分冰山。""从意识的这个概念出发，我们不妨给意识流小说下这样的定义：意识流小说是以发掘意识的语前层次为基本重点的小说，其主要目的在于揭示人物的精神存在。"① 既然"意识流"小说中的"意识流"是内容而不是技巧，那么这一内容有何特点呢？ 奥尔巴赫在《模仿》一书中认为："意识流"就是"对处于无目的，也不受明确主题或思维引导的自由状态中的思想过程加以自然的，可以说自然主义的表现。"② 由此可见，"意识流"小说中的"意识流"主要是潜意识，这种意识深受柏格森直觉主义和弗洛伊德潜意识理论的影响，作品的基本倾向是非理性的。被称为经典"意识流"小说的普鲁斯特的《追忆逝水年华》，伍尔夫的《墙上的斑点》《达罗卫夫人》《到灯塔去》，乔伊斯的《尤利西斯》，福克纳的《喧哗与骚动》等作品，就是如此。即便是这些经典作品，绝对的、通篇都在"意识流"之中的也不多见。他们也采用了诸如内心独白、自由联想、象征暗示等等手法，而这些手法并不等于"意识流"，只有当自由联想呈现为非理性的、无逻辑的、自动化状态的时候，才是"意识流"。因此，王蒙与西方"意识流"的区别是根本的。王蒙所借鉴的只是技巧。③ 在我国真正称得上是"意识流"小说的是二十世纪三十年代的"新感觉派"

① 汉弗莱：《现代小说中的意识流》，刘坤尊译，广西师范大学出版社，1992年版，第6页。

② 转引自赵毅衡：《当说者被说的时候——比较叙述学导论》，中国人民大学出版社1998年10月版，第168页。

③ 王蒙的《春之声》与沃尔夫的短篇小说《墙上的斑点》很相似，但这种相似只是外在的。王蒙的《春之声》明显的有一个现实情节链条的框框，在这个情节链条的框框中，岳之峰由买票坐车观察到下车都表明他是社会中的人，可见触发联想的小说触发点是有意义的社会行为；而沃尔夫的《墙上的斑点》在现实层面只有一个斑点，从这个斑点到弄清楚斑点是一只蜗牛，叙述者始终坐在椅子上，没有任何行动，故事和情节，而这个斑点并没有意义，它只是一个触发点，小说着重表现的只有信马由缰的联想。

如施蛰存、穆时英、刘呐鸥等人的作品，把王蒙小说叫作"意识流"实在是时代的一种误读。既然如此，我们没有必要把王蒙的小说叫作"意识流"。所谓"东方意识流"的说法也没有道理，按照这种说法，王蒙的意识流是西方意识流技巧加中国的审美习惯，"是中国习惯审美方式与西方新表现技法的结合，是现实主义题旨与现代主义表现的结合，是物与我，内与外，形与神的融合汇合。"① 这种观点看似公允，实则什么也没说，它没有深入到王蒙小说的文体肌理中去，而从文体的角度看，王蒙小说采用的正是自由联想的方式，这种联想正如我在上面所说的，不是潜意识的无目的无逻辑的自由联想，而是有理性有逻辑的联想，这种有理性的联想，表现的是作家记忆中的事物，而记忆中的事物在根本上也是属于经验中的，只是由于经过心灵的过滤，而使时序颠倒，具有了感觉化情绪化的特点。

作为自由联想体，王蒙小说与我国传统文学的渊源关系更亲密。对此，何西来的观点是有道理的。我觉得，我国传统文学中的超拔的想象力对王蒙的影响是直接的。这不仅包括了浪漫主义文学传统，如庄子、屈原、李白、李商隐等，而且还包括了现实主义文学传统如《诗经》以来的"比兴"，《红楼梦》、鲁迅的作品中的联想等方法。对庄子的喜爱在王蒙而言是明显的，他小说的题目"蝴蝶""逍遥游"等都明确地表示出这一点。王蒙在九十年代初潜心研究李商隐和《红楼梦》，都是王蒙长久以来的心愿。二十世纪六十年代初，王蒙专门撰写论文《〈雪〉的联想》，对鲁迅作品中的联想进行了颇有见地的分析。这些研究文章和著作，可以雄辩地证明传统对王蒙的深入骨髓的影响。在对李商隐的《锦瑟》及无题诗的研究文章中，王蒙多次提到联想，王蒙说："'庄生晓梦迷蝴蝶，望帝春心托杜鹃'，只要对典故稍加解释，这两句便于明丽中见感情的缠绕，并不费解。典故可以是

---

① 宋耀良：《意识流文学东方化过程》，《文学评论》1986年第1期。

谜语，就是说另有谜底，也可以不是谜语，就是说无另外的谜底，只是联想（着重号为引者所加），只是触发，触景生情，触今思（典）故，那么，引用典故便是一种'故国神游'，是今与古的一种契合，是李商隐与庄周与望帝之共鸣与对话，李商隐有庄生之梦庄生之迷庄生之不知身为何之失落感，又有望帝之心望帝之托望帝之死而无已的执着劲儿。"[1]在谈到李商隐的诗为何具有朦胧性时，王蒙认为："从结构上看则是它的跳跃性、跨越性、纵横性。由锦瑟而弦柱，自是切近。由弦柱而华年，便是跳了一大步，这个蒙太奇的具象与抽象，物器与时间（而且是过往的、一去不复返的时间），有端（瑟、弦、柱都是有端的，当然）与无端之间的反差很大，只靠一个'思'字联结。然后庄生望帝，跳到了互不相关的两个人物两段掌故上去了。仍然是思出来，神思出来的，故事神游游出来的。游就是流，神游就是精神流心理流包括意识流。"[2]由于这种思，由于这种联想，在形式层面就是"打破时空界限"，因此王蒙不无感慨地说："近十余年谈文学新潮什么的，或曰'打破时空界限'之类，其实，我们老祖宗压根儿就没让具体的现实的时空把自己围住。"[3]在这里，王蒙对李商隐的解读，实际上也是对自己创作经验的总结。在《〈雪〉的联想》一文中，王蒙给"联想"下了一个定义："联想，从心理学的意义上说，是一种介于再造想象与创造想象之间的反映过程，是从某种表象创新结合为另一种表象。在文学欣赏（乃至创造）中，是思想从一个对象到另一个对象的过渡：前一个对象往往是具体的、比较简单明白的，或者是自然界的，后一个对象却往往是更有普遍意义的、比较复杂甚至不那么完全

---

① 王蒙：《再谈〈锦瑟〉》，《王蒙文集》第八卷，华艺出版社1993年12月版，第348页。
② 王蒙：《再谈〈锦瑟〉》，《王蒙文集》第八卷，华艺出版社1993年12月版，第349页。
③ 王蒙：《通境与通情》，《王蒙文集》第八卷，华艺出版社1993年12月版，第372页。

确定的、社会的。"① 从这一定义可以看出，王蒙所说的联想实际上就是我国传统文学中的"兴"体。王蒙说："《雪》这篇文字（类似的还有《秋夜》等），比较接近于我国古代所说的'兴'体，'兴者起也'，用现代的话说，也就是联想。"② 在这里王蒙把联想与"兴"体联系在一起，是颇有眼光的，他为联想（自由联想体）找到了文体渊源。

"兴"是我国古代诗歌特别是先秦诗歌中最常见的一种体式，在古代"兴"一般与"比"连缀而称为"比兴"。实际上，"比"和"兴"都是联想，"比"为相似联想，"兴"为相近联想或类比联想，"比"和"兴"的这两种联想相当于雅各布森所说的隐喻和转喻。隐喻属于语言的选择轴，探讨的是语言的垂直关系；转喻属于语言的组合轴，探讨的是语言的横向的历时性关系。但我们还是不能简单化地用雅各布森的概念来比附"比兴"，有的"兴"也含有"比"的意义，而有的"比"则是由"兴"演化而来的，所以谈"兴"应该"比兴"共举。在对"比兴"的界说中，人们对"比"的界说比较一致，而对"兴"的界说却众说纷纭，莫衷一是。朱自清有"你说你的，我说我的，越说越胡涂"的感叹。③ 之所以产生这么大的歧义，主要是因为"兴"这种联想比"比"的联想更古老、更自由、更具有跳跃性、断续性的特征。这种特征是基于它自身的原始宗教性而形成的一种习惯联想，随着人类社会的进步，这种联想的原始宗教基础愈来愈丧失，在这个丧失过程中，作为观念内容形态的"原始兴象"逐渐积淀为纯粹的形式，从而由习惯联想转化为审美联想。④《诗经》中的鸟类兴象、鱼类兴象、树

① 王蒙：《〈雪〉的联想》，《王蒙文集》，第七卷，华艺出版社1993年12月版，第293页。
② 王蒙：《〈雪〉的联想》，《王蒙文集》，第七卷，华艺出版社1993年12月版，第293页。
③ 《朱自清古典文学论文集》上，上海古籍出版社1981年版，第235页。
④ 关于这一问题请参看赵沛霖：《兴的源起——历史积淀与诗歌艺术》一书的第二章：兴的历史积淀。中国社会科学出版社1987年11月版，第67~90页。

木兴象和神话动物兴象，都与原始宗教的图腾崇拜、生殖崇拜有关。闻一多说："三百篇中以鸟起兴者，亦不可胜计，其基本观点，疑亦导源于图腾。歌谣中称鸟者，在歌者之心理，最初本只自视为鸟，非假鸟以为喻也。假鸟为喻，但为一种修辞术；自视为鸟，则图腾意识之残余。历时愈久，图腾意识愈淡，而修辞意味愈浓……"[1]在这里闻一多所谈的正是"兴"的源起及其积淀的过程。在谈到鱼类兴象时，闻一多举《陈·衡门》为例：

> 衡门之下，可以栖迟。泌之洋洋，可以乐饥。
> 岂其食鱼，必河之鲂？岂其取妻，必齐之姜。
> 岂其食鱼，必河之鲤？岂其取妻，必宋之子。

闻一多认为这里的鱼的兴象，"显然是和女友相约，在衡门之下相会，然后同往泌水之上"，去行那男女秘密之事。现在看来，鱼与婚媾构成关系，是不好理解的，闻一多解释说："兴"与隐语有渊源关系，鱼的兴象就是代替匹偶和情侣的，这与原始的生殖崇拜有关。[2]鱼的繁殖能力很强，而且还有资料说，鱼就是代表女性的。在生殖崇拜的原始时期，鱼由于其形状类似女性生殖器，又有很强的繁殖能力，所以用来代替女性。所以鱼的兴象就与爱情婚媾有了模拟的联系，也就是鱼具有了象征意义。这种联想与原始思维有关。原始思维是一种感悟式的整体直觉型的象征性思维，"兴"的最初发生与巫术原始宗教有关，它体现的是原始人感受世界的基本方式。我们还可从字源学上看"兴"的本义，"兴"的繁体字是"興"，甲骨文作"🦴"。许慎《说文》："兴"，起也。从舁同。同，同力也。段注：广韵

---

① 闻一多：《诗经通义·周南》，见《闻一多全集》，开明书店1948年版，第2册第107页。

② 闻一多：《说鱼》，《闻一多全集》第1卷，三联书店1982年版，第117~138页。

曰盛也，举也，善也。周礼六诗曰"比"曰"兴"。"兴"者，托事于物。"兴"是会意字，表示四人共抬一种"廾"形物，后来有人考证，"兴"就是多人共抬东西而口中所发出的声音。[1]可见"兴"是一种巫术仪式，一种集歌乐舞三位一体的强烈情感形式。我们今天所说的兴奋，高兴，就有这个古意。我觉得，由于《诗经》中的诗的成诗时间与地域不统一，因此，其中的兴象也是处于不断变化发展的过程中。有些兴象图腾意义更明显些，比如《邶风·燕燕》："燕燕于飞，差池其羽。之子于归，远送于野。瞻望弗及，泣涕如雨。……"而有些诗的兴象则不具有图腾意义，比如《关雎》："关关雎鸠，在河之洲。窈窕淑女，君子好逑。……"这里虽然写的是鸟，但不是纯粹的图腾，已经具有了情感泛化的特征。《蒹葭》一诗则更加情感泛化，不仅完全失去了图腾意义，而且具有了情景交融的意境：

　　蒹葭苍苍，白露为霜。所谓伊人，在水一方，溯洄从之，道阻且长。溯游从之，宛在水中央。
　　蒹葭萋萋，白露未晞。所谓伊人，在水之湄。溯洄从之，道阻且跻。溯游从之，宛在水中坻。
　　蒹葭采采，白露未已。所谓伊人，在水之涘。溯洄从之，道阻且右。溯游从之，宛在水中沚。

　　这样看来，起兴的过程是一种生成情感的自由联想过程，如果说图腾兴象表现的是原始人的原始情感生成的自由联想方式，那么非图腾兴象则是仿图腾兴象的情感泛化的自由联想方式。在这种方式中，甚至还有了"比"的涵义，朱熹所言的"兴而比"，"赋而兴"就是这个意思。

---

[1] 参看王一川：《审美体验论》，百花文艺出版社1999年版，第235页。

到了屈原，"兴"有了根本性的变化，这种变化不仅在于屈原的诗作中沉浸着浓郁的楚地巫鬼灵仙的文化传统氛围，更在于他的诗作把《诗经》中的"比兴"发展到一个很高的审美境界。从此"比兴"已经不能绝然分开。屈原的"比兴"直接与诗人的情感有机地结合起来，他的联想从人间到仙界，从自然到社会，从现实到历史，纵横驰骋，飞腾想象，"善鸟香草，以配忠贞；恶禽臭物，以比谗佞；灵修美人，以媲于君；宓妃逸女，以譬贤臣；虬龙鸾凤，以托君子；飘风云霓，以为小人。"（王逸《楚辞章句》）可以说，从屈原开始，我国诗歌正式进入个人创作的追求个人情感审美表现的正途。刘勰在《文心雕龙·比兴》中称赞屈原："楚襄信谗，而三闾忠烈，依诗制骚，讽兼比兴。"由此可见，"比兴"从屈原始就成为我国诗歌传统中不可或缺的一个重要范畴。古诗十九首中就有大量的"比兴"："西北有高楼，上与浮云齐。""青青河畔草，郁郁园中柳。"后来的魏晋南北朝直至唐宋，比如王蒙最喜欢的李商隐的诗中，"比兴"也是大量存在的。"锦瑟无端五十弦，一弦一柱思华年"，这不是比兴还是咋的？所以清代陈沆编撰了《诗比兴笺》四卷，把两汉、魏晋以至唐人诗歌创作，按照他对"比兴"的理解，选出来加以笺解。[①] 这充分说明"比兴"传统对我国诗歌发展的重大影响，它已经不仅仅是诗歌创作的一种方法，而且还是诗的文体要素。

正因为如此，历代对"比兴"的研究也大有人在。"比兴"最早出现于《周礼·春官》"太师教六诗：曰风、曰赋、曰比、曰兴、曰雅、曰颂，以六德为之本，以六律为之音"。汉代的《毛诗序》也说："故诗有六义焉：一曰风、二曰赋、三曰比、四曰兴、五曰雅、六曰颂。"[②] 但都对何为"比兴"未作解释。在汉代，解说"比兴"的，有两家，就

---

① 参看陈沆撰《诗比兴笺》，上海古籍出版社1981年版。

② 见《先秦两汉文论选》，张少康等编选，人民文学出版社1996年版，第344页。

是先郑、后郑。郑众说："比者，比方于物也。兴者，托事与物也。"这是从"比兴"的内部结构入手，比较接近"比兴"的实质。郑玄的解释则侧重于"比兴"的政治内容及其与之相适应的手段："比，见今之失，不敢斥言，取比类以言之。兴，见今之美，嫌于媚谀，取美事以喻劝之。"这种批评属于意识形态批评，有一定道理，但又未免过于牵强。黄侃《札记》云："案后郑以善恶分比兴，不如先郑注谊之确。且墙茨之言，《毛传》亦目为兴，焉见以恶类恶，即为比乎？"[①] 这一批评是一针见血的。晋代的挚虞在佚失的《文章流别志论》中解释赋比兴曰："赋者，敷陈之称也。比者，喻类之言也。兴者，有感之辞也。后世之为诗者多矣，其称功德者谓之颂，其余则总谓之诗。"[②]

刘勰在《文心雕龙》"比兴"篇里说："比者，附也，兴者，起也。附理者，切类以指事；起情者，依微以拟议。起情，故兴体以立；附理，故比例以生。比则畜愤以斥言，兴则环譬以托讽。"[③] 这里的"比者附也"，就是以甲物比乙物，相当于今天的比喻；"兴者起也，依微以拟议，环譬以托讽"，就是言在甲而意在彼，相当于今天的象征和联想。而且刘勰在《比兴》篇里是明显地扬"兴"抑"比"的，他说："兴之托喻，婉而成章；称名也小，取类也大。"[④] 他称赞屈原"依《诗》制《骚》，讽兼比兴"；[⑤] 批评汉人"炎汉虽盛，而辞人夸毗，讽刺道丧，故兴义销亡"[⑥]。认为他们"日用乎比，月忘乎兴；习小而弃大，所以文谢于周人也"[⑦]。我觉得，刘勰之所以扬"兴"而抑"比"，主要是把

① 黄侃撰、周勋初导读：《〈文心雕龙〉札记》，上海古籍出版社2000年版，第174页。
② 詹福瑞：《中古文学理论范畴》，河北大学出版社1997年版，第135页。
③ 范文澜：《〈文心雕龙〉注》下册，人民文学出版社1958年版，第601页。
④ 范文澜：《〈文心雕龙〉注》下册，人民文学出版社1958年版，第601页。
⑤ 范文澜：《〈文心雕龙〉注》下册，人民文学出版社1958年版，第601页。
⑥ 范文澜：《〈文心雕龙〉注》下册，人民文学出版社1958年版，第601页。
⑦ 范文澜：《〈文心雕龙〉注》下册，人民文学出版社1958年版，第601页。

"兴"作为一种自由联想方式来看待的。从"比"显而"兴"隐，"比"是附理，"兴"是起情来看，"比"显然是一种以认识世界为主感悟世界为辅的方式，而"兴"则是感悟世界为主认识世界为辅的方式。认识世界方式则注重判断推理等外在的过程；而感受世界的方式则是内在的，整体的，顿悟的直觉体验式的方式。如果从联想的方式看，后者更自由更富跳跃性，这与创作实际是一致的。我认为，刘勰论"比兴"，还特别强调了生命体验的重要性。[①]他在《比兴》篇的结论里说："赞曰：诗人比兴，触物圆览。物虽胡越，合则肝胆。拟容取心，断辞必敢。攒杂咏歌，如川之澹。"[②]对于这段话，许多学者都特别关注"拟容取心"句，王元化先生就以此句数作文章，提出刘勰的"艺术形象"问题，可见该句的重要性，但很少有人注意"触物圆览"这句话。实际上，"触物圆览"也是一个非常重要的概念，"触物"就是要接触事物，"览"就是对事物进行周密的观察，而"圆"这个词在此具有"体验"的意思，"圆"可以说是中国传统文化的重要特征。道教的太极图，儒学的中庸观，传统戏曲的台步种种莫不与"圆"发生联系，因此，"触物圆览"不仅是认识事物的方式，更重要的是体验事物的方式。在这里体现了刘勰对生命体验的重视。只有你对事物有了不同于常人的深刻生命体验，你所运用的"比兴"才不仅仅是方法，而是观察世界感受世界的方式，也只有这样，才可能达到拟容取心。这样刘勰论"比兴"的一个创作活动的过程就是：触物圆览 — 讽兼比兴 — 拟容取心。触物圆览 —— 生命体验是用好"比兴"进而达到拟容取心的圆满艺术效果的一个最重要的环节。体验与"兴"最为接近，因

---

① 参看郭宝亮《生命体验与比兴 —— 刘勰比兴观新探》，《华北电力大学学报》（社会科学版），2003年第3期。

② 参看郭宝亮《生命体验与比兴 —— 刘勰比兴观新探》，《华北电力大学学报》（社会科学版），2003年第3期。

为"兴"者，起也，举也，盛也，善也，托事于物。有了独特的生命体验才可能产生独特的联想。由此可见，"比兴"不仅仅是方法，而且是凝结着生命体验的诗体形式。后来，宋代的朱熹解释赋比兴说："兴者，先言他物以引起所咏之词；赋者，敷陈其事而直言之也；比者，以彼物比此物也。"①这个解释影响很大，但朱熹主要还是从诗法的角度来阐发，并没有注意到"比兴"在诗体上的意义，实际上，"他物"与引起的"所咏之词"之间的自由联想关系，正是诗人生命体验的诗体凝定。

从以上分析可以看出，王蒙的自由联想体的血脉来源于传统，它是传统"比兴"，特别是"兴"在新的历史条件下的发扬光大，是继承性与创新性结合的产物。从有韵的诗体变为无韵的小说体，这本身就是一种巨大的创造。"兴"虽然是一种自由联想方式，但并不等于自由联想体，自由联想体中还包含着强烈的现代时空感，它是王蒙现代性体验的产物。

二、讽喻性寓言体

讽喻性寓言体小说在王蒙的小说创作中占有重要的比重。如果说自由联想体小说是诗人王蒙的情感记录，那么，讽喻性寓言体小说则是智者王蒙对社会、对政治、对世态风情的洞明和穿透。研究王蒙不研究这一类小说是不完整的。那么这类小说具有怎样的特点，它的历史渊源如何？ 这是本节要探讨的问题。

1. 智性视角
智性视角是这类小说的一个突出特点。所谓智性视角是说叙述人

---

① 朱熹：《诗集传》第一册，文学古籍刊行社1955年版，第3页。

的叙述采用的是全知视角，不过这个全知视角的发出者始终是作为一个站在作品外面冷静观察的智者形象而呈现出来的，人情的练达和世事的洞明，使他的观察总是那样机智、犀利、洞幽触微。与自由联想体小说不同，那里的观察者是一个诗人，一个时时处处把自己摆进其中的抒情诗人。这个抒情诗人是历史进程的参与者，因而他的激情他的幼稚他的经验与教训历历在目；而在这类小说中，作者是一个过来人，是一个经历了各种磨难各种斗争历练之后的清醒者，一个积累了足够人生智慧的智性旁观者。前者叙写的是历史，后者叙写的是现实；前者揭示的是历史政治斗争中的人情世态，后者揭示的是世态人情中的政治。我觉得，讽喻性寓言体小说是王蒙写得最轻松最酣畅淋漓的小说。王蒙在谈到《球星奇遇记》时说："写《球星奇遇记》时，我自己写着写着就笑了，最得意的是密斯酒糖蜜见到恩特以后向他表达爱时突然来了一句'咿儿呀忽哟'，前面全是欧化的句子，'我的达令'，忽然'咿儿呀忽哟'，我简直得意极了，至今为这个得意不已，我认为除了我以外没有任何一个人在用西式求爱抒情独白里加上'咿儿呀忽哟'。"[1] 在这里，王蒙所谈到的得意实际上就是智性的得意。这种智性得意与作者的幽默品质有关。王蒙说："在文学里头，智慧往往也是以一种美的形式出现的。一个真正的智者他是美的，因为他看什么问题比别人更加深刻，他有一种出类拔萃的、对于生活的见地，对于人的见地。这样的智者也还有一种气度，就是对人生大千世界的各种形象、各种纠葛，他都能站在一个比较高的高度来看待它。……在智慧这一栏里，我喜欢把幽默放在里面。"[2] 幽默是智力优越的一种表现，这也说明，王蒙的智性视角是一种俯视的视角，

① 《王蒙、王干对话录》，《王蒙文集》第八卷，华艺出版社1993年12月版，第573页。

② 王蒙：《小说创作要更上一层楼》，《王蒙文集》第七卷，华艺出版社1993年12月版，第255～256页。

这种视角使生活中的各种人际关系、各种机关算尽都纤毫毕现，都在作者的睿智的观察之中。

1980年写作的《说客盈门》是王蒙采用传统相声手法来尝试进行这种讽喻性寓言体小说写作的开端。在这篇小说中，作者所讽喻的"说情"这种社会现象，体现的正是王蒙智者的视角。小说在讽喻中暗含着对厂长丁一的表扬，在幽默中寓含着严肃。这种"劝百讽一"的策略，在八十年代初是可以理解的。

写于1982年7月和1983年2月的《莫须有事件——荒唐的游戏》与《风息浪止》则要放得开得多。前者假托医界，后者则干脆安排在宣传部门；前者写医学新星周丽珠与诈骗"新秀"王大壮之间的较量，这一较量以周丽珠的惨败而告终；后者通过金秀梅被人为树为"五讲四美"先进典型之后的遭遇，对我国现行宣传体制中的形式主义官僚主义作风给予辛辣的嘲讽，同时对人与人之间的嫉妒、猜疑等劣根性也予以无情的揭露。作者居高临下，从党的高级领导到下层小市民，王蒙的犀利目光无不入木三分，他的通透机智使我们政治生活中的一件司空见惯的事件现出了令人触目惊心的真面目。

以后的这类小说基本按照这样的模式叙述，其视角都是这种全知式的智性视角。无论是《加拿大的月亮》[1]还是《名医梁有志传奇》《球星奇遇记》《郑重的故事》《满涨的靓汤》等都是如此，唯有例外的是《坚硬的稀粥》。这篇写于1989年初，在九十年代引起轩然大波的小说，采用的是第一人称方式。叙述人"我"是中年人，讲述一个四世同堂之家"膳食改革"的故事。这样一个讲述者的选择是充满意味的。在中国文化中，"老年文化"与"青年文化"的冲突是经常发生的，"五四"时期是"青年文化"对"老年文化"的一次声势浩大的冲

---

[1]　该小说最初发表于《小说家》1985年第2期时，原名为《冬天的话题》，1987年收入小说集《加拿大的月亮》时，改为现名。

击，但在一般情况下，"青年文化"是被"老年文化"压抑着的，在这种情势中的"中年文化"只能是一种过渡的、中立的文化。中年人较之于青年人，缺少了激情和闯劲，但却克服了青年人的幼稚和狂热，中年人较之于老年人缺少的是经验和对人事沧桑的透悟，但有时也较少固执与保守，因此以中年人为视角则比较客观。从叙述人"我"的态度和倾向性来看，这个叙述人与王蒙比较接近。作为智者的王蒙的视角仍然高悬在作品中。

2. 幽默·调侃·荒诞化

王蒙的这一类小说不同于自由联想体小说的地方，就在于它的艺术结构上的"传统"性。这些小说基本可以称为情节小说。它的基本模式主要是围绕一个中心事件展开叙述：开端、发展、高潮、结局每一个环节都不少，因此，阅读这类小说读者不会感到疲劳。但是这类小说又不是传统意义上的写实小说，它所写事件往往具有很大的荒诞性，荒诞的人和事，使阅读又产生一定的阻隔。从这一意义上说，这类小说又是很"现代"的。"现代"意味着作者不追求外在的逼真性，而是追求一种内在的精神真实性，在外在的荒诞、变形中，凸现的是世态人情的本真状态。

实际上，王蒙的这些小说也有一个变化发展的过程。《说客盈门》这篇小说只是一种幽默小说，幽默是一种温和的调侃。幽默作品的基调是写实的，是在写实基础上的夸张。《莫须有事件——荒唐的游戏》与《风息浪止》仍然具有写实的特征，但夸张更著，调侃更尖锐。特别是《莫须有事件》，已经具有荒诞化的品貌。王大壮的游刃有余，周丽珠的无助无奈，都与社会政治生活的荒诞化有关。到了《冬天的话题》(又名《加拿大的月亮》)之后的作品，所写事件彻底荒诞化了。《冬天的话题》是"沐浴学之争"，《坚硬的稀粥》是"膳食改革"，《球星奇遇记》是"球星命运"，《郑重的故事》是"文学评奖"，《满涨的靓汤》是"靓汤事件"等等。这些荒诞化的事件，增添了小说的喜剧色彩，使人在笑声中对世态人情进行反思。

但是，王蒙的这类小说不是荒诞小说。它与西方的荒诞文学不是一回事。贝克特的《等待戈多》，尤耐斯库的《秃头歌女》《椅子》，卡夫卡的《变形记》《城堡》，加缪的《西西弗的神话》等荒诞文学是非理性的文学，它们的哲学基础是存在主义，因而他们的荒诞是世界的荒诞。而王蒙的荒诞是有理性的，是在理性烛照下的荒诞，是事件的荒诞。对此，王蒙曾说："我写荒诞基本上与我认为世界是荒诞的无关。第一，我写荒诞是我追求幽默追求喜剧效果的一种形式，因为把幽默夸张到极致，就变成了荒诞，就变成了不可能的事情。第二，用荒诞的形式特别能够挖苦嘲笑，能入木三分……第三，我只有荒诞化以后才不会被任何人怀疑我写他，这是我写荒诞作品的主要原因。有些消极的、可笑的现象当然有生活中的依据，不可能没有依据，没有生活中的依据，从哪儿来呢？我不大大地变形的话，就很容易变成个人攻击。我不是为了自我保护，而是我认为用作品来泄愤，用作品来进行个人攻击，是我所不取的。"[1]在这里王蒙对荒诞的理解和处理再一次显示出他的机智。荒诞来源于生活，来源于他的经验，是他的切肤之痛。几十年的政治磨难、政治斗争的痛苦经历，对于王蒙来说，绝对不是轻松的，生活的荒诞政治的荒诞世态的荒诞王蒙比任何人都体会得要深。然而，王蒙没有把其归结为世界的荒诞，王蒙只是提取局部的事件的荒诞，只是采用荒诞的手法，这再一次证明王蒙世界观中的矛盾。在理智上把生活看成整体上的有理性、有秩序，而又在局部上感觉上觉察出生活本身的非理性、荒诞化，这是王蒙永远解决不了的矛盾。王蒙永远徘徊在理智与感觉、理想与现实之间。他的幽默是温暖的，他的调侃是有节制的，对事不对人的策略，

---

[1] 《王蒙、王干对话录》，《王蒙文集》第八卷，华艺出版社1993年12月版，第592页。

使他的讽喻对象没有坏人。当他嘲讽一个人时，总是留有余地，总是要站在被嘲讽者的处境上为他考虑。王大壮也有他的合理性(《莫须有事件》)，老爷子并不保守(《坚硬的稀粥》)，朱慎独也不是首鼠两端的小人(《冬天的话题》)，恩特是无辜的(《球星奇遇记》)等等。这说明，王蒙所针对的主要不是人性中的与生俱来的恶，相反他倒是为每一个人都留有了余地；他也没有对整个世界产生绝望，王蒙所侧重的是世态人情中的人际关系，这一关系实际上是一种政治关系，由此看来，王蒙所写的是一种政治寓言。

3. 政治寓言及其局限

写政治一直是王蒙最感兴趣的题材。可以说王蒙的所有小说都是政治小说。而这样的小说在当代作家中唯有王蒙可以驾轻就熟。早在七十年代末，王蒙就曾对刘绍棠说："你写不了政治性太强的作品，这个题材应该我来写。你还是写你的运河、小船、月光、布谷鸟……田园牧歌。"① 这些话无疑是有智慧的。王蒙对政治的热情和爱好使他的小说成为真正的政治寓言。王蒙实际上是一个有政治抱负的小说家。14岁不到就成为地下党员的革命经历，是王蒙人生的真正起点。革命干部的身份与诗人身份的交织变奏，使王蒙一直对政治情有独钟。1957年的罹祸、"文革"中的靠边站直至八十年代复出后的文坛领袖和官至文化部长要职，王蒙始终在政治旋涡里摸爬滚打，世态炎凉、人际关系的复杂、仕途的险恶王蒙都曾亲历，可以说王蒙的经历就是政治，政治就是他的生活，那除了写政治王蒙还能写什么呢？

在谈到李商隐时，王蒙对古人把温庭筠与李商隐齐名，都列入"侧词艳曲"一路颇不以为然，王蒙认为："李的气象要丰富得多，风格要变化得多，感喟要深邃得多，寄兴要迢阔得多。侧词艳曲云云，

---

① 刘绍棠:《我看王蒙的小说》，《文学评论》1982年第3期。

太皮相了，完全不能概括李商隐的风格。一句话，李商隐的作品更有分量，而这种分量的一个重要的因子乃是政治。有政治与无政治，诗的气象与诗人的胸怀是大不相同的。一个完全不涉政治的侧词艳曲的作者，不可能获得那种思兴衰、探治乱、问成败、念社稷、忧苍生的胸怀，不可能获得那种与历史与世界与宇宙相通的哲学的包容，不可能达到那种亦此亦彼、举一反三的感情深处的通融，不可能达到那种幽深杂复、曲奥无尽的境界。……李商隐在政治上是失败的，甚至连失败都谈不到……但这种无益无效的政治关注与政治进取愿望，拓宽了、加深了、熔铸他的诗的精神，甚至连他的爱情诗里似乎也充满了与政治相通的内心体验。"① 这些话写于1991年，王蒙刚刚从文化部长的位置上"辞"下来，险恶的政治风浪正包围着他，这些话难道没有夫子自道的意味吗？关于这些问题我在后面还要谈。总之可以说，王蒙对政治的关注也是一种生命体验。自由联想体小说和"季节系列"是直接写政治，而讽喻性寓言体小说则是隐喻性地写政治。王蒙有很高的政治抱负和很高的政治智慧，这些小说是王蒙政治智慧的寓言化体现。

如果说，《莫须有事件》《风息浪止》《冬天的话题》是王蒙对生活中的某种现象加以政治性的观照，那么写于八十年代末的《球星奇遇记》《坚硬的稀粥》和写于九十年代的《蜘蛛》《郑重的故事》《满涨的靓汤》就是深入到政治的肌理中去。所写的事件触目惊心，笔力老辣苍劲，没有切肤的政治经验和高深的政治智慧是断写不出的。读《球星奇遇记》初则酣畅淋漓，继则惊心动魄。球星恩特被弄假成真的传奇经历，完全是被市长抛出的一枚政治棋子。及至恩特进入政治权力中心，那四伏的危机，那险恶的倾轧，都足以令人毛骨悚然。王蒙借

---

① 王蒙：《对李商隐及其诗作的一些理解》，《王蒙文集》第八卷，华艺出版社1993年12月版，第380~381页。

这个荒诞的故事，揭示的是政治的游戏规则。在政治之中，人和人的关系就如同狼与狼的关系一样，上下级之间、朋友之间乃至夫妻之间除了利用就是暗算，而这所有的一切都将受控于一种权力欲，无尽的欲望的舞蹈将使人不能自已，不能自控，最终玉石俱焚。作品中出现的扑向勃尔德和小恩特的两只狼，正是恩特与其妻酒糖蜜内心欲望的隐喻。然而，恩特是无辜的，他的被动，他的不自主，使他始终在向善与作恶之间挣扎，人的善心与政治的残酷构成小说的悖反。最终，王蒙让恩特向圣母与耶稣忏悔，他要自主选择，然而，"他真的能够自主选择吗？"王蒙的这一诘问，使我们对恩特的未来命运充满了疑惑。

《蜘蛛》假托海外商界，实则也是一种政治寓言。商场与官场虽然从事的职业不同，但游戏规则却是一样的。其貌不扬出身低贱的文员祝英哲几十年如一日，阿谀奉承老板、崇拜小姐，这种坚韧不拔的政治品质说明祝英哲不同凡响。当祝终于爬上老板的位子上时，他便拉帮结派、排斥异己，无所不用其极。祝英哲的发迹史，使我们想到历史与现实中的许多人和事，王蒙运笔荒诞，实际上却是政治生活的普遍化抽象化寓言化。

《坚硬的稀粥》借"膳食改革"这一荒诞形式，把我国政治结构的这种家长制统治方式凸现出来。在这样的体制下，所有的改革都将流于皮相。"理论名称方法常新，而秩序，是永恒的"。作品中的老爷子不可谓不开明，但开明如老爷子者，也不可能根本改变体制，所谓放权、所谓民主，只能是装饰而已。吃惯现成饭的爸爸妈妈之辈，唯有唯唯诺诺；满脑子新观念，敢闯敢干的儿子辈因为全盘西化，不合国情，其失败是必然的；喝过洋墨水的堂妹夫辈，满口新名词，理论一大套，但除了空谈却无一用处。改革之难通过坚硬的稀粥咸菜体现出来。童庆炳先生在谈到这篇小说时认为，《坚硬的稀粥》与加缪的《西西弗的神话》中的西西弗故事具有一定的相似性，他说："王蒙《坚硬的稀粥》中的'稀粥'，就如同那巨石，不论人们如何改变它，它仍然坚硬，仍然会回到原来的状态。这是一个真实的故事。在西方人看来西西弗是一个荒谬的故事，在中国人看来'坚硬的稀粥'则是一个真实的故事，更富于中国文化内涵。这是王蒙的'坚硬的稀粥'与加缪的西西弗故事的不同之处。但是它们之间相似之处也许更多。在我的解读中，王蒙的'坚硬的稀粥'，其文化哲学的寓意是多方面的：它可以是指一种传统，一种习惯，一种思想，一种方式，一种守望，一种节操，一种社会……这些都像'稀粥'那样'坚硬'，不容易改变。就像西西弗推着的石头，推到了顶点，又可能再滚下来。这样《坚硬的稀粥》就有了表层意义和深层意义，表层意义就是那个家族膳食改革因最高权威爷爷的干预而失败；深层意义则是多重的丰富的，有待于读者的不同的解读。"① 童庆炳先生的这一解读是深刻的，这一解读使"稀粥咸菜"的隐喻指向了中国古老的民族文化心理，正是这种民族文化心理成为改革举步维艰的根本原因。由此，王蒙的主题又回到了鲁迅开创的国民性上来了。

《满涨的靓汤》是一篇充满老庄哲学的寓言化文本。李先生被董事长汤公赏光吃饭，李先生好不受宠若惊。然而宴席上却并无一物，尤其是那一道巨煲汤，据说是"诸肉诸骨诸海鲜诸山珍诸药材诸果诸蔬诸粮诸豆诸调料诸虫诸菌诸维生素诸矿物质诸基本元素钙铁磷铬钼硒锰铜碘醋……"煲成，有延年益寿、滋阴壮阳之神功，然而，豪华的巨煲却打不开。李生一顿饭下来，并未吃到一菜一饭，也未喝到一汤一酒。李生百思不得其解，乃至精神分裂，不仅丢掉了工作，而且老婆也离他而去。病愈后的李生终于悟到了汤公之汤的奥秘："汤非汤。汤非非汤。汤有汤，汤无有汤，汤无无汤。靓即是丑，丑即是靓，靓自非丑，非非丑，非靓，非非靓。0即是圆，圆即是0。有就

① 童庆炳：《作为中国当代小说艺术的"探险家"的王蒙》，《中国海洋大学学报》(社会科学版)，2003年第6期。

是没有，没有就是什么都有。无为而无不为，无汤而无不是汤。天地一煲，造化熊熊，万有皆汤，万汤皆靓，汤公神威，何汤不汤！"从此李生决定终生献身靓汤事业。但是，李生一改汤公规矩，把靓汤做实做大，甚至不惜自残乃至献出生命，而他的靓汤却招来各种非议，李生临终终于彻悟，实不该把汤公的靓汤由虚做实，将无做有，"他希望后人以他为戒，一定要闹清至文无字，至理无言，大音稀声，大象无形，大器免（注意，不是晚）成，大汤至汤无汁无色无味无物无边无际无可饮啜更无法制造的深刻道理"。这篇小说发表于1998年，联系到老年王蒙对超越的推崇，作品庶几就是王蒙悟道的产物。

总而言之，讽喻性寓言体小说是王蒙对政治经验和政治智慧的一种寓言化处理。它的犀利和透彻是当代作家中无人可以匹敌的。但是，毋庸讳言的是，我在阅读这些小说时，总感到一种不满足，总感到这些小说机智尖锐透彻有余，浑远厚重阔达不足。当我将这些小说与鲁迅相比，与卡夫卡、加缪、贝克特甚至米兰·昆德拉等相比时，总觉得王蒙的这些作品虽然也具有哲学的底蕴，比如前面说的《坚硬的稀粥》，但还是缺少开拓的深度。王蒙所关心的是人在政治中的关系，而不是政治关系中的人的命运；王蒙虽然也写出了人的政治存在的状态，但却忽略了人的存在的根本处境。正是这一重大的缺失，使王蒙的政治小说显得机智有余犀利有余而厚重不足。当我们审视变成大甲虫的格里高尔·萨姆沙时，当我们为永远也走不进城堡里去的K而迷惑时，当我们为每天都徒劳地把石头推上山的西西弗而感喟不已时，当我们为戈多的永远也不来而感到无聊时，我们心中所鸣响的是人类面对的共同处境的震撼。同样是寓言，卡夫卡、加缪、贝克特所写的是存在的根本处境的寓言，而王蒙所写的却是局部的政治寓言。正由于这个原因，王蒙的这些小说往往招致一些指责。比如对《坚硬的稀粥》的指责，这些指责固然很无聊，但反过来看，王蒙的小说是否也给人于一种错觉呢？这种错觉就是因为王蒙所写离现实政治太近，很容易使那些别有用心的人抓住把柄。①

---

① 　短篇小说《坚硬的稀粥》发表于1989年第2期的《中国作家》上，获第四届（1989～1990）《小说月报》百花奖中的优秀短篇小说奖，并荣登优秀短篇小说榜首。同年5月《小说选刊》与《小说月报》全文转载。在谈到这篇小说的成因时，王蒙回忆：1986年8月王蒙与文化部一女同志出差拉萨。这位女同志每天早餐只吃稀饭、馒头、咸菜，拒绝西式藏式食品。当地文化局的一位局长开玩笑说："汉族身体素质差，就是因此造成的，我一定要设法消灭稀粥咸菜。"这个笑话引起了王蒙的思索。而这又与王蒙一贯的提倡建设、提倡渐进、反对偏激、反对清谈的思想一致。这便是《坚硬的稀粥》的题材和主题的由来。

1991年9月14日《文艺报》发表署名"慎平"的读者来信，点名批评《坚硬的稀粥》，来信中称："…… 有个别的文艺评奖活动存在着问题。例如《小说月报》今年7期载有'第四届（1989～1990）百花奖'的评奖结果，其中获奖的短篇小说，首篇就是《坚硬的稀粥》；我以为这很不妥当。"来信中还称："《坚硬的稀粥》对我国社会主义改革的影射，挪揄，在政治上明显是不可取的。"来信还引用了台湾《中国大陆》杂志转载《坚硬的稀粥》时的编者按语："此文以暗讽手法，批评邓小平领导的中共制度。"

1991年9月15日，王蒙做出反应，将《我的几点意见》分别送交中央首长、有关方面和文艺界的一些人士。王蒙在文中指出："这样严重的""指责""足以置作者于死地"。

1991年10月9日，王蒙向北京市中级人民法院起诉，控告《文艺报》和"慎平"侵害了他的名誉权。《文汇读书周报》载该报记者写的题为"《坚硬的稀粥》起波澜 —— 王蒙上诉北京中院"的"北京专电"报道：王蒙说，慎平的文章"进行栽赃陷害，以歪曲、捏造事实等诽谤手段，严重损害了我的名誉权，侵害了公民权利"。"《文艺报》公然登载散布慎平之文所捏造的种种谣言，严重侵害了我的名誉权，破坏了我的政治名誉。"王蒙还指出："如果其诽谤得逞，不但法律尊严受到破坏，而且从今以后一些不法分子将可以以影射或以海外言论为由，任意给任何作家、作品扣上政治帽子……"

1991年10月22日，北京市中级人民法院下达裁定书，称："经审查，本院认为：《文艺报》发表慎平的读者来信，批评《小说月报》的评奖活动和王蒙的作品，属正常的不同观点争鸣，不属人民法院受理民事诉讼范围，王蒙所诉不符合起诉条件，依照《中华人民共和国民事诉讼法》第一百一十二条之规定，裁定如下：对王蒙的起诉，本院不予受理。"

1991年11月25日，北京市高级人民法院下达终审裁定书，决定维持中级人民法院的原裁定。终审裁定书中没有在提"来信"是"正常的不同观点争鸣"。

1993年2月18日，王蒙在谈到"稀粥"打官司的问题时说："在1991年的情况下对《坚硬的稀粥》的指责带有一种不平常的、凶险的性质，因为它给作品扣上了'影射'的帽子，这就没有边儿了。另外它居然引用台湾的言论，把作品与我国最高领导人联系到一块儿，带有一种凶险的征兆。由于作者本人和文艺界的许多同志的既坚决又有节制的抗争，它没有发展成一个文字狱，没有发展成一个大批判，没有发展成一个'海瑞罢官'或'三家村'式的事件。这首先说明时代不同了，说明党的十一届三中全会以后我们的国家我们的社会生活、文学生活有了非常大的进步。这也创造了一个纪录，就是在文艺界占有一定权力地位的人企图通过政治上险恶的指责批判一个作家的企图受到了挫折，没有成功，这是新中国的一个进步。过去一个作家挨了批，就是跪在地上检讨也没人听啊。在中央领导同志干预后，关于《稀粥》的争论就停下来了，官司也停下来了，也批不成了。"

以上材料参见《王蒙年谱》，曹玉如编，中国海洋大学出版社2003年9月版，第120～136页。

以上是王蒙讽喻性寓言体小说的几个特点，从创新的角度看，王蒙的这类小说首先开创了"文革"后寓言化小说的先河；其次，王蒙的这类小说继承了我国传统文学中的讽喻传统，并将幽默调侃和荒诞的手法引进小说中。王蒙是"文革"后调侃小说的开创者。

一句话王蒙创造了讽喻性寓言体小说，为小说体式的多样性做出了贡献。当然这类小说体式，也不是无源之水，无本之木，我们也有必要梳理一下它的源头。

4. 讽喻性寓言体溯源

讽喻性寓言体这一概念，是讽喻与寓言的组合。讽喻是一个功能性的概念，寓言是文体性概念，具有寓言性的文类不一定含有讽喻功能，具有讽喻功能的诗文也不一定就是寓言性文类，因此，讽喻性寓言体是一个双向限定的概念。只有具有讽喻功能的寓言文类才是合乎本概念的外延和内涵的。从这一概念的限定出发，我们来考察它的源头，可以看出，它既与我国先秦时期的说理文章中的寓言故事接近，同时又与我国源远流长的讽喻诗传统血脉相联。在先秦诸家的论说文章中，寓言故事是其重要的说理方式。《庄子》中的"鲲鹏""庖丁解牛"、《韩非子》中的"守株待兔"、《孟子》中的"揠苗助长"、《吕氏春秋》中的"刻舟求剑"等都寄寓着一定的道理，有的已经具有了讽喻的功能。唐代韩愈的《毛颖传》《马说》，柳宗元的《种树郭橐驼传》，明代的刘基的《郁离子》等也属于寓言体文类。然而，我国古代的讽喻诗传统对王蒙的影响是潜在的。"讽喻"一词兼有讽刺和谏喻两方面的意义。所以，讽喻诗也称为讽谏诗或讽刺诗。纵观我国古代文学史，讽喻诗的传统源远流长。在《诗经》中就有不少的讽喻诗，比如《邶风·北风》《魏风·伐檀》《魏风·硕鼠》《小雅·大东》《秦风·黄鸟》《邶风·新台》《鄘风·蔷有茨》《齐风·南山》《陈风·株林》《小雅·正月》《小雅·青蝇》《大雅·桑桑》等。这些诗作或揭露奴隶主对奴隶的剥削的残酷，或讥刺统治阶级荒淫无耻的宫闱丑行，或讽刺上层统治者宠信奸佞，是非不分的昏庸无能。这些诗作由于来源于民间，因此讽刺成分多于谏喻的成分。屈原的《离骚》实际上也是讽喻诗。诗作颇多怨愤，既有讽刺又有谏喻，还有强烈的忧国忧民的忠烈之气，不平之气。屈原的《离骚》奠定了后世讽喻诗的文人基调。汉代辞赋盛行，但也有"劝百讽一"的说法。魏晋南北朝时期的阮籍、左思、袁宏、鲍照等人，他们所写的诸如《咏怀》《咏史》《代放歌行》《拟行路难》等诗也是真正的讽喻诗。到了唐代，讽喻诗有了一个新的发展。李白、杜甫的一些诗作，使讽喻诗的气象更加阔大，白居易与元稹的新乐府运动，把讽喻诗推向一个新的高潮。以后历代讽喻诗基本是在这样一个格局中发展。

实际上，我国传统的讽喻诗的核心是政治关怀，讽喻诗就是真正的政治诗。当孔子把"诗三百"纳入儒家的诗教规范时，讽喻诗基本上就成为诗教传统的规范化产物。孔子说："《诗》三百，一言以蔽之，曰:思无邪。"[1] 在这里，孔子正是以"思无邪"——"思想纯正"来规范诗的。只有在思想纯正的标准下，才有"诗可以兴，可以观，可以群，可以怨，迩之事父，远之事君，多识于鸟兽草木之名。"[2] 这里的"怨"就是"怨刺"，何晏《集解》引孔安国注："怨刺上政"，说的就是诗是用来批评朝政，表达民情的。《诗大序》在解释《诗经》中的国风时说："上以风化下，下以风刺上，主文而谲谏，言之者无罪，闻之者足以戒，故曰风。"[3] 这里强调的是上与下的互动效应，当政者以诗教化下民，下民也要以诗讥刺上政，但这一讥刺只能是"谲谏"，即

---

[1] 《论语正义》，刘宝楠注，见《诸子集成》第一册，上海书店1986年影印本，第21页。

[2] 《论语·阳货》。

[3] 《毛诗序》，见张少康、卢永璘编选《先秦两汉文论选》，人民文学出版社1996年版，第344页。

委婉曲折地讽喻、规劝统治者。东汉的郑玄在《诗谱序》中则提出了"美刺"功能，他说："论功颂德，所以将顺其美；刺过讥失，所以匡救其恶。"① 自此，"美""怨""讽""刺"就成为儒家诗教观念的具体化手法和功能。唐代的白居易与元稹提倡的新乐府运动，实际上就是把这种诗教传统引向一个更加明晰更加规范的方向上去。因为在白居易看来，自骚辞以降，"六义始缺矣"，"至于梁、陈间，率不过嘲风雪、弄花草而已。…… 于时，六义尽去矣。"② 可见白居易是以"诗之六义"为标准来提倡新乐府运动的。以六义为作诗之标准，则必然要"文章合为时而著，歌诗合为事而作"。他甚至主张诗歌就是奏折与谏书的补充："仆当此日，擢在翰林，身是谏官，手请谏纸，启奏之外，有可以救济人病，裨补时阙，而难于指言者，辄咏歌之。欲稍稍递进闻于上，上于广宸聪，副忧勤；次以酬恩奖，塞言责；下于复吾平生之志。"③ 白居易这种让文学彻底地为朝廷服务为政治服务的主张，成为我国文论的重要传统，潜移默化地影响着后世的每一个知识分子。王蒙当然也不例外。不过，经历了"反右""文革"，王蒙肯定是反对狭隘的"文学为政治服务"的提法的，但王蒙并不反对文学写政治。王蒙作品中的政治情结，对政治叙写的乐此不疲，都表明王蒙是一个具有很强的政治关怀和现实关怀的作家。正是从这一意义上，我说王蒙的讽喻性寓言体导源于我国古代寓言和讽喻诗传统。

但是，我们还必须看到，在王蒙的讽喻性寓言体小说中存在着一种色调是我国古代寓言和讽喻诗传统中所不具备的，这一色调就是幽

---

① 郑玄：《诗谱序》，见张少康、卢永璘编选《先秦两汉文论选》，人民文学出版社1996年版，第637页。

② 白居易：《与元九书》，见周祖譔编选《隋唐五代文论选》，人民文学出版社1990年版，第235~236页。

③ 白居易：《与元九书》，见周祖譔编选《隋唐五代文论选》，人民文学出版社1990年版，第237页。

默、调侃与荒诞化的笑。据我有限的古代文学知识积累，我觉得，我国古代高雅的文学品类主要是诗和文，在这些作品中，基本上是排除了笑的。因为笑的杀伤力直接威胁到森严的等级制度，这与诗教传统中的"怨而不怒、哀而不伤、乐而不淫"的温柔敦厚的原则不相协调。因此，诗文中可以有"美""怨""讽""刺"，但却不能有"笑"。即使有些文人的诗文中有一些幽默成分，但也是高度克制，偶一为之。比如韩愈的《毛颖传》等。这是不是说中国人就没有幽默感了呢？或者说中国文学的幽默源头在哪里呢？我觉得，中国幽默文学的源头在民间。直到今天，我们还可以从民间口耳相传的笑话、民间故事中看到这一点。民间的笑文化必然影响到文人的创作，通过文人的创作，民间笑文化逐渐渗透到文学文类中去。但是这些文类一般不属于主流文类，而是具有民间性的边缘文类，从这个角度看我国古代幽默文学的种类大致有以下几类：一是戏曲。戏曲是最具民间性的一种艺术形式，戏曲的演员在古代是优。司马迁的《史记·滑稽列传》中所传的淳于髡、优孟、优旃、东方朔等都是历史上著名的滑稽表演家或幽默家。唐宋时期的李可及、黄幡绰、李家明等也是著名的弄臣。戏曲在唐代有参军戏，宋代有滑稽戏，这些戏都没有留下脚本，可见它是只重表演性的民间形态。到了宋代的宫本戏，元代的杂剧，乃至散曲小令，成为正式的文人创作。清代臻于成熟的相声，是真正的民间笑文化。二是小说。小说来源于话本。本是地道的民间艺术，后经文人整理再创造，成为成熟的文本。南朝刘义庆的志人小说《世说新语》，吴承恩的《西游记》，都是这样的文本。三是笑话辑录。这是最接近民间的笑文化文本。《笑林广记》，冯梦龙辑录的《笑府》，清代石成金撰集的《笑得好》等都是这种文本。我在这里不是说王蒙直接受到古代民间笑文化的影响，而是梳理王蒙讽喻性寓言体小说文体的历史传承关系。民间的这条血脉对于王蒙来说是非常重要的。当然直接影响了王蒙的还是自我放逐新疆16年的最底层的民间生活。颇富幽默感的阿凡提的后人维吾尔人民，是王蒙后来小说中的幽默、调侃乃至荒诞的直接源泉。我们只要看一看王蒙所写的《在伊犁》就会明白。在这一纪实性的文本中，无论是穆罕默德·阿麦德（《哦，穆罕默德·阿麦德》），还是口若悬河满口"语录""最高指示"的马尔克傻郎（《淡灰色的眼珠》），无论是睿智的穆敏老爹，还是好汉子依斯麻尔，都是具有幽默天才的少数民族兄弟，他们都是王蒙的朋友，在和他们的朝夕相处的日子里，他们的处世方式和思维方式无不给予王蒙以潜移默化的影响，王蒙从中领略到维吾尔人民的"伟大的塔马霞尔"。① 另一个直接源头是北京的相声艺术，王蒙说：幽默"这可能是地方特色，（北京作家几乎都受相声的影响。丁玲就说过我的某些段落是相声。）不管怎么样我是北京人，北京人就够贫的了，到了新疆以后又添了阿凡提式的幽默。"② 诚然幽默也来源于王蒙的天性，幽默是一种智力上的优越感。王蒙天性中的幽默被民间的磨炼引发出来。张洁在对王蒙的一次恶作剧的描写颇能说明问题：

> 突然我听见人的惨叫。人只有在灭顶的时候才有的那种惨叫。这声音把我从关于泡沫的幻觉中惊醒，我张大眼睛四处望，原来那叫声是王蒙发出的，只见他在海水里扑腾着，两只手在空中没有着落地乱抓乱挠，马上就要沉下海底的样子……我吓得魂飞魄散……但他突然不叫了，又站定了身子，脸上露出了小孩子才有的那种顽皮而得意的笑，没事儿人似的嘻嘻地往自己的

① 王蒙在《在伊犁之二·淡灰色的眼珠》中解释"塔马霞尔"说："塔马霞尔是维吾尔语中常用的一个词，它包含着嬉戏、散步、看热闹、艺术欣赏等意思，既可以当动词用，也可以当动名词用，有点像英语的 to enjoy，但含义更宽。当维吾尔人说'塔马霞尔'这个词的时候，从语调到表情都透着那么轻松适意，却又包含着一点点狡黠。"
② 《王蒙、王干对话录》，《王蒙文集》第八卷，华艺出版社1993年12月版，第586页。

身上撩着水。……①

可见，幽默也与天真相联，是天性中的一部分，装是装不出来的。当然幽默更是一种机智，没有机智没有发现也不会有幽默。陈祖芬在谈到王蒙的幽默时说：

> 王蒙在生活中随处发现可笑的、可爱的、有趣的、好玩的事，再用他的嘴一加工，你就等着哈哈吧。今年全国政协选副主席，不知怎的张贤亮改邪归正荣获副主席的一票提名。会后王蒙对张贤亮说：你那一票是我投的。张贤亮说：肯定不是你！王蒙一下把他套牢：你怎么能肯定知道不是我？那只能说明那一票是你自己投的。
>
> 与王蒙斗嘴，大都凶多吉少。②

综上所述，王蒙的讽喻性寓言体小说这一文体形式的源流可以看作我国古代寓言和讽喻诗的血脉的流贯，也有源远流长的我国民间笑文化，特别是新疆维吾尔民间幽默文化与京津相声文化的血脉贯注，这所有的传统资源或潜在地或直接地成为王蒙创新文体的营养。

三、拟辞赋体

以上所谈的两种文体形式——自由联想体和讽喻性寓言体是王蒙小说的基本文体。但王蒙是一个不断创新的作家，他从不把自己限定在一种形式上。王蒙在谈到《春之声》这篇小说的写法时说：

---

① 张洁：《方舟》，北京出版社1983年版，第262页。
② 陈祖芬：《"我就是打工的"——我看到的王蒙》，《小说界》2003年第6期。

"《春之声》是这样写了，我无意提倡别人也这样写。我自己也未必总是这样写。《春之声》的手法既与《说客盈门》《悠悠寸草心》不同，也与《风筝飘带》《海的梦》不同，当然也有某种共同之处。程咬金还有三板斧呢，为什么我们的小说作者不能有四板斧、五板斧、十六板斧呢？为什么我们要作茧自缚，让一些条条框框束缚自己对于艺术形式、创作手法的探求呢？……"[1] 可见与时俱进、不断探求是王蒙的为文准则。在王蒙50多年的创作生涯中，在他大量的小说中，我们看不到他定于一尊的固定的文体形式，反而总是看到他的不断变化的足迹。他的文体是流动的，是一种过程，可以说在中国当代文坛上还没有任何一个作家能像王蒙这样变化无穷。因此，任何描述都是对他变化多端的艺术的粗暴的框定，但我们还不能不勉为其难。实际上，王蒙的小说里还有写于二十世纪五十年代的"青春体小说"。（这些小说我在下面的章节中将加以论述。）到了二十世纪八九十年代，王蒙小说中还有一些实验性很强的文体，这些小说一般是中短篇，比如《一嚏千娇》就是一部典型的"元小说"文本；《致爱丽丝》《来劲》《组接》《虫影》等小说则是具有先锋实验性质的小说文本。由于这些小说在王蒙小说总体数量中不占多数，因而本书不予评述。我认为，王蒙这些小说的实验成果都融入到他的长篇系列小说中去了，形成了他的另一种文体形式——拟辞赋体。因此，本节主要评述这一小说体式。

王一川先生认为，王蒙的"季节系列"小说的文体可以称为"拟骚体"："'骚体'历来是古典骚人墨客表达政治上的哀怨情绪的抒情语体，在中国古典语体家族中具有重要的地位。而王蒙在这里似乎是为着自身表达上的新需要，而以现代汉语的形式去重写'骚体'。当

---

① 王蒙：《关于〈春之声〉的通信》，徐纪明、吴毅华编《王蒙专集》，贵州人民出版社1984年2月版，第58页。

然，这不是简单的模仿，而是承袭中的创造。如果说，古代'骚体'本身在抒情上有着毋庸置疑的严肃性和庄重性，那么，王蒙这里虽然不失某种严肃和庄重意味，但毕竟带有更明显的喜剧性模拟色彩。这样做，'骚体'原有的纯粹政治悲剧，就被移位为既有悲剧成分又有喜剧因素的政治悲喜剧了。由此，我们不妨把这种新的小说语体尝试地称为拟骚体。"① 王一川先生的这一概括是有道理的。从古代的骚人墨客抒发政治上的哀怨情绪的角度来观照王蒙，"季节系列"小说中的确也蕴含着这样的情绪，因此是很精当的。不过，我觉得王一川先生的概括主要侧重于内容范畴，如果从文体的角度来观照王蒙的"季节系列"小说，我尝试用"拟辞赋体"这一概念是否更确切些呢？当然，骚体与赋体，在古代实际上也是一个问题的两个方面，刘勰在《辨骚》中就称屈原的《离骚》为"词赋之宗"，② 主要是就《离骚》的文体形式而言的。因此，从文体的意义上来看王蒙的"季节系列"乃至《青狐》等长篇小说，其语言中的大量的四字格词语和长句式的运用，就使他的语言显示出富丽繁缛、铺排杂沓、汪洋恣肆、重唱叠叹的气势和风格。像下面的这三段：

（1）然而仍然有绝活，横空出世，批起《水浒》来啦，……反正这次批《水浒》算绝了，旁敲侧击，声东击西，指桑骂槐，若领神机，无中生有，闲中发力，蓄势待发，咄咄进逼，神龙见首，了无痕迹，能放能收，挥洒如意，天马行空，独来独去；能玩到这一步，算入了化境——这里的"玩"字绝无贬义，而是指一种行为变成艺术，再从艺术变成游戏般的驾轻就熟，举重若轻，行云流水，虎变难测，花样翻新，奥妙无穷，得心应手。这

---

① 王一川：《汉语形象美学引论》，广东人民出版社1999年9月版，第181页。

② 范文澜：《文心雕龙注》（上），人民文学出版社1958年9月版，第46页。

样的政治想象力前无古人，后无来者，他完全同意林彪的天才论，完全同意世界几百年才出一个，中国几千年才出一个的模糊数学公式！①

——《狂欢的季节》（第440～441页。）

（2）那么本一个季节应该是恐惧的季节？是奔突，是疯狂，是死亡的季节或者时节么？是横冲直撞大火熊熊痛快淋漓由真正的历史大手笔写就的浓艳的或浓烈的季节么？抑或是闲散的、恬淡的、无聊的、空白的、等待的、静悄悄的，比如说是养猫养鸡养黄鼠狼腌咸蛋种花种草打毛衣读菜谱打木器家具和常常醉酒的叫作畅饮的季节么？也许我应该叫它意外的或混乱的、困惑的、迷失的、梦魇的至少是奇异至极的神妙至极的百思不得其解的，你只好叹为观止的季节吧？

——《狂欢的季节》（第2页。）

（3）你应该装蔫充愣，表明自己没有胆量没有不同见解没有胡思乱想没有神神经经没有哭哭笑笑没有二心二肝，尤其是没有口才没有文才没有风度不会穿衣裳最好是结巴磕子大舌头车轱辘话来回说而又前言不搭后语诚惶诚恐毕恭毕敬唯唯诺诺嘿嘿喝喝男女无才都是德一棒子打不出一个响屁来。

——《蹒跚的季节》（第305页。）

这样的文体风格实在与我国古代的赋体非常相似，王一川先生也认为："拟骚体，单从字面上看，似乎只是戏拟'骚体'。但应当看到，王蒙这里的语体特点自然不限于单纯戏拟'骚体'。例如，当这种叙

---

① 着重号为引者所加。

述体讲究铺陈、润饰、韵节、文采时，又显得近乎'赋'，但同样是戏拟或仿拟之作，即'拟赋体'。"①这说明拟骚体和拟辞赋体是从不同角度观察的结果。实际上，当我们试图从一个方面描述王蒙文体的时候，一个新的危险便出现了，这就是我们很可能把王蒙丰富复杂的文体样式简单化。因为王蒙的文体形式是复杂的，他的文体具有广泛的杂糅性、包容性与整合性。拟辞赋体不仅是对我国古代辞赋体形式的仿拟，而且也是自由联想体与讽喻性寓言体两种文体有机整合的产物。它的外在特征是杂。杂色的说法是有道理的②。杂色就是多元并举，就是矛盾的统一。在谈到文体问题的时候，王蒙说："我喜欢那种比较自由、不受拘束、相当解放的文体。我希望把小说的题材、手法、结构、文体搞得更宽一些、更活一些。"③王蒙主张："小说首先是小说，但它可以吸收包含诗、戏剧、散文、杂文、相声、政论的因素。有人说某一篇小说像散文，如果不是同时能够论证这篇小说并不是小说，那么，'像散文'的评语，其实是一种褒奖。如果说是'像诗'，那就更加让人鼓舞。王维的诗中有画，画中有诗，这还是两种不同的艺术门类的交流。那么，同在文学之中，我们为什么不喜欢小说中有散文、小说中有诗呢？"④可见王蒙是主张文体杂糅的，杂色是一种静态的呈现，杂糅是一种动态的创造。杂糅的内在心理机制则是一种包容性整合性的思维方式（关于这种心理机制我在本文第四章还要详述）。只有经过这种整合，各种文体与艺术手法的杂糅才可以成为有机的统一体。如此说来，拟辞赋体，只是一种概括的说法，在

---

① 王一川：《汉语形象美学引论》，广东人民出版社1999年9月版，第181页。

② 参看孙郁：《王蒙：从纯粹到杂色》，《当代作家评论》1997年第6期。

③ 王蒙：《倾吐着生活的声息》，《王蒙文集》第六卷，华艺出版社1993年12月版，第122页。

④ 王蒙：《倾听着生活的声息》，《王蒙文集》第六卷，华艺出版社1993年12月版，第123页。

王蒙的小说中还有政论体、散文体、诗体等文类因素，还调动了各种艺术手法：排比、比喻、顶真、回环、调侃、戏仿、拼贴、夸张等等。在语言运用上，包容了大量的政治熟语、民间俗语、歌词、笑话、古诗古词、新造词等等，形成了真正的杂语喧哗的效果。谁要是研究那个时候的语言，只要看看王蒙的这几部小说就可以了。童庆炳先生认为，王蒙的这种文体，"是现代汉语的另一种美质。王蒙式的'杂语喧哗'最大的意义自然以'相克相生'的思路，'解构'了看似严肃的内容；但从文学文体创造的角度看，王蒙有本领把社会上各种新鲜的'话'变成一种带有创作个性的有艺术魅力的'体'。……王蒙超越我们的地方就是他能把这些看似枯燥的'话'以他独有的才智编织起来，形成新鲜的、灵动的、丰富的、独特的'王蒙文体'。王蒙所写的那些内容都有可能转到另一位作家的手里，唯有'王蒙文体'属于王蒙自己，因为这是他的独特的才智所结出的独特果实。"[①] 童庆炳先生在此所说的"王蒙文体"，就是这种包容性很强的拟辞赋体，拟辞赋体不是简单的模仿，而是一种新的创造。这样的文体标志着王蒙文体创造的成熟。历史将证明，王蒙的这一文体对汉语文学的影响将是巨大的。

拟辞赋体是王蒙"季节系列"小说文体的整体风貌，它的主导情绪是王蒙历尽劫波之后的世事洞明，以及在这通脱旷达前提下的调侃、狂欢与反讽。政治哀怨情绪包含在这调侃、狂欢和反讽之中，而这所有的情绪都可以归结为反讽。因此，区分王蒙文体与古代骚体之间的差异是必要的。后者的写作主体与经验主体是一致的，他们统一在政治失意的哀怨中，以怨愤和牢骚表达自己永远不能化解的骚绪；而王蒙的拟辞赋体的写作主体与经验主体是分离的，这种分离是

① 童庆炳：《作为中国当代小说艺术的"探险家"的王蒙》，中国海洋大学学报（社会科学版）2003年第6期。

反思性的分离，反思意味着在王蒙的自我意识中有两个自我：一个是现在的历尽劫波之后的世事洞明的通脱旷达的自我，另一个则是昔日体验着苦难经验着历史的自我。正像我在第二章中所说过的，前一个自我凭借时间的距离反观省思着第二个自我。正是由于这种反思性的分离，才是构成反讽的必要条件。这也就是保罗·德曼援引波德莱尔的"跌倒"与"分身"的观念所要说明的问题。波德莱尔说："滑稽，即笑的力量在笑者，而绝不在笑的对象。跌倒的人绝不笑他自己的跌倒，除非他是一位哲学家，由于习惯而迅速获得了分身的力量，能够以无关的旁观者的身份看待他的自我怪事。"① 德曼认为，波德莱尔的"分身"观念对理解反讽是相当重要的。这种"分身"的观念实际上就是自我的反思性分离。德曼认为："在这样设想的跌倒的观念里，自然蕴含着自我认识的进步：跌倒的人，比起对人行道上的裂缝熟视无睹，即将绊倒的傻瓜来说，更聪明一些。而跌倒的哲学家，由于反思两个阶段的差异，则尤为聪明，但就他来说，这绝不能阻止他的跌倒。相反，似乎只有付出跌倒的代价，才能换来他的聪明。仅仅别人跌倒还不够；他自己必须跌倒才行。作家和哲学家用语言构成的这种反讽式双重自我，似乎只有付出跌倒的代价，才能得以形成，也即这种自我需要从神秘化调整阶段跌入（或者升入）其神秘化的认识中去。于是反讽式语言就把主体分裂成两种自我：仅只存在于不可靠性（inauthenticity）状态中的自我，和仅只存在于扬言认识到这种不可靠性的语言形式中的自我。……"② 由此看来，王蒙正是付出了这种"跌倒"的代价之后，以哲人的反思能力来观照自身的。这种跳出局外的

---

① 转引自保罗·德曼：《解构之图》，李自修译，中国社会科学出版社1998年2月版，第30页。

② 保罗·德曼：《解构之图》，李自修等译，中国社会科学出版社1998年2月版，第33页。

超脱心态，使他超越了古代一般的骚人墨客的单纯政治哀怨情绪，而获得了更加阔大和复杂得多的反讽之笑的力量。D.C.米克，曾把"超然因素"列为反讽的要素之一，是很有道理的。[1] 请看下面的这段话：

> 事后许多年，时过境迁，恩消怨泯，重叠使记忆模糊，现实使往事冲淡，新的喜怒早已打磨掉了悲欢的陈迹，往日的忧虑在新的可能面前更像是一次幕间的谐谑插曲。所有这些当年觉得惊心动魄觉得千回百转觉得鲜血淋淋觉得天塌地陷的经验，都变成了不足与外人道却又荒诞不经，有趣却又不无伤感的故事——汉语里边的故事这两个字的组合是太妙了。故事就是往事，故旧之事；故事又是事故，事件，生活过程当中的花式子，是一种饶有趣味的话题，对于平凡的世界枯燥的人生狭隘的经历的一点小小的补充和安慰，是茶馆酒肆里的说话人与近现代的一些一无所长而又胡思乱想花言巧语牢骚满腹自命不凡的叫作"作家"的倒霉蛋们编出来骗人骗钱的不可当真的话语。
> ——《失态的季节》（人民文学出版社1994年版，第45页。）

在这里表达的就是时过境迁后的王蒙对昔日的审视。"历尽劫波兄弟在，相逢一笑泯恩仇"的旷达是时间的神奇作用，时间可以淡化一切，但唯独不应该淡化的是理性的省思。王蒙在此也批评了普通大众对历史的忘却，但并不赞成对历史纠缠不清的政治怨怼和个人恩怨。省思性反讽的立场是既把自我摆进历史又把自我从历史中抽出来的一种立场。完全内在的对历史的思考不可能产生反讽，完全外在的对历史的观照也不可能产生真正的反讽，只有入乎其内又出乎其外才可能产生真正的反讽。入乎其内使王蒙获得了"跌倒"的刻骨铭心的

---

① 参看 D.C.米克：《论反讽》，周发祥译，昆仑出版社1992年2月版，第51~66页。

历史体验，他不可能无视历史自身的沉重与严酷，出乎其外又使王蒙获得了从整体上把握历史的视角和心境，历史自身的反讽性荒诞性喜剧性便自然而然地现身了。王一川先生认为王蒙的这些小说是政治悲喜剧的观点是很有道理的。[1] 王蒙善于将历史的严酷性与沉重感化为喜剧化的俏皮的语言表现出来，如钱文在得知鲁若病死狱中之后，写道：

> 一个其实是乳臭未干的年轻人，说革命就趾高气扬地革起命来，说风流就翩翩然飘飘然地风起流来，说右派就觳觫万状地右起派来，说流氓就丑态毕露地流起氓来，说囚犯就小猴戴锁链般地囚起犯来——而如今呢，说咯儿屁也就又着凉又大海棠地咯起屁来……二十几岁小小年纪，这发展真是迅雷不及掩耳，也太快了点呀，也太容易一点了呀，哪能是这样呢？哪儿能呢？
>
> ——《失态的季节》（367页。）

在这俏皮的故作轻松的语言背后，隐含着王蒙对草菅人命的历史的痛苦的沉重之思，这表面的轻松与内在的沉重之间构成反讽。这既是一种言语反讽，也是一种情景反讽。

更大的情景反讽还在后面，钱文几次都想看一看洪嘉（鲁若的妻子）的反应。钱文认为，鲁若死了，洪嘉不会没有一点反应吧？可是"他什么也没有看出来。他早就发现，洪嘉已经成熟多了"。这里的"成熟多了"，包含着大量的潜台词。当钱文从杜冲嘴里听到洪嘉早已同别人"搞成"，准备"五一"结婚时，小说写道：

> 又是"五一"！还是"五一"！永远是"柔和的晨光，在照

---

[1]　参看王一川：《汉语形象美学引论》，广东人民出版社1999年9月版，第181页。

耀着，克里姆林宫古城墙，无边无际苏维埃联邦，正在黎明中苏醒⋯⋯"的"五一"歌曲极为精彩地歌唱着的"五一"国际劳动节；鲜花的海洋，旗帜的海洋，领袖的光荣，群众的力量，必胜的进军，人类的理想！

——《失态的季节》，（367页。）

这里的三个感叹词，使我们马上联想起《恋爱的季节》里的"五一"节。"五一"就是理想，"五一"就是爱情，从昔日的激情万丈到如今的冷若冰霜，从狂热的洪嘉到成熟的洪嘉，王蒙不动声色中就把反讽的剑刺进历史的死穴里去了。

在"季节系列"里，这样的反讽随时都存在，可见反讽已成为小说的基本语体形式。王一川先生认为，"季节系列"小说的反讽的构成是与它的对比叙述分不开的。既有人物外形的对比如周碧云与满莎的一高一矮、一男一女、一精一憨、一南一北；亦有深层命运的对比，正是这种对比，"共同形成了崇高与滑稽的循环效果"。[①] 实际上，这种对比也发生在人物自己身上。在《恋爱的季节》里，居高临下的革命者赵林也有舍不得借自行车给别人的普通人的情感；周碧云对革命爱情的追求也有失落的时候；就连革命的狂热的洪嘉也还有一个更温柔些、更平凡些、更随波逐流些的自己。这种对比使我们看到革命对人性的扭曲到了何种程度。

其次，人物的言行与语境的反差也构成反讽。比如在《狂欢的季节》里，刘小玲的死就是如此。坚定浪漫的刘小玲就像"文革"中的许多"红卫兵小将"一样，为卫"道"而死，然而，这个"道"却被实践证明是荒唐的，她其实是白白地死了，这难道不是历史的最大反讽吗？ 还有那个犁原，时代的变化，使他早已成为过气的人物，但

---

① 王一川：《汉语形象美学引论》，广东人民出版社1999年9月版，第187~189页。

他自己却并没有自知之明，他毫无觉察，"还在辛辛苦苦地做着已经做了几十年的他认为唯一正确、已经成为他的安身立命之道的事。"他觉得他在为后辈铺路，"他一直是辛辛苦苦、肩负使命、爱护青年、奖掖后进、重视贯彻、顾全大局、仗义执言、披荆斩棘、鸣锣开道、继往开来，承担因袭的重负，扛住黑暗的闸门，放青年到一片光明的开阔地。"他甚至一直认为自己是深受爱戴的精神师长，严父和慈母一身而二任……而且他一直认为自己是当然的领导。这种言行与语境的巨大反差，使我们不禁要想到堂吉诃德。不过王蒙对待犁原的态度是复杂的，笑也是善意的。

再次，在看似不相干的事物之间寻找关联，也是构成反讽的一种方式。比如，写犁原在一九五七年"反右"中，因突发急性肠胃炎而躲过一劫，之后便落下病根，一遇到政治上的敏感事件就腹内痉挛，肛门收缩，以至于拉在裤裆里。由此他对其他的一些文字也产生敏感，如对川菜的"麻辣"二字，犁原敏感到了恐怖的程度：

> 他一见这两个字就会开始出荨麻疹，下唇发抖。另外他最敏感的是俚语"占着茅坑不拉屎"，见到这七个字他的肚腹就开始绞痛。他此后写文学评论的时候，凡是读到有"麻辣"和"占着茅坑不拉屎"字样的作品，他都会不喜欢，并拒绝予以评介。
>
> ——《蹉跎的季节》(人民文学出版社1997年10月版，第180页。)

这里的政治事件引发的生理反应初看不合情理，仔细想来又在情理之中，这种反讽使人发笑之后，引发的是理性的反思。政治的威力之大，异化的不仅是思想，还有身体与生理。其实，按照福柯的观点，政治权力作用于人的最终总是肉体。"在任何一个社会里，人体都受到极其严厉的权力的控制。那些权力强加给它各种压力、限制和义务。"[1] 政治权力通过对人的身体的惩罚，进而规训人的思想和行为。建国以后的历次政治运动，不是这样的吗？大规模地给"右派"戴帽下放劳动，正是政治权力对知识分子身体自由的限制和对肉体的惩罚。只有对身体的惩罚，使人成为驯顺的肉体，才有思想的规训，用王蒙的话说就是"骟净"了。可见政治权力的威力主要与人的身体相联。如此说来，犁原的因对政治的敏感而导致的生理反应就是很真实的了。

类似这样的反讽还很多。比如在《恋爱的季节》里，钱文觉得在厕所里和赵林谈论周碧云与满莎的爱情是不雅的，同时又马上想到这是小资产阶级思想意识，大粪是宝贵的肥料，大粪与农民相联，因而大粪是无产阶级的黄金；无产阶级是神圣的，爱情是神圣的，所以，大粪就等于爱情，于是在厕所里谈爱情就是无可厚非的。可见，这种荒诞的逻辑也构成反讽。在《失态的季节》里，曲风明对萧连甲与钱文思想的分析，也是这种逻辑。曲风明对钱文的大海诗的分析，显得那样的振振有词、逻辑严密：

> 你怀念大海做什么？……你生活在北京，生活在毛主席的身边，生活在革命的大家庭里，你不珍视这一切，却去怀念你见都没有见过的大海。这究竟是一种什么情绪呢？你的大海究竟是影射着什么呢？你对现实怎么会这样厌倦、这样不满、这样反感，而要去怀念虚无缥缈的远方的大海呢？大海那边是什么？台湾还是美国？苏联、社会主义阵营和中国之间并不隔着大海！
>
> ——《失态的季节》（第48页。）

---

[1] 米歇尔·福柯：《规训与惩罚》，刘北成、杨远婴译，三联书店1999年5月版，第155页。

多么可怕的语言！多么荒诞的逻辑！但却是活生生的生活，活生生的历史！在对右派钱文的批判中，他平时喜欢学区委书记老吴说话被认为是不尊重老同志，他上厕所遇到停电，喊"太黑暗了！"被认为是攻击社会的反动言论。萧连甲冬天戴帽子扬起两个"耳朵"被认为是张牙舞爪、自我扩张。王蒙从生活中随手拈来的这些例子，真令我们触目惊心，语言的力量是多么强大呀！钱文似乎也产生了类似犁原的生理反应，比如对于"体无完肤"这个词，经过"反右"斗争钱文确实身领神会地尝到"体无完肤"的味道了，一提这个词，"他浑身的皮肤似乎都有了病态的反应"。

另外，对历史报应的描写，如曲风明以整人始到被整终，章宛宛的上蹿下跳到最终的里外不是人，种种世相都是绝妙的反讽。

以上所谈都是情景反讽，言语反讽本书在第一章有所论述。总而言之，反讽已成为王蒙以"季节系列"为代表的拟辞赋体的最重要的内质。

小　结

本章探讨王蒙小说的体式特征。自由联想体、讽喻性寓言体与拟辞赋体是王蒙贡献给当代文学的三大小说体式。所谓自由联想体，是指王蒙在小说创作中以自由联想为主要方法的作品。这一部分作品一般具有一定的自传性、内向性。主人公通过内心独白和自由联想展示自我意识和内在精神世界。这一类作品主要以《夜的眼》《海的梦》《风筝飘带》《春之声》《杂色》《布礼》《蝴蝶》《如歌的行板》等为代表。自由联想体小说的联想方式是由现实的触发，进而产生发散型的联想。一种联想与另一种联想之间并没有必然的联系，这种联系只是相邻性的、类比式的。自由联想体在文体上属于心理小说的范畴，它的联想是人物心理的一种独白，内向性、情景性是它的主要特征，因此，叙述人的语言与转述语言的有机衔接就显得非常重要。王蒙主要采用了自由直接引语的操作方法。从美学功能上看，自由联想体小说打破了情节小说的模式，使情节小说的外在动作性冲突转化为内在的心理性冲突，从而拓展了小说表现生活的范围。"向内转"是它的基本美学倾向，"感觉化"是它的基本美学特征。自由联想体小说有着自己丰富的历史渊源，它与西方意识流小说的区别是根本的。这种区别是理性与非理性、经验领域与潜意识领域的区别。王蒙的自由联想体小说的血脉来源于传统的"比兴"，它是传统"比兴"特别是"兴"在新的历史条件下的发扬光大，是继承性与创新性结合的产物。

所谓"讽喻性寓言体"小说，是指王蒙的另一部分作品。这些作品以描写世态风情为主，作者一般采取冷嘲热讽或戏谑调侃的姿态，以寓言化荒诞化的方式把所叙事件展示出来。这类作品主要以《莫须有事件》《风息浪止》《说客盈门》《加拿大的月亮》《坚硬的稀粥》《球星奇遇记》《满涨的靓汤》《郑重的故事》等为代表。智性视角，幽默、调侃、荒诞化的语体风格，政治寓言，是王蒙这类小说的基本特征。从创新的角度看，王蒙的讽喻性寓言体小说既开创了"文革"后寓言化小说的写作路径，又开了调侃小说的先河。王蒙的讽喻性寓言体小说在精神上受到我国古代寓言和讽喻诗的影响，同时这种小说中的幽默调侃等喜剧色彩，又明显来源于我国民间的笑文化，具体说来就是相声艺术和维吾尔的民间幽默文化。

所谓"拟辞赋体"是以上两种文体的杂糅和整合进而有机统一为一体的一种小说体式。主要以"季节系列"作品与《青狐》为代表。"拟辞赋体"小说兼及自由联想体小说和讽喻性寓言体小说的各自特点，充分吸收古代辞赋的文体气质，铺排扬厉，大开大阖，嬉笑怒骂，调侃狂欢，进而形成王蒙特有的以反讽为实质的文体形式。王蒙的文体形式是复杂的，他的文体具有广泛的杂糅性、包容性与整合性。它的外在特征是杂。王蒙是主张文体杂糅的，杂糅是一种动态的创造。杂糅的内在心理机制则是一种包容性、整合性的思维方式。只有经过这种整合，各种文体与艺术手法的杂糅才可以成为有机的统一体。如此说来，拟辞赋体，只是一种概括的说法，在王蒙的小说中还有政论体、散文体，诗体等文类因素，还调动了各种艺术手法：排比、比喻、顶真、回环、调侃、戏仿、拼贴、夸张等等。在语言运用上，包容了大量的政治熟语、民间俗语、歌词、笑话、古诗古词、新造词等等，形成了真正的杂语喧哗的效果。当然杂糅的结果是创造新的统一的文体形式，这种文体形式的内核是反讽。因此，区分王蒙文体与古代骚体之间的差异是必要的。后者的写作主体与经验主体是一致的，他们统一在政治失意的哀怨中，以怨愤和牢骚表达自己永远不能化解的骚绪；而王蒙的拟辞赋体的写作主体与经验主体是分离的，这种分离是反思性的分离，反思意味着在王蒙的自我意识中有两个自我：一个是现在的历尽劫波之后的世事洞明的通脱旷达的自我，另一个则是昔日体验着苦难经验着历史的自我，前一个自我凭借时间的距离反观省思着第二个自我。这种反思性的分离才是构成反讽的必要条件。这种跳出局外的超脱心态，使他超越了古代一般的骚人墨客的单纯政治哀怨情绪，而获得了更加阔大和复杂得多的反讽之笑的力量。在这里主要探讨王蒙的情景反讽。这些反讽由对比叙述，人物言行与语境的反差，在看似不相干的事物之间寻求关联等方法构成。

总之，自由联想体、讽喻性寓言体、拟辞赋体是王蒙小说体式的基本特征，它们共同构成王蒙小说杂体化或立体化的文体风格。

第四章　王蒙小说文体的语境（一）

　　语境是文体学的一个重要概念。所谓语境就是讲话的环境，分为篇外环境与篇内（上下文）环境。篇内环境我们在前面已经谈到，在这里我们重点谈篇外环境。篇外环境也被称为情景语境。系统功能文体学家韩礼德（Halliday）就非常重视情景语境的功能。正是这个情景语境才使语词篇章与外面的作家心理体验和社会文化联系起来。巴赫金也非常重视情景语境。他在《生活话语与艺术话语》一文中所举的那个著名的例子，就非常生动地说明了情景语境的重要性。巴赫金举例说：

　　两个人坐在房间里，沉默不语。一个人说："是这样！"另一个人什么也没说。

　　巴赫金分析说，对于谈话时不在房间的我们来说，这样的谈话是费解的，空洞的和毫无意义的。然而，这个谈话"是由一个人有表情的发声词组成的，确实充满了涵义、意义，并完全结束了的"。那么这其中缺少了什么呢？巴赫金认为，缺少的就是"非语言的情景"。巴赫金尝试补充了这一语境。对话的两个人有一个共同的空间视野和共同的对情景的理解：现在是五月，应该是春天了，但窗外却还在下着雪；他们对这一情景的共同评价：厌恶冬天，渴望春天。如此，"是这样！"我们才能听懂。因此，巴赫金总结说："非语言的情景绝不只是表述的外部因素。它不是作为机械的力量从外部作用话语，不是，情景是作为表述意义必要的组成部分而进入话语。因此，生活表述作为思维整体是由两部分组成的:(1)语言实现的(进行)的部分;(2)暗示的部分。"[①] 可见,情景语境是语言不可缺少的表意因素。但是,巴赫金似乎对情景语境中的心理内涵不予重视,他认为,"暗示的评价不是个人的表情,而是社会规范的、必然的行动。而个人的表情只是作为泛音能够伴随社会评价的基调:'我'只有依靠'我们'才能够在话语中实现自我"[②]。在这里巴赫金强调的是社会文化对个人的制约和决定作用,固然是有道理的,但个人毕竟是作为社会文化的中介而起作用的,因此,情景语境中是既包含了作家个体的心理内涵也包含了社会文化内涵的。可以说文体就是作家心理涵蕴与制约着作家心理涵蕴的社会文化涵蕴的语言凝定。用图表示就是:(见图表4-1)

附:图表4-1:

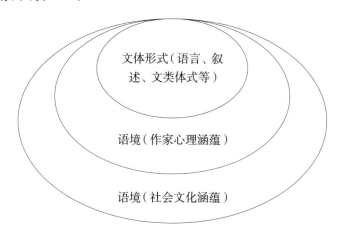

文体形式(语言、叙述、文类体式等)

语境(作家心理涵蕴)

语境(社会文化涵蕴)

---

① 参见巴赫金:《生活话语与艺术话语》,吴晓都译,《巴赫金全集》第二卷,河北教育出版社1998年版,第84~97页。

② 巴赫金:《生活话语与艺术话语》,吴晓都译,《巴赫金全集》第二卷,河北教育出版社1998年版,第86页。

本章主要分析王蒙小说文体的情景语境中的作家心理涵蕴。

一、王蒙的双重身份认同与"青春体"写作及其变奏

考察王蒙小说的文体变迁的心理机制，不能不从二十世纪五十年代开始，因为，那时是王蒙崭新人生道路的起点，也是他文学创作活动的开端。

也许从1948年10月10日那一天起，王蒙人生道路的基调就被决定了。那一天，14岁不到的王蒙成了中共北平地下组织的一名成员，一名少年布尔什维克。从那个时候起，王蒙的最高理想就是做一个职业革命家。[①] 建国后，突然到来的新时代新气象，对于刚刚步入青春期的王蒙而言，不啻是一次重生。

说到重生，我们不能不考察王蒙的童年经历，痛苦的童年经验对于王蒙走向革命具有决定性的影响。王蒙曾在他的长篇小说《恋爱的季节》里谈到钱文参加革命的动机：第一位的原因，恰恰是因为他的父母感情不和，"他恰恰是从他的父母的仇敌般的、野兽般的关系中得出旧社会的一切都必须彻底砸烂，只有把旧的一切变成废墟，新的生活才能在这样碎成粉末的废墟中建立起来耸立起来的结论的。"我们不能说钱文就是王蒙，但钱文却是有着王蒙的影子的；父母不和促使倪藻革命的情节在他的另一部长篇小说《活动变人形》中也有同样的描述。我们从王蒙的夫人崔瑞芳（笔名方蕤）对王蒙童年生活的描述中，也认证了这两部小说的准自传性质。崔瑞芳（方蕤）提到的那个曾写进《活动变人形》中去的"热绿豆汤"情结与"逛棺材铺"事

---

① 参看王蒙：《文学与我——答〈花城〉编辑部××同志问》，《王蒙文集》第七卷，华艺出版社1993年12月版，第650页。

件，① 证明王蒙童年的不幸。我们不敢肯定"逛棺材铺"事件是否可以说明王蒙在潜意识里具有某种弗洛伊德式的"弑父情结"，但我们可以说，对父亲的不信任乃至厌恶的情感肯定是存在的。在《活动变人形》中对父亲百感交集的复杂情感自不待言，在《恋爱的季节》里，王蒙写到的父亲也是一个面目可疑的形象。这个父亲号称留学法国，但却不具备起码的素质。他错别字连篇，牢骚满腹，经常愤愤不平；而母亲又是另一种的俗气。这样的父亲、这样的家庭、这样的童年无疑是痛苦的、灰色的。王蒙渴望着新生，他渴望着一个强有力的通体光明的"理想之父"的出现，而革命恰恰充当了他"寻找理想父亲"的最直接、最便当的方式。于是，共产党、新社会就成为他的"理想父亲"，革命集体就是他的"温暖的新的家庭"。② 正是在这样一个新的"父亲"面前，在这样一个"温馨的新的家庭"里，王蒙获得了重生。他曾经不无诗意地写到他的获得重生的感受："我好像忽然睁开了眼睛，第一次感觉到了解放了

① "热绿豆汤情结"可参见方蕤《我的先生王蒙》，长江文艺出版社2004年3月版，第14页。方蕤写到王蒙7岁时的一次荒唐的"逛棺材铺事件"："王蒙上学后，不喜欢放学就回家，宁愿一个人在马路上闲逛，因为他害怕看到父母吵架。七岁时一次，他漫无目的走在西四牌楼的南北大街上……无聊的他，看到路边的一家棺材铺，顺手推门走进去，看看这口棺材，又看看那口。突然问道：'掌柜的，您的这个棺材多少钱？'店铺掌柜惊讶地看着这个小孩。'你这小兄弟问这个干什么？还不快回家。'王蒙自觉没趣儿，赶紧退了出来。"见方蕤《我的先生王蒙》，长江文艺出版社2004年3月版，第14页。
② 贺兴安在他的《王蒙评传》中写道："王蒙刚从中央团校毕业，住在东长安街团市委的集体宿舍里，当时有家也不肯回家住。"贺兴安采访王蒙当年的同事王晋，王晋介绍说："我们那个区团委，都是十六七八，没有超过20的，都没有结婚。大家都住在机关里，实行的是供给制，管吃，管穿，冬天发棉衣，夏天发单衣，连裤衩都发，发一点零用钱。大家没有级别，吃大锅饭，窝窝头、馒头、高粱米，一个礼拜吃一次肉，高兴得不得了。早晨起来穿衣服就工作，晚上工作完了脱衣服睡觉，大家一起无话不谈，没有戒心，没有隔阂。感觉党员这个称呼，同志这个称呼，亲如父母，亲如兄弟。"参看贺兴安：《王蒙评传》，作家出版社2004年1月版，第19页，第20页。

的中国是太美好了，世界是太美好了，生活是太美好了，秋天的良乡县是太美好了，做一个团校学员是太美好了。"① 美好的生活，幸福的时代，王蒙以主人翁的豪情投入火热的斗争。自豪感、幸福感以及光明的前途，使王蒙成为"时代的宠儿"，在人生的第一阶段他获得了少年布尔什维克式"革命干部"的身份认同。但是，多愁善感的激情澎湃的王蒙，并不甘于这样的生活，他决定用文学记录时代，讴歌青春。长篇小说《青春万岁》与其说是一部文学作品，倒不如说是青春期的王蒙对时代的诗意记录。和所有的革命作家一样，从其作品中流露出来的是强烈的自信和步入天堂般的欢乐。写作使王蒙又获得了另一个身份——诗人身份。革命干部与诗人身份的统一，构成王蒙"时代宠儿"的身份。这种身份外化在他的文学创作中，就形成他的小说的文体特征——"青春体"。"青春体小说"的概念是董之林女士提出来的，她认为："青春体小说发生于50年代，它既是文学在经历了一场翻天覆地的社会变革之后，对建国初期除旧布新时代的反映，对古老的中华民族所展示的青春风貌的描绘；同时又是对这一特定时代赋予作家的青春心态的抒发，有其自身的表现形态。"② 董之林认为，王蒙写作于五十年代的一些小说是典型的"青春体小说"。"青春体小说"是王蒙对理想的歌唱，对"日子"的讴歌，对青春的赞美。这说明王蒙从一开始就是一个体制内的人，他是革命集体中的一分子，他对革命理想的执着，对党的忠诚，决定了他今后命运的基本轨迹。然而，现实的复杂性很快就使王蒙的理想主义和廉价的乐观主义遭遇了尴尬和困惑，《组织部新来的青年人》正是这种尴尬和困惑的产物。如果说《青春万岁》是对理想和青春的高歌，那么，《组织部新来的青年人》则是理想和青春在现实中受阻之后的一种颤音。可见，从一开始，青春所遭遇的理想与现实的矛盾就深植在王蒙的心灵深处，

---

① 王蒙：《倾听着生活的声息》，《王蒙文集》第六卷，华艺出版社1993年12月版，第113页。
② 董之林：《论青春体小说——50年代小说艺术类型之一》，《文学评论》1998年第2期。

成为他人格心理结构的组成部分。这个时候，王蒙的干部与诗人的双重身份开始错位。浪漫的诗人身份决定了他对乌托邦理想的天然憧憬和向往以及对光明的渴求，文学使他一直生活在别处；做过实际工作的革命干部的身份则又使他对现实保持了一份清醒。正是这双重身份，使他的作品具有了不同于他人的独特品质。

可是，迄今为止的对王蒙五十年代创作的研究还显得很不够。一些研究不是把其归入所谓"干预生活"潮流、作共性的描述，就是从一个大的框框入手，作简单化的概括。比如"从纯粹到杂色"的说法，[①] 就是在"纯粹"这一全称判断之下遮蔽了王蒙五十年代的许多细微的复杂性。实际上，《组织部来了个年轻人》并不"纯粹"，它是当时少有的具有复杂意蕴的作品之一。在这一作品中王蒙的重心并不在于要批判什么，而是表达处于青春期的青年对生活的混沌和困惑的感悟。因此，它仍然属于"青春体小说"的范畴，它是"青春体小说"的一个变奏。正如作者当时就说过的："林震、赵慧文和刘世吾、韩常新的纠葛是被好几个因素组成的：其中有最初走向生活的青年人的不切合实际的、不无可爱的幻想。有青年人的认真的生活态度、娜斯嘉的影响，有青年的幼稚性、片面性和小资产阶级知识分子对自己的幼稚性、片面性的珍视和保卫，有小资产阶级的洁癖、自命清高与脱离集体，有不健康的多愁善感；有做了一些领导工作的同志的成熟、老练，有在这种老练掩护下的冷漠、衰颓，有新的市侩主义，有把可以避免的缺点说成不可避免的苟且松懈，也有对于某些不可避免的缺点（甚至不是缺点）的神经质的慨叹……多么复杂的生活！多么复杂的各不相同的观点、思想与'情绪波流'！……"[②] 可见，王蒙所要表

---

① 见孙郁《王蒙：从纯粹到杂色》，《当代作家评论》1997年第6期。

② 王蒙：《关于〈组织部新来的青年人〉》，《王蒙文集》第七卷，华艺出版社1993年12月版，第589页。该文最早刊载于1957年5月8日的《人民日报》第7版上。

现的就是一个刚刚步入社会的青年人对生活复杂性的一种艺术感悟，因此，从叙事学的角度看，在这一作品中，是具有多种至少是两种不同的叙述声音的，这两种叙述声音的交织缠绕以及强弱消长构成作品中的理想与现实的矛盾。不过这两种声音并不构成对话关系，它们仍然统一在青春的感觉范围内。作品采用了"青春"的视角，即以林震为聚焦者的方法，使得理想与现实的矛盾更加激化。林震来自一个相对单纯的现实环境（小学校），且怀揣苏联作品《拖拉机站站长与总农艺师》，这些细节象征着林震的初涉社会的青春理想化身份。作品突出了他的"年轻"和"新来"，正是突出了一种理想化的生活方式同现实的距离。王蒙没有把林震塑造成一位叱咤风云的英雄，反而写出了他的单纯幼稚、怯生生以及同赵慧文听音乐吃荸荠缠绵微妙关系等特点，都和当时主流意识话语所排斥的小资情调有关。由此可见，一方面，有一个叙述声音肯定了林震单纯热情执着于理想的生活方式，另一方面，在深层结构上，还有一个叙述声音却在不断地探究甚至是怀疑着这种生活方式。比如，当林震在现实中碰了壁，他看着苏联小说扉页上自己写的"按娜斯嘉的方式生活！"不禁自言自语："真难啊！""娜斯嘉的生活方式"指代理想的生活方式，而这种生活方式与现实显然是脱节的。作品中的刘世吾曾是一个被指认为官僚主义者的形象，但这个"官僚主义者"却并不讨厌，个中原因正是王蒙给人物留有了余地的缘故。比较一下同时期的作品，比如《在桥梁工地上》和《本报内部消息》就可以看得非常清楚了。作品中的人物都是黑白分明的，罗立正和陈立栋不仅是官僚主义者，而且还是维上是举、生怕丢掉自己乌纱的、在品行上有问题的人，而曾刚和黄佳英显然是作为时代英雄来塑造的。之所以会是这样，是因为叙述视点是外在的纯理想化的，作者从纯粹理想化的角度对现实进行批判的结果。刘世吾则不同，他只不过是一个"意志衰退"的不那么单纯的人而已。他的一句口头禅"就那么回事"，表现出刘世吾的某种超脱、某种难言的苦衷。我们完全有理由相信，当王蒙塑造刘世吾的时候一定是充满矛盾的，一种既爱且恨、既尊敬又不满的态度，这种态度同儿子对父亲的态度十分相似，因此，当写到刘世吾劝告赵慧文在婚姻问题上要实际一些，特别是对林震思想情况的分析："年轻人容易把生活理想化，他以为生活应该怎样，便要求生活怎样，作一个党的工作者，要多考虑的却是客观现实，是生活可能怎样。年轻人也容易过高估计自己，抱负甚多，一到新的工作岗位就想对缺点斗争一番，充当个娜斯嘉式的英雄。这是一种可贵的、可爱的想法，也是一种虚妄……"的时候，林震感到被击中要害般地震颤起来。很显然，在这里也有两个声音，一个不赞成刘世吾的"条件成熟论"，一个却拿不出反驳刘世吾的理由，反倒对自己莽撞幼稚不切实际充满怀疑。正是王蒙文化心态的矛盾赋予刘世吾性格上的矛盾，刘世吾在馄饨铺对林震的坦言表明他对梦想的、单纯的、美妙的、透明的生活的向往以及对现实的失望，理想与现实的裂隙难以弥合，"就那么回事"成了他的口头禅。刘世吾内心深处的对理想的向往和对现实的厌恶，固然同现实生活的复杂性有关，但建国初期"极左"政治对知识分子的压抑不能不是根本的原因。当然，年轻的王蒙和林震一样不可能意识到这些，然而作家价值观上的矛盾所赋予人物的客观性为我们今天的重新阐释留下了空白。

另外，林震与赵慧文的关系是耐人寻味的，这种朦朦胧胧、缠缠绵绵的关系固然在王蒙的初稿里与发表稿之间还有一些差距，[①] 但林震对比自己大好几岁的赵慧文的好感甚至是依恋的情感取向还是明确的。无独有偶，在王蒙九十年代创作的长篇小说《恋爱的季节》里，

① 王蒙的《组织部来了个年轻人》，在发表时经过了秦兆阳的修改，并更名为《组织部新来的青年人》发表。修改稿进一步突出了林震与赵慧文的暧昧关系。小说修改的具体情况，参看"人民文学"编辑部整理：《"人民文学"编辑部对"组织部新来的青年人"原稿的修改情况》，《人民日报》1957年5月9日，第7版。

写到年轻的钱文的初恋（单恋）对象也是一个比他大几岁的女性吕琳琳。甚至在钱文上小学二年级的时候，他就幻想着与一位女电影明星"结婚"，这位明星"腰里围着围裙正在厨房里做饭的场面，使他悟到'媳妇'两个字的意义"。（《青狐》第22章，人民文学出版社2004年1月版，第323页。）我觉得，钱文对年长女性的爱恋，与其说是一种爱，倒不如说是一种依恋。"女明星"的形象实际上是小小钱文对温柔母亲形象的一种怀想与依恋。从钱文身上，我们是否可以看出王蒙由于童年家庭不幸的痛苦经验所产生的某种类似弗洛伊德式的"恋母情结"呢？

因此，我们大致可以推断，写于22岁时的《组织部来了个年轻人》，体现了王蒙初涉社会时对实际生活的不适感。从《青春万岁》的对理想"父亲"的赞颂和崇拜，到此时对有缺点"父亲"刘世吾的失望，以及对具有母性特征的赵慧文的朦胧的依恋，表明了王蒙对"长大成人"的恐惧感。这一推论我们还可以从《恋爱的季节》和《青狐》的"互文本"中得到印证。在《恋爱的季节》里，王蒙写道，钱文"又盼长大又怕长大，怕自己总有一天会变得冷漠和庸俗起来。吕琳琳的信给他一种逼近感，成长在逼近他，爱情在逼近他，所有同志们的成家在逼近他……我可怎么办呢？"（《恋爱的季节》第23章第419页）。在2004年出版的《青狐》中，王蒙再一次写到这一情节：当二十世纪八十年代初，钱文在海滨再一次见到吕琳琳时，他为她的"终于长大了……"这一句话而百感交集，"他当然想起他与她相识的时候他才是中学生，他更想到他们这一代人似乎是不愿意长大的一代人，然而现在是长大了。"（《青狐》第22章，人民文学出版社2004年1月版第329页）。这里的"害怕长大，不愿意长大"，体现的是一种青春期身份认同的危机。用埃里克森的话说就是"他们需要一个合法延缓期（moratorium），用来整合在此之前的儿童期的同一性格成分；只是到了现在才有了一个较大的，然而轮廓模糊却有迫切需要的单元，代替了儿童期的环境——'社会'。"①埃里克森的"合法延缓期"概念是他的"同一性（Identity 又译认同）"理论的一个重要概念，这一概念所体现的是青年人试图解决"认同混乱"的一种心理现象。合法性延缓的是"时代宠儿"的身份，王蒙害怕丧失，他渴望保持：

> 他渴望保持年轻，他想保持爱情，他想保持心灵的平静，他想保持心弦的无声，他想保持希望的永远生动和失望的推迟到临。他想保持所有的美好记忆和他的那一串又一串的梦。梦，就让它是梦吧，梦只是梦，它永远不会被得到，所以也不会失落。
>
> ——《恋爱的季节》（第418页。）

由此可见，王蒙对"长大成人"的恐惧所恐惧的是"现实"，他"合法性延缓"的是"理想"，是青春，因为面对五十年代以来的现实生活中愈来愈"左"的现实和各种不如意，王蒙也愈来愈不能把建国初期的那种理想与现实统一起来。作为诗人，作者所要维护和建构的正是这种理想的纯洁性，而作为曾经做过实际工作的干部，又使他对现实的粗粝和不那么完美留有了余地。他渴望理想但并不是一个极端的理想主义者；他害怕现实，但也并不意味着他是一个绝对的"反现实主义者"。相反，他的透明坦荡与理性随和的个性，使他在保持理想的纯洁性的同时也随时准备去理解现实。他预感到，不管他愿意与否，现实总是要如期来临，就像他总是要长大一样，延缓只能是权宜之计罢了。因此在《组织部来了个年轻人》中，王蒙感到无法驾驭，

---

① 埃里克·H.埃里克森：《同一性：青少年与危机》，孙名之译，浙江教育出版社1998年2月版，第114页。

他甚至"无法给自己的小说安排一个结尾"。① 当"隔着窗子，他看见绿色的台灯和夜间办公的区委书记的高大的侧影，他坚决地、迫不及待地敲响了领导同志办公室的门"时，他不过是在寻找一个更加权威的"理想父亲"，好将自己宠儿身份的"合法延缓期"继续进行下去。

二、"后革命时期的建设者"的身份认同与文体创新中的整合思维

1957年的"反右"斗争扩大化对于王蒙来说是一次被迫"断奶"，一次措手不及的被抛弃。从此，王蒙由"宠儿"变成了"弃儿"，王蒙的内心经受了一场严峻的考验。这种由"少年布尔什维克"突然变成的"反革命右派"的身份变异，对于"林震式的理想化的生活方式"来说不啻一个绝妙的嘲讽，而且也是一个沉重的打击。它标志着以理想主义哲学为特点的"社会乌托邦"知识分子的溃败，不过，在某种意义上说却是刘世吾的胜利。经历了这场运动以及随后的自我放逐新疆16年，对于王蒙世界观和人生观的最终形成起到了决定性作用。王蒙从此"长大了"。正像在《狂欢的季节》里王蒙借主人公钱文所思考的：

> 十年生聚，十年教训，正是在边疆，他变成了个真正的成人。他经过了如饥似渴如火如荼地追求革命的少年时期；他经过了红旗飘飘凯歌阵阵地覆天翻百废俱兴的五十年代；他经过了当头棒喝，天崩地裂，洋相百出，丑态毕露的突然转折；他经过了拼命盲目疯狂改造只求一线生机的挣扎期，冷水浇头 —— 不肯死心 —— 再砸下来 —— 再徒劳地争取自己命运的转机的无数循

---

① 参看王蒙:《关于〈组织部新来的青年人〉》,《王蒙文集》第七卷，华艺出版社1993年12月版，第589页。

环；他经历了破釜沉舟，奋力一击的举家远行；他经历了大时代的恐惧，紧张，闲散，困惑；他经历了希望，失望，渴望，绝望，盼望，无望，绝望之为虚枉正与希望相同；他经过了各种胡思乱想，胡言乱语，自嘲自贬，伴狂伴喜，疯疯傻傻，哭哭笑笑。他置之死地而后生，置之生地而后死，不知道已经历炼了多少轮回。在一九七五年坐火车回京的时候，他已经平静多了，他开始体会到了什么叫"挫其锐，解其纷，和其光，同其尘"。那多情的和幼稚的，咋呼的和可怜的青少年时代！他知道了激情的宝贵更知道了激情的不足恃，他知道了自己应该努力做也相信自己能够做一些事，他更知道自己有许多事做不成，做不成了他也尽了力，而且他是这"做不成"的可贵的历史见证。一个作家，一个诗人，未必是最好的实行家，但至少应该做无愧于历史的见证者。他知道了理想通向现实绝非阳关大道，更知道理想一旦实现立即开始走形，他知道事物绝不单纯，判断殊非易事，自以为是与轻信大言同样是白痴遗风。他开始质疑和摒弃滔滔雄辩与煽情火爆，他明白愈是说得太好太精彩太漂亮太伟大的话，愈是与现实拉开了距离。他再不能轻举妄动，枉费心机；不能急躁尥蹶儿，悲观失望；不能不甘寂寞，钻营出丑；不能颓废堕落，自我毁灭；不能饱食终日，无所用心。他要做到不发狂，不傻帽儿，不乞求，不躺倒。愈是在逆境，愈是要耐心，要点点滴滴，长期积累；要努力学习，读书深思，贯通明理，充实自身；要锻炼身心，准备未来；要好好生活，好好体验，享受生命，无忧无惧；要接触实际，亲近人民，力所能及，多做好事，不做坏事，努力阅读和理解社会人生生活这部大书；要诚实友善，广交朋友；要有所不为，洁身自好；要开拓自己的生活与精神空间，野象八窟，悠游自在；要有原则也要懂得妥协，懂得静观其变，不往枪口上撞，也不往人堆里、宅门里钻，尽人事，听"天命"，不虚度光阴也不给自己提出根本达不到的目标。心安理得，持久韧性，管好自身，苦中作乐，难中求存，于不正常中求正常，于扭曲中求人性的复归，于荒漠和疯狂中寻求知识与安身立命的真学问。正如南斯拉夫影片《瓦尔特保卫萨拉热窝》里的主人公所说："谁活着谁就看得见！"

——《狂欢的季节》（第414页。）

这里的钱文实际上就是王蒙。生活的历练使钱文"长大了"、成熟了、"皮实了"，这也肯定是王蒙的内心体验。[①] 因此，归来后的王蒙没有变成批判型知识分子，而是一如既往地在体制内成为合作者，从此可见一斑。这对于一个作家来说，究竟是好事还是坏事呢？许多人指责王蒙"没有一条道走到黑"，没有变成"反对派"，甚至从人格上认为王蒙圆滑、世故，这对王蒙应该是一个很大的误会。实际上，王蒙成为体制内的合作者，显然与王蒙的身份定位和文化心态有关。

那么，二十世纪八十年代重新回到文坛的王蒙在身份定位和文化心态上究竟发生了什么变化？或者说王蒙还是二十世纪五十年代的那个王蒙吗？当时的诸多评论都关注王蒙在文体上的创新，即所谓的"意识流"手法；而在思想层面则普遍认为王蒙仍沉浸在"少共情

---

① 王蒙非常赞赏"皮实"一词，他在一九八六年九月所写的一则随笔就以《皮实的诗》名之。在这则随笔里，王蒙写道：

"一九七九年冬，我首次遇到吴祖光兄，还是在法国驻华使馆的一次宴请上，但见他头发虽已花白，仍然神采奕奕，风度翩翩，一脸的喜气；与其说是像劫后余生，不如说是像漫游归来。

自我介绍以后，我赞道：'您可真精神！'

祖光答曰：'咱们这样的人，皮实！'

地道的北京话，'皮实'的'实'，读轻声。

皮实，善哉斯言也。……

后来祖光应我请求给我题写了'皮实'一字，我裱起来，悬挂在寒家的'厅堂'里了。"

参看《王蒙文集》第九卷，华艺出版社1993年12月版，第545页。

结"① 中。这里的"少共情结"指的就是王蒙式的忠诚，那种对信念的历经磨难而矢志不改的忠心。在这里，"意识流"和"少共情结"其实都存在着一定程度上的话语误指，那是时代的一种误指。前者体现的是人们对西方他者的普遍认同心理，这实质上是八十年代无处不在的现代性霸权笼罩的产物；后者则是骨子里的对传统忠君意识的道德体认。我们不能说王蒙没有借鉴"意识流"手法，但从根本上说这种放射性的结构模式则是王蒙根据自己创作实际的一种自由创造。正像王蒙所说的："故国八千里，风云三十年，我如今的起点在这里。不论《布礼》还是《蝴蝶》，不论《夜的眼》还是《春之声》……都有远远大于相应的篇幅的时间和空间的跨度，原因也在这里。"② 对于"少共情结"的说法，王蒙一直不以为然，当然不是说，王蒙不再忠诚，而是说这种说法显得简单化了。王蒙说："是的，四十六岁的作者已经比二十一岁的作者复杂多了，虽然对于那些消极的东西我也表现了尖酸刻薄，冷嘲热讽，但是，我已经懂得了'凡存在的都是合理的'的道理。懂得了讲'费厄泼赖'，讲恕道，讲宽容和耐心，讲安定团结。尖酸刻薄后面我有温情，冷嘲热讽后面我有谅解，痛心疾首后面我仍然满怀热忱地期待着。我还懂得了人不能没有理想，但理想不能一下子变成现实，懂得了用小说干预生活毕竟比脚踏实地地去改变生活容易。所以我写小说的时候，比起用小说揭露矛盾、推动社会政治问题的解决，我更着眼于给读者以启迪、鼓舞和安慰。所以，在《布礼》《蝴蝶》里，我虽然写了一些悲剧性的事情，却不想、也几乎没有遣责什么人。"③ 很显然，在这里王蒙已经向现实撤退了一大步，他对现实的理解更加深入和实际了。实质上，王蒙的这一态度同二十世纪

---

① 《关于创作的通信》，《王蒙文集》第八卷，华艺出版社1993年12月第一版，第628页。

② 王蒙《我在寻找什么？》《王蒙专集》，贵州人民出版社1984年2月版，第37页。

③ 王蒙《我在寻找什么？》《王蒙专集》，贵州人民出版社1984年2月版，第37~38页。

八十年代主流意识形态的逐渐务实的方针基本合拍。正是在反"左"话语、务实渐进、坚持既定理想又向前看诸方面王蒙得到了主流意识形态的青睐。也就是说，主流意识形态必须寻找一些"公共知识分子"并通过他们为新的现实政治话语寻求合法性和合理性依据。二十世纪八十年代的主流意识形态话语的核心是对"现代化"的呼求，这一呼求正是自"五四"以来知识分子梦寐以求的理想，而在主流意识形态话语而言，也是对"以阶级斗争为纲"的"极左"政治话语的一种反拨，并明确倡言这才是回到了共产主义理想话语的正途。因此，王蒙作为二十世纪八十年代公共知识分子中的一员同主流话语的联盟就显得顺理成章。王蒙从林震式的理想化生活方式向现实的回撤，是他的诗人身份的重新调整，而从现实向以"现代化"为核心的新的共产主义理想的靠拢，则是王蒙干部身份的新定位。五十年代二重身份的有机统一构成八十年代王蒙新的身份认同和定位。这就是"后革命时期的建设者"身份。① 这一身份定位使王蒙没有成为批判的知识分子而成为现实政治话语的参与者和合作者。中央委员和文化部长的职务是参与与合作的量化。

这样的身份认同表现在文体上就是王蒙在二十世纪八十年代的文体革命与创新。这种革命与创新，是王蒙对时代变革的文学回应。一方面，王蒙敏感到旧的文体形式已经不能适应新的时代要求，只有变革才有出路；另一方面，这种文体形式也是王蒙生命体验的感觉化凝定化。经历了大起大落、大伤大悲、大开大阖的生命的历练，王蒙必须找到适合这种生命体验的文体形式。特别是王蒙对历史断裂的刻骨铭心的体验，使他迫切需要一种能补缀和接续历史断裂的文体

---

① 这里的"后革命"不是西方意义上的"post-revolution"，而应该是"after-revolution"，主要指的是1949年中国新民主主义革命胜利以后的社会主义革命时代。这个时代既包括毛泽东时代，也包括邓小平时代和邓小平后时代。

方式，只有这种方式的确立，他才能寻回自己的同一感，"因为在人类生存的社会丛林中，没有同一感也就没有生存感。"① 同一感是一种连续性，一种时间的不间断进程，然而王蒙从"反革命的右派"到"革命干部""革命知识分子"的身份的重新获得，是以对历史的否定为代价的，而这个历史的源头恰恰就是他从小投入其中的"理想主义"。难道不是这个"理想主义"在后来变了味儿吗？但是，否定这个"理想主义"就等于否定自己的同一性；而肯定它则又证明自己被划"右派"的某种合理性，这样，王蒙在二十世纪七十年代末遭遇了巨大的悖论，这也同样是主流意识形态所遭遇的悖论。主流意识形态化解这一悖论的方式是转移视线，即所谓"团结一致向前看"的方针。主流意识形态声称，历史的失误不是导源于我们的"理想"、我们的"主义"和我们的体制，而是林彪、"四人帮"所推行的封建法西斯专制主义的结果，因而历史的失误带有某种偶然性。这样就给予知识分子一种错觉，仿佛历史再一次迎来了类似"五四"时期的思想解放运动。"反封建""人的解放""主体性"等等，充分满足了他们的发泄欲、自主欲。这种新的意识形态想象，恰恰也是王蒙的想象。这种想象是王蒙进行历史叙事的"元叙事"规则，于是我们看到，为了补缀历史的巨大裂隙，王蒙创造了一种以内在感觉为主体的小说文体 —— 自由联想体。这一文体的反思疑问句类，反讽语言和情景，并置语言模式，以及叙述上的多重视角与不定视角，空间时间化等等，都是王蒙的这一心理机制的文体凝定。王蒙文体的这种由单色向杂色，由确定向疑问，由空间向时间的转变，体现了王蒙对生活现实复杂性和美丑互渗的全新体验。他的小说写出了这个变革时期的沉疴与转机，写出了时代的全方位的复杂风貌。

---

① 埃里克·H.埃里克森:《同一性：青少年与危机》，孙名之译，浙江教育出版社1998年12月版，第130页。

写出生活的复杂性，实际上就是理想对现实的让步。一方面，王蒙显然是执着于理想和信念的，另一方面，王蒙又对这一理想和信念的独断色彩进行了必要的反思。在《布礼》中，钟亦成对"布礼"的失而复得的虔敬的祭奠，那种把党的错误说成是"母亲错打了孩子"的情绪化的说法，尽管有非理性之嫌，但却颇能以情感人，这不仅与主流意识形态对党的形象的重塑合拍，同时也与中华民族长期积淀下来的忠君思想的集体无意识有关。然而，即便是《布礼》，其中也暗含着对理想绝对化的警醒。试想一下，那个"评论新星"对钟亦成的小诗《冬小麦》的令人咋舌的分析，难道不是在理想的名义下进行的吗？我们甚至不能怀疑他的真诚。还有宋明的对钟亦成的"帮助"，以及"文革"中"红卫兵小将"的对理想与信念的捍卫，又有哪一点不是真诚的呢？可以说，王蒙在不期然之间给我们展示了理想可怕的一面。"二十多年的时间没有白过，二十多年的学费并没有白交。当我们再次理直气壮地向党的战士致以布尔什维克的战斗敬礼的时候，我们已经不是孩子了，我们已经深沉得多、老练得多了，我们懂得了忧患和艰难，我们更懂得了战胜这忧患和艰难的喜悦和价值。而且，我们的国家，我们的人民，我们的伟大、光荣、正确的党也都深沉得多，老练得多，无可估量地成熟和聪明得多了。"（《布礼》）这里的深沉、老练、成熟和聪明实际上就是"现实"得多了，这是一种由激情燃烧的岁月向平淡的历史常态的过渡。如果说，《布礼》在意识层面体现的是对理想与信念的近乎情绪化的执着，而在无意识中则表达了对理想绝对化的反思，那么，《蝴蝶》则在意识层面更侧重于对理想信念的理性反省。张思远显然是作为理想化身而出现在共和国的历史幕布上的。海云们对他的崇拜，正是人民对党的崇拜，对理想和信念的崇拜。然而也正是这崇拜，使得张思远们更加膨胀起来，他们越发觉得自己成了救世主，从而使理想变了味。《蝴蝶》的深刻之处就在于，它不仅写出了使理想变味的主观因素，而且写出了客观的体制上的因素。当然，对理想的这种反思，也表现出王蒙内在的矛盾。一方面王蒙反对"极左"政治对老干部的迫害性的下放劳动，另一方面，王蒙又觉得通过这种劳动可以改善党群关系，也未尝不是一种有效的方式。《活动变人形》是王蒙的一部重要的长篇小说。小说对知识分子问题的剖析仍然紧紧围绕理想与现实的矛盾展开。主人公倪吾诚蹉跎一生、一事无成的遭遇，就在于他始终生活在幻想里，而与现实却始终格格不入，始终找不到自己的正确定位。他留学欧美，对西方文明充满向往，对传统陋习厌恶至极。然而他对西方文明的理解只是皮毛。他热爱科学，但也仅仅局限于为孩子买鱼肝油和寒暑表，嘱咐孩子刷牙洗澡上。他生活在"应该"里，但却没有行动的能力。他甚至不能改变自己同三个女人的关系。四十多岁他还认为自己百分之九十五的潜力没有发挥出来，七十多岁了仍认为自己的黄金时代还没有开始。倪吾诚的典型意义就在于，他相当有代表性地表现出中国二十世纪知识分子在西方文明与传统文明夹缝中的处境，表现出那些耽于幻想而讷于行动的知识分子的痛苦与可笑人生，从而对脱离现实的理想主义的空幻性给予必要的反讽。

相对于中长篇小说的理性深度，王蒙的短篇则更多的是一种对生活现实的机智的感悟。其中理想与现实、危机与转机都有机地统一在小说的一片混沌中。《春之声》中的破旧的闷罐子车体和崭新的内燃机车头，警察提醒预防小偷的不和谐音与变戏法似的农副特产；《夜的眼》中的民主与羊腿；《惶惑》中的"惶惑"，《高原的风》中的"烧包"，《风筝飘带》中的"风筝飘带"均是如此。特别是《海的梦》，缪可言对大海的梦想及其幻灭是理想与现实矛盾的无可调和的表现。然而正如我们前面所说的，王蒙最终让缪可言在离开海滨之前夜看到了月光下的大海的美丽和谐的妙姿，圆了缪可言一生的"海的梦"。由此可见，王蒙既要理想又要现实，企图使理想与现实达到和谐统一，这显然是一种整合性思维方式。

说到整合，可以说，在中国当代文坛上还没有哪一位作家能像王蒙这样具有这么强的整合能力。整合不是简单的调和，整合是一种具有广泛包容性的重组。是"厉行新政，不悖旧章"的一种新的发展，通过整合使所有的思想达到一种新的有机统一。可以说，在整个二十世纪八十年代，王蒙就是在进行着这种整合。在艺术上，王蒙被称为是"最先吃蜗牛的人"。王蒙也承认，他的小说吸收了西方"意识流"手法，但又坦言他没有读过福克纳的《喧哗与骚动》①。实际上，正像前面说过的，王蒙的意识流绝不是西方式的意识流照搬，王蒙并不排斥"意识流"，同时王蒙对李商隐、曹雪芹、鲁迅等作品的内在精神的继承甚至对传统文学中的"比兴"的承接，都说明王蒙兼收并蓄的多元整合思维对他创作的积极影响。王蒙小说体式上的自由联想体，讽喻性寓言体，以及拟辞赋体都是这种整合思维的结果。艺术上的整合体现的是王蒙思想上的包容。在思想上，王蒙八十年代初就提出的《论"费厄泼赖"应该实行》以及后来的"宽容"说，都是一种整合思维的体现。

整合性思维既是王蒙心理结构的组成部分，又是王蒙的一种文化策略，在背后则是无法弥合的理想与现实的巨大断裂和矛盾。复出之后的王蒙向现实的撤退，实属一种无奈的行为。整合是王蒙机智地应对心灵矛盾的一种有效的方法。对五十年代理想的怀恋是王蒙至死不渝的行为，但王蒙也十分清楚地知道，那个美好的时代已经永远一去不复返了。在八十年代，与现实的和解或妥协，并不是非要以与逝去的理想信念彻底决裂为前提，二者是可以整合在一起的，正像《如歌的行板》结尾所写的：

（萧铃说）"…… 问题是我们已经大大不同了。现在，仅仅

---

① 王蒙：《从实招来》，《王蒙文集》第七卷，华艺出版社1993年12月版，第434页。

听这种透明而又单纯的音乐是太不够了啊。我们需要新的乐章，比起贝多芬的第九交响乐，它应该更加雄浑、有力、丰富、深沉……你说是吗？"

……

她走了，果然，她说得对。我愈听愈觉得不满足了，我期待着我们的新乐章，新乐章的序曲不是已经开始了吗？

但是我仍然要告诉年轻的朋友们说，这如歌的行板，毕竟是一个非常好的，非常奇妙的乐曲。

这显然是一个意识形态的隐喻式结尾。在这里王蒙告诉我们，逝去的过去，毕竟是美好的，但与现实已不合拍，我们需要一个更加雄浑、有力、丰富、深沉的新乐章，而这个新乐章就是植根于现实中的未来的新理想。然而，这个由王蒙整合出来的新理想真的存在于未来的什么地方吗？九十年代的社会现实对王蒙来说，又将是一种什么样的考验呢？

三、从整合到超越：九十年代王蒙的困惑与突围

进入九十年代，王蒙开始了他"季节"系列的长篇写作，这是王蒙早就倾心想做的事。然而与八十年代相比，"季节系列"并没有产生应有的热闹场面，这并不是说"季节"系列的写作不成功，相反，"季节系列"是王蒙迄今为止创作的重头戏，也是新时期文学少有的佳作之一。它给我们提供的文学与文化的信息以及对历史的反思力度和深度都是极有价值的。关键的问题是王蒙的创作与时代错了位，时代的过分世俗化转移了人们的阅读兴趣，人们不再关心历史的反思，不再专注于民族昔日的荣辱与灾难。也就是说，王蒙所建立的文学价值范式遭遇了时代的冷遇。王蒙在九十年代再次成为关注的焦点，倒是因为他的随笔。他的《躲避崇高》以及对人文精神问题的反思，使

他遭遇了来自两个方面的夹击。一方面是"左派"阵营的"雅格宾式知识分子"的恶狠狠的诅咒，另一方面则是更年轻一代以精英自居的批判型知识分子的毫不客气的攻讦。这种攻讦甚至情绪化为人身攻击，这是王蒙不能接受的。抛开这场论争的是是非非，从中是否可以看出王蒙在九十年代的尴尬处境？王蒙"后革命时期的建设者"的身份，在九十年代遭遇了空前的窘境：一边是理想主义在急剧跌落，另一边却是现实更加世俗化，理想与现实的矛盾在加深，两者的鸿沟在加大。知识分子阶层也出现了前所未有的分化。借用卡尔·博格斯的理论，我们可以说，在九十年代传统型的雅格宾式的知识分子已经退隐，技术专家治国型知识分子登上历史舞台，同时批判型知识分子也在边缘浮现。[①] 技术专家治国型知识分子所信奉的是技术理性和实用理性，在一个把所有的精神活动都称之为"工程"的时代，理想主义的失落是不可避免的。因此，批判型知识分子所批判的正是现行体制和世俗化的现实。九十年代前期有关"人文精神的讨论"就诞生在这样的背景下。然而王蒙既不属于前者也不属于后者，而是在二者之间。如果说八十年代这种"后革命时期的建设者"身份还占据着意识形态中心的话，那么，到了九十年代，这种改良的小打小闹的状况已根本无法对技术专家治国型知识分子话语施加影响，因为"技术专家治国型知识分子阶层的扩张是以高度工业化的社会为特征的，是深刻的不断变化的物质力量和文化力量的表现形式，这些物质力量和文化力量已经摧毁了传统型知识分子和雅格宾式知识分子的社会基础。"[②]实际上，王蒙的这种身份定位正是传统的普罗米修斯式的知识分子身

---

① 参看卡尔博格斯：《知识分子与现代性的危机》，李俊、蔡海榕译，江苏人民出版社2002年1月版。

② 卡尔博格斯：《知识分子与现代性的危机》，李俊、蔡海榕译，江苏人民出版社2002年1月版，第180页。

份定位与时代奇妙结合的产物。它已经随着九十年代市场话语冲击下的文学自身的边缘化而边缘化了。相反，批判型知识分子由于站在技术专家治国型知识分子话语的对立面，看似边缘化的身份却在九十年代的文化场域中占据了一定的中心位置。因而，王蒙在九十年代的这种身份就成为一种弱势的、孤立的、不合时宜的身份，他受到各方面的攻讦就不足为奇了。然而也正是这种身份使王蒙显得独特，也由于这种身份使他始终保持着与时俱进的活力和姿态；而来自经验的体悟又使王蒙始终保持着对各种价值的清醒。一方面王蒙对理想始终充满了向往憧憬怀旧的心态，另一方面，王蒙也对理想主义充满警惕，因为理想主义走向极端也必然导致专制主义，走向天堂的道路也往往是走向地狱的道路。同时，王蒙对现实投注了更多的理解，比如对王朔。但王蒙同样对过分现实化给予高度的警惕。因为，过分现实化亦即世俗化同极端理想主义是一样的，都是以非此即彼的思维方式来看待问题的。因此，倡扬多元，反对独断，崇尚理解和宽容的人际关系与文艺学术氛围，就成为王蒙九十年代的基本思想。然而这一思想的得来却不是轻松的，而是王蒙集几十年的生活经验和教训的痛苦结晶。作为一个"少共"，并且曾官至文化部长要职的知识分子，经历了"八九风潮"和"苏东风波"的巨变，经历了理想主义由勃发到衰退的整个过程，王蒙的内心深处不会是无动于衷的。九十年代理想与现实的矛盾已经到了不可调和的地步，承认现实或融入现实必然以否定昔日的理想为前提，这对于王蒙来说难道还会那么轻松吗？林贤治在谈到王蒙在九十年代初潜心研究《红楼梦》和李商隐时认为，王蒙正是"借他人酒杯，浇自己之块垒"，在很多方面带有明显自况的性质，[①] 我觉得还是有道理的。但林贤治把王蒙说成一个不真诚的人，甚至是无操守的圆滑文人则显得不够厚道。实际上，王蒙在关键时候

---

① 林贤治：《五十年：散文与自由的一种观察》，《书屋》2000年第3期。

能够站出来，也足以表明他的原则性。然而，王蒙自有他自己的苦衷，当自己曾经为之奋斗为之昂扬为之流泪为之牺牲的理想终于颓败的时候，当那寄托着自己的青春自己的爱情自己的无限憧憬的时代一去不复返的时候，渐入老境的王蒙不可能不充满怀恋，于是怀旧就成为王蒙九十年代的一个基本主题。然而王蒙的怀旧不是恪守，而是一种仪式，一种祭奠仪式。这一仪式具有明显的挽歌色彩。《恋爱的季节》中对五十年代充满深情的描述，使我们也不得不对纯洁的、激情的五十年代致以诚挚的敬礼，不过，即便如此，王蒙也没有沉湎其中，而是始终以过来人的理性和现实的清醒面对五十年代。王蒙既写出了那一代人的单纯、透明、纯洁与真诚，同时也写出了他们内心深处的分裂、矛盾、压抑和言不由衷的苦恼。王蒙的态度无疑是矛盾的。在《歌声好像明媚的春光》这篇小说中，王蒙对记录了自己成长轨迹的苏联歌曲给予了最诗意的回味。这篇小说是王蒙最具震撼力的作品之一。小说充满了对自己心目中的苏联的怀恋和爱戴，但这并不是真实的苏联，只是一种对理想的诗意化的装饰，一段最美好的记忆。现实是可怕的，它可能摧毁所有的美。从这个意义上说，《歌声好像明媚的春光》是一个真正的挽歌，其中充满了无尽的沧桑感和悲凉感，它体现了老年王蒙沉重的寂寥和无所寄托的哀婉。在《玫瑰春光》小说集的前言中王蒙写道：

> ……它们是对一段已经逝去的时光的纪念么？是一种追寻，一种拒绝——对于疲惫和麻木，对于倚老卖老的老太爷心态的拒绝么？在回忆与现实的对比中，时间成了一个怎么样的角色！威严与哀婉的沧桑，不也够喝一壶的吗？……[1]

---

[1] 王蒙:《前言:〈玫瑰春光〉小记》，中国华侨出版社2001年1月第一版。

然而，王蒙就是王蒙，他十分清楚地懂得，逝去的永远不会再来，机智的王蒙永远不会远离现实，成为一个空洞的理想主义者。建设者身份与建构心态，使他不能不关注现实，参与现实。九十年代的王蒙似乎成了一个现实主义者和自由主义者。他对王朔的理解和宽容，对躲避崇高的赞赏，实质上表明王蒙与伪崇高伪理想的决裂的姿态和融入现实的勇气。王蒙对人文精神问题的思考，恰恰击中的是人文精神倡扬者的要害。王蒙质问道：我们有过人文精神吗？如果有它又是什么？如果压根没有，又何谈失落？① 王蒙与人文精神提倡者争论的实质体现的是王蒙对价值绝对化的警惕。王蒙说："人文精神似乎并不具备单一的与排他的价值标准，正如人性并不必须符合某种特定的与独尊的取向。把人文精神神圣化与绝对化，正与把任何抽象概念与教条绝对化一样，只能是作茧自缚。"② 这并不意味着王蒙对世俗化中出现的物欲横流、道德沦丧现实的认同，恰恰相反，王蒙也是反对世俗化的。正是九十年代的世俗化，使得理想与现实之间的巨大断裂难于弥合，因而也使得王蒙八十年代行之有效的整合策略在九十年代归于失效，尽管他并没有停止整合，但王蒙还必须找到一种解决精神出路问题的有效途径，这就是超越的方式。超越在哲学上指的就是一种逻辑上"在先"的东西，"逻辑上在先的东西是超时空的、超感觉的、无限的，因而也必然是超越的。"③ 超越又分为"外在超越"和"内在超越"，王蒙的超越是一种内在的存在论意义上的超越，是类似海德格尔意义上的在"世界之内体验到世界的意义，进而进入澄明之境"的

---

① 参看王蒙：《人文精神问题偶感》《沪上思絮录》等随笔。丁东、孙珉选编《世纪之交的冲撞 —— 王蒙现象争鸣录》光明日报出版社1996年1月版，第60~87页。

② 王蒙：《人文精神问题偶感》，王晓明编《人文精神寻思录》，文汇出版社1996年2月，第111页。

③ 张世英：《天人之际 —— 中西哲学的困惑与选择》，人民出版社1995年5月版，第245页。

超越。超越就是摆脱眼前的有限的事物，摆脱日常利害纠葛的缠绕，从而达到一种自由的审美境界的方式。

　　二十世纪九十年代初期，王蒙写了一系列倡扬老庄哲学的文章，比如《无为》《逍遥》《安详》《再说安详》等。最近王蒙出版了《王蒙自述：我的人生哲学》又重提"无为"，以及"大道无术"等说法。看来王蒙要真的皈依老庄哲学了。问题在于为什么曾经积极用世的王蒙突然在九十年代初提倡起逍遥超脱的老庄哲学？其中不会没有原因。它是否是王蒙隐秘心理的体现？如果说王蒙内心深处没有矛盾没有分裂，肯定是不真实的，但是王蒙心灵的矛盾分裂之所以没有成为陀思妥耶夫斯基，是因为他的与生俱来的乐观主义以及不断自我调节和超越的心理机制起了作用。而实际上，王蒙所提倡的老庄哲学与真正的老庄哲学并不完全相同。老子的"无为"就是强调人要顺应自然，而不是强求。"上德无为而无不为"，"'无为'也就是'上德'。就是说，连那些远古习惯规范之类的'德'也不必去刻意讲求和念念不忘。只有任社会、生活、人事、统治自然然地存在，这才是'无为''上德'，也就是'道'。"① 所以要摒弃人工的东西，要"绝圣弃智"。而庄子的"逍遥"追求的则是一种绝对自由状态，庄子哲学实际上是一种美学，它"关心的不是伦理、政治问题，而是个体存在的身（生命）心（精神）问题"。② 而王蒙的"无为"和"逍遥"一样，都被看作一种人生境界，一种超越的境界。王蒙说："无为，不是什么事也不做，而是不做那些愚蠢的、无效的、无益的、无意义的，乃至无趣无聊，而且有害有伤有损有愧的事。""无为是效率原则、事务原则、节约原则，无为是有为的第一前提条件。无为又是养生原则、快乐原则，只有无为才能不自寻烦恼。无为更是道德原则，道德的要义在于有所不

①　李泽厚：《中国古代思想史论》，安徽文艺出版社1994年1月第1版，第90~91页。

②　李泽厚：《中国古代思想史论》，安徽文艺出版社1994年1月第1版，第181页。

为而不是无所不为，这样，才能使自己脱离开低级趣味，脱离开鸡毛蒜皮，尤其是脱离开蝇营狗苟。"①在这里，王蒙改造老庄哲学的消极出世而成为一种积极入世的人生审美境界。王蒙主张"把大自然、神州大地、各色人等、各色物种、各色事件视为审美对象，视为人生的大舞台，从而得以获取一种开阔感、自由感、超越感"②。在这一点上，王蒙与庄子基本类似，而实际上，王蒙在骨子里是一个具有儒家气质的传统文人，他的所谓超越只是在积极入世前提下的超越，这同儒家"天下有道则见，天下无道则隐"，以及"达则兼济天下，穷则独善其身"是一致的。

　　超越固然是王蒙的一种文化策略，但同时也是王蒙文化心理结构的组成部分。超越意识体现在文学创作上，早在二十世纪八十年代就有了表现。幽默、自嘲与调侃实际上就是一种超越意识。关于王蒙的幽默，评论所谈甚多，但都没有指出这一点。幽默是缓释心理紧张的方式，是"一种保护性的反应"。幽默还是一种从容，一种自由，一种平等，一种对所有人事的理解。阅读王蒙的所有作品，你会感到这种通澈的幽默，它已经成为王蒙的稳定风格。自嘲，作为幽默的一种，它所给人的正是一种对自身局限性的超越。《杂色》正是这样一个文本。曹千里与那匹杂色的老马，在经历了一路的颠簸和自我解嘲之后，不是终于唱起来飞跑起来了吗？在这一极具隐喻性的文本中，王蒙将通达新境界的任务给了超越。二十世纪九十年代王蒙大力标举超越，不过是把二十世纪八十年代的暗河开挖成了一道更加宽广的明渠罢了。在二十世纪九十年代的"季节系列"中，王蒙的超越体现在主人公由外在的政治参与到内在的自我省察和参悟的历史性演化上。钱文在五十年代的狂热与突然冷却，六十年代的踌躇彷徨，七十年代

① 　王蒙：《王蒙自述：我的人生哲学》，人民文学出版社2003年1月版，第81~82页。
② 　王蒙：《王蒙自述：我的人生哲学》，人民文学出版社2003年1月版，第252页。

的彻悟与逍遥，走的正是一条超越之路。在"季节系列"小说中，王蒙把自己的幽默才能、调侃品质、狂欢精神全都发挥到极致，从而使叙述同历史事件拉开了距离。王蒙善于在文本的激情叙事中突然插入一句世俗化语言，从而解构神圣，使事物还原为本真的存在。比如在《恋爱的季节》中，当赵林滔滔不绝高谈阔论，革命词语漫天飞之后，突然说："谁去拉屎？"革命者顿时还原成世俗的人，从而带领读者超越了具体的语境而上升到一个比较高的思考境地。我在前面说到的反讽，实际上也是一种超越，只有超越才有反讽，那些斤斤计较、蝇营狗苟的人是不会使用反讽的。《满涨的靓汤》这篇王蒙悟道的小说，体现的就是超越意识，李生的悟是在经历了一生的体验之后才获得的，由此可见，超越是一种修养，修养不仅是道德的，也是审美的。我觉得，进入九十年代，王蒙超越意识的最高境界是对所有人事的理解以及由此产生的悲悯情怀。这是一种大境界。一种真正的人道主义精神。在他的作品中，王蒙总是试图从每一个人物自身的角度来设想他存在的合理性，因此，王蒙的笔下没有坏人，甚至包括整人的曲风鸣，还有大进、二进等，王蒙都给予了一定的理解。曲风鸣的隐衷，由整人到被整，最终的自杀未遂，王蒙都给予了一定的同情，并不是一种幸灾乐祸的心态，这样才能让人们在历史的报应中见出存在的荒诞本质。王蒙在对张洁的小说《无字》的评论中，可以看出他的这种悲悯情怀。可以说，王蒙通过超越，试图填补理想与现实巨大断裂之后的心灵真空。王蒙在外在的社会政治建构向内在的自我人格建构的转换中拯救了自己。

四、逍遥与独善：王蒙对传统文化的认同

实际上，王蒙的这条心灵轨迹，即由理想到现实又由现实达于超越的道路，并没有逃脱中国传统文人的命运，它标志着王蒙对传统文

化的皈依和认同。建构心态、整合思维、超越意识正是中国传统士人文化心态的最显著特征。以儒家文化为主要特征的中国传统文化从一开始就是一种建构型的文化，而秉承这一文化传统的士人阶层，终身所寻找的也是这种能弘"道"的机会。孔子周游列国不正是为了"克己复礼"吗？所谓的"内圣外王"，所谓的"士不可以不弘毅，任重而道远。仁以为己任，不亦重乎？死而后已，不亦远乎？"[1] 以及"先天下之忧而忧，后天下之乐而乐"都是这个意思。整合思维的实质是传统文化中的"贵和尚中"的文化精神。"和"就是和谐与统一，"中"就是中道或中庸。"和"不是"同"，"和"实际上是一种杂多的统一。孔子说："君子和而不同，小人同而不和。"[2] 这里体现的是孔子重和去同的价值取向。重和去同的思想，在文化价值观方面，就是"提倡在主导思想的规范下，不同派别、不同类型、不同民族之间思想文化的交相渗透，兼容并包，多样统一。在中国文化中，儒道互补，儒法结合，儒佛相融，佛道相通，援阴阳五行入儒，儒佛道三教合一，以至对基督教、伊斯兰教等外来宗教的容忍和吸收，都是世人皆知的历史事实。尽管其间经历了种种艰难曲折，中国文化在各种不同价值系统的区域文化和民族文化的冲击碰撞下，逐步走向融合统一，表现了'有容乃大'的宏伟气魄。"[3] 由是观之，这种兼容并包，杂多统一实际上就是典型的整合思维。而整合思维下的"和"的最高境界就是儒家所构想的"太和"境界。"太和"在哲学上就是"道"，这是最佳的整体和谐状态，因而区别于西方文化中的高度紧张与激烈对抗状态。"但这种和谐不是排除矛盾、消弭差异的和谐，而是蕴含着浮沉、升

---

① 《论语·泰伯》。

② 《论语·学而》。

③ 张岱年、方克立主编：《中国文化概论》，北京师范大学出版社1994年5月版，第390~391页。

降、动静等对立面相互作用、相互消长、转化过程的和谐。因此，这种和谐是整体的动态的和谐。"① 如果说和谐是一种事物的最佳状态，那么，中庸就是实现"和"的根本途径。不偏不倚、不狷不狂谓之中，中也就是"度"。《中庸》说："喜怒哀乐未发谓之中，发而皆中节谓之和。中也者，天下之大本也；和也者，天下之达道也。致中和，天地位焉，万物育焉。"可见，整合不是唯我是从的取舍，而是通过整合达到一种新的平衡即中和状态。至于说到超越，并不是中国文化独有的现象，不过，西方文化的超越是通过一个位格的存在达到的，而中国的超越在道家则是通过出世的逍遥达到的；而在儒家的超越则是通过个体人格的修养，达到一种和乐诚敬境界。可见超越并不见得都是隐，超越实际上还有一种海德格尔所谓的"去蔽"功能，通过去蔽，使存在达于澄明。②

从以上背景来考察王蒙，我们会看到他身上浸润着太多的传统因子，我们甚至可以说王蒙就是一个具有更多儒家文人气质的现代知识分子。王蒙在骨子里是积极入世的。二十世纪八十年代之前，王蒙所秉承的是传统士人外向的建功立业、以天下为己任的文化精神，不过这种文化精神在王蒙则是革命的信仰和对新时代的信心与豪情，尽管这种信仰、信心和豪情不断遭遇挫折，但王蒙始终保持了理解和建设的姿态面对理想与现实，而从不作空洞的批判者，偏激的斗士。而在二十世纪九十年代，王蒙更多的是汲取了儒家传统中修身养性与道家的逍遥任事的特点。从九十年代王蒙所写的随笔《不设防》《安详》《再说安详》《喜悦》《单纯》等作品看，王蒙所向往的人生境界其实都是儒家士人所向往的和乐诚敬的理想人格境界。所谓的"不设

---

① 张岱年、方克立主编：《中国文化概论》，北京师范大学出版社1994年5月版，第391~392页。

② 参看海德格尔：《存在与时间》，陈嘉映、王庆节译，三联书店1988年版。

防""单纯",实质上就是儒家的"诚"。孟子云:"悦亲有道,反身不诚,不悦于亲矣。诚身有道,不明乎善,不诚其身矣。是故诚者,天下之道也;思诚者,人之道也。至诚而不动者,未之有也;不诚,未有能动者也。"[①] 这里的"诚",既是指内心的纯真无妄,又是指作为"天之道"的形上本体。"诚"实质上就是坦坦荡荡的君子之风。而王蒙所说的"喜悦""安详"正是历来为后儒所称道的"孔颜乐处"的"乐"的境界。这种境界,乃是一种从容闲适的心态和超然博大的胸怀。王蒙以诗一样的语言写道:"喜悦,它是一种带有形上色彩的修养和境界。与其说它是一种情绪,不如说它是一种智慧、一种超拔、一种悲天悯人的宽容和理解,一种饱经沧桑的充实和自信,一种光明的理性,一种坚定的成熟,一种战胜了烦恼和庸俗的清明澄澈。"[②] 至于逍遥无为,显然来源于道家。但王蒙主要汲取了其中积极的方面,把其整合到自己人格修养的整体格局中,成为一种审美地对待万事万物的人生态度。

如此一来,王蒙就完成了自己对传统的皈依与认同。我始终觉得,王蒙身上的这种亦官亦文、亦进亦退、亦庄亦谐、亦仕亦隐的人格特征使他同传统文人,特别同宋代文人具有了诸多的相似性。牟宗三先生在一篇文章中介绍姚汉源先生对苏东坡的一句评价我觉得非常适合王蒙。姚先生说苏东坡是"体文用史",体文就是说苏东坡的本质是文人,但他在对具体事务的处理上却能用"史"的变道来对待之,因而不像司马光"体史用经"般地固执,也不像王安石"体文用经"样的死板,而是与时俱进,显得通达洒脱,顺时随俗,适于自便。[③]

---

① 《孟子·离娄上》。

② 王蒙:《王蒙自述:我的人生哲学》,人民文学出版社2003年1月版,第259页。

③ 牟宗三:《汉宋知识分子之规格与现时代知识分子立身处世之道》,见祝勇编《知识分子应该干什么》,时事出版社1999年1月版,第100~107页。

王蒙实际上也是如此。在王蒙身上，严肃虔敬和轻松活泼是同时存在的。前者体现的是王蒙对理想的执着和对革命发生必然性的坚信，后者则是对前者的调节，体现在幽默、调侃与游戏上。实际上，这同传统儒家知识分子既执着于"尚志""弘道"的求真精神和节操，同时又具有《论语》所说的"游于艺"的轻松活泼是一致的。因为"如过度地执着于自己所持的思想观念，则不免有使精神陷入僵硬封闭甚至狂热的危险。真理是无穷的、多元的，因此真正的知识分子必不可为自己的'一曲之见'所蔽。同时，人所能掌握的真理又往往是相对的，随时间的推移或空间的变异而逐渐失去其初发现时的光辉。'游于艺'的精神则能使人永远保持一种活泼开放的求新兴趣。"[①] 可见，"游于艺"的精神可以避免绝对化，做到孔子所说的"毋意、毋必、毋固、毋我"，也就是不主观、不武断、不固执、不自以为是。这也就是和乐境界和中庸原则。王蒙历来反对极端主义和独断论，倡扬多元，推崇中道原则，这是深得传统文化之三昧的表现。

小　结

综上所述，可以看出，王蒙小说文体在不同历史时期的变化，折射着他在不同时期的身份认同和文化心态的变迁，或者说正是这种身份认同与文化心态的变迁决定了王蒙小说文体的流变。在二十世纪五十年代的人生的第一阶段，王蒙获得了少年布尔什维克式"革命干部"的身份认同；写作又使他获得了另一个身份——诗人身份，革命干部与诗人身份的统一，构成王蒙"时代宠儿"的身份。这种身份外化在他的文学创作中，就形成他的小说的文体特征——"青春体"。"青春体小说"是王蒙对理想的歌唱，对"日子"的讴歌，对青春的赞

---

① 　余英时：《中国知识分子论》，河南人民出版社1997年4月版，第118页。

美。这说明王蒙从一开始就是一个体制内的人，他是革命集体中的一分子，他对革命理想的执着，对党的忠诚，决定了他今后命运的基本轨迹。如果说，《青春万岁》是对理想和青春的直捷的高歌，那么，《组织部新来的青年人》则是理想和青春在现实中受阻之后的一种颤音，从总体上说它仍然属于"青春体小说"的范畴，它是"青春体小说"的一个变奏，它体现的是一种青春期身份认同的危机。因此，在《组织部新来的青年人》这部小说中，作者渴望有一个"合法性延缓"，他所延缓的正是一种理想和青春。因为面对五十年代以来的现实生活中愈来愈"左"的现实和各种不如意，王蒙也愈来愈不能把建国初期的那种理想与现实统一起来。作为诗人，作者所要维护和建构的正是这种理想的纯洁性，而作为曾经做过实际工作的干部，又使他对现实的粗糙和不那么完美留有了余地。他渴望理想但并不是一个极端的理想主义者；他害怕现实，但也并不意味着他是一个绝对的"反现实主义者"。相反，他透明坦荡与理性随和的个性，使他在保持理想的纯洁性的同时也随时准备去理解现实。因此，在理想与现实的矛盾之间做青春的调试就成为他的"青春体"小说的基调。

二十世纪八十年代的"后革命时期的建设者"身份是他的基本身份认同。这样的身份认同表现在文体上就是王蒙在二十世纪八十年代的文体革命与创新。这种革命与创新，是王蒙对时代变革的文学回应。一方面，王蒙敏感到旧的文体形式已经不能适应新的时代要求，只有变革才有出路；另一方面，这种文体形式也是王蒙生命体验的感觉化凝定化。经历了大起大落、大伤大悲、大开大阖的生命历练，王蒙必须找到适合这种生命体验的文体形式。特别是王蒙对历史断裂的刻骨铭心的体验，使他迫切需要一种能补缀和接续历史断裂的文体方式，只有这种方式确立，他才能寻回自己的同一感，于是我们看到，为了补缀历史的巨大裂隙，王蒙创造了一种以内在感觉为主体的小说文体——自由联想体。这一文体的反思疑问句类，反讽语言和情景，并置语言模式，以及叙述上的多重视角与不定视角、空间时间化等等，都是王蒙这一心理机制的文体凝定。

而在这种文体和身份认同的背后，是多元整合与超越的思维方式。整合思维、超越意识是王蒙为了补缀理想与现实裂痕的两种文化策略，同时也是他的文化心态的组成部分。五十年代的王蒙就不是一个单纯的理想主义者，他没有拒绝现实。八十年代的王蒙对理想的狂热进行了清醒的反思，他变得现实多了。但他试图通过整合来弥补理想与现实的矛盾。九十年代，理想与现实的裂隙越来越大，王蒙在技术专家治国型知识分子和批判型知识分子之间走着一条中间道路，单纯的整合已无济于事，超越成为王蒙自我拯救的重要方式。最终，王蒙皈依了传统，认同了传统。然而，王蒙对传统的皈依和认同，不是盲目的，而是理智的。王蒙是一个理性的经验主义者，他从不轻信任何价值。他对生活的认识与归属，是集一生的经验和体验于一体的结果。因此他对传统的认同与其说是有意识的回归，倒不如说是一种人生经验和智慧的巧合。王蒙对理想的由高调到低调的变化，标志着他由外在向内心的退却，同时王蒙对九十年代现实的失望，也使他走向了传统。这是否可以看作是王蒙对理想与现实的双向逃避呢？实际上，王蒙走不出传统，同样他也走不出理想与现实的阴影，这恐怕正是他们这一代知识分子的宿命吧。

第五章　王蒙小说文体的语境（二）

上一章我们考察了王蒙小说文体语境中的心理涵蕴这一层面，但心理涵蕴只是一个中介，通过这一中介，我们还需要进一步探讨这一语境的最终层次——社会文化涵蕴。文体形式折射着社会文化，社会文化决定着文体形式。

一、话语权力秩序中的王蒙小说文体

如果把文体放置在一个宏观的文化"场域"中来考察，那么文体的意义显然与权力具有了实质的联系。我们可以肯定地说，文体就是一种权力——话语权力的体现。从这个意义上说，文体创新是对文坛上居统治地位的旧文体话语权力秩序的挑战，也是在挑战中确立自身话语权威合法性的一个过程。那么何为权力呢？丹尼斯·朗认为："在最一般意义上的权力是把它视为对外部世界产生效果的事件或动原。"① 福柯则认为：权力是一种势力关系，而且是无处不在的。而权力归根结底还是体现在话语上，所谓话语，就是一种压迫和排斥的权力形式。权力如果争夺不到话语，它便不再是权力。文体作为一种文本体式，它主要也体现了这样一种话语权力关系。在一定的社会时

---

① 丹尼斯·朗：《权力论》，陆震纶、郑明哲译，中国社会科学出版社2001年1月版，第3页。

期，必定有一种占主导甚至是统治地位的文体形式。比如在我国文学史上，《诗经》、《楚辞》、汉赋、唐诗、宋词、元曲等等，都说明不同时代文体形式的不同风貌。这种现象之所以产生，都与这种文体形式背后的权力支撑不无关系。汉赋的产生与皇帝特别是汉武帝的喜好和提倡有很大的关系。刘勰在《文心雕龙·时序》中指出："逮孝武崇儒，润色鸿业，礼乐争辉，辞藻竞鹜：柏梁展朝宴之诗，金堤制恤民之咏，徵枚乘以蒲轮，申主父以鼎食，擢公孙之对策，叹倪宽之拟奏，买臣负薪而衣锦，相如涤器而被绣；于是史迁寿王之徒，严终枚皋之属，应对固无方，篇章亦不匮，遗风馀采，莫与比盛。"① 同理，唐诗的繁盛也与当时科举考试中设诗赋科有关。当然，我们不能简单地理解文体与权力的关系，政治权力的介入固然是一种主要的方式，而古代知识分子自身对某一文体形式的偏好也是一种方式，比如元曲。但某一文体一旦成为时尚，也同样具有了话语霸权的地位。因此，从这一角度研究王蒙小说文体创新的文化意义显然是一个重要的思路。可以说，王蒙在"文革"后文坛上重要地位的形成，与他在二十世纪八十年代初的文体创新对以现实主义为圭臬的文体权力秩序的挑战并进而取得合法性地位有关。

在我国现当代文学史上，现实主义文体的话语霸权地位的形成和确立是颇为耐人寻味的。现实主义作为一种创作精神和倾向古已有之。我们所说的《诗经》、杜甫等诗歌传统中的现实主义就是从这个角度言说的。但把现实主义作为一种创作方法和流派，则是从"五四"时期由国外舶来的。在国外，现实主义作为一个正式命名和形成的流派还是在十九世纪五十年代的法国。"1850年左右，法国画家库尔贝和小说家尚弗勒里等人初次用'现实主义'这一名词来标明当时的新型文艺，并由杜朗蒂等人创办了一种名为《现实主义》的刊物（1856—

---

① 范文澜：《文心雕龙注·时序第四十五》，人民文学出版社1958年9月版，第672页。

1857，共出6期）。刊物发表了库尔贝的文艺宣言，主张作家要'研究现实'，如实描写普通人的日常生活，'不美化现实'。这派作家明确提出用现实主义这个新'标记'来代替旧'标记'浪漫主义，把狄德罗、斯丹达尔、巴尔扎克奉为创作的楷模，主张'现实主义的任务在于创造为人民的文学'，并认为文学的基本形式是'现代风格小说'。从此，才有文艺中的'现实主义'这一正式命名的流派。"[①] 现实主义的哲学基础是笛卡儿以来的理性主义。理性主义在我国则具体体现为科学主义。"五四"时期的科学、民主两大旗帜是现实主义产生的话语基础。文学革命的主将陈独秀、胡适在他们著名的《文学革命论》和《文学改良刍议》中都不约而同地以科学的眼光，即进化论的眼光来看待文学的变革和发展，都把中国新文学的出路寄托在"写实主义"文学上[②]。而写实主义的提倡实际上正是对封建主义文学的"古典主义和浪漫主义"权威的挑战。二十世纪三十年代初周扬将苏联的"社会主义现实主义"的创作方法介绍进来，从而使"五四"以来提倡的现实主义增加了新的因素。[③]1942年5月，毛泽东在《在延安文艺座谈会上的讲话》中以中共领导人的身份正式提出："我们是主张社会主义现实主义的。"从此，社会主义现实主义成为具有权威地位的创作方法和原则。在1953年9月召开的第二次全国文艺工作者代表大会上，再一次把"社会主义现实主义"明确规定为今后创作和批评的最高准则，从而更加巩固了自己的话语权力地位，成为君临一切之上的不可更易的文学"元叙事"规则。那么，社会主义现实主义的基本含义是什么呢？简单地说就是以无产阶级的世界观来表现革命现实

---

① 《中国大百科全书·外国文学Ⅱ》，第1121页。中国大百科全书出版社，1982年版。

② 参看陈独秀：《文学革命论》，《新青年》1917年第2卷，第6号。胡适：《文学改良刍议》，《新青年》1917年第2卷，第5号。

③ 参看周扬：《关于"社会主义现实主义与革命的浪漫主义"》，《现代》第4卷第1期。

的本质真实，以典型化的方法来塑造新时代的英雄人物为根本任务。何为本质真实？按照周扬的解释，"本质"实质上就等于"典型"，"典型"就等于"本质"："典型是表现社会力量的本质，与社会本质力量相适应，也就是说典型是代表一个社会阶层，一个阶级一个集团，表现他最本质的东西……所以要看先进的东西，真正看到阶级的本质，这是不容易的事，真正看到本质以后，作家就是一个社会主义现实主义者了。"① 在这里，周扬把"典型"与"本质"画上了等号，而怎样才能表现"本质"，那就是要夸张："现实主义者都应该把他所看到的东西加以夸张，因此我想夸张也是一种党性的问题。他所赞成的东西，他所拥护的东西加以夸大，尽管它们今天还不很大；他所反对的东西尽管是残余了，也要把它夸大，而引起社会对新的赞成，对旧的憎恨。……"② 而夸张就是"典型化"。对此，冯雪峰说得更明白："典型化的方法之一，就是所谓的扩张；扩张就是放大，放大的意思，就是把小的东西放大，使人容易看见，或者把隐藏的东西变成显露，以引起人们注意的意思。"③ 很明显，社会主义现实主义已经改变了现实主义的初衷，在"写真实"中塞进了"浪漫主义"的理想成分，从而成为"伪现实主义"，成为为政治服务的庸俗社会学的工具。社会主义现实主义的"本质真实"、"典型化"以及由以上两点衍生出来的"史诗性"等元叙事规则表现在文体上的特征就是线性因果律的情节结构模式、空间的外在扩张和时间神话模式、叙述语式的高度显现性以及语言的确定性逼真性等。线性因果律的情节结构模式，注重的是外在动

① 周扬：《在全国第一届电影剧作会议上关于学习社会主义现实主义问题的报告》（1953年），《周扬文集》第2卷，人民文学出版社1985年版，第197~198页。
② 周扬：《在全国第一届电影剧作会议上关于学习社会主义现实主义问题的报告》（1953年），《周扬文集》第2卷，人民文学出版社1985年版，第198页。
③ 冯雪峰：《英雄和群众及其它》，《文艺报》1953年第24号。

作性冲突，因而需要开端发展高潮结局的情节运作模式；表现革命历史的社会主义现实主义小说在空间上往往有很强的扩张意识，因为它要全景式史诗性地表现革命的历史，因而对从某一局部（比如农村）入手的空间处理就觉得受到局限，因此必须向外扩张，农村则要写到城市，城市则须有农村补充，实际上这一倾向在茅盾的《子夜》中就有表现。而在这些小说中，空间由时间制约，时间具有优先的重要价值。比如《红旗谱》中的朱老巩护钟事件，作为小说的楔子，在整篇作品中举足轻重。它是以后朱老忠的故事逻辑赖以成立的时空体。而护钟时间选择在清末民初，即二十年代共产党成立以前，这样一个时间内所展开的空间，便先在地具有了一种规定性，即：朱老巩的反抗必须失败，因为在这个时间段内，在这样一个空间（农村），其形象主体由于没有正确领导，失败就是必然的，而且他的失败也正是为以后时空中的朱老忠的活动提供参照。三十年以后，朱老忠"闯关东"回来，直到30年代的"保二师学潮"止。这个时间段中，其空间以农村为主，兼及城市，朱老忠的活动范围也有了一个规定性，即农民所天然具有的反抗性质随着时间的展开，便有了新的可能性。因为这一时期党的成立与革命活动的形势，使朱老忠终于遇到贾湘农的帮助，朱老忠在"反割头税"和"保二师学潮"的锻炼中终于成熟了。[1] 这是一种历史不断进步的时间价值化的时间神话思维。因而作品中的时间与历史或现实中的公共时间是重合的一致的。这样一种占统治地位的文体，到了"文革"达到了登峰造极的地步，按照"三突出"创作方法创作出来的"样板戏"、小说《虹南作战史》、电影《春苗》《决裂》等实际上与此前的所谓社会主义现实主义一脉相承。物极必反，当新的历史时期来临的时候，人们对这种文体的话语权力的质询与挑战就顺

---

① 参看郭宝亮：《洞透人生与历史的迷雾 —— 刘震云的小说世界》，华夏出版社2000年1月版，第78页。

理成章了。

当然这种争夺话语权的挑战是有限度的，主流意识形态一方面允许，甚至鼓励作家向"极左"的文艺思想开战，另一方面又设定了挑战的范围。清算"极左"文艺思想与政治上的拨乱反正是一致的，但主流意识形态所允许的范围是恢复到现实主义的"本来面目"上去，就是重提"真实性"问题。从1978年下半年始，全国许多报刊都开辟了有关"文艺真实性问题的讨论"，[①] 参加讨论的文章基本上是就文艺的观念发表意见，并没有涉及文体问题，值得注意的是王蒙参加讨论的文章。在《反真实论初探》和《睁开眼睛面向生活》的文章中，王蒙不仅梳理了文学真实性的观念，而且提出了对他在文体上产生重要影响的文学真实性观念。王蒙说："文学的真实性，既包括着对于客观外部世界的如实反映，也包括着对于人们的（包括作家自己的）内心世界的如实反映，我们绝不因为提倡真实而排斥浪漫主义，排斥理想、想象、艺术的虚构与概括，但我们也绝不允许以渺小的粉饰生活和卑污的伪造生活来冒充浪漫主义，冒充什么理想和虚构。"[②] 可见王蒙的这些观念正在孕育着对新的文体形式的探索，他在寻找自己："在茫茫的生活海洋、时间与空间的海洋、文学与艺术的海洋之中，寻找我的位置、我的支持点、我的主题、我的题材、我的形式和风格。"[③] 寻找自己就是寻找新的适合于自己的文体形式，寻找能与传统现实主义文体争夺话语权的文体形式。因为在文学艺术的"场域"中，新的文体形式正是一种生产权威的"文化资本"。当然，王蒙的文体创新在王蒙的自我意识中既是一种艺术天性，也是一种新的时代所赋

---

① 1978年12月，《辽宁日报》首开"关于文艺真实性的讨论"的专栏，1980年《人民日报》也开辟了"关于文艺真实性问题的讨论"专栏。

② 王蒙：《睁开眼睛面向生活》，《王蒙文集》第六卷，华艺出版社1993年12月版，第23页。

③ 王蒙：《我在寻找什么》，《王蒙文集》第七卷，华艺出版社1993年12月版，第690页。

予的习性，注重感觉，注重人的内心世界也许是王蒙天性中早已存在的艺术灵气，而新的历史时期的触发和塑型对王蒙这种艺术天性的建构起到了更为重要的作用。二十世纪八十年代初的"集束手榴弹"的连续爆炸，的确震动了文坛，王蒙成为文体创新的代表。继之而起的创新潮流的涌动，促进了王蒙文体创新的话语权力的合法化进程。因为，在那个时代，创新就是最大的话语权力，而创新的指向就是西方现代派文学，这是时代的潮流，也是时尚。可以说，王蒙在二十世纪八十年代以后文坛上的新的话语权威地位的确立，是历史时代作用的结果。它也许并不是王蒙的本意。在王蒙的自我意识中，并不是要打破旧文体的话语权力秩序进而取而代之，王蒙所反对的就是定于一尊的文体形式。他说："我不赞成把一种手法和另一种手法对立起来。如说某一种手法是创新，难道另一种手法不是创新吗？为什么要这样提问题呢？难道各种手法是互相排斥、有我无你的吗？李白、杜甫，风格手法是如此不同，然而，他们都伟大，他们实际上是相异而成，相异而相辉映，相异而相得益彰。"[1] 又说："百花齐放的政策是各种风格和流派的作品进行自由竞赛的政策。萝卜茄子，各有各的爱好是自然的。因为爱吃萝卜就想方设法去贬茄子，却大可不必。在艺术手法、艺术趣味这种性质的问题上，'党同'是可以的和难免的，'伐异'是不需要的、有害的。只要方向好、内容有可取之处，我们就应该让其八仙过海，各显其能。我们要党同好异，党同喜异，党同求异。没有异就没有特殊性，就没有风格，没有流派，没有创造了。"[2] 可见，王蒙所挑战的话语权力，并不完全是现实主义本身，而是这种定于一

———————————

[1]　王蒙：《倾听着生活的声息》，《王蒙文集》第六卷，华艺出版社1993年12月版，第119页。

[2]　王蒙：《倾听着生活的声息》，《王蒙文集》第六卷，华艺出版社1993年12月版，第119页。

尊的话语权力秩序。历史的经验教训使王蒙形成了反对一切形式的独断论、极端化，主张多元化、相对性的文化哲学思想，故而他的文体形式不断变化，不断探索，实际上也是在自我消解自身的权威地位。不过，在客观上，王蒙愈是坚持探索坚持先锋姿态，他的话语权威地位就愈巩固，在话语权力秩序中，王蒙成为新的权威，是他不经意中的产物。然而，事实上的权力地位，使王蒙在九十年代不断遭遇攻讦，这显然与王蒙的在话语权力秩序中的特殊身份有关。

实际上在二十世纪八十年代以后的中国文坛这一"场域"中，意识形态早已不是铁板一块：一方面，正统意识形态仍然占据统治地位，掌握着文化领导权，是主流意识形态；另一方面，"民间意识形态"[①]也正以迂回曲折的方式来试图争得一席之地。在二十世纪八十年代初期，王蒙可以看作是这一"民间意识形态"萌芽的代表，这从王蒙与胡乔木的交往中可以见出。胡乔木一方面劝诫王蒙在创作上不要走得太远，另一方面又真诚地关注着王蒙的创作。[②]前者说明王蒙文体创新对于主流意识形态的异质色彩，后者又标志着主流意识形态对于王蒙所寄寓的希望。这样的境遇决定了王蒙今后在文坛上的位置：一个连接主流意识形态与民间意识形态的桥梁或界碑的位置。当王蒙成为文化部长，当二十世纪八十年代中后期，一批文坛新人以更急进的创新方式闪亮登场的时候，王蒙的权威位置便遭遇了来自两方面的攻讦和挑战：主流意识形态中的"左"派认为王蒙是最具危险的"新派人物"，而民间意识形态中的一些人认为，王蒙又是具有官方色彩的保

---

① 这里所说的"民间意识形态"实质上是一种在社会转型时期出现的新的文化价值形态，这种文化价值形态与传统的主流意识形态产生尖锐冲突，因而是边缘的、受压制的，但却被人们逐渐认可，因而具有强大的生命力，甚至可以说是一种代表着未来发展趋向的文化价值观，因此我称其为"民间意识形态"。

② 参看王蒙：《不成样子的怀念》，《读书》1994年第11期。

守人物。① 这时也出现了针对王蒙小说文体的批评，比如有论者认为王蒙的文体是"杂乱而空虚"的。② 这些都说明，王蒙文体的权威地位也正在遭遇新的话语权力的挑战。

我说王蒙的位置是一个连接主流意识形态与民间意识形态桥梁和界碑的位置，主要是针对王蒙在二十世纪九十年代不断遭遇的两面夹击的境况而言的。这一境况具有重要的文化象征意义，它标志着王蒙以及他们这一代知识分子的尴尬处境。王蒙常常在政治文化上采取一种"抹稀泥"行为，而"抹稀泥"行为在王蒙看来正是一种桥梁作用。王蒙说："我总是致力于使上面派下来的提法更合理也更容易接受些。也许我常常抹稀泥，但我仍然认为抹稀泥比剑拔弩张和动不动'断裂'可取。"③ 而在批判者看来，王蒙只能是两个时代的界碑。林贤治就认为："王蒙是一个'跨代'的典型。他是正统意识形态的最后一个作家，同时是新兴意识形态的最初一个作家；他以他的存在，显示了过渡时代中国文学的特色。"④ 这一过渡时代文学特色是什么呢？ 这就是新旧并置、多元共存、众声喧哗、"乱相"丛生的状态。在这样一个多元化无主潮的时代，在主流意识形态日渐式微，民间意识形态日益强盛的时代，王蒙只能成为一个"抹稀泥者"。王蒙生活

---

① 1989年后，王蒙不断遭遇来自两个方面的批评，一个方面是来自于《文艺报》《中流》《文艺理论与批评》等几家报纸杂志的带有明显正统色彩的强烈指责，代表性文章有山人：《〈坚硬的稀粥〉是一篇什么作品？》，《文艺理论与批评》1991年第6期第140~142页；慎平：《读者来信》，《文艺报》1991年9月14日；淳于水：《为什么"稀粥"还会"坚硬"呢？》，《中流》1991年第10期。另一方面则是年青一代的批评，代表性文章有王彬彬：《过于聪明的中国作家》，《文艺争鸣》1994年第6期；林贤治《五十年：散文与自由的一种观察》，《书屋》2000年第3期。

② 吴炫：《中国当代文学批判》，学林出版社2001年8月版，第77~99页。

③ 王蒙：《不成样子的怀念》，《读书》1994年第11期。

④ 林贤治：《五十年：散文与自由的一种观察》，《书屋》2000年第3期。

在体制内，他对他的前辈看得很清楚，这在他的怀念文章中有很明显的表现，他知道他们的弱点，也理解他们的苦衷；他写出了他们的政治化，也写出了他们的人情味。胡乔木的谨慎老成却不失天真与折中，丁玲的个性、政治与实际上不通政治的书生气，周扬晚年对来访的王蒙近乎哀婉的挽留中所透露出来的寂寞孤独心态种种，都浸染着王蒙对他们深深的理解、同情和宽容的情怀。生活在体制内，使王蒙在他的前辈身上看到了他们与时代脱节而酿成的悲剧般的结局。旧的时代注定要结束，但王蒙却与这个时代有着千丝万缕的联系。在王蒙看来，时代应该是连续的，不能因为过去的失误就彻底否定历史，因而他不可能与其一刀两断，这样，王蒙实际上把自己看成了过去时代的承接者；然而王蒙也深深懂得，历史前行的车轮是谁也阻挡不住的，改革是时代潮流，而未来属于青年人。这就是他在一些年轻人比如王朔等人身上，看到的身处体制外的自由、轻松、洒脱和解颐的痛快，但王蒙对王朔的认同不是全部而是局部的，他欣赏的是他的"智商蛮高，十分机智，敢砍敢抢，而又适当搂着——不往枪口上碰"[1]。他这样评论王朔："他写了许多小人物的艰难困苦，却又都嘻嘻哈哈，鬼精鬼灵，自得其乐，基本上还是良民。他开了一些大话空话的玩笑，但他基本上不写任何大人物（哪怕是一个团支部书记或者处长），或者写了也是他们的哥们儿他们的朋友，绝无任何不敬非礼。他把各种语言——严肃的与调侃的，优雅的与粗俗的，悲伤的与喜悦的——拉到同一条水平线上。他把各种人物（不管多么自命不凡），拉到同一条水平线上。他的人物说：'我要做烈士'的时候与'千万别拿我当人'的时候几乎呈现出同样闪烁、自嘲而又和解加嘻笑。他的'元帅'与黑社会的'大哥大'没有什么原则区别，他公然宣布过。""抢和砍（侃）在他的作品中，在他的人物的生活中，起着十分重大的作

---

[1]　王蒙：《躲避崇高》，《读书》1993年第1期。

用。他把读者侃得晕晕忽忽，欢欢喜喜。他的故事多数相当一般，他的人物描写也难称深刻，但是他的人物说起话来真真假假，大大咧咧，扎扎刺刺，山山海海，而又时有警句妙语，微言小义，入木三厘。除了反革命煽动或严重刑事犯罪的教唆，他们什么话——假话、反话、刺话、荤话、野话、牛皮话、熊包话直到下流话和'为艺术而艺术'的语言游戏的话——都说。（王朔巧妙地把一些下流话的关键字眼改成无色无味的同音字，这就起了某种'净化'作用。可见，他绝非一概不管不顾。）他们的一些话相当尖锐却又浅尝辄止，刚挨边即闪过滑过，不搞聚焦，更不搞钻牛角。有刺刀之锋利却绝不见红。他们的话乍一听'小逆不道'，岂有此理；再一听说说而已，嘴皮子上聊作发泄，从嘴皮子到嘴皮子，连耳朵都进不去，遑论心脑？发泄一些闷气，搔一搔痒痒筋，倒也平安无事。"[1] 可见，王蒙在这里所欣赏的是王朔诸人不硬来乱来的聪明劲儿。这也充分说明了王蒙只能是体制内的温和的改良派，他采用渐进的方式试图改革体制的弊端，但绝不会成为激进的冲破体制的"革命派"。由此看来，王蒙倒有点像新文化运动中的胡适、梁实秋辈，但王蒙缺乏欧美文化的背景，实际上与胡、梁也不同。王蒙是一个思想文化上的经验主义者，但王蒙又不是培根意义上的实证的经验主义者，而是体验的经验主义者。王蒙强调体验，强调对生活的纠缠在一起的感悟。因此，他的人生经验和政治智慧，都是在生活中体验出来的。从生活体验中得来的经验教训，使王蒙变得聪明起来，成熟起来，正如贺兴安所说的："他的有些决定和见解，很勇敢很大胆，他又经常是十分谨慎、小心、并仔细掂量自己的步履。我只能说，他充分地估量了他的有限的存在，却在这种有限中显示了惊人的爆发力。"[2] 也许正是这种人生经验和政治智

---

① 王蒙：《躲避崇高》，《读书》1993年第1期。

② 贺兴安：《王蒙评传》，作家出版社2004年1月版，第3页。

慧，这种聪明与成熟，这种谨慎与小心，使王蒙看起来显得"世故"，甚至"圆滑"，而这恰恰是他遭遇攻讦的主要"罪证"。然而，攻讦者看到的只是表面的王蒙，而没有深入到王蒙所处的文化位置上。事实上，正是由于这一位置，才决定了王蒙文体的杂糅性与整合性。我在前面谈到的王蒙语言上的反思疑问方式，解构策略，并置式处理，以及叙述上的讲说性，多重视角和不定视角的运用，空间的时间化等等，都与这一位置有关。王蒙的文体创新总给人一种不彻底、不干脆的印象，总给人一种形式化、表面化的感觉，原因也在这里。吴炫就曾指出王蒙式的创新是一种把玩和装饰，王蒙式的批判是一种肯定性的抚摸式的批判，[①] 这种说法在一定意义上是有道理的，只是我们不应该简单地把王蒙的这种状态理解为生存策略，而是与他在时代文化中的桥梁或曰界碑的位置与立场有关，从位置和立场的角度来理解王蒙，王蒙是真诚的。然而，王蒙注定要遭遇误解，历史注定了他与他的同代人的尴尬的过渡代命运，因为时代的文化矛盾已经宿命般地决定了他们的现实和未来。

二、转型期时代文化矛盾中的王蒙小说文体

上一节我们考察了王蒙文体创新与话语权力秩序的关系，揭示了文体创新的话语权力机制。而在这个话语权力秩序的背后还应该有更为重要的决定因素，那就是社会政治文化的要求。正如福柯那句名言所说的：重要的不是话语讲述的年代，而是讲述话语的年代。讲述话语的年代之所以重要，就在于这个年代的政治文化等意识形态氛围对讲述方式的决定作用。因为所有的陈述都是当代陈述，离开了具体的时间地点的陈述是不存在的。从这一角度来考察王蒙小说文体的形

---

① 参看吴炫：《中国当代文学批判》，学林出版社2001年8月版，第77~99页。

成，就需要认真研究二十世纪八九十年代的文化矛盾，我觉得正是这复杂的时代的文化矛盾构成王蒙文体的复杂形态。

二十世纪八九十年代是中国社会发生巨大变化的转型时期，在这样一个时期，中国社会文化的各种矛盾都空前复杂尖锐，传统的社会主义社会向有中国特色的社会主义社会的转变，引发的不仅是经济形态的变革，而且也包括政治形态、文化形态等全方位的变革。变革所引发的人们心理观念的改变是一种痛楚的体验，尤其对于王蒙这样一个与革命历史同步成长的参与者与见证者而言，他所经历的革命理想主义由昂奋勃兴到颓败疲软的全过程的心灵震惊式体验将是不言而喻的。正如我们在上一章所论述的，理想与现实的矛盾是王蒙生命中的最重大矛盾，它其实也是时代文化的重大矛盾。由这一矛盾派生出一系列其他矛盾，诸如集体主义与个人主义的矛盾，专制与民主的矛盾，自由与秩序的矛盾，理性与感性的矛盾，传统性与现代性之间的矛盾等等。而这所有的矛盾都源自一个历史文化的"断裂"感。这是一个漫长的断裂，这一断裂对于王蒙而言是从1957年的秋天就已经开始了，而对于大多数民众而言，这一断裂则是在"文革"以后，而真正意识到的断裂也许还要晚一些。

"意识到的断裂感"意谓人们在反观自身时的心理体验。这是一种反思意识，这种反思意识的产生需要一定的社会文化语境，而这一语境只能产生在"文革"之后的思想解放的大背景中。

众所周知，"文化大革命"的产生尽管原因是复杂的，个人崇拜的结果是全民族的集体疯狂，理想主义被推向极端，非理性代替了理性。因此，"文革"结束后，全民族的激情被耗尽，人民普遍感到上当，意识形态乌托邦宣告破灭，理想主义也不可遏制地走向颓败。北岛在《回答》一诗中庄严地宣告："告诉你吧，世界，／我——不——相——信！／纵使你脚下有一千名挑战者，／那就把我算作第一千零一名。……"① 另一名青年诗人芒克在《阳光中的向日葵》一诗中则塑造了一棵倔强的"向日葵"形象:"你看到了吗 / 你看到阳光中的那棵向日葵了吗 / 你看它,它没有低下头 / 而是把头转向身后 / 就好像是为了一口咬断 / 那套在它脖子上的 / 那牵在太阳手中的绳索 / ……"② 这里的"向日葵"显然是一代觉醒的、怀疑的青年人形象,这样的形象是时代的普遍形象,"我不相信"是时代的共同心声。因此,如何重建信心,如何把人们从集体幻灭中解救出来并团结在一个新的信仰周围,就成为"文革"后主流意识形态的首要问题。打破闭关锁国的政治局面实行改革开放的政策,以实现现代化的宏伟目标为轴心,从而把全国人民凝聚起来,团结一致向前看,是主流意识形态所采取的重要的也是行之有效的方针。改革开放是以渐进的方式对传统社会主义的政治经济中的弊端加以修正,这种修正不可避免地将动摇传统社会的意识形态想象,从而从根本上动摇人们对既成伦理观念的信心。如何在意识形态上既清除"极左"僵化的思想意识,从而为改革开放扫清道路,同时又能使人们保持对社会主义基本原则的信念呢? 为此,主流意识形态营造了二十世纪八十年代初期的思想解放的氛围,正如我在前面所说的,这是一个类似"五四"新文化运动的现实情景,主流意识形态把极左说成是封建专制主义,从而转移了人们对现行体制本身的反思的视线。由于把极左理解为外在的(封建主义的),因此,"文革"长达十年的"内乱"结束,在全国人民,特别是知识分子中普遍产生了一种幻觉,即噩梦已去,新时代又将开始,一个现代化的美好明天,须臾就会来临。这种盲目的乐观和普遍中止怀疑的快乐,使得改革开放的前景无限辉煌。表现在文学上,"伤痕文学""反思文学"一浪高过一浪的对过去的清算,无非是要对今日作出证明并

---

① 北岛:《回答》,见《北岛诗歌集》,南海出版公司2003年1月版,第7页。

② 芒克:《阳光中的向日葵》,见《芒克诗选》,中国文联出版公司1989年2月版,第90页。

对未来作出承诺。"改革文学"近乎模式化的对改革者的讴歌，也回响着主旋律的最强音。特别是对"人"的重新发现，人道主义、主体意识一时成为热点话题，从另一方面印证着我们这个新时代的科学民主与进步的性质。然而，随着改革开放的深化，一个前所未有的悖论出现了，那就是，第三世界走向现代化的过程实质上正是一个不断西方化的过程；愈是深入开放则愈是需要打碎固有的价值体系，尽管在指导思想上力避西方化，而保持中国特色，但无可讳言的是这个"中国特色"已经主动拆解了昔日大一统的文化堡垒，示范性地走向了解构怀疑的道路。反对封建专制的结果，带来的是个性解放；人的发现、主体意识、人道主义等思想的发现都为个人意识的复苏提供了合法性基础。这样个人主义与集体主义之间的矛盾也成为意识形态文化伦理中的一个突出问题。二十世纪八十年代主流意识形态所进行的对"现代派文学"的批判，以及"反精神污染运动""反资产阶级自由化运动"等，主要是针对脱离集体轨道的个人主义的，[①]这种个人主义对集体主义的挑战，实际上构成了对以集体主义为主要伦理原则的主流意识形态的挑战。二十世纪八十年代中期市场经济意识的不断增强与市场发育的不完全不规范之间的矛盾，根本体制的滞后与经济运行个别方面的畸形超前之间的矛盾，都带来了极大的思想混乱。在市场经济名义下的全民皆商等非生产性"投机经济"的畸形发展，实质上已自行消解了固有文化的大一统性质，历史文化的断裂开始出现在人们的反思意识中。

随着改革开放的进一步深化，市场经济代替计划经济而成为新的经济工作的总方针。这一变化是根本性的。这种根本性的变革使中国的现代化纳入了全球化范围内的现代性总体框架中。从此，世界的问

---

① 1983~1984年对徐敬亚《崛起的诗群》的批判，主要针对徐文中宣扬的现代派表现自我展开。

题也正在成为中国的问题，中国的文化也遭遇了现代性的危机。现代性的危机表明，传统性与现代性的矛盾成为时代文化的新的矛盾，政治的敏感性问题开始隐退，人们的兴趣趋向多元。

综上所述，在中国二十世纪八十年代到九十年代的这一历史时期内，时代的文化矛盾在急遽聚变，历史文化的裂痕愈来愈大，而这些矛盾的表现之一就是信仰的缺失。改革开放在摧毁旧的意识形态崇拜之后，并没有建立起有效的信仰体系，大行其道的反而是工具理性、实用理性。工具理性与实用理性所看重的是效益而不是意义，这种重效益而不是意义的现实，更加加大了现实与历史的鸿沟和隔膜，遗忘成为我们这个时代的通病。

正是在这一背景中王蒙开始了他中断了二十多年的写作。正如我在前面反复申明的，王蒙毕生所作的努力实际上就是在不断填补历史文化断裂的鸿沟。理想与现实的矛盾是首当其冲的矛盾。关于这个问题我在第四章已经有过详尽的论述，此处不赘。我在此想重点谈谈时代的各种矛盾在王蒙小说中的另一重要表现，即前瞻与怀旧的矛盾和纪实与虚构的矛盾。这些矛盾悖反性地统一在王蒙的小说中。

前瞻与怀旧的矛盾，是时代矛盾在王蒙身上的具体化。前瞻是指王蒙的总体思想是乐观的，他在理智上对历史的前行是充满信心的，这是基于他对历史的总体体验。当然，王蒙并不是一个纯粹的进化论者，他对自己曾经相信过的历史线性发展的"时间神话"终于在历经沉痛的体验之后，开始了重新的反思。他对过去尊奉的新／旧、黑／白、好／坏等二极对立的思维模式深恶痛绝。他相信"新中有旧，旧中有新。抵制旧的结果抵制了新，求新的结局是呼唤来了旧……"①，

---

① 王蒙：《沪上思絮录》，丁东、孙珉选编《世纪之交的冲撞——王蒙现象争鸣录》，光明日报出版社1996年1月版，第76页。

这种具有某种相对性的思维方式恰恰证明了王蒙的辩证思维，但王蒙却不是一个"绝对"的相对主义者，对历史的这种新旧混杂的看法，并不影响王蒙对"人类的大趋势是慢慢进展"[①]的总体信仰。王蒙曾在多种场合谈到他对市场经济时代的赞许，不过这种赞许是相对于计划经济时代而言的。王蒙曾坦言自己是一个"经验主义者"，[②] 正是历史的经验，使他时时对"极左"的阴影记忆犹新。有人认为这是王蒙的"内心恐惧"式的思维特征，这种思维特征导致王蒙总是愿意把今天与"极左"时代相比，从而得出今比昔好的结论。[③] 这一说法有一定道理，但也把王蒙的这种来源于经验的理性的辩证思维特征非理性化了。把今天看作比昨天进步，是基于王蒙对历史经验的科学态度，但不等于对现实的全盘肯定。（实际上，王蒙对现实的态度也是多重的，特别到九十年代，王蒙对现实充满怀疑和痛苦的体验。关于这个问题我在下面还要详谈。）进步或大趋势上的进展的看法，是王蒙对历史乐观主义的总体判断。这一判断决定了王蒙在创作中的结尾的"希望原理"。二十世纪八十年代王蒙创作的《布礼》《蝴蝶》《杂色》《春之声》《海的梦》等作品，都有一个充满希望的光明结尾，原因就在这里。九十年代，王蒙小说的结尾不再具有明确的"希望"，但王蒙并没有绝望，超越是他解决甚至是逃避矛盾的方式，却不意味着他对未来的回避。王蒙的前瞻使他更加豁达且智慧。然而，前瞻解决不了他的怀旧情绪，特别到了九十年代，怀旧成为王蒙情感中的一个化解不开的情结。

---

① 王蒙：《沪上思絮录》，丁东、孙珉选编《世纪之交的冲撞——王蒙现象争鸣录》，光明日报出版社1996年1月版，第75页。

② 王蒙：《沪上思絮录》，丁东、孙珉选编《世纪之交的冲撞——王蒙现象争鸣录》，光明日报出版社1996年1月版，第74页。

③ 谢泳：《内心恐惧：王蒙的思维特征》，丁东、孙珉选编《世纪之交的冲撞——王蒙现象争鸣录》，光明日报出版社1996年1月版，第431~432页。

怀旧的内容与形式体现为对历史的深深的眷恋和追忆,李商隐的《锦瑟》诗可以注解王蒙的这种情感:"锦瑟无端五十弦,一弦一柱思华年。庄生晓梦迷蝴蝶,望帝春心托杜鹃。沧海月明珠有泪,蓝田日暖玉生烟。此情可待成追忆,只是当时已惘然。"王蒙对这首诗的发自肺腑的倾心和知音般的解颐,实在是"与心有戚戚焉"。然而,王蒙的怀旧又不是纯粹情感的,他对历史的清醒又是充满理智的,因此,王蒙的怀旧是理智与情感的矛盾缠绕,而前瞻与怀旧之间的矛盾实际也包含着理智与情感的矛盾。我在此不想多谈王蒙怀旧的具体内容,而是想谈谈王蒙怀旧产生的文化机制,也就是说,王蒙的前瞻与怀旧的矛盾究竟如何体现了时代的矛盾。

二十世纪九十年代初,中国大陆出现了一个短暂的全民族的"怀旧"热,满大街传唱《红太阳颂》,出租车上挂满"伟人像",铺天盖地的"毛泽东热",以及以《小芳》《涛声依旧》等为代表的流行歌曲中的对旧事的怀恋,都隐喻性地表明了人们对现实的普遍失望。然而无孔不入的商业之手迅速抓住了这次商机,精明的商家把人们的"怀旧热"变成金钱。邓小平的"南方谈话",力挽狂澜,不失时机地把人们回向历史的目光拽向了新一轮更激烈的市场经济化大潮中。于是,人们不再对政治感兴趣,人们也不再单纯地怀旧,人们的兴趣转移到金钱、商机、欲望和消费上去了。精明的"文化工业"经纪人,乘胜追击,他们利用人们怀旧的余温,把"红太阳"情结扩大到整个历史领域,唐浩明的《曾国藩》的印数居高不下,带动了整个历史题材小说和影视剧作品的空前繁荣。于是从二十世纪九十年代前期开始,"历史题材"作品热成为一种现象。一时间"戏说"成风,重写成癖,笔者当时曾做过一个市场调查,并写成了相关文章:"据不完全统计,仅1993、1994年度出版的历史题材小说、传记、纪实报告和播映的影视作品(包括港台)就有数百种之多。1994年形成高潮,且至今势头不减,形成了一个颇为惊人的'历史题材热'现象。"① 这里的历史热已经抽空了怀旧的内容实质而成为一种消费，"文化经纪人的手之所以伸向了历史，正是因为他看中了历史的隐蔽性与欺骗性，它可以在貌似深奥的时空形式内，深藏起它本来的面目。实质上，'历史亡灵'复活的背后，仍然是一种最平面化的欲望模式：即性与暴力。且不说那些游戏历史之作或曰纪实文学的赤裸裸的性与暴力的描写，就是我们认为那些比较严肃的作品，也同样如此。唐明皇与杨贵妃的爱恋，彭玉麟情殇，曾国藩、李鸿章则双手沾满鲜血 …… 可见，性与暴力只不过是披上了一件历史的外套罢了。"②

如果说这些大众文化层面的"历史"的消费性还在情理中的话，那么严肃文学又怎样呢？陕西作家贾平凹的《废都》由于赤裸裸的性描写和那个欲盖弥彰的"□□"曾一度引起轩然大波；陈忠实的《白鹿原》的开头就有"白嘉轩后来引以豪壮的是一生里娶过七房女人"字样；苏童、余华曾是先锋小说流派中的骨干，九十年代也开始了"入俗"的进程，《妻妾成群》被张艺谋拍成电影《大红灯笼高高挂》；《活着》《许三观卖血记》被称为是余华的转型之作；写惯了"花楼街"凡俗市民生活的池莉也一步跨入沔水镇写起了《预谋杀人》；刘恒的《伏羲伏羲》被张艺谋改编成《菊豆》，更突出了乱伦故事的内涵 …… 我并不是想贬低这些作品的艺术价值，实际上，这些作品并非不严肃，它们的艺术价值和美学涵蕴是相当深厚的，我想说明的只是一种现象，即在九十年代，连最严肃的作家也开始了向大众审美趣味的靠拢，雅俗合流、多元并举已成为文坛上不争的事实。至于更年

---

① 郭宝亮:《"历史亡灵"复活的意味及其批判 —— 近年历史题材文艺作品热现象思考》,《文艺评论》1995年第6期。
② 郭宝亮:《"历史亡灵"复活的意味及其批判 —— 近年历史题材文艺作品热现象思考》,《文艺评论》1995年第6期。

轻一代作家，所谓"新新人类"的出场，就更加惊世骇俗，张贤亮的《男人的一半是女人》、王安忆的"三恋"、《岗上的世纪》等和他们比起来就实在相形见绌了。①在这样一个大的文化和文学背景中，王蒙开始了他的"季节系列"写作，他几乎以三年一部的速度写作，直到二十一世纪的第三年写出他的新作《青狐》（此作被称为"后季节系列"）。

　　"季节系列"长篇小说是王蒙文学创作中的重头戏。与这些鸿篇

---

① 我在《个人化写作与公共性》这篇文章中曾比较详尽地描述过他们的创作："如果说在林白、陈染那里，作为隐私的性还具有一定的反抗意味 —— 一种女性意识对父权文化的反抗的话，那么，在卫慧、棉棉等人那里，则完全就是一种展览，一种自然的状态。她们毫不掩饰性所带来的快感，并不遗余力地加以追求。卫慧的《上海宝贝》《像卫慧那样疯狂》等小说正是如此。倪可对德国马克的爱带有双重的象征意味，马克与德国货币的谐音，使这种欲望显得货真价实。可以说渴望享乐和欲望的满足，正是《上海宝贝》的主题之一，尽管小说中也有对生存的淡淡愁绪，也有对存在的肤浅感悟，但从根本上看正是前者。倪可在马克的身体下，幻想着被穿上纳粹的制服、长靴和皮大衣的法西斯所强暴，一种被占领被虐待的快感与林白、陈染笔下的女性意识实在不沾边。这正是欲望一代的身影，'他们绝大多数出生在70年代之后，没有上一辈的重负没有历史的阴影，对生活有着惊人的直觉，对自己有着强烈的自恋，对快乐毫不迟疑地照单接受。'（卫慧语）。"

　　由此可见，九十年代的新公共性，也遵循着一种新的叙事规则，那就是市场话语，市场话语的核心就是欲望。欲望在德勒兹、加塔利那里是一种动态的机器，带有革命性因素，是冲毁理性、总体化等堤坝的革命性力量。但是，在晚生代那里，欲望已经不具备革命性的特点，而是革命胜利后的果实。朱文的《我爱美元》，显然具有一定的反讽意味，但我们还是不能不相信作者对欲望的基本肯定态度。欲望的高度膨胀，已经成为九十年代的时代特征，追求享乐、渴望财富、寻求感官刺激，已经是一代青年人的很时髦的文化趣味，并在一定程度上昭示着我们的未来。七十年代出生的代表作家卫慧就宣称，她要成为他们那群'欲望一代'的代言人，'让小说与摇滚、黑唇膏、烈酒、飙车、Credit Card、淋病、Fuck 共同描绘欲望一代形而上的表情。'可见，个人化写作并不是纯粹个人性的，它正是我们这一多元化时代中的一极，它本身就有着自己公共性的空间，可以说，个人化写作，正是九十年代文化和意识形态的产物。"参看郭宝亮：《个人化写作与公共性》，《文艺报》2000年3月28日第2版。

巨制相比，以前的中短篇写作仿佛都是在为此做准备。但王蒙的创作却是反潮流的，他虽然也是写历史，但却没有汇入时尚的俗流大潮中。他坚持了历史写作的严肃性、纯洁性和纪实性。这种坚持，使他的作品没有引起人们足够的兴趣。对此王蒙是心中有数的。这种"数"也许在他1988年所写的《文学：失却轰动效应以后》[①]这篇随笔里就已经有了。说王蒙心中有数并不等于说他对这种现状没有焦虑，我觉得，尽管王蒙在许多随笔里对九十年代的现实充满理智的理解和宽容，但在小说中，却充满了焦虑、充满了情感上的厌恶乃至嘲讽的情绪。阅读"季节系列"你会深深感到这一点。在《狂欢的季节》的开头，王蒙写道：

> 我知道连续的长篇小说是令人疲倦的。人们惧怕卷帙浩繁的长篇小说正如惧怕太多的记忆太多的往事太多的历史，谁不怕昨天侵占了打扰了今天？谁不怕书籍俘虏了吞噬了自己的活鲜的生命？读一百部爱情杰作也不能替代一次爱情的遭遇。人们生活于现时，生活于正在呼吸、正在消化、正在出汗、正在来劲——比如说正在与你的性伴侣天翻地覆地好合——的这短暂的一刹那。人生不过是许多刹那的集合，你感觉到的把握住的为之销魂蚀骨的不过是眼前的此一刹那。在你出生的前一分钟与前一亿年，在你死去的后一秒钟与后五十万亿年并且我们假设那一年地球将会最终冷却毁灭，这一切对于你又有什么区别？你想抓住，你想体味，你想记在心里，你决不甘心一切烟消云散不留痕迹，你打起精神全神贯注……仍然失之交臂、仍然如梦如幻如泡如影如电如露的只有现在。你又哪里来的闲心重温老年间

---

① 王蒙：《文学：失却轰动效应以后》一文，最早以阳雨的笔名发表于《文艺报》。收入《王蒙文集》第六卷，华艺出版社1993年版。

老老年间的旧皇历？……

——《狂欢的季节》第1页

　　显然王蒙在这里是充满焦虑的，焦虑导源于人们对刚刚逝去的历史的遗忘。王蒙不无沉痛地说："每一个上辈人都认为自己为后世子孙做牛做马流血流汗翻天覆地建造了历史的丰碑，至少是自己的各种愚蠢将成为后人的神圣警鉴与路志，就是说他们认定自己的血泪不会白流。真的吗？而许多后人却惊异于上一代人的愚蠢、偏执、自以为是与碍手碍脚……历史为什么永远那样不可思议得难以置信？我们不要历史，我们讨厌历史，让我们忘记历史吧，为什么不呢？历史的再现那么快就被漠视了。……好了伤疤忘了疼，也许这正是人类得以存活下来的根由。……"（《踌躇的季节》第2页。）而这种"好了伤疤忘了疼"的遗忘正与市场经济的现实有关。在《青狐》的结尾，王蒙写到钱文的儿子钱远行，那个曾经愤世嫉俗、追求民主自由、写诗弄文、常常仰天长啸的钱远行，在这个神奇的时代，竟然成为极被看好的"官商"，他驾着原装"宝马"、喝着XO、经常出入于高级宾馆，享受桑拿、保龄球、游泳池、足底与周身按摩、美容美发，开始怜悯钱文，认为他们这一代人太可怜了。这种隔膜这种挤压对于王蒙来说是太强烈了。王蒙借钱文的内心告诉我们："我们熟悉的一些人和事，都变得愈来愈成为回忆——或者更正确地说，已经没有什么人去回忆了。""也许，人们愿意生活在没有回忆的快活里。"这实在是一个年逾古稀老人的现代性体验。这种没有回忆只有现在的体验，道出的是现代性社会文化的一个基本事实：即我们现实存在的永恒的"空间性现在"，我们生存在一个没有时间感的空间性时代里。没有时间感意味着没有回忆，没有时间的连续性，历史断裂了，更为可怕的是人们甚至没有时间来反思这种断裂，遗忘成为时间的存在方式。美国学者戴维·哈维认为，现代性社会的最大问题是对时间与空间的体验问题。自启蒙主义以来，我们的世界变得愈来愈小，"时空压缩"了。[1] 时空压缩，是由于速度加快，从而使时间缩短，而空间则相对膨胀了。然而，对于王蒙来说，回忆是他的生命形式，回忆是寻回他的连续性、自足性和统一性的一种基本方式，回忆是弥补断裂的一支胶合剂，回忆既是反思也是怀旧。可以说王蒙实际上生活在回忆里。难怪王蒙在《踌躇的季节》中的第十一章，几乎用了三分之一的篇幅，以诗一样的语言对"回忆"进行界定，王蒙写道："回忆是一份悠闲。回忆是一种宽恕。回忆是无可奈何。回忆是多余的温存。回忆是一切学问、艺术、宗教、爱情、道德、建功立业和犯罪的基石。回忆是海平线上的帆影。回忆是一切经验中的经验，是一切味道中的至味。回忆是一笔永远不能实现其价值的财富。"（《踌躇的季节》第221页。）可见，回忆对王蒙来说是何等重要。回忆就是怀旧，当他回忆自己生命中的经历，回忆苏联歌曲——那好像明媚春光般的苏联歌曲，实际上就是对他的青春、他的理想、他的历史、他的生命的无限深情的怀旧！终于王蒙把这种回忆这种怀旧化作一篇小说《歌声好像明媚的春光》，那结结实实的怀旧，那如痴如醉如泣如诉如歌如诗如血如泪的回忆，饱含了王蒙多少沧桑感悲凉感呀！"此情可待成追忆，只是当时已惘然。"所以王蒙说："时间和季节永远不可能是单纯诅咒的对象。它不但是一段历史，一批文件和一种政策记录，更是你逝去的光阴，是永远比后来更年轻更迷人的年华，是你的生命的永不再现的刻骨铭心的一部分。它和一切旧事旧日一样，属于你的记忆你的心情你的秘密你的诗篇。而怀念永远是对的，怀念与历史评价无关。因为你怀念的不是意识形态不是政治举措不是口号不是方略谋略，你怀

---

① 戴维·哈维：《后现代的状况——对文化变迁之缘起的探究》第三部分，阎嘉译，商务印书馆2003年11月版，第199~406页。

念的是热情是青春是体验是你自己，是永远与生命同在的快乐与困苦。没有它就不是你或不完全是你。它永远忧伤永远快乐永远荒唐永远悲戚而又甜蜜。隐私里还有隐私，故事里还有故事，忧伤与甜蜜里还有忧伤与甜蜜。在'文革'中你度过了三十五岁生日，四十岁生日。你度过了一段时光，你的重要的时光。谁知道你有什么梦什么遐想什么叹息什么眷恋呢？"（《狂欢的季节》第276页）。现在回过头来看王蒙小说的文体，他为什么要把空间时间化，就会恍然大悟了。空间的时间化，就是要在没有时间的空间里寻求时间的连续性，就是要在消逝的历史烟岚中追忆似水流年，"年年岁岁花相似，岁岁年年人不同"，空间时间化还原了历史长河中的美好情愫，但同时也现出历史伤痛的疤痕；怀旧在情感上是美好的，而在理智上则并不怎么美好；空间时间化在理智上体现出对历史前行的进步理念，而在情感上则也流露出对现实乃至未来的厌恶与恐惧。由此可见，在王蒙怀旧与前瞻的矛盾中套叠着理智与情感的矛盾，而理智与情感的矛盾又是我们时代现代性悖论体验的产物。一般而言，王蒙是这样一种作家，他既有着较强的逻辑思维能力，又具有很强的形象思维能力。王蒙曾言自己从小喜欢数学，直到他成为著名作家，他昔日的数学老师仍为他没能从事数学研究工作而惋惜不止。关于这一点，我们从王蒙全面的创作才能中可以见出一斑。王蒙不仅是出色的小说家，而且还是诗人，颇见功力的评论家、学者，我们平常所言的"作家成不了好的评论家，评论家当不了好作家"的推断在王蒙面前归于失效。这说明，作为作家的王蒙既是情感型的又是理智型的，理智与情感有机统一在王蒙的艺术天性中。因此，当历史进入现代性的巨大转型时期，理智与情感的矛盾在王蒙的内心尤其显得突出。

纪实与虚构也是王蒙写作中的一对矛盾。对于王蒙来说，历史是他亲身经历的历史，是活生生的生命体验。对历史的这种情感上的依恋和理智上的反思使得他不愿意虚构历史、剪裁历史。他渴望着忠实地全面地甚至是史诗性地把当时的历史还原出来，描摹出来，从而作为活的历史见证，好为后人立此存照。因此，他努力采取纪实的方式、生活化的方式，把历史的人和事记录下来。这就是他大部分小说没有统一完整的故事，没有惊心动魄的情节，也没有离奇凄迷的爱情波澜，更没有偷鸡摸狗男欢女爱脐下三寸的妇产科的性器官展览。这使得他的小说更像生活本身，或者说更像历史本身。然而，小说的本质是虚构，小说不是历史也不是生活，小说要求给杂乱的生活以秩序，要求给无意义的事件以逻辑，尤其在现代性时代，人们处在丹尼尔·贝尔所说的"纵情声色的享乐主义"时代，人们不再需要思想，不再需要深度，人们需要的是感官刺激，是消遣娱乐。因此，大众化的读者与思想型的作品之间就存在着阅读的鸿沟，使王蒙的小说越发显得曲高和寡。而实际上，任何方式的纪实都不存在。历史作为曾经发生过的事件，它也只是一堆材料而已，而不是完整的历史本身。按照海登·怀特的观点，历史是一种修撰，它和文学一样都是一种话语形式，都具有"虚构性"，因而，历史归根到底也是意识形态的一种表现形式。它和文学的区别就在于"历史故事的内容是真实事件，真正发生过的事件，而不是想象的事件，不是叙述者发明的事件。这意味着历史事件自行呈现给一个未来叙述者的形式是发现的而非建构的"①。但"发现"的历史并非是"原来"的历史，"发现"实际上也是一种剪裁，一种选择。因而，纪实是可疑的，甚至是自欺欺人的。不过我们否定纪实的这种可行性，并不等于说纪实没有可能性。历史的真实是存在的，纪实从理论上讲也是可能的。但绝对的真实和纪实是永远不可能达到的，一

① 参看海登·怀特：《后现代历史叙事学》，陈永国、张万娟译，中国社会科学出版社2003年6月版，第126页。

个好的历史修撰者，是可以最大可能地接近历史真实的，因为历史作为话语，它的存在方式正是一种阐释的方式，是理解者与文本的不断对话的方式。成功的理解应该是理解者与文本之间最大限度的融合、对文本的理解与理解者自我的理解彼此能够得到最大限度的促进和提高的理解，用伽达默尔的术语说就是要达到最好的"视界融合"。可见，历史并不是纯粹主观的，也不是纯粹客观的，而是二者的融合，只有这样，才能避免一人一部历史的相对性和随意性等历史虚无主义态度，进而达到对历史真实本身的相对纪实态度。由此可见，王蒙所持的正是一种相对纪实的态度，即便如此，王蒙也时时感到文学虚构性对他的巨大压力，纪实与虚构的矛盾时时在他的写作中纠缠不清。王蒙并不缺少编故事的才能，这在他的讽喻性寓言体作品中已有很好的表现。在自由联想体小说和拟辞赋体作品中，王蒙采取这种态度，是他对纪实性态度的坚持。王蒙也曾慨叹："为了读者，为了销路，也许这一段边疆之行里本来应该铺陈几段艰难时期的浪漫蒂克？本来不必在已经经历够凶政治的中国读者再到你的书里去翻阅那些个政治贫嘴政治套话，也许本来应该多写一些花中的雾雾中的花，巫山云雨，瞬间恩情，白色的雪莲与红色玫瑰，奥斯曼染眉草与凤仙花染指甲油。你可还记得那个住在沙漠边缘的白衣女子？你可还记得那个说话有一点像鸟叫嘴也确实有一点像鸟的可爱的残疾姑娘？也许你本来应该致力于写红粉知己，慧眼识英雄，风流尤物，上门投怀抱；还有数不清的异域风光和大胆的情歌情话？在中国已经被政治的洪涛席卷的时候，不是本来可以有几个精神的与梦幻的绿洲出现 —— 哪怕十分廉价 —— 的吗？"（《狂欢的季节》第277页）。王蒙在这里的担心是针对现实的时代的。在二十世纪九十年代的中国，人们对历史乃至现实的兴趣不是真实而是猎奇，不是纪实而是虚构。人们被发达的媒体所包围，早报、晚报、电视、因特网，还有手机短信种种获取信息的方式，人们仿佛觉得自己生活在一个万事早知道的真实世界上，岂不知媒体制造的信息泡沫早已经销蚀掉我们的判断力，我们感兴趣的已经是猎奇和虚构了。在一定意义上说，新闻是媒体制造出来的，它也同样制造现实和历史。可见，王蒙的纪实与虚构的矛盾也是我们时代文化中纪实与虚构矛盾的体现。正是这种矛盾使王蒙在文体上采用那种讲说式的叙述语式，采用那种杂糅——整合式的多种修辞策略。这是一种矛盾，也是一种悖反，真正的纪实需要讲说，需要编撰，需要剪裁，而真正的虚构却反倒可以自动呈现，比如那些通俗的影视剧，所谓的历史小说种种。它们往往可以冒充真实的历史大行于市。这也许正是"假作真时真亦假，无为有处有还无"吧。

然而王蒙也有调整，新千年出版的《青狐》，相对于"四个季节"而言，也有了不少的变化，在艺术手法上变得比较内敛比较规范了，明显好读了。作品中的钱文成为观察者，青狐成为主要的描写对象。青狐传奇般的经历和性格，她的妖气她的欲望她的爱情，的确构成新的看点甚至卖点。但难道也像广告上说的，年逾古稀的王蒙也要搞什么"身体写作"了吗？我觉得，《青狐》写了欲望，但这一欲望是一种象征，身体欲望与政治欲望是互为镜鉴的。在这一作品中，王蒙写了以写作为生的一群"特殊"群体，这一特殊群体在历史转型时期的特殊表演。老白部长与小白部长的"亲戚"关系，使我们看到历史政治的某种内在连续性。杨巨艇的咋咋呼呼与实际的"性无能"之间是否也有某种隐喻关联呢？卢倩姑——青姑——青狐的变形之间，钱文与王模楷这一对"真假宝玉"之间，是否也隐含着王蒙对知识分子自我分裂的切肤体验呢？在新的历史转型时期，纪实与虚构难道真的可以合二为一吗？在本书的封面与封底上的那些花花绿绿的小字，渗透着诸如女人身体、欲望的商业广告话语，[①] 使我们再次感受到我们这个时代的巨大反讽力量。

由以上分析可知，前瞻与怀旧的矛盾，理智与情感的矛盾，纪实

---

① 王蒙的长篇小说《青狐》，人民文学出版社出版于2004年1月。在该作的封面和封底都印有花花绿绿的小字样。封面上的文字是：

"女人的身体挺拔完美，铺陈了美丽的波动，像一个明媚的发光体悬浮在水面上。这是一幅照片，这是一个女人与整个宇宙的面对、默契、无言的承受、照耀与抚慰。这个女人就是一部交响，就是我的长篇小说新作的最新乐章。

你几乎可以看到她身体上的绒毛的反光，你几乎感受到了仰卧在水上的女人的身上的芳香。是一片天籁、一片真诚、一片月光、一片汪洋、一片女人的袒露，是毫无保留的赤诚，期待、美丽、光明、静谧、率真和向往。

对不起，亲切的幻影，朦胧的镜花水月，深山断崖下的玉面狐狸，大耳赤狐，你炽热疯狂与寂寞孤独的灵魂永生，你永远才高八斗，心如孩提。对于你的一切缺点弱点的渲染，其实都在于给出一个可信的理由。"

封底的文字是：

"一个躺在小码头上的女人，背景是一片汪洋。码头是一条条细木片钉成的矩形'台面'，如一个木桌直立在水面上。女人笔直地平躺在木桌上面，小腿和双臂都超出了码头的宽度，这样，腿特别是双臂都自然向下倾斜，身体略呈弧形，弧心在下方。一条腿收拢拱起，如一座小丘，它的棕黑色的阴影遮盖了女人的小腹，另一条腿完全伸展在水面上。而两只臂膀自然地垂向后下方。她的四肢和身体都很颀长，挺拔起伏成为人体的长卷。月光照亮了洁美无瑕的女人体表面，映出了一片青白的光，与身体上照不到月光的棕黑部分、身体下面码头上映出的深黑的完整的人体阴影以及成为浩瀚的背景的天共水的漆黑空洞成为对比，使女人身上的月光更加纯洁明丽清凉。而背景的漆黑如给女人披上拖上拉长了抻大了的夜礼服，如一件硕大无朋的弥漫的百褶裙打散开来，黑夜与水把女人装饰得更加动人，仪态万方。万物万有，五行四大，纯粹为整合为一个女人和她的黑亮的世界，或者是一个无垠的世界与它的皎洁的女人。

"本书的笔触难于避免对于穿透力的炫耀，还有对于言语的犀利与尖刻的卖弄，还有假设的隐私（这是一个'卖点'），还有男性小说家赖以吸引读者看下去的看家本领，独树一帜的冷面杀手般的骄傲自负。"

这些半遮半掩的"挑逗性"的描写，作用于一部本来严肃的作品，实在是我们时代的巨大反讽。这也是一种有意味的时代文化现象，值得认真思考。

与虚构的矛盾，都可以归结为传统性与现代性的矛盾，时代的这一矛盾聚焦扭结在王蒙身上，使他成为言说时代矛盾体验的代表之一。我在此所说的王蒙成为言说时代矛盾体验的代表之一，意味着除了王蒙之外，还有一批这样的作家在共同言说着时代的矛盾。这样的作家的名字我们可以举出一串：张炜、张承志、贾平凹、路遥、陈忠实、刘震云等等。因此，传统性与现代性的矛盾，是这些作家共同面对的文化处境。在二十世纪八十年代初，这些作家基本上是批判传统性而心仪现代性的，然而到了二十世纪九十年代，他们都像那个"好龙的叶公"一样，无一例外地都对现代性采取回避乃至批判的态度，而对传统性却情有独钟。众所周知，传统性实质上就是以农业文明为标志的一种文化形态，而现代性则是以城市文明或商业文明为标志的一种文化形态。在二十世纪九十年代这些作家以彻底拒绝现代性从而回归传统性为基本文化价值取向，于是我们看到张炜对"野地"和"葡萄园"的迷狂，张承志对"金牧场"的执着，贾平凹对"神禾源"的追寻，陈忠实对"白鹿原"的儒家文化的颂赞，刘震云对"姥娘"和"严朱氏"的深情依恋。那么王蒙呢？ 王蒙虽然也对现代性有一个由呼唤到怀疑的过程，但王蒙与以上作家却大有不同。首先王蒙不具备农村生活的基础，他是生在北京长在北京的作家，尽管他也有被打成右派到农村劳动的经历，但王蒙骨子里是北京人，因此，王蒙的传统性更多的是革命传统。故而，王蒙所遭遇的传统性与现代性的矛盾，主要是革命传统的现代性转型的困惑，王蒙并不反对现代性，即便在长篇新作《青狐》里，王蒙怀疑批判的因素加强了，但对现代性的理解也更加深刻了。因此我不能苟同王春林对《青狐》的断语，认为王蒙在这部小说中体现了一种"反现代化的叙事"特征。[①]因为，王蒙在《青狐》

---

① 王春林：《"说出复杂性"的"反现代化叙事" —— 评王蒙长篇小说〈青狐〉》，《南方文坛》2004年第4期。

中的确"说出了复杂性"，它是老年王蒙多元文化心态的集大成之作，矛盾性包容性是这部小说的特色，而不是单一的反现代化叙事。我始终怀疑为什么文学现代性问题会成为我们当下文学研究的显学，我觉得文学现代性问题对于具体的作家而言它应该是一个共命题，共命题实际上是解决不了具体问题的。

三、新文学视野中的王蒙小说文体

以上我们所谈的时代文化矛盾对王蒙小说文体的决定作用，以及这种文体对时代文化矛盾的折射作用，这是一个问题的两面。但是，如果单就文体自身的发展看，王蒙的小说文体具有怎样的独特性呢？或者换句话说，王蒙小说文体究竟对文学的发展具有怎样的贡献或者体现了什么局限呢？对于这个问题，单就王蒙本身是说不清的，我们还必须把它纳入新文学史的宏观视野中，才有可能看清其价值和局限。为此，我们还必须从新文学的发生说起。

追忆新文学的源头自然要从"五四"的文学革命开始。"五四"文学革命是一场以反封建为旨归、以效法西方的科学民主为新的文化目标的思想启蒙运动。这样一种新文化运动选择的突破口却是文学。"五四"新文化运动的成就是多方面的，"五四"新文学的发生也是非常复杂的，我知道我在这里的描述充满危险，很有可能把复杂的问题简单化，好在我的这一描述只是从问题的一个方面入手，因而可以减轻化繁为简的粗疏的罪过。我想从文学革命的文体角度来说。我觉得"五四"文学革命的最大成就之一体现在文体革命上，可以说"五四"新文学运动是一次真正意义上的文体革命。废文言兴白话，不仅仅是个语言表达的问题，而是从根本上动摇了封建文化的始基。文言文作为文体方式，说到底是一种权力的象征。会写文言文章就意味着进入到了权力领域。废文言就是废除了这一特权，让最广大的最普通的

"引车卖浆者流"也能进入语言的权力领域，这本身就是一场解放运动。因此，从语言开刀就是从根本上开刀。从某种意义上说，"五四"启蒙运动也是一场语言革命、文体革命，只有经历了这场革命，现代意义上的文学才得以确立，现代文学才真正融入世界的现代性总体格局中成为世界现代文学的一部分。新文学运动的主将们认为，新文学的基本性质是"明了的通俗的社会文学"[1] 和"平民文学"，[2] 而他们极力反对并要破除的古代文学则是贵族的文学，山林的文学。由此可见，新文学的白话运动有两个基本指向，一是由雅到俗；另一个是由封闭的古典化到开放的欧化。这两个基本指向统一在新的汉语书面语中。正像汪晖所说的："白话文运动的所谓'口语化'针对的是古典诗词的格律和古代书面语的雕琢和陈腐，并不是真正的'口语化'。实际上现代语言运动首先是在古／今、雅／俗对比的关系中形成的，而不是在书面语与方言的关系中形成的，即白话被表述为'今语'，而文言则被表述为'古语'，今尚'俗'，古尚'雅'，因此，古今对立也显现出文化价值上的贵族与平民的不同取向。"[3] 但是这样一个俗化与西化的文学运动，当它一旦确立了自己的权威地位之后，它便开始了向新的雅化和欧化方向发展。周氏兄弟的小说和散文，冰心、朱自清、郁达夫诸君的美文，废名的唐绝句式的短篇小说等等，都把新文学的白话语言推向了一个雅化纯化诗化的新高度，它不仅在短短的时间内显示了白话文学的实绩，而且的确对汉语言文学的现代化做出了重要贡献。不过，这种文体上的雅化纯化诗化追求，实际上与古典文学的追求方向趋向一致，并且形成了一个固有的思维定式，即文学文

---

[1]　陈独秀：《文学革命论》，1917年2月《新青年》第2卷第6号。

[2]　周作人：《平民文学》，1919年1月19日《每周评论》，署名仲密。

[3]　汪晖：《地方形式、方言土语与抗日战争时期"民族形式"论争》，《汪晖自选集》，广西师范大学出版社1997年9月版，第357~358页。

体特别是语言的美学极致就是这种雅化纯化诗化。后来在新文学史上不断进行的有关文学大众化运动和"民族形式"的讨论，就是针对这种现象的一场反思运动。

　　在某种意义上说，关于文学的"民族形式"的讨论是对"五四"文学雅化欧化诗化传统的反动。这次讨论接续着二十世纪三十年代的文艺大众化运动，在二十世纪三十年代末到四十年代初由延安波及重庆、成都、昆明、桂林、晋察冀边区以及香港等地。讨论导源于毛泽东1938年10月在中共中央六届六中全会上所作的报告《中国共产党在民族战争中的地位》，在报告中毛泽东指出："洋八股必须废止，空洞抽象的调头必须少唱，教条主义必须休息，而代之于新鲜活泼的、为中国老百姓所喜闻乐见的中国作风和中国气派。"[①] 在这里，毛泽东主要是针对马克思主义与中国革命的具体实践相结合的问题发表意见的，并未直接涉及文艺问题。但从后来即1940年1月写的《新民主主义论》一文中，毛泽东直接提到民族形式与新文化的关系来看，又是包含着文艺的。毛泽东认为"中国文化应有自己的形式，这就是民族形式。民族的形式，新民主主义的内容 —— 这就是我们今天的新文化"[②]。正是在毛泽东的思想架构下，延安文艺界开始了有关"民族形式"问题的大讨论。讨论首先在向林冰与葛一虹之间展开，向文认为民族形式的源泉就是民间文艺形式，这种提法基本向"五四"新文学的正宗地位提出挑战。他的观点引来如葛一虹等人的坚决反对。讨论就围绕着民族形式的源泉问题推向各地。[③] 这次讨论虽然没有得出

① 毛泽东：《中国共产党在民族战争中的地位》，《毛泽东选集》第二卷，人民出版社1991年6月第二版，第534页。

② 毛泽东：《新民主主义论》，《毛泽东选集》第二卷，人民出版社1991年6月第二版，第707页。

③ 参看向林冰：《论民族形式的中心源泉》和葛一虹《民族形式的中心源泉是在所谓"民间形式"吗？》，《文学运动史料选》第四册，上海教育出版社1979年11月版，第425~436页。

最后结论，但文学民族形式问题已经产生重大影响，它的直接后果表现在创作上就是对文学文体形式的变革。随着毛泽东"讲话"的发表，以通俗的民间形式为"民族形式"实际上得以确立。"赵树理的文体"被确立为标杆文体，直到共和国建立以后，"赵树理文体"一直是占统治地位的文体。①"赵树理文体"的特征是通俗化、民间化、农民化，是真正实践"文艺为工农兵服务"方向的创作。

给"五四文体"和"赵树理文体"以合理的评价不是本文的重点，本文只是想描述这样一个事实："五四文体"在摧毁古典文体之后，在欧化与雅化的道路上愈走愈远，表现出严重脱离大众的精英化知识分子文化的价值取向；"赵树理文体"的确立，是中国特定时代政治功利主义在文艺上的表现形式。"赵树理文体"在某种意义上使文学艺术由雅到俗，由洋入土，实质上是由"五四"精英知识分子文化的价值取向向农民文化价值取向的坠落。这一坠落采取的是排斥知识分子文化，拒绝雅化洋化诗化的文体趋势而独尊民间形式的一次文体革命。

---

① 一般认为，从二十世纪四十年代起，直到二十世纪八十年代止（"文革"前），在中国大陆占统治地位的是"毛文体"，"毛文体"晓畅明白、干净利索、言之有物、语气坚定，对现代汉语的定型做出了重要贡献，因此也影响了几代人的说话方式。不过，"毛文体"的影响主要在政论文和日常言语中，对文艺创作的影响是潜在的。真正影响文艺创作的还是得到意识形态首肯的赵树理，围绕赵树理形成的"山药蛋派"，以及孔厥、袁静的《新儿女英雄传》，黄谷柳的《虾球传》，知侠的《铁道游击队》，冯志的《敌后武工队》，刘流的《烈火金钢》，周立波的《暴风骤雨》，丁玲的《太阳照在桑干河上》，梁斌的《红旗谱》，曲波的《林海雪原》，柳青的《创业史》，浩然的《艳阳天》等，另外还有诗歌《王贵与李香香》（李季）、《漳河水》（阮章竞）等。这些作品基本都是按照"赵树理方向"创作的，所以我认为这一阶段占统治地位的文艺文体是"赵树理文体"。但也有特例，比如在延安时期的丁玲创作的《在医院中》《我在霞村的时候》等，也并不是纯正的"赵树理文体"。另外孙犁的创作，自有优雅清新诗意澄纯的意境在，是另一路的革命文学。有人把孙犁称为革命文学中的"多余人"。参看杨联芬：《革命文学中的多余人》，《现代文学研究丛刊》1998年第4期；另见郭宝亮：《孙犁的思想矛盾及其艺术解决》，《河北师范大学学报》（社会科学版）2004年第1期。

这次革命虽然对文艺的普及做出了贡献,对于革命战争的胜利起到了鼓舞的作用,但无可讳言的是,这种把文学艺术引向民间主要是引向农民之中的努力,已经使文学艺术过分低俗化、土化,从而把文学艺术的创造之路狭窄化了。这种文体到了"文化大革命"期间,与极左的文艺思想结合产生了"三突出"文体的怪胎,从而走到了尽头,一轮新的文体革命呼之欲出了。

二十世纪八十年代改革开放的政治环境为新的文体革命提供了历史的契机。这次的文体革命是在多种进路上展开的,有的直接承接"五四文体",继续向雅化诗化方向发展;有的学习西方现代派向更加西化方向发展;但从主导方面看,王蒙应该是这次文体革命的代表。王蒙文体革命的意义就在于,他自觉或不自觉地站在一个新的历史高度,极具理性地审视"五四文体"和"赵树理文体"的优长与局限,同时他又是在本土与世界,封闭与开放,地方性与全国性这样一个现代性的框架中来思考并实践文体问题的,因而,他可以超越古/今、新/旧、土/洋、雅/俗、纯/杂等多种二元对立思维定式,抛弃那种非此即彼、非黑即白、非好即坏的独断论极端化的思维方式,代之于兼容并包、多元共存,既不崇洋又不排外、既不薄古又不贵今,从容拿来、唯我是用的方针。从王蒙的许多文论和创作谈中,我们可以看出他对"五四文体"与"赵树理文体"的基本认识:"五四文体"固然是功勋卓著,但也不必成为束缚我们的框框;"赵树理文体"固然弊端不少,但也不能全盘否定。事物都是优劣共存、长短并处,是尺有所短,寸有所长。王蒙说:"一定要百家争鸣,百花齐放。艺术上要兼收并蓄,要自由竞赛。我们整天讲'各种流派',其实至今既谈不上流派,更谈不上'各种'。'老王卖瓜,自卖自夸',也许是难免的,是可以原谅的,'只此一家,别无分号',却是要不得的。自树样板或树样板,都是蠢事。对于艺术上的探索,可以不必急于做结论。以我个人的近作来说,有吸收了某些'意识流'手法的,也有吸收了侯宝林、马季的相声手法和阿凡提故事的幽默手法的，在《风筝飘带》和《蝴蝶》中，我还有意识地吸收鲁迅的杂文手法和李商隐的象征手法。虽然，我一个人的能力有限，但我愿意把路子走宽一些，我希望我的习作在艺术手法上呈现出一种多元的景象，我不想'一条道走到黑'，不想在艺术形式上搞一元化，'定于一'。"① 这种多元整合的文学观念，一方面是王蒙洞悉了"五四文体"与"赵树理文体"的一元化、定于一的弊端，另一方面是王蒙在创作生活中的经验教训，使他越发珍惜多元、平等的探讨和自由创作的可贵局面。

综上所述，我们看到，王蒙在新文学的宏观视野中所进行的文体革命是在"五四文体"和"赵树理文体"基础上的一次多元整合，这种整合克服了"五四文体"的愈来愈雅愈来愈纯愈来愈诗化的倾向，同时也克服了"赵树理文体"愈来愈土愈来愈俗愈来愈封闭狭窄的倾向，从而使小说文体趋向于既雅且俗既土亦洋的杂体化立体化的新的风貌。这是王蒙对新文学文体的最大贡献。而实际上，杂体化或曰立体化的文体革命是一种具有很高的美学内涵的文体革命，杂体化特别是在语言上的杂语化，是巴赫金极为推崇的一种小说修辞方式。巴赫金认为："任何一部小说作为一个整体，从其中体现的语言和语言意识来看，都是一个混合体。但我们再强调一次：这里是有意而自觉为之的用艺术手法组织起来的混合体，并不是糊里糊涂的机械的语言混杂（说得确切些，不是语言各种因素的混杂）。塑造语言的艺术形象，是小说中实行有意混合的目标所在。"② 在这里巴赫金所说的虽然着重在小说语言方面，但我们完全也可以推广至小说的文体方面，而文体

①　王蒙:《对一些文学观念的探讨》,《王蒙文集》第六卷, 华艺出版社1993年12月版, 第65页。

②　巴赫金:《长篇小说话语》, 白春仁译,《巴赫金全集》第三卷, 河北教育出版社1998年版, 第154页。

的最终落脚点还是语言。因为各种体式各种手法的交融仍然是一种不同语言的交融，而"语言在自己历史存在中的每一具体时刻，都是杂样言语同在的；因为这是现今和过去之间、以往不同时代之间、今天的不同社会意识集团之间、流派组织等等之间各种社会意识相互矛盾又同时共存的体现。杂语中的这些'语言'以多种多样的方式交错结合，便形成了不同社会典型的新'语言'"①。由是观之，王蒙的文体革命或曰整合，也是历史发展的必然要求。正如我们以上所论述的，"文革"后的历史时期是社会文化各种矛盾激烈交锋的时期，转型期社会文化诸矛盾的空前复杂性决定了王蒙小说文体的多元整合的必要性，因为任何一元化、定于一的文化范式在激烈动荡的社会文化转型期都是行不通的。实际上，在二十世纪八九十年代的中国文坛，进行文体革命已经成为一种潮流，参与文体革命的作家并非王蒙一人，不仅有他同代作家，比如李国文、张贤亮、陆文夫等人，而且还有更为急进的后来者，比如像莫言、韩少功、残雪，以及马原、洪峰、格非、余华、苏童、刘震云等新潮作家，他们甚至比王蒙走得更远更彻底，他们在文体创造上取得了喜人的成绩，这也是不争的事实。不过，他们在写作上基本重复了"五四"新文学革命运动的老路，由于过分向西方学习，往往也给人曲高和寡的印象，致使一些先锋作家不得不回头调整自己的文体路数。② 这说明王蒙的这种多元整合式的杂体化文体

---

① 巴赫金：《长篇小说话语》，白春仁译，《巴赫金全集》第三卷，河北教育出版社1998年版，第71页。

② 先锋派作家是成形于二十世纪八十年代中后期的一个小说流派。主要作家有马原、洪峰、苏童、余华、格非、孙甘露等人。他们的创作以形式上的大胆实验为特征，深受加西亚·马尔克斯、博尔赫斯、罗布-格利耶等人的影响。九十年代以后，他们中的一些人不再从事创作，如马原到同济大学做了教授，格非到清华大学从事文学研究和教学工作。一些人开始调整自己的创作，如苏童和余华等，创作明显趋向平实。另外残雪也转向对卡夫卡的研究，莫言的创作也具有了回归本土文化的趋向，如《檀香刑》。

革命的进路是更为有效的方式。它代表了新的时代文体革命的方向，因而是建设性的，也是独特的。

但王蒙文体也不是无懈可击。他的文体也具有自己的局限性。这种局限性是与他的杂体性共生共存的。这种文体由于追求"杂"而显得过分铺排张扬，缺少了必要的节制和收敛，有时候在形式上过于随意，从而使内容显得单薄。不过，《青狐》的出版已经基本克服了这些倾向，《青狐》是王蒙小说文体的一个新的调整。它的故事性的回归，使可读性明显增强了。这说明，王蒙在对"杂"的追求中开始注重有意识的节制，开始由恣意的张扬铺排向有限度的内敛收拢。因为，过分的"杂"可能会影响到"杂多而统一"的美学原则，过分的张扬与铺排，也会妨碍对"混沌"或曰"浑朦"的美学效果的追求。在笔者对王蒙的访谈中，王蒙曾多次谈到他对"杂多统一"的美学原则和"混沌"的美学效果的喜爱，我觉得，《青狐》的调整在对这些美学原则的追求上，是积极的。

小　结

本章探讨王蒙小说文体形式与社会文化语境的关系。如果把文体放置在一个宏观的文化"场域"中来考察，那么，文体的意义显然与权力具有了实质的关联。文体在实质上就是一种权力关系——话语权力关系的体现。从这个意义上说，文体创新是对文坛上居统治地位的旧文体话语权力秩序的挑战，也是在挑战中确立自身话语权威合法性的一个过程。从这一角度研究王蒙小说文体创新的文化意义显然是一个重要思路。可以说，王蒙在"文革"后文坛上的领袖地位的形成，与他在二十世纪八十年代初的文体创新对以现实主义文体权力秩序的挑战并进而取得合法性地位有关。现实主义文体在中国现当代文学史上的话语霸权地位的形成和确立乃至最终走向反面，都是历史文化发展的结果。王蒙在二十世纪八十年代初对现实主义文体话语权力秩序的挑战并进一步取得合法性地位，也是历史文化发展的结果。王蒙在二十世纪八十年代初所进行的注重感觉、注重人的内心世界的文体创新，也许是王蒙天性中早已存在的艺术灵气，而新的历史时期的触发和塑形对王蒙这种艺术天性的建构起到了更为重要的作用。实际上，王蒙所挑战的话语权力，并不完全是现实主义本身，而是这种定于一尊的话语权力秩序。历史的经验教训使王蒙形成了反对一切形式的独断论、极端化，主张多元化、相对性的文化哲学思想，故而他的文体形式不断变化，不断探索，实际上也是在自我消解自身的权威地位。不过，在客观上，王蒙愈是坚持探索坚持先锋姿态，他的话语权威地位就愈巩固，在话语权力秩序中，王蒙成为新的权威，是他不经意中的产物。然而，事实上的权力地位，使王蒙在九十年代不断遭遇攻讦，这显然与王蒙的在话语权力秩序中的特殊身份有关。实质上，王蒙在八九十年代的文坛已经成为一个连接主流意识形态与民间意识形态的桥梁和界碑。王蒙在九十年代不断遭遇的两面夹击的境况，标志着王蒙以及他们这一代知识分子的尴尬处境。文体的杂糅、整合，实质上是一种政治文化上的"抹稀泥"行为。王蒙是体制内的改良派，他采用渐进的方式试图改革体制的弊端，但决不会冲破体制。王蒙又是一个思想文化上的经验主义者，但王蒙又不是培根意义上的实证的经验主义者，而是体验的经验主义者。王蒙强调体验，强调对生活的纠缠在一起的感悟。因此，他的人生经验和政治智慧，都是在生活中体验出来的。这使王蒙看起来显得世故，甚至圆滑。这也是他遭遇攻讦的主要"罪证"。王蒙注定要遭遇误解，历史注定了他与他的同代人的尴尬的过渡代命运，因为时代的文化矛盾已经宿命般地决定了他们的现实和未来。

　　时代的文化矛盾是王蒙小说文体的重要决定因素。在中国二十世纪八十年代到九十年代的这一历史时期内，时代的文化矛盾在急遽聚变，历史文化的裂痕愈来愈大，而这些矛盾的核心就是信仰的缺失。改革开放在摧毁旧的意识形态崇拜之后，并没有建立起有效的信仰体系，大行其道的反而是工具理性、实用理性。工具理性与实用理性所看重的是效益而不是意义，这种重效益而不是意义的现实，更加加大了现实与历史的鸿沟和隔膜。正是在这一背景中王蒙开始了他中断了二十多年的写作。王蒙毕生所作的努力实际上就是在不断填补历史文化断裂的鸿沟。理想与现实的矛盾是首当其冲的矛盾。其次，前瞻与怀旧的矛盾和纪实与虚构的矛盾也是时代文化矛盾在王蒙小说文体中的表现。前瞻是指王蒙的总体思想是乐观的，他在理智上对历史的前行是充满信心的，这是基于他对历史的总体体验；但在情感上王蒙是怀旧的，怀旧成为王蒙情感上的一个化不开的情结。怀旧的内容与形式体现为对历史的深深的眷恋和追忆，但王蒙在理智上又深知历史的弊端何在。由此可见，在王蒙怀旧与前瞻的矛盾中套叠着理智与情感的矛盾，而理智与情感的矛盾又是王蒙时代现代性悖论体验的产物。纪实与虚构也是王蒙写作中的一种矛盾现象。对于王蒙来说，历史是他亲身经历的历史，是活生生的生命体验。对历史的这种情感上的依恋和理智上的反思使得他不愿意虚构历史、剪裁历史。他渴望着忠实地全面地甚至是史诗性地把当时的历史还原出来，描摹出来，从而作为活的历史见证，好为后人立此存照。然而，小说的本质是虚构，小说不是历史也不是生活，小说要求给杂乱的生活以秩序，要求给无意义的事件以逻辑，实际上，任何方式的纪实都不存在，纪实是可疑的。王蒙的纪实与虚构的矛盾是我们时代文化矛盾的体现，正是这种矛盾使王蒙在文体上采用那种讲说式的叙述语式，采用那种杂糅—整合式的多种修辞策略。

我们还可以把王蒙的小说文体放置在新文学的发展的链条上来看它所具有的独特性及局限性。单就文体的发展来看，新文学史上的小说文体有两类有代表性的文体形态："五四文体"与"赵树理文体"。

"五四文体"相对于古典文体而言，是一次由古到今、由雅到俗、由中到西的文体运动，但是这样一个俗化与西化的文学运动，当它一旦确立了自己的权威地位之后，便开始了向新的雅化和欧化方向发展。中国现代文学史上的大众化与民族形式问题的讨论就是对这种倾向的纠正。解放区文学所确立的"赵树理方向"，是对"五四文体"的一次反动。"赵树理文体"的特征是通俗化、民间化和农民化。它的确立，是中国特定时代政治功利主义在文艺上的表现形式。"赵树理文体"在某种意义上使文学艺术由雅到俗，由洋入土，实质上是由"五四"精英知识分子文化的价值取向向农民文化价值取向的坠落。这一坠落采取的是排斥知识分子文化，拒绝雅化洋化诗化的文体趋势而独尊民间形式的一次文体革命。二十世纪八十年代以后，王蒙在新文学的宏观视野中所进行的文体革命是在"五四文体"和"赵树理文体"基础上的一次多元整合，这种整合克服了"五四文体"的愈来愈雅愈来愈纯愈来愈诗化的倾向，同时也克服了"赵树理文体"愈来愈土愈来愈俗愈来愈封闭狭窄的倾向，从而使小说文体趋向于既雅且俗既土亦洋的杂体化立体化的新的风貌。这是王蒙对新文学文体的最大贡献。不过，王蒙文体也具有自己的局限性。这种局限性是与他的杂体性共生共存的。这种文体由于追求"杂"而显得过分铺排张扬，缺少了必要的节制和收敛，有时候在形式上过于随意，从而使内容显得单薄。

结　语

　　以上我们分别从王蒙小说的语言、叙述、文类体式以及构成这些文体形式的语境诸方面对王蒙小说文体问题进行了粗略的勾勒。从各个方面的论述中，我们看到，王蒙在文体上形成了自己独有的特色，那就是杂体化立体化的倾向，从而创立了一种杂体小说或曰立体小说。这是王蒙对新文学的重要贡献之一。现在我们归纳一下王蒙创造杂体小说或曰立体小说的基本思路：

　　首先在小说语言的共时层面，反思疑问式句类的大量选用，体现了王蒙怀疑、协商、对话、不确定等文化精神，而这种文化精神的确立，必然与传统语言中的专制话语产生尖锐对立，王蒙对这种语言的调侃戏仿等反讽态度，就是一种解构的策略。解构是为了建构，王蒙小说语言中大量的并置、闲笔的使用，就基本完成了语言的杂糅化立体化的变化。在语言的历时层面，王蒙的小说语言经历了一个由封闭到开放的过程，在二十世纪五六十年代，王蒙小说语言是封闭的，确定的，纯粹的，到了二十世纪八九十年代，王蒙小说语言开始走向开放，出现了由纯化向杂化的发展趋向。这种趋向，使王蒙的小说呈现为一种"亚对话体"的风貌。

　　其次，王蒙小说在叙述上，改变了过去小说的叙述方式。由纯粹的显示向融显示与讲述为一炉的讲说性方向发展。这是一种"后讲述"。这种"后讲述"的叙述方式的改变是意义重大的。通过讲说性，王蒙把现实世界纳入小说文本，并通过读者的建构，与小说中虚构的世界对接起来，从而形成相互审视的二元立体世界。王蒙通过对多重视角和不定视角的运用，使世界成为多元相对的意识共同体。当然，视角是作为一种观察而存在的，而观察是主体的观察，由于任何观察都是在一定的时空体中进行的，因此，如何处理时间和空间就成为小说家特别重要的构造理念。王蒙善于将空间时间化，空间时间化是王蒙建立文本双重语法的策略，而在文化上则是一种缝缀历史断裂的方式。

再次，由于以上两点，王蒙在小说体式上形成了自己独特的、有代表性的文本体式，即自由联想体、讽喻性寓言体、拟辞赋体。这三类有代表性的小说体式，是王蒙对传统和西方各种文类体式的整合凝定而成的具有创造性的文本体式。自由联想体小说不仅吸收了西方意识流小说的手法，而且更重要的是继承了我国传统的比兴特别是兴的手法；讽喻性寓言体小说的血脉显然导源于我国古代的讽喻诗与寓言体文论，而其中的幽默、调侃又与我国民间文化有不解之缘，具体说来则是维吾尔人民的幽默智慧与北京的相声文化潜移默化的结果；拟辞赋体小说是在以上二者的进一步整合基础上形成的，它与我国古代的庄骚传统与辞赋文化紧密相联，其核心是现代反讽。这说明王蒙小说文体是有传统渊源的，但王蒙的小说文体又是一种现代性生命体验的产物，因而是一种新的创造，是继承性与创造性的统一。

第四，王蒙小说文体的语境体现在作家心态和社会文化的变幻发展上。王蒙小说文体之所以会呈现出杂体化立体化特色，是王蒙身份认同与文化心理中的巨大矛盾决定的。同时转型期时代社会文化的巨大矛盾，决定并制约着王蒙的文体形式。文体是一种话语权力，文体的变化印证着话语权力不断盛衰更迭的历史。这些东西都折射在具体的文体形式中。而从文体自身的发展史来看，王蒙文体的形成是建立在"五四文体"与"赵树理文体"的基础之上的。"五四文体"作为精英知识分子文体在完成古典文体的白话革命之后，愈来愈纯化雅化欧化；而"赵树理文体"又在对"五四文体"的去精英化之后，走上了一条农民化、俗化乃至土化、浮浅化的狭窄道路，王蒙就是纠正了"五四文体"与"赵树理文体"的双向缺陷，从而整合了他们的各自优长而形成的一种新的文体即杂体。

由此可见，杂体小说或曰立体小说，绝不是一种简单的文体形式，而是蕴含了作家丰富复杂的内心矛盾，同时也折射着转型期社会文化的深重矛盾的一种文体。这种文体在美学观念上，体现的是"杂多的统一"原则。王蒙说："杂多，这是一种开放性。"[①] 开放性就是包容，就是兼收并蓄，就是平等民主地对待一切人和事。"杂多"又是多元的，交往的，承认差异和特殊性的博大的胸怀。那么"统一"呢？"统一"在王蒙看来，"指的是一种价值选择的走向，价值判断的原则和交流互补的可能性。随风倒，见什么人说什么话，蝇营狗苟，不负责任，机会主义，都是不可取的。"[②] 可见"统一"就是在一种统一的价值原则下，把"杂多"整合为有机整体的一种状态。统一就是要有一个基本的价值原则，统一就是摒弃相对主义也不要绝对主义。所以，"杂多的统一"就是有规范的开放，是一种把握好"度"的平衡原则，中庸原则。王蒙一生喜欢大海，大海形象地体现了王蒙"杂多的统一"原则。大海的杂糅性、包容性、整合性乃至超越博大性都是无与伦比的。

如果把王蒙的小说文体放置在一个更加阔大的文化背景上即现代性的框架内来考察，我们会看到王蒙文体所面对的更加复杂的语境。现代性这一概念是一个人言言殊的概念，它来源于西方，波德莱尔就把现代性看作既是短暂的、易逝的、偶然的，又是永恒的、不变的，这充分说明现代性的矛盾性本质。卡林内斯库在《现代性的五副

---

①　王蒙：《王蒙自述：我的人生哲学》，人民文学出版社2003年1月版，第266页。

②　王蒙：《王蒙自述：我的人生哲学》，人民文学出版社2003年1月版，第267页。

面孔》中就认为，现代性是有多种面孔的一种难于界定的概念。^①保罗·德曼就认为："文学现代性毫不顾及历史或文化境况，是教育或道德准则所无法达及的，而又在任何时候让我们面临着一种无法解决的悖论。"^②英国学者齐格蒙特·鲍曼则干脆把自己的研究现代性的著作命名为《现代性与矛盾性》。由此可见现代性就是一种矛盾和悖论的存在。在这里我不打算去追根溯源，只是把现代性看作是一种体现了时间标记的引发人们新异体验的悖论性存在的框架。中国的现代性显然发源于鸦片战争时期，自鸦片战争以来，已经有一百多年的历史了。因此，王蒙的写作就是在这样一个阔大的框架内，面对着多种传统和现实的一种知识分子写作。王蒙不仅面对着自延安以来的革命文学传统，同时也面对着"五四"文学传统，古典文学传统，另外还有世界文学特别是俄罗斯和苏联文学传统。在这样多个传统中，王蒙哪个也不能抛弃；同时，二十世纪八九十年代中国的社会文化现实，又是一个共时性的历史时空，所谓共时性历史时空，就是在这个时代各种文化思潮、各种写作风格都共存共在的一种文化状态。在文艺上现实主义、现代主义、后现代主义在中国都有市场，在文化上，自由主义、保守主义、"新左派"各执己见……总而言之，在中国的这个现代性的大平台上，最原始最落后与最时髦最先进同时并在，这就是我们的现实。因此，在王蒙的内心，我们这个奇妙的时代，就是一个空间时间化的标本。在这个时代既回响着"洋务运动"时期一代知识分子的"中体西用、富国强兵"的现代化思绪，也慷慨着改良知识分子和革命知识分子的政治激情，更有"五四"新文化知识分子沉重的叹

---

① 参看马泰·卡林内斯库：《现代性的五副面孔》，顾爱斌、李瑞华译，商务印书馆，2002年版。

② 保罗·德曼：《文学史与文学现代性》，参见《解构之图》，李自修等译，中国社会科学出版社1998年2月版，第175页。

息。苏联文学的光明梦抗拒不了欧风美雨的浸染，昂扬的理想与浪漫的往昔也注定要在排闼而来的全球化与市场化的狞笑中偃旗息鼓。年青一代知识分子轻松坚定的"断裂"宣言，[①] 把历史如同废物一般地扔进垃圾堆……如果把我们的时代看作一个大文本的话，那么，这个文本就是一个杂糅、矛盾、悖反、包容的大文本。因此，处在这样一个时代的王蒙，以他的与时俱进的天性，他对现代性的体验必然是复杂丰富痛苦无奈而又多味的，表达这种体验的方式只能是杂糅包容整合，只能是杂多的统一和混沌朦胧的欲说还休。

综上所述，我们可以说，王蒙的小说文体不仅仅是文学问题，而且是观念问题、文化问题，甚至是转型期时代知识分子写作与现代性悖论的关系问题，通过对王蒙文体的研究，我们可以领略到更多的历史和时代文化的丰富信息，可以触摸到时代前行的脉搏，可以体验到现代性的痛楚与无奈的抗拒和皈依，一句话，王蒙文体就是我们这个奇妙时代的象征。

我在这里所说的王蒙文体是我们这个奇妙时代的象征，意味着王蒙仍然是时代文化的产物。时代文化铸就了王蒙的个性心理，也铸就了他的诸如多元、整合、相对、辨正的文化哲学思想以及宽容、建设的政治情怀。王蒙的这些个性心理，文化哲学思想和政治情怀又熔含在他的文体之中。因此，本文所探讨的是王蒙的这些文化哲学思想和政治情怀是怎样表达的，而不是这些文化哲学思想与政治情怀本身。探讨这些文化哲学思想和政治情怀本身则是另外的专著或专文的事情了。

行文至此，有一个问题是不容回避的，那就是如何评价王蒙的

---

① 二十世纪九十年代后期，以朱文、韩东为代表的晚生代作家们，发起了一个以"断裂"命名的调查活动，该活动公然宣称自己与八十年代以前文学文化传统的断裂。见《断裂：一份问卷和五十六份答案》，发起、整理：朱文，《北京文学》1998年第10期。

杂体（立体）小说。关于这个问题，尽管我在行文中力求做到客观化，但倾向性还是自然而然地流露出来。我觉得王蒙的杂体（立体）小说是一种创新，它提供给当代文学史的东西是一种弥足珍贵的新质。它是独特的、不可重复的。关于这一点许多人并没有看到，他们对王蒙小说的批评，显然依据的仍然是固有的审美思维定式。这一审美思维定式的潜规则就是高雅、精致、纯粹、含蓄等等，而王蒙的杂体（立体）小说恰恰打破的正是这种审美思维潜规则，它主张的恰恰是杂糅、整合、张扬、狂欢等审美规范。因此，需要改变这种固有的审美思维定式，只有从另一个全新的角度来审视王蒙文体问题，才有可能领会王蒙这种小说的新的美学特质和风范。这并不是说王蒙的杂体（立体）小说就一定比那些"纯粹"的小说（与王蒙小说相对而言）要高明，而是说王蒙的小说具有了与其他小说不同的特质，它们是应该且能够相互影响和同时并存的，只有这样才符合多元并举的时代精神。

当然，王蒙的杂体（立体）小说虽然提供了足够的新质，但并不意味着它的完美无缺，它也和"纯粹"小说一样，也是有自己的局限性的。关于这个局限性我在前面已经谈到，需要补充的是，这种杂糅整合有时也可以淹没思想的锋芒，这就是我们在阅读王蒙的时候，很难抓住他的思想脉络，他把他的思想锋芒杂糅在他的复杂的意绪中了。复杂性成为他的思想明晰性的掩体。也许"说出复杂性"正是王蒙小说的重要价值，但作为一个大作家，只是"说出复杂性"我们显然不能满足，我们希望得到的是这"复杂性"背后作家自己深刻的思想体系。诚然，多元、相对、辨正、整合、超越、宽容、建设等等思想也是自成体系的，但我仍不能满足，我仍然觉得，王蒙的小说中还应该具有那种对历史、对人生、对存在的深刻通透的领悟和震撼人心的思想力量，这种很高的要求，对于仍具有创造力、积累了足够丰富的人生经验的作家而言，是有可能达到的。

主要参考文献

一、王蒙著作

王蒙:《王蒙文集》10卷。北京:华艺出版社,1993年12月版。

王蒙:《恋爱的季节》,北京:人民文学出版社,1993年4月版。

王蒙:《失态的季节》,北京:人民文学出版社,1994年10月版。

王蒙:《蹰躇的季节》,北京:人民文学出版社,1997年10月版。

王蒙:《狂欢的季节》,北京:人民文学出版社,2000年5月版。

王蒙:《青狐》,北京:人民文学出版社,2004年1月版。

王蒙:《玫瑰春光》(中短篇小说集),北京:中国华侨出版社,2001年1月版。

王蒙:《王蒙自述:我的人生哲学》,北京:人民文学出版社,2003年1月版。

王蒙:《笑而不答 玄思小说》(小小说集),沈阳:辽宁教育出版社,2002年6月版。

王蒙:《王蒙的诗 雨点集》,北京:人民文学出版社,2001年11月版。

王蒙:《暗杀——3322》,《王蒙文存》(三),北京:人民文学出版社,2003年9月版。

王蒙:《来劲》,《王蒙文存》(十二),北京:人民文学出版社,2003年9月版。

王蒙:《王蒙谈小说》,南昌:江西高校出版社,2003年10月版。

王蒙：《接纳大千世界》，沈阳：春风文艺出版社，2003年8月版。

王蒙：《我是王蒙》，北京：团结出版社，1996年9月版。

王蒙：《绘图本王蒙旧体诗集》，上海：上海古籍出版社，2001年1月版。

王蒙、郜元宝：《王蒙郜元宝对话录》，苏州：苏州大学出版社，2003年8月版。

二、王蒙研究著作（集）

徐纪明、吴毅华编：《王蒙专集》，贵阳：贵州人民出版社，1984年2月版。

曾镇南：《王蒙论》，北京：中国社会科学出版社，1987年11月版。

夏冠洲：《用笔思考的作家——王蒙》，乌鲁木齐：新疆大学出版社，1996年3月版。

汪昊：《王蒙小说语言论》，石家庄：花山文艺出版社，1998年12月版。

于根元、刘一玲：《王蒙小说语言研究》，大连：大连出版社，1989年版。

王一川：《汉语形象美学引论》，广州：广东人民出版社，1999年9月版。

崔建飞编：《王蒙作品评论集粹》，青岛：中国海洋大学出版社，2003年9月版。

曹玉如编：《王蒙年谱》，青岛：中国海洋大学出版社，2003年9月版。

何西来主编：《名家评点王蒙名作》，青岛：中国海洋大学出版社，2003年9月版。

李扬编：《走近王蒙》，青岛：中国海洋大学出版社，2003年9月版。

方蕤：《王蒙——"放逐"新疆十六年》，北京：东方出版社，

1995年10月版。

　　方蕤:《我与王蒙》,南宁:广西教育出版社,1998年5月第1版。

　　方蕤:《我的先生王蒙》,武汉:长江文艺出版社,2004年3月版。

　　吴炫:《中国当代文学批判》,上海:学林出版社,2001年8月版。

　　丁东、孙珉选编:《世纪之交的冲撞——王蒙现象争鸣录》,北京:光明日报出版社1996年1月版。

　　贺兴安:《王蒙评传》,北京:作家出版社,2004年1月版。

三、王蒙研究重要论文

　　编者按:《关于〈组织部新来的青年人〉的讨论》,《文艺学习》1956年第12期。

　　增辉:《一篇严重歪曲现实的小说》,《文艺学习》1956年第12期。

　　王冬青:《生动地揭露了新式官僚主义的嘴脸》,《文艺学习》1956年第12期。

　　唐定国:《林震是我们的榜样》,《文艺学习》1956年第12期。

　　刘绍棠、丛维熙:《写真实——社会主义现实主义的生命核心》,《文艺学习》1957年第1期。

　　艾克思:《林震究竟向娜斯佳学了些什么》,《文艺学习》1957年第2期。

　　马寒冰:《准确地去表现我们时代的人物》,《文艺学习》1957年第2期。

　　李希凡:《评〈组织部新来的青年人〉》,《文汇报》1957年2月9日。

　　唐挚:《什么是典型环境?——与李希凡同志商榷》,《文汇报》1957年2月25日。

　　秦兆阳:《达到的和没有达到的》,《文艺学习》1957年第3期。

　　唐挚:《谈刘世吾性格及其它》,《文艺学习》1957年第3期。

　　康濯:《一篇充满矛盾的小说》,《文艺学习》1957年第3期。

周培桐、杨田村等:《"典型环境"质疑——与李希凡同志商榷》,《光明日报》1957年3月9日。

林默涵:《一篇引起争论的小说》,《人民日报》1957年3月12日。

《严肃对待作家的创作劳动——〈人民文学〉编者修改小说〈组织部新来的青年人〉有错误》,《人民日报》1957年6月7日。

"人民文学"编辑部整理:《"人民文学"编辑部对"组织部新来的青年人"原稿的修改情况》,《人民日报》1957年5月9日第7版。

敏泽:《从几篇作品谈艺术的真实性问题》,《文艺报》1957年7月12日。

姚文元:《文学上修正主义思潮和创作倾向》,《人民文学》1957年第11期。

李希凡:《所谓"干预生活""写真实"的实质是什么?》,《人民文学》1957年第11期。

刘兴辉:《王蒙的"处女作"——〈青春万岁〉》,《新文学论丛》(季刊)1979年第1期。

雷达:《"春光唱彻方无憾"——访作家王蒙》,《文艺报》1979年第4期第34页。

王杏有:《文艺应肩负起"干预生活"的使命——重读〈组织部新来的青年人〉》,《辽宁大学学报》1979年第5期。

王鸿英:《真正的青春——评〈青春万岁〉》,《人民日报》1979年7月14日。

夏耘:《布尔塞维克的敬礼——读王蒙的〈布礼〉》,《文艺报》1980年第2期。

刘思谦:《读〈青春万岁〉致王蒙》,《读书》1980年3月号。

曾镇南:《现代青年心灵的一隅——读〈风筝飘带〉》,《新文学论从》(季刊)1980年第3期。

张放:《王蒙小说中"意识流"手法的运用》,《文艺理论研究》

1980年第3期第193页。

　　曾镇南:《心灵深处唱出的歌 —— 读王蒙的小说〈夜的眼〉〈春之声〉〈海的梦〉》,《新文学论丛》(季刊)1981年第4期。

　　阎纲:《小说出现新写法 —— 谈王蒙近作》,《北京师院学报》1980年第4期第26—31页。

　　陆贵山:《谈王蒙小说创作的创新》,《北京师院学报》1980年第4期第41—44页。

　　刘思谦:《生活的波流 —— 读〈布礼〉与〈蝴蝶〉》,《新文学论丛》(季刊)1980年第4期。

　　李陀:《现实主义和"意识流" —— 从两篇小说运用的艺术手法谈起》,《十月》1980年第4期。

　　刘梦溪:《王蒙的创作和新时期文学发展的趋向》,《十月》1980年第5期第212—224页。

　　克非:《引人注目的探索 —— 评王蒙的近作兼论创作方法的多样性》,《学习与探索》1980年第6期第127—130页。

　　晓立、王蒙:《关于创作的通信》,《文学评论》1980年第6期。

　　周姬昌:《"一切景语皆情语" —— 读王蒙的短篇小说〈春之声〉》,《人民日报》1980年7月2日第5版。

　　刘心武:《他在吃蜗牛》,《北京晚报》1980年7月8日。

　　刘心武:《"复调小说"和"怪味小说"》,《北京晚报》1980年7月12日。

　　陈俊峰:《我失望了 —— 致王蒙》,《北京晚报》1980年7月17日第3版。

　　严文井:《给王蒙同志的信(附王蒙的回信)》,《北京晚报》1980年7月21日。

　　张维安:《不是失望,是大有希望!》,《北京晚报》1980年7月26日第3版。

王志宇：《曲高和寡对谁谈 —— 评王蒙的近作》，《北京晚报》1980年8月6日第3版。

方顺景：《创造新的艺术世界 —— 试论王蒙近年来的艺术探索》，《文艺报》1980年第8期第33—37页。

仲呈祥：《引人注目的探索 —— 围绕王蒙同志小说创作开展的讨论》，《文汇报》1980年8月27日第3版。

陈俊涛：《发掘人物的内心世界 —— 王蒙新作〈蝴蝶〉读后》，《文汇报》1980年8月27日第3版。

张钟：《王蒙的新探索 —— 谈〈蝴蝶〉等六篇小说手法上的特点》，《光明日报》1980年9月28日第4版。

何新：《独具匠心的佳作 —— 评王蒙〈夜的眼〉》，《读书》1980年第10期第34—38页。

任骋：《不要背离读者 —— 兼和王蒙同志商榷》，《文艺报》1980年第12期。

杨江柱：《"意识流"小说在中国的两次崛起 —— 从〈狂人日记〉到〈春之声〉》，《武汉师院学报》1981年第1期。

蓝田玉：《王蒙近作一些值得注意的问题》，《海南师专学报》1981年第1期。

吴野：《文学与革新 —— 由王蒙近作讨论引起的思考》，《北京文艺》1981年第2期。

曾镇南：《有浓度和热度的幽默感 —— 谈王蒙的三篇小说近作》，《新疆文学》1981年2月号。

张炯：《一束奇异的花 —— 读〈布礼〉等小说后给王蒙的一封信》，《芒种》1981年第2期。

梁东方：《关于王蒙近作的讨论》，《光明日报》1981年5月1日。

贺光鑫整理：《关于王蒙作品的评价问题》，《文学评论》1981年第5期。

王东明：《"别忘记我们"——读〈蝴蝶〉》，《读书》1981年6月号。

添丞：《有益的探索——关于"意识流"和王蒙新作的讨论》，《作品与争鸣》1981年8月号。

何西来：《心灵的搏斗与倾吐——王蒙的创作》，《当代作家评论专号·文学评论丛刊》，第十辑，《文学评论》编辑部编，中国社会科学出版社，1981年8月第1版。

曾镇南：《两代人的青春之歌——读王蒙〈深的湖〉》，《读书》1981年第9期。

郑波光：《王蒙艺术追求初探》，《文学评论》1982年第1期第67—81页。

石萧：《忠于生活，思考生活——评王蒙近作的艺术手法》，《钟山》1982年第1期。

李幼苏：《关于王蒙创作讨论中几个问题的意见》，《当代文艺思潮》1982年第2期。

黄政枢：《浅谈几部中篇小说的结构艺术》，《钟山》1982年第2期。

刘绍棠：《我看王蒙的小说》，《文学评论》1982年第3期第60—68页。

徐怀中：《追随着时代前进的步伐——致王蒙同志信》，《文学评论》1982年第3期第63—64页。

冯骥才：《王蒙找到了自己——记与英国人的一次对话》，《文学评论》1982年第3期第65—68页。

曹布拉：《王蒙近期小说的语言风格散论》，《浙江学刊》1982年第4期第79—84页。

皇甫积庆：《浅谈王蒙小说的艺术开拓——兼与郑波光同志商榷》，《青海社会科学》1982年第6期。

章子仲：《〈相见时难〉的开拓——读王蒙作品札记之二》，《武汉师范学院学报》1982年第6期。

冯骥才：《话说王蒙》，《文汇月刊》1982年第7期第44—49页。

程德培：《扎根在现实的土壤上——读小说〈相见时难〉》，《文汇报》1982年9月24日。

高行健：《读王蒙的〈杂色〉》，《读书》1982年第10期第36—41页。

何西来：《探寻者的心踪——王蒙近年来的创作》，《钟山》1983年第1期第63—64页。

林兴宅：《试论〈风筝飘带〉的美学特征》，《厦门大学学报》1983年第1期第78—84页。

［美］菲尔·威廉斯：《一只有光明尾巴的现实主义的"蝴蝶"——评王蒙的中篇〈蝴蝶〉》，《当代文艺心潮》1983年第1期第37页。（刘嘉珍译）

陈孝英：《论王蒙小说的幽默风格》，《文学评论》1983年第2期。

畅广元：《广泛的真实性原则——论王蒙的艺术追求》，《陕西师大学报》1983年第2期。

腾云：《继承·借鉴·民族化——从王蒙的近作谈起》，《十月》1983年第2期。

吴亮：《王蒙小说思想漫评》，《文艺理论研究》1983年第2期。

金宏达：《王蒙创新试验的性质和方法问题》，《芙蓉》1983年第4期。

曾镇南：《也谈〈杂色〉》，《作品与争鸣》1983年第3期。

陈孝英：《突破创新与风格、流浪，子云的多样化——从王蒙对意识技巧的借鉴谈起》，《延河》1983年第8期。

陈孝英：《访王蒙——幽默，象征，杂色两套神经》，《延河》1984第1期。

陈孝英、李晶：《"经""纬"交错的小说新结构》，《当代作家评论》1984年第1期。

徐俊西：《社会主义文学的道路上不断求索——论王蒙小说的创

作思想和艺术特征》,《当代作家评论》1984年第2期。

[俄]谢·阿·托罗普采夫:《王蒙对文学创作的探究》,《钟山》1984年第5期第221—224页。

陈孝英、李晶:《在广阔的现实主义道路上 —— 读王蒙1983年小说散记》,《当代作家评论》1984年第5期第26—31页。

郑波光:《王蒙中篇小说〈杂色〉的象征》,《当代文坛》1984年第10期第27—30页。

周政保:《他以自己的方式写着严肃的人生 —— 读王蒙的系列小说〈在伊犁〉》,《文艺报》1984年第12期14—17页。

石天河:《〈蝴蝶〉与东方意识流》,《当代文艺思潮》1985年第1期第4—10页。

[苏]谢·阿·托罗普采夫:《王蒙:创作探索和收获》,《当代文艺思潮》1985年第1期第16—20页。(理然译)

曾润福:《试析王蒙小说中杂文手法的运用》,《当代文坛》1985年第7期第56—58页。

谢泳:《作家的眼泪 —— 读王蒙的小说〈冬天的话题〉》,《文学报》1985年11月28日第3版。

武庆云:《王蒙的〈买买提处长逸事〉和美国黑色幽默》,《郑州大学学报》1986年第1期第17—24页。

于根元:《王蒙小说设计的套话》,《语文研究》1986年第2期第36—42页。

刘云泉:《语体的新手段:王蒙意识流小说的语言特色》,《杭州大学学报》1986年第2期第81—88页。

成理:《王蒙研究述评》,《当代文艺探索》1986年第3期第21—26页。

吴方:《在"杂色"后面 —— 对王蒙小说局限性的思考》,《文艺争鸣》1986年第5期第50—54页。

曾镇南:《历史的报应与人的悲剧——谈〈活动变人形〉及其他》,《当代》1986年第4期第259—268页。

谢欣:《悲剧的性质,悲剧的人生——读王蒙长篇近作〈活动变人形〉》,《小说评论》1986年第5期34—39页。

曾镇南:《谈王蒙幽默风格的现实思想基础》,《江淮论坛》1986年第5期第55—62页。

曾镇南:《以幽默的方式掌握现实》,《当代文坛》1986年第5期第32—36页。

刘再复:《挚爱到冷峻的精神审判——评王蒙的〈活动变人形〉》,《文艺报》1986年7月26日第2版。

雷达:《天道有常,精进不已:读〈名医梁有志传奇〉》,《红旗》1986年第14期。

季红真:《广阔的时空背景与多维的心理意向——读王蒙的〈活动变人形〉》,《中国文化报》1986年7月30日第3版。

郜元宝、宋炳辉:《文化的命运和人的命运——论王蒙的〈活动变人形〉及其他》,《上海文论》1987年第1期第24—27页、第37页。

曾镇南:《结构方式与生活的律动——王蒙小说片论》,《文艺理论与批评》1987年第1期第49—58页。

曾镇南:《独拔于世的散文体小说——王蒙小说总体评价之一(上)》,《当代文艺探索》1987年第2期第33—38页。

宋炳辉:《宽容背后的激情:王蒙小说创作的自我超越》,《当代作家评论》1987年第2期第4—9页。

周保政:《关于"杂色"的杂谈》,《当代作家评论》1987年第2期第31—37页。

林焱:《知识分子灵魂的审视——评〈活动变人形〉》,《当代作家评论》1987年第2期第24—30页。

[苏]谢·阿·托罗普采夫著 王燎译:《王蒙小说中"未自我实

现的冲突"》,《当代文艺探索》1987年第3期58—60页、第27页。

曾镇南:《王蒙对五十年代爱情生活的探索和反思》,《江淮论坛》1987年第3期第44—54页。

曾镇南:《惶惑的精灵 —— 王蒙小说片论》,《文学评论》1987年第3期第54—64页。

曾镇南:《独拔于世的散文小说 —— 王蒙小说总体评价之二(下)》,《当代文艺探索》1987年第3期第52—57页。

李春林:《王蒙与意识流文学东方化》,《天津社会科学》1987年第6期第71—77页、第39页。

张玉君:《读〈来劲〉的印象和思考》,《作品与争鸣》1987年第10期第8—9页。

苏志松:《我读〈来劲〉不来劲》,《作品与争鸣》1987年第10期第9页。

谭庭浩:《王蒙:一种风格,一种局限》,《中山大学学报》1988年第1期第99—108页。

吴秉杰:《"来劲"与"不来劲"随你 —— 读王蒙的〈来劲〉》,《文学自由谈》1988年第1期第85—89页。

宋耀良:《现代孔乙己与批评精神 —— 评王蒙〈活动变人形〉》,《文学评论》1988年第2期第67—73页。

孟悦:《语言缝隙造就的"叙事"——〈致爱丽丝〉〈来劲〉试析》,《当代作家评论》1988年第2期第84—90页。

甄春莲:《王蒙小说语言漫议》,《文学评论家》1988年第2期第59—61页。

王宗法:《王蒙的"来劲"并不来劲》,《百家》1988年第2期第21—23页。

叶橹:《倪吾诚论》,《广西师院学报》1988年第2期第46—53页。

刘一玲:《不断探索的历程 —— 王蒙小说语言的历时发展》,《修辞学习》1988年第3期第24—26页。

于根元:《他有待于写出更加成熟的作品 —— 王蒙小说语言的不足之处》,《修辞学习》1988年第3期第41—43页。

[苏]谢·阿·托罗普采夫:《中国作家对苏维埃国家的印象:评王蒙〈访苏心潮〉》,王燎译,《当代作家评论》1988年第3期第85—87页。

李书磊:《在〈海的梦〉的"达观"背后》,《文学自由谈》1988年第3期第134—138页。

孟悦:《读〈庭院深深〉》,《文学自由谈》1988年第4期第101—106页。

周健民:《王蒙近期小说的句式特点》,《武汉教育学院学报》1988年第4期第54—62页。

郜元宝:《特殊的读者意识与文体风格 —— 王蒙小说别一解》,《小说评论》1988年第6期第82—87页。

席扬:《王蒙:面对十年之后的沉思》,《江汉论坛》1988年第9期第48—52页。

吴炫:《作为文化现象的王蒙》,《当代作家评论》1989年第2期第28—37页。

月斧:《悖反的效应:王蒙小说魔术》,《当代作家评论》1989年第2期第21—27页。

郜元宝:《〈来劲〉与关于〈来劲〉的非议》,《文艺争鸣》1989年第2期第72—73页。

徐其超:《辩证综合:王蒙小说创新模式》,《社会科学研究》1989年第3期第110—115页。

毕光明:《人生现实与文学现实:王蒙审美意识的张力场》,《当代文坛》1989年第3期第2—5页。

张钟:《王蒙现象探讨》,《文学自由谈》1989年第4期第90—97页。

王鹰飞:《王蒙小说模式谈》,《文学自由谈》1990年第4期第

45—49页、第73页。

张来民:《〈来劲〉之谜破译》,《河南大学学报》1990年第5期第67—69页。

陈本俊:《论王蒙小说对相声手法的运用》,《中国文学研究》1991年第3期第88—95页。

山人:《〈坚硬的稀粥〉是一篇什么作品?》,《文艺理论与批评》1991年第6期第140—142页。

慎平:《读者来信》,《文艺报》1991年9月14日。

淳于水:《为什么"稀粥"还会"坚硬"呢?》,《中流》1991年第10期。

本报记者:《〈坚硬的稀粥〉起波澜 —— 王蒙上诉北京中院》,《文汇读书周报》1991年10月19日。

潘凯雄:《出现在"恋爱的季节"中的……》,《当代作家评论》1993年第2期第7—12页。

吴辛丑:《奇妙的"堆砌" —— 谈王蒙作品中的繁复现象》,《语文月刊》1993年第4期第6—7页。

王彬彬:《过于聪明的中国作家》,《文艺争鸣》1994年第6期。

郜元宝:《戏弄与谋杀:追忆乌托邦的一种语言策略 —— 诡说王蒙》,《作家》1994年第2期。

陈思和:《关于乌托邦语言的一点感想 —— 致郜元宝,谈王蒙小说的特色》,《文艺争鸣》1994年第2期第43—53页。

王干:《寓言之翁与状态之流 —— 王蒙近作走向谈片》,《文艺争鸣》1994年第2期第54—62页。

王干:《重写的可能与意义:关于王蒙的〈恋爱的季节〉》,《小说评论》1994年第3期第31—35页。

王春林:《话语、历史与意识形态 —— 评王蒙长篇小说〈失态的季节〉》,《小说评论》1994年第6期第18—24页。

王培元:《以新的方式"和自己的过去诀别"——王蒙〈失态的季节〉的喜剧类型和语言》,《文艺争鸣》1995年第2期第61—69页。

高增德、谢泳:《话说王蒙——谈当代知识分子的精神纯洁性》,《东方》1995年第3期第46—48页。

陶东风:《从"王蒙现象"谈到文化价值的建构》,《文艺争鸣》1995年第3期第4—11页。

郜元宝:《阅读与想象:致陈思和,再谈王蒙小说的语言与抒情》,《小说评论》1995年第4期第57—62页。

南帆:《反讽:结构与语境——王蒙、王朔小说的反讽修辞》,《小说评论》1995年第5期第77—85页。

王培元:《"一个人远游":王蒙小说的一个模式》,《当代作家评论》1995年第6期第25—29页。

一老者:《王蒙为什么躲避崇高》,《作品与争鸣》1996年第2期第74、76页。

王一川:《王蒙、张炜们的文体革命》,《文学自由谈》1996年第3期第57—62页。

王毅:《语言操作的快感:对王蒙的〈暗杀〉所作的语言分析》,《当代文坛》1996年第5期第18—21页。

何西来等:《多元与兼容》,《文艺争鸣》1996年第6期第59—65页。

谢冕、洪子诚等:《重读〈组织部来了个年轻人〉》,《海南师院学报》1997年第3期第18—27页、第33页。

童庆炳:《隐喻与王蒙的杂色》,《文学自由谈》1997年第5期第138—142页。

李广仓:《焦虑与游戏:王蒙创作心理阐释》,《钟山》1997年第5期第196—208页。

孙郁:《王蒙:从纯粹到杂色》,《当代作家评论》1997年第6期第11—18页。

董之林:《论青春体小说——50年代艺术类型之一》,《文学评论》1998年第2期第27—38页。

李广仓:《迷失与逃亡——对王蒙"季节系列"人物的一种解读》,《北京社会科学》1998年第2期第141—146页。

曹书文、吴澧波:《怀旧情结与王蒙的小说创作》,《当代文坛》1998年第2期第19—23页。

王春林:《政治、人性与苦难记忆——王蒙"季节"系列的写作意义》,《小说评论》1999年第3期第55—60页。

王启凡:《王蒙小说的文化色彩》,《锦州师范学院学报》2000年第1期第62—64页。

吴广晶:《王蒙小说:生活与叙事的纠缠》,《首都师范大学学报》2000年第5期第82—93页。

王春林:《政治与王蒙小说》,《当代作家评论》2000年第6期80—86页。

江湖、阎琳:《王蒙:漫步在"季节"的长河》,《文艺报》2000年6月20日第1版。

陶东风:《论王蒙的"狂欢体"写作》,《文学报》2000年8月3日第3版。

林贤治:《五十年:散文与自由的一种观察》,《书屋》2000年第3期。

张志忠:《追忆逝水年华——王蒙"季节"系列小说论》,《文学评论》2001年第2期第16—23页。

童庆炳:《历史纬度与语言纬度的双重胜利》,《文艺研究》2001第4期。

南帆:《革命、浪漫与凡俗》,《文学评论》2002年第2期。

郜元宝:《"说话的精神"及其他——略说"季节系列"》,《当代作家评论》2003年第5期第21—30页。

童庆炳:《作为中国当代小说艺术的"探险家"的王蒙》,中国海洋大学学报（社会科学版）2003年第6期。

王春林：《"说出复杂性"的"反现代化叙事"——评王蒙的长篇小说〈青狐〉》，《南方文坛》2004年第4期。

四、相关理论著作（国内）

童庆炳：《文体与文体的创造》，昆明：云南人民出版社，1994年5月版。

童庆炳：《文学活动的审美纬度》，北京：高等教育出版社，2001年3月版。

童庆炳、谢世涯、郭淑云：《现代学术视野中的中华古代文论》，北京：北京出版社2002年5月版。

童庆炳等：《文学艺术与社会心理》，北京：高等教育出版社，1997年7月版。

申丹：《叙述学与小说文体学研究》，北京：北京大学出版社，2001年5月第二版。

赵毅衡：《当说者被说的时候——比较叙述学导论》，北京：中国人民大学出版社，1998年10月版。

陶东风：《文体演变及其文化意味》，昆明：云南人民出版社，1994年5月版。

陶东风：《社会转型与当代知识分子》，上海：上海三联书店，1999年9月版。

陶东风：《文化研究：西方与中国》，北京：北京师范大学出版社，2002年3月版。

罗钢：《叙事学导论》，昆明：云南人民出版社，1994年5月版。

王一川：《审美体验论》，天津：百花文艺出版社1999年版。

王一川：《修辞论美学》，长春：东北师范大学出版社，1997年5月版。

王一川:《中国现代性体验的发生》,北京:北京师范大学出版社,2001年10月版。

程正民:《巴赫金的文化诗学》,北京:北京师范大学出版社,2001年10月版。

李春青:《宋学与宋代文学观念》,北京:北京师范大学出版社,2001年10月版。

李春青:《乌托邦与诗——中国古代士人文化与文学价值观》,北京:北京师范大学出版社,1995年10月版。

唐跃、谭学纯:《小说语言美学》,合肥:安徽教育出版社,1995年1月版。

汪晖:《反抗绝望》,石家庄:河北教育出版社,2000年1月版。

汪晖:《汪晖自选集》,桂林:广西师范大学出版社1997年9月版。

王岳川:《二十世纪西方哲性诗学》,北京:北京大学出版社,1999年1月版。

张世英:《天人之际——中西哲学的困惑与选择》,北京:人民出版社,1995年5月版。

刘小枫:《现代性社会理论绪论》,上海:上海三联书店,1998年1月版。

温儒敏:《新文学现实主义的流变》,北京:北京大学出版社,1988年6月版。

谭楚良:《中国现代派文学史论》,上海:学林出版社,1996年8月版。

张德祥:《现实主义当代流变史》,北京:社会科学文献出版社,1997年12月版。

余英时:《中国知识分子论》,郑州:河南人民出版社1997年4月版。

李泽厚:《中国古代思想史论》,合肥:安徽文艺出版社1994年1月第1版。

李泽厚：《中国近代思想史论》，合肥：安徽文艺出版社，1994年1月版。

李泽厚：《中国现代思想史论》，合肥：安徽文艺出版社，1994年1月版。

王晓明编：《人文精神寻思录》，上海：文汇出版社，1996年6月版。

董小英：《再登巴比伦塔——巴赫金与对话理论》，北京：三联书店，1994年10月版。

徐友渔、周国平、陈嘉映、尚平：《语言与哲学——当代英美与德法传统比较研究》，北京：三联书店，1996年4月版。

盛宁：《人文困惑与反思——西方后现代主义思潮批判》，北京：三联书店，1997年6月版。

柳鸣九主编：《意识流》，北京：中国社会科学出版社，1989年12月版。

张岱年、方克立主编：《中国文化概论》，北京：北京师范大学出版社，1994年5月版。

祝勇编：《知识分子应该干什么》，北京：时事出版社，1999年1月版。

杨义：《中国叙事学》，北京：人民出版社，1997年12月版。

范文澜：《文心雕龙注》（上、下），北京：人民文学出版社，1958年9月第1版。

马积高：《历代辞赋研究史料概述》，北京：中华书局，2001年4月版。

赵沛霖：《兴的源起——历史积淀与诗歌艺术》，北京：中国社会科学出版社，1987年11月版。

张少康、卢永璘编选：《先秦两汉文论选》，北京：人民文学出版社，1996年版。

周祖譔编选:《隋唐五代文论选》,北京:人民文学出版社,1990年版。

闻一多:《闻一多全集》,北京:三联书店,1982年版。

毛泽东:《毛泽东选集》1~4卷,北京:人民出版社,1991年第二版。

周扬:《周扬文集》第2卷,北京:人民文学出版社,1985年版。

五、相关理论著作(汉译著作)

[苏]巴赫金:《巴赫金全集》1~6卷,钱中文主编,石家庄:河北教育出版社,1998年6月版。

[美]卡特琳娜·克拉克、迈克尔·霍奎斯特:《米哈伊尔·巴赫金》,语冰译,北京:中国人民大学出版社,2000年2月版。

[美]J. 希利斯·米勒:《解读叙事》,申丹译,北京:北京大学出版社,2002年5月版。

[英]马克·柯里:《后现代叙事理论》,宁一中译,北京:北京大学出版社,2003年8月版。

[美]詹姆斯·费伦:《作为修辞的叙事:技巧、读者、伦理、意识形态》,陈永国译,北京:北京大学出版社,2002年5月版。

[美]戴维·赫尔曼主编:《新叙事学》,马海良译,北京:北京大学出版社,2002年5月版。

[美]苏珊·S. 兰瑟:《虚构的权威:女性作家与叙述声音》,黄必康译,北京:北京大学出版社,2002年5月版。

[美]W. C. 布斯:《小说修辞学》,华明、胡晓苏、周宪译,北京:北京大学出版社,1987年10月版。

[美]华莱士·马丁:《当代叙事学》,伍晓明译,北京:北京大学出版社,1990年2月版。

[荷]米克·巴尔:《叙述学:叙事理论导论》(第二版),谭君强译,北京:中国社会科学出版社,2003年4月第2版。

［法］罗兰·巴特:《S/Z》,屠友祥译,上海:上海人民出版社,2000年10月版。

［法］保尔·利科:《虚构叙事中时间的塑形》,王文融译,北京:三联书店,2003年4月版。

［美］埃里克·H. 埃里克森:《同一性:青少年与危机》,孙名之译,杭州:浙江教育出版社,1998年12月版。

［法］贝尔纳·瓦莱特:《小说——文学分析的现代方法与技巧》,陈艳译,天津:天津人民出版社,2003年1月版。

［法］托多罗夫:《巴赫金、对话理论及其他》,蒋子华、张萍译,天津:百花文艺出版社,2001年1月版。

［法］罗兰·巴特等著,张寅德编选:《叙事学研究》,北京:中国社会科学出版社,1989年5月版。

赵毅衡编选:《新批评文集》,天津:百花文艺出版社,2001年1月版。

［法］热拉尔·热奈特:《叙事话语 新叙事话语》,王文融译,北京:中国社会科学出版社,1990年11月版。

［德］海德格尔:《存在与时间》,(修订译本),陈嘉映、王庆节合译,北京:三联书店1999年12月第二版。

［美］约瑟夫·科克尔曼斯:《海德格尔的〈存在与时间〉》,陈小文、李超杰、刘宗坤译,北京:商务印书馆,1996年12月版。

［德］海德格尔:《海德格尔选集》(上、下),孙周兴选编,上海:上海三联书店,1996年12月版。

［奥］弗洛伊德:《释梦》,孙名之译,北京:商务印书馆1996年版。

［奥］弗洛伊德:《精神分析引论》,高觉敷译,北京:商务印书馆1984年版。

［奥］弗洛伊德:《弗洛伊德后期著作选》,林尘、张唤民、陈伟奇译,上海:上海译文出版社1986年6月版。

［美］道格拉斯·凯尔纳、［美］斯蒂文·贝斯特:《后现代理论——批判性的质疑》，张志斌译，北京:中央编译出版社，1999年2月版。

［斯洛文尼亚］斯拉沃热·齐泽克:《意识形态的崇高客体》，季广茂译，北京:中央编译出版社2002年1月版。

［美］保罗·德曼:《解构之图》，李自修等译，北京:中国社会科学出版社，1998年2月版。

［美］丹尼斯·朗:《权力论》，陆震纶、郑明哲译，北京:中国社会科学出版社，2001年1月版。

［美］卡尔博格斯:《知识分子与现代性的危机》，李俊、蔡海榕译，南京:江苏人民出版社，2002年1月版。

［法］米歇尔·福柯:《规训与惩罚》，刘北成、杨远婴译，北京:三联书店，1999年5月版。

［法］米歇尔·福柯:《知识考古学》，北京:三联书店，1998年6月版。

［英］D. C. 米克:《论反讽》，周发祥译，北京:昆仑出版社，1992年2月版。

［美］韦勒克、［美］沃伦:《文学理论》，北京:三联书店，1984年11月版。

［法］保尔·利科:《虚构叙事中时间的塑形》，王文融译，北京:三联书店，2003年4月版。

［美］汉弗莱:《现代小说中的意识流》，刘坤尊译，桂林:广西师范大学出版社，1992年版。

［德］彼得·比格尔:《先锋派理论》，高建平译，北京:商务印书馆，2002年7月版。

［美］浦安迪:《中国叙事学》，北京:北京大学出版社，1996年3月版。

［美］丹尼尔·贝尔：《资本主义文化矛盾》，赵一凡等译，北京：三联书店，1989年5月版。

［美］戴维·哈维：《后现代的状况——对文化变迁之缘起的探讨》，阎嘉译，北京：商务印书馆，2003年版。

［美］马泰·卡林内斯库：《现代性的五副面孔》，顾爱彬、李瑞华译，北京：商务印书馆，2002年版。

［英］齐格蒙特·鲍曼：《现代性与矛盾性》，邵迎生译，北京：商务印书馆，2003年版。

［美］海登·怀特：《后现代历史叙事学》，陈永国、张万娟译，北京：中国社会科学出版社，2003年6月版。

［法］伊夫·瓦岱：《文学与现代性》，田庆生译，北京：北京大学出版社，2001年版。

［美］爱德华·W.萨义德：《知识分子论》，单德兴译，北京：三联书店，2002年4月版。

［英］安东尼·吉登斯：《现代性与自我认同》，赵旭东等译，北京：三联书店，1998年5月版。

［法］皮埃尔·布迪厄，［美］华康德：《实践与反思——反思社会学导论》，李猛、李康译，北京：中央编译出版社，1998年2月版。

附　录

无处告别

—— 评王蒙中篇小说《秋之雾》

写下这个题目，我不禁有些犯嘀咕，这样一个沉重的题目是否适合历来被认为乐观的王蒙？然而，当我再一次读完小说《秋之雾》时，这个题目还是如此明晰地认证了我初次的感觉。小说里透露出老年王蒙难以掩饰的悲凉和孤寂、茫然与困惑。这种心境正是老年王蒙小说中的基本情调。

中篇小说《秋之雾》(载《收获》2005年第2期)在艺术上仍然承续着王蒙先前小说的基本血脉，"在路上"的基本结构方式，"空间时间化"等等都是王蒙小说惯常习见的。作品写了八十二岁的工程院院士、医学专家叶夏莽在去国养老之前，决意回故乡去听一听久违的故乡小调桃花调，最终做了一次人生的最后告别的故事。这样一个简单的故事，在内蕴上却体现了王蒙的重大转折，王蒙终于结束了那种青春乐观的光明叙事以及中年的达观理性的辨正叙写，开始进入老年的怀旧———虽达观但却不免苍凉，虽明了但又不免茫然，虽超脱但又不免困惑的矛盾叙事阶段。八十多岁的老院士成为王蒙这种矛盾叙事的载体，面对着即将与生命的最后告别，叶院士在精神上再一次遭遇了无家可归的尴尬处境。背井离乡、远渡重洋，到海外去投奔根本不理解自己的女儿，这样的一种选择是无奈的，也是痛苦的，于是才有了这去国离乡前的故乡之行。然而更可悲的却是叶院士根本弄不清自己的祖籍，他权且拿桃花镇做了自己的祖籍，他对故乡的记忆依稀只是那种在他还是叶小毛时代的悲悲切切、咿咿呀呀、缠缠绵绵、如泣如诉的桃花调，桃花调萦绕在他的心中，成为他最隐秘的美的极致。这种细腻如脂、悱恻如薰的情调氤氲着生命的轻柔与人性的普照，由此桃花调获得一种象征，一种美的理想的象征。它以古老的、民间的曲调的方式植根在遥远且缥缈的时空中，他随时呼唤着叶夏莽西去的魂灵，呼唤着那颗曾经粗粝的心。随着那指引，叶夏莽回到了故乡，然而这桃花调还是叶小毛时代的桃花调吗？它分明成为旅游产业的一部分，实际上并没有多少人真正理解它欣赏它，它所面对的只是一份猎奇，一份虚假的好古，正如小说里说的："桃花调是一种艺术，一种曲调和唱词的盛衰消长、冷落灭亡、回光返照的见证。现在的口味都变得落花流水、大江西去了。现在的口味不但不接受昆曲、南音、古琴《高山》与《流水》，而且也不接受大鼓、评弹、广东音乐《雨打芭蕉》与《小桃红》。现在最受大家喜爱的是电视小品，最喜爱的演员是赵本山、赵丽蓉、范伟和宋丹丹、高秀敏。""一日千里的今天，谁还有童年，谁还有故乡，哪里还有真正的风俗？"这显然是叶夏莽的现代性焦虑，也同样是年逾古稀的王蒙的现代性焦虑。在这一现代性焦虑中，分明昭示着王蒙对现状的不满，昭示着历史断裂的伤痛与无奈乃至忧愤！

历史的断裂是从何时开始的？也许在叶小毛成了叶夏莽之后，那时，"告别"成为令他最激动的一个词，"与贫穷愚昧告别，与专横野蛮告别，与阴谋恶毒告别，也要与一切的空虚一切的颓废一切的犹豫一切的疲乏一切的顾影自怜与百年屈辱千年历史告别。"同时他们也和他们青年时期的苏联梦告别，他的妻子碧云告别了乌克兰寥廓的原野和美丽的白杨，告别了自己的基里尔和爱情，碧云以自己的一次出走，无声地抗议了粗粝的现实。当然，那个年代的粗犷也许自有它的某种理由，但人性中的细腻、生命中的缠绵难道是可以随意摧残的吗？如果说那个年代的粗犷还有其历史的合理性的话，那么，商业化时代的断裂则来得更为彻底。它似乎不需要理由，金钱决定了一切。任何的细腻娇羞都不需要，"现在要的是辣妹猛男，要的是挺胸昂首，大劈叉，长胳膊长腿，野性、厚唇与酷。"这是一个更加粗粝的时代，一个欲望高度膨胀的时代。在这样一个时代，一切的一切都成为消费，一切的一切都成为当下，正像昆德拉所说的"缩减"，我们就生活在这样一个一切都缩减为欲望的当下。因此，面对着全球化的脚步，面对着现代性的围困，王蒙连同他的人物叶夏莽都感到了前所未有的挤压，困惑、矛盾、悲凉、孤寂成为他们共同的体验。当叶院士要与自己的城市、自己的祖国告别，与自己的童年、青年、壮年、老年时代告别的时候，那漫天的秋之雾，就成为一个关键意象，一个获得了象征意味的意象。

历史的车轮已经不可逆转，人生也只有一次，当你把自己交给了雾，交给了命，交给了路，"你已经无法摆脱，无法选择，无法懊悔，无法潇洒，无法强行，也无法再聪明一次或者执着一次。"老年的院士在新的形势下失去了方向感，迷茫如雾，困惑如梦，他只能生活在过去，只能在记忆里慰藉老迈的魂灵。然而叶院士对桃花调的痴迷只是一厢情愿，桃花调的衰落乃至彻底绝迹已成定局，叶院士最终含笑逝世，也把桃花调带进了坟墓。他的远在加拿大的女儿对桃花调的厌恶以及旁人的不理解，都昭示出过去的消逝与美好事物的永不再来，时代以自己的巨大断裂彻底斩断了通向过去的触须，我们生活在一个没有时间感的高度膨胀的空间里。叶院士以自己的最后告别，完成了一次人生的谢幕，一次无处告别的告别。由此，我们看到了王蒙对现代性的批判，老年的王蒙把自己对美的理想的寻觅放在了一个遥远的乌托邦里，桃花镇与桃花调与陶渊明的桃花源难道仅仅是一种巧合吗？

原载《河北日报》2005年10月14日

王蒙文艺美学思想散论

作为一位文学大家，王蒙在各个领域都取得了重要成就，这已是不争的事实。然而至今，我们对王蒙的研究基本只是局限在他的小说等文学创作成就上，而很少对他其他方面的成就进行研究，这显然是不合适的。这次中国海洋大学文学院与《当代作家评论》杂志社联合举办的"王蒙文艺思想学术研讨会"为我们提供了一个很好的平台，研究王蒙的文艺思想非常必要，因为王蒙在他半个多世纪的创作生涯中积累了丰富的文艺经验和理论心得，这些经验和心得饱含着王蒙许多精到的文艺美学思想，现在是到了该认真总结研究的时候了。总结和研究王蒙文艺美学思想对丰富我们共和国文学理论宝库肯定是一件绝好的事情。迄今为止，王蒙直接阐述文艺美学思想的文章基本收录在他的十卷本《王蒙文集》的第六卷、第七卷中，另外还有2003年由春风文艺出版社出版的《接纳大千世界》、1996年9月由团结出版社出版的《我是王蒙》、2003年1月由人民文学出版社出版的《王蒙自述：我的人生哲学》、2003年由江西高校出版社出版的《王蒙谈小说》等著作中也有关于文艺思想的杂谈。不过，除了这些之外，王蒙的文艺美学思想是贯穿在他整个文学创作之中的，在他的小说、散文、诗歌，特别是他的对《红楼梦》、李商隐的学术研究中，因此，本文对王蒙文艺美学思想的研究，主要就是从王蒙整体创作中归纳出来，以便就教于学界诸前辈及诸同侪。

一、杂多的统一原则

杂多的统一原则是王蒙文艺美学思想的核心。"杂多，这是一种开放性。"[1] 开放性就是包容，就是兼收并蓄，就是平等民主地对待一切人和事。"杂多"又是多元的，交往的，承认差异和特殊性的博大的胸怀。那么"统一"呢？"统一"在王蒙看来，"指的是一种价值选择的走向，价值判断的原则和交流互补的可能性。随风倒，见什么人说什么话，蝇营狗苟，不负责任，机会主义，都是不可取的。"[2] 可见"统一"就是在一种统一的价值原则下，把"杂多"整合为有机整体的一种状态。统一就是要有一个基本的价值原则，统一就是摒弃相对主义也不要绝对主义。所以，"杂多的统一"就是有规范的开放，是一种把握好"度"的平衡原则，中庸原则。王蒙一生喜欢大海，大海形象地体现了王蒙"杂多的统一"原则。大海的杂糅性、包容性、整合性乃至超越博大性都是无与伦比的。这样的美学原则贯串在王蒙对文学的本质、对文学的创作方法乃至文学文体多样性等看法上。

在对文学本质问题的看法上，王蒙主张文学多元性。在《文学三元》这篇文章中，王蒙认为"文学正像世界一样，正像人类生活一样，具有非单独的、不止一种的特质"[3]。文学首先是一种"社会现象"，"文学作品实际上往往是作家个人在一定的社会思潮、社会集团利益、社会生活的需求或社会发展变革的趋向的影响下，即在社会发展的客观规律的作用下，向广大社会公众的一个发言，一个'公报'。它是面向社会公众的诉说、报道、记载、吁请、辩解、提醒、透露、劝

---

[1] 王蒙:《王蒙自述：我的人生哲学》，人民文学出版社2003年1月版，第266页。

[2] 王蒙:《王蒙自述：我的人生哲学》，人民文学出版社2003年1月版，第267页。

[3] 王蒙:《文学三元》，《王蒙文集》第六卷，华艺出版社1993年12月版，第323页。

诚、激发、声明、宣传。"[①] "非社会性，恰恰是社会性的一种表现，正像不上色也是一种颜色，休止符也是一种标音符号，独身也是一种婚姻生活方式一样。"[②] 在此，王蒙把文学的社会性看作是一种根本的存在，而把文学的非社会性思潮也做了一个澄清。其次，文学又是一种文化现象。"与社会现象的范畴相比较，文化现象可能是一个更加广泛却也更加独特，更加稳定却也更加充满内在与外在矛盾冲突的范畴。"第三，"文学又是一种生命现象"。"文学像生命本身一样，具有着孕育、出生、饥渴、消受、蓄积、活力、生长、发挥、兴奋、抑制、欢欣、痛苦、衰老、死亡的种种因子、种种特性、种种体验。这当中最核心的、占一种支配地位的，是一种窃称之为'积极的痛苦'的东西。"[③] 何谓积极的痛苦？ 王蒙认为，是指与生命俱来的一种积极的痛苦。"生是痛苦的，死也是痛苦的，饥饿是痛苦的，爱情也常常是痛苦的，觉得自己还幼小、还不如别人是痛苦的，觉得自己付出了许多的时间许多的生命许多的代价终于成熟起来终于有所作为也是一种难言的痛苦。"[④] 这种痛苦因为是与生俱来的，因而即使到了共产主义社会，这种痛苦也将存在。

王蒙在这里把文学的本质规定为多元的，就避免了对文学单一的绝对化的界定。然而，文学这三元并不是散漫无序的，而是杂多的统一："文学的这三个棱面，统一于作为文学主体与客体的'人'身上。什么是人，是社会的人，文化的人，是有生命有生有死的人。许多情况下，对文学的这三个棱面的有所侧重、有所忽略乃至抹杀，造成了种种创作上和主张上的歧异与冲突。"[⑤] 这篇写于1987年的文章，

---

① 王蒙：《文学三元》，《王蒙文集》第六卷，华艺出版社1993年12月版，第323页。

② 同上。

③ 王蒙：《文学三元》，《王蒙文集》第六卷，华艺出版社1993年12月版，第330页。

④ 同上。

⑤ 同上，第331~332页。

显然是有感而发的，长期以来我们的文学界对文学时而强调其社会功能，时而又强调其非社会功能，时而强调文学的文化功能，时而又强调文学对自身的回归，这些强调各执一词，常常闹得不可开交。最近有关纯文学的讨论就是一例。李陀等在《上海文学》上对纯文学的反思，主要是基于对九十年代以来文学低迷现状而试图寻找缘由的努力。之后不断有人提出文学不景气的根源在于纯文学观念，或者说是文学向内转惹的祸，因此文学亟须向外转，并把《中国农民调查报告》看作真正的文学。[①] 这种忽左忽右的状况正是王蒙所担忧的。

在对文学创作方法问题上，王蒙同样主张杂多的统一。王蒙说："在艺术形式上，在小说的写法上，我正在做一些试验、探索。这些试验和探索丝毫不具有排他的性质。即使我自己，在写作《夜的眼》《春之声》的前后，还写了《悠悠寸草心》《说客盈门》。何必那么绝对，称赞、欣赏一种写法，就必定否定、排斥另一种写法呢？文艺创作上的排他，往往会成为百花齐放的一大障碍。八仙过海，各显其能，甚至一个人也可以一专多能，程咬金还有三把斧呢，一个作家多搞它几把'斧'，又有什么不好呢？"[②] 这里的"八仙过海，各显其能"就是提倡"杂多"，提倡多元并举。但多种方法的运用也不是大杂烩，而是杂多的统一，是将多种方法整合为一个有机整体的方式。之所以如此，主要体现了王蒙反对绝对化，反对独断的思想。王蒙说："百花齐放的政策是各种风格和流派的作品进行自由竞赛的政策。萝卜茄子，各有各的爱好是很自然的，因为爱吃萝卜就想方设法去贬低茄子，却大可不必。在艺术手法、艺术趣味这种性质的问题上，'党同'是可以的和难免的，'伐异'是不需要的、有害的。只要方向好、内容有可取之处，我们就应该让其八仙过海，各显其能。我们要党同好

---

① 参见李建军：《当代文学亟须向外转》，《文艺报》2004年2月26日第4版。

② 王蒙：《对一些文学观念的探讨》，《王蒙文集》第六卷，华艺出版社1993年12月版，第61页。

异，党同喜异，党同求异。没有异就没有特殊性，就没有风格，就没有流派，就没有创造了。"①

在对文学文体问题上，王蒙一直提倡文体的多样性。王蒙本人就是一个文体家。他的创作尝试过多种文体，他不仅写小说、散文，还写诗，写评论，写学术论文，而且他的小说体现出多种多样的文体风貌，对此笔者在拙著《王蒙小说文体研究》一书中，有过一定的概括，在此不赘。②

实际上，杂多统一原则不仅是王蒙的文艺美学思想，而且也是王蒙哲学思想和世界观在文艺问题中的体现。在王蒙看来，世界本身就是一种杂多的统一，没有杂多，就没有世界，同样没有统一世界也将无法存在。杂多与统一是不可分离的。讲杂多可以避免任何形式的绝对化与独断论，讲统一又同样可以避免过分的相对主义。有人认为，王蒙是一个坚定的反绝对化、独断论者，因而就想当然地认为王蒙是相对主义者，这其实也是绝对主义的思维。而实际上，王蒙既反绝对主义，同时也反对相对主义。正像我在前面说到的："统一就是要有一个基本的价值原则，统一就是摒弃相对主义也不要绝对主义。所以，杂多的统一就是有规范的开放，是一种把握好'度'的平衡原则，中庸原则。"不偏不倚、不即不离，博大包容，中规中矩，规律和谐，平等民主，原则宽容才是王蒙杂多统一的本质。

二、广泛真实性原则

广泛真实性原则也是王蒙文艺美学思想的重要组成部分。笔者

---

① 王蒙:《倾听着生活的声息》,《王蒙文集》第六卷，华艺出版社1993年12月版，第119页。

② 参看郭宝亮《王蒙小说文体研究》第三章。

在对王蒙先生的私下访谈中，他曾多次提到这一原则。广泛的真实性不同于廉价的外在真实性，它的丰富、复杂、包容是整个生活世界的全面呈现。早在1980年王蒙在谈到真实性问题时就说过："在恢复了真实地反映生活的传统以后，我们不能满足于表面的和外在的生活记录，我们需要有更多的艺术想象，更多的艺术探索，更强烈的艺术个性，更多样的艺术手法。我们要忠实于真实，我们还要敢于和善于突破那些表面的和外在的真实的硬壳，我们要更加大胆、更加巧妙地去创造一个艺术世界、精神的境界，为社会主义的创业者提供越来越多、越来越新鲜、营养丰富而美味可口的精神食粮，以提高和扩展读者的眼界、趣味、欣赏水平和情操，以感染、慰藉、净化、强化和震撼读者的灵魂，培养更多的社会主义新人。"[①] 在这里王蒙把真实性界定为外在真实性与内在的精神的真实性的总和，其中充满着对创造性的推崇，这就避免了我们过去机械地对真实性的理解。在机械反映论猖獗时期，所谓的真实只是外在的真实，这种真实观抹杀了内在精神真实性，抹杀了创造性，在看似真理的幌子下，走向了更大的不真实。因为这种真实观，实际上是对生活的一种提纯，一种蒸馏，一种取舍，一种人为的条理化、简单化。而生活本身并不是一种纯净的蒸馏水，一种有序的，条理的，充满戏剧性的必然性的组合，而是一种混沌的，广泛的，充满杂质的，芜蔓枝权的偶然性的"堆砌"。对于这样的复杂的生活，如何把它的真实性表现出来，是每一个艺术家所面临的严峻考验。其实，运用语言进行叙事的行为本质上是一种选择性行为，这种选择不可避免地要打上了意识形态的烙印。按照阿尔都塞的观点，"意识形态是个人同

---

① 王蒙:《是一个扯不清的问题吗？》,《王蒙文集》第六卷，华艺出版社1993年12月版，第60页。

他的存在的现实环境的想象性关系的再现"，[①] 这说明意识形态的想象性质。意识形态实际上是一种"梦"，它是虚幻的但又是实在的，是作为现实支撑物的幻象，"意识形态作为梦一样的建构，同样阻碍我们审视事物、现实的真实状态。我们'睁大双眼竭力观察现实的本来面目'，我们勇于抛弃意识形态景观，以努力打破意识形态梦，到头来却两手空空一无所成。作为后意识形态的、客观的、外表冷静的、摆脱了所谓意识形态偏见的主体，作为努力的实事求是的主体，我们依然是'我们意识形态梦的意识'。"[②] 齐泽克在这里所说的实际上与阿尔都塞的"意识形态像无意识一样没有历史"的观点是一致的。既然意识形态是一种想象的、虚幻的梦的建构，而它又是现实的、无所不在的存在，那么作家对世界的观察选择就是一种意识形态的观察选择，因而作家所行使的语言叙事行为就是一种话语权力。以这种话语权力对世界对生活的选择就是一种对世界对生活对象的取舍。这种取舍伴随巨大的危险，就是很有可能把原本丰富复杂的、多元并存的、客观真实的生活世界简单化、一元化、主观化。王蒙对此有着足够的警惕。他在对张洁的小说《无字》的批评中，呼吁作家要慎用话语权力："整个作品是建造在吴为的感受、怨恨与飘忽的 —— 有时候是天才的，有时候是不那么成熟的（对不起）'思考'上的。我有时候胡思乱想，如果书中另外一些人物也有写作能力，如果他们各自写一部小说呢？那将会是怎样的文本？不会是只有一个文本的。而写作者其实是拥有某种话语权力的特权一族，而对待话语权也像对待一切权力一样，是不是应该谨慎于负责于这种权力的运用？怎么样把话语权力变成一种民主的、与他人平等的、有所

---

① 阿尔都塞：《意识形态和意识形态国家机器》，李迅译，《当代电影》1987年第4期。

② 斯拉沃热·齐泽克：《意识形态的崇高客体》，季广茂译，中央编译出版社2002年1月版，第67页。

自律的权力运用而不变成一种一面之词的苦情呢？"①在这里，王蒙主张的是一种民主的、平等的、宽容的态度面对写作对象，同时也体现了他对世界的多元化理解。面对世界的复杂多元，作家的取舍无论如何都将是一种语言的暴力行径。笔者在《王蒙小说文体研究》一书对王蒙小说中大量出现的闲笔的研究中，认为王蒙正是基于这种思想才大量使用闲笔的。他的闲笔是一种努力使世界、使生活对象立体化、丰富化、多元化的尝试，是广泛真实性原则的实践。从这一意义上说，闲笔也是一种并置式语言。闲笔在叙述中所插入的任何东西都是生活的一部分，恰恰是闲笔，才使被纯化、条理化了的生活获得了毛茸茸的质感。②

　　王蒙的广泛真实性原则不仅包括外在世界的全部复杂性，实际上也包含了内部世界的复杂性、丰富性。在某些情况下，人的内部世界甚至比外部世界还要真实，还要丰富，尤其是在今天。我常常想，现实究竟是如何来的呢？或者换句话说现实究竟是如何存在的呢？现实无疑是不以我们的意志为转移而存在着，不过我们是如何感知现实的呢？一是观察，二是间接获得。今天我们对现实感的获得，主要依赖于互联网、电视、报刊等现代媒体，而这些媒体实际上又以无与伦比的霸权，生产着现实，制造着现实，从而影响、规定着我们的现实感。因此，在我们今天，内心的精神现实可能更真实。因为，内在真实是以良知的形式呈现出来，它可以剔除许多外在现实被意识形态过分遮蔽的部分，从而还原了作家对广泛真实性的穿透力、领悟力，因而从这一意义上说，王蒙对广泛真实性的提倡是具有重要意义的。

---

① 王蒙：《极限写作与无边的现实主义》，《读书》2002年第6期。
② 参看郭宝亮：《王蒙小说文体研究》，北京大学出版社2006年1月版，第44~45页。

三、混沌原则

混沌原则也是王蒙文艺美学思想的一个重要组成部分。笔者在对王蒙先生的私下访谈中，他也反复强调"混沌"二字。王蒙在对《红楼梦》的解读中，就不断提到"混沌"，认为《红楼梦》的混沌是一种"伟大的混沌"。《红楼梦》在文学性质、在题材、在思想、在结构等方面都体现出"混沌"的特点。

首先在文学性质方面，《红楼梦》既是一部写实的作品，又是一部虚构的作品；既有客观的色彩又有主观性很强的描写，甚至还有幻化的描写，所以，王蒙不无调侃地说："曹雪芹那个时候文艺理论并不发达，他也不知道现在的这么多名词儿，这主义那主义，现实主义、现代主义、表现主义、象征主义、达达主义、新潮派、新小说派，他没有受到这些分类学的分割，只是把自己对人生、对世界的感受浑然一体地表现出来，想怎么写就怎么写，想怎么表现就怎么表现，这恰恰是作者的优越处。"①

其次是题材的混沌："《红楼梦》在题材上呈现出一种整体性，是一种全景式的立体描写，尽管它写得淡，时间空间的范围不是很宽，但它写得深刻。写了好几百人，写了他们之间错综复杂的关系。……《红楼梦》从整体性上反映社会生活要丰富得多，深刻得多，复杂得多，这也造成了对它的题材认识上的众说纷纭。这也是一种混沌。"②

再次是思想的混沌："我们确实很难给《红楼梦》的思想归一个类。道家的思想？佛家的思想？存在主义？阶级斗争？民主主义或民主主义的萌芽？我们很难下一个简单明确的结论。因为这部书并

---

① 王蒙:《王蒙活说〈红楼梦〉》，作家出版社2005年6月版，第183页。
② 同上，第188页。

不着重表达一种思想、一种价值观念，它着重表达的是一种人生的经验，是一种社会生活、家庭生活、个人生活、感情生活的体验和对这样的经验和体验的种种的慨叹。"①

第四是结构上的混沌："《红楼梦》许多地方都可以独立成章，它可以被切割，这有点像黄金的性质，具有可切割性。"② "这样，《红楼梦》的人物之间就呈现出一种非常有趣的，也是模模糊糊的不清不楚的映比关系。"③ 由此可见，《红楼梦》的混沌是全方位的自然而然的混沌。王蒙在此借《红楼梦》来阐发自己对混沌美的见解，实际上也是对自己创作审美追求的一个夫子自道。

事实上，混沌美不完全是一种技巧，而主要是一种对生活的深刻体验和领悟的结果，因此混沌美的基础是"真正的写实"。所谓"真正的写实"就是一种全方位的、混沌的写实，一种无选择的"广泛的真实性"。用王蒙的话说就是一种"迷失"："我认为这是一个伟大的小说家在他的人生经验里在他的艺术世界里的迷失。因为他的经验太丰富了，他的体会太丰富，他写了那么多人，那么多事，他走失在自己的人生经验里，走失在自己的艺术世界里。他的艺术世界就像一个海一样，就像一个森林一样，谁走进去都要迷失。"④ 迷失，就是说作家没有简单地剪裁生活，选择生活，而是和盘托出、杂糅并包，就是把生活的全部丰富性和复杂性呈现出来。混沌不是糊涂，混沌是欲说还休，是一言难尽，是矛盾重重，混沌实际就是一个作家对生活无法穷尽的困惑和悖论。其实，混沌也是我们阅读王蒙小说时的感觉。从《组织部新来的青年人》到《青狐》，王蒙的丰富的人经验与生命体验

---

①　王蒙:《王蒙活说〈红楼梦〉》，作家出版社2005年6月版，第190页。

②　同上，第192页。

③　同上，第192页。

④　同上，第193页。

使他的作品充满深刻的矛盾性。理想与现实的矛盾、纪实与虚构的矛盾、前瞻与怀旧的矛盾、理智与情感的矛盾、传统性与现代性的矛盾等都集中体现于王蒙的作品中。[①]矛盾性是混沌美的内在根源，越是生活经验丰富、思想深刻的作家，就越是矛盾深重。王蒙的体验王蒙的矛盾使他的作品呈现出朦胧混沌的样态。

四、语言观

也许是作家的缘故，王蒙对语言是极其敏感的。他不仅在自己的创作中身体力行，而且在多种场合讲过语言问题。在《读书》的《欲读书结》栏目中，王蒙写过好几篇谈语词的文章，比如《东施效颦话语词》《再话语词》《符号组合与思维的开拓》，另外还有《从"话的力量"到"不争论"》，还有他在多处演讲的《语言的功能与陷阱》等，都在谈论语言的多义、独立以及语言（话语）权力问题。王蒙说："语言是人创造出来的，但是语言一旦被创造出来以后，便成为一个愈来愈独立的世界。它来自经验却又来自想象，最终变得愈来愈具有超经验的伟大与神奇了。它具有自己的规律法则，从而具有自己的反规律反法则（即变体）的丰富性、变异性、通俗性与超常性。它具有组合能力、衍生能力 —— 即繁殖能力。它被人们所使用，却最后又君临人世，能把人管得服服帖帖。"[②]在这里王蒙对语言的理解暗合了西方二十世纪语言论转向以后的索绪尔、海德格尔甚至福柯的"话语即权力"的观点。王蒙有一篇小小说，题目叫《符号》，我们不妨抄录以下：

---

① 参看郭宝亮《王蒙小说文体研究》第四章、第五章，北京大学出版社2006年1月版。
② 王蒙：《从"话的力量"到"不争论"》，丁东、孙珉选编：《世纪之交的冲撞 —— 王蒙现象争鸣录》，光明日报出版社1996年1月版，第300页。

老王的妻子说是要做香酥鸡，她查了许多烹调书籍，做了许多准备，搞得天翻地覆，最后，做出了所谓香酥鸡。老王吃了一口，几乎吐了出来，腥臭苦辣恶心，诸恶俱全。老王不好意思说不好，他知道他的妻子的性格，愈是这个时候愈是不可以讲任何批评的意见。但他又实在是觉得难于忍受，他含泪大叫道：

　　"我的上帝！真是太好吃了呀！"

　　（他实际上想说的是："真是太恶劣了呀！"）

　　"香甜脆美，举世无双！"

　　（实为："五毒七邪，猪狗不食！"）

　　"啊，你是烹调的大师，你是食文化的代表，你是心灵手巧的巨匠……"

　　（实为："你是天字第一号的笨嫂，你是白痴，你是不可救药的傻瓜！"）

　　……老王发泄得很痛快，王妻也听得很受用。老王想，轻轻地把符号颠倒一下，世间的多少争拗可以消除了啊。[①]

在这里王蒙告诉我们的是作为符号的语言的彰显与遮蔽功能。口是心非、言不尽意，说出的与遮蔽的一样多，就像穿衣是为了遮蔽身体，同时也彰显了身体一样。说出的不是重要的而沉默的才是重要的，所以阿尔图塞与马歇雷才提倡"症状阅读"。拉康提出"人是说话的主体而非表达的主体"。所有的这些理论，王蒙不都涉及了？王蒙在经验中的确已经深入到了语言的堂奥中去了。甚至已经突破了工具论的语言观，进而深入到语言的本质中去了。在《蹉跎的季节》里，王蒙对出席了文代会的钱文在会上慷慨陈词一番之后，有一大段对语言的

---

① 　王蒙：《笑而不答——玄思小说·符号》，辽宁教育出版社2002年6月版，第10页。

反思：

　　许多年以后，钱文回忆起这一段仍然深感惊异：那一天究竟发生了什么声学或者生理学现象了呢？也许这里边还有语言学的问题？当一个人说话的时候，那确实是他在说话吗？当一个人不说话的时候，他确实是不说话吗？一个人不想说话却发出了声音和一个人想说话却没有发出声音，这样的事情也是可能的吗？那一天他们这个组的作家确实说了话了吗？每个人是都在说自己的话呢，还是一个人通过大家说自己的话呢？一个人不说话的时候他确实是没有说话吗？说话必须是有规范有词汇有语法有句法就是说有主语有谓语有宾语有标点符号的吗？如果什么都没有那还能算作说话吗？他钱文究竟是从什么时候学会了说话，什么时候忘记了怎么说话的呢？动物不会说话吗？还是仅仅不会说假话？哑巴出怪声算不算说话？动物是不是也有功利主义的语言？至少是猫，它为了食物可以说出多么动听的招人怜爱的话来呀……

　　——《蹒跚的季节》(人民文学出版社1997年10月版，第272页。)

　　这难道不是王蒙的语言哲学的宣言吗？王蒙从生活中所体悟出来的对语言的深刻理解，浸润着强烈的现代意识乃至后现代意识。政治话语情境中的失语与不得不语，面对权力和功利主义的言不由衷、词不达意、牛唇不对马嘴甚至是胡说八道，不都表现出人对语言的无能为力吗？究竟是人在说话还是话在说人呢？那个慷慨陈词的钱文是真的钱文吗？在这里王蒙的困惑正是现代人的共同的困惑，语言的实质正是它的自足的自我指涉功能。语言是一种话语，它是自成体系的价值评价系统，面对这一强大的系统，人只能作为角色代为发声，因此，不是人在说话而是话在说人。言说在本质上说只能是语言自己说。正如海德格尔所说的："语言作为寂静之音说"，"由于语言之本质即寂静之音需要（braucht）人之说，才得以作为寂静之音为人倾听而发声"。[①] 王蒙对语言的哲学体认，使他表现出了超出同时代人的深刻。

2006年9月16日于石家庄

原载《渤海大学学报》社科版2009年第3期

[①] 参见海德格尔：《语言》，参看《海德格尔选集》第358页、第1001页、第1009页，孙周兴选编，上海三联书店，1996年12月第1版。

有意味的"改写"

—— 评王蒙的短篇小说《岑寂的花园》

王蒙的短篇小说《岑寂的花园》(《收获》2009年第1期)是一篇颇有博尔赫斯意味的小说。小说以镶嵌的方式层层剥笋般地一步步撩开神秘的面纱,从而叙写了一个类历史反思型的故事。

一片烂泥塘上,突然拔地而起无端生出许多的豪华别墅来。有钱人车来人往,红尘滚滚,兼具湖光水色、湖鸥翩翩,真真是新世纪的一道风景。然而,就在这整齐类同的别墅群里,有一幢带有特大花园的超级别墅引人注目。花园里百花盛开、万木葱茏,"它自己成为一个世界,反而在世界上失去了自己的位置了。"这带有明显自况和象征意味的表述,使我们有理由相信花园的主人应该是一个身份独特的不同凡响的人物。果然,这位神秘的主人公来自历史的深处,携带着岁月的风尘,不声不响地在自己的花园里辛勤地从事着园艺劳动。他的夕阳普照下的极富才华和个性的半张脸庞,成就了女画家与70后才女的绘画和小说。女画家闭门两年创作出来的画作,虽然被称为是"超级摄影现实主义与拼贴手法与结构主义的结合体",但从女画家表白的是受到立体派大师毕加索表现二战期间德国法西斯轰炸西班牙小镇格尔尼卡而作的名画《格尔尼卡》的构思启发来看,画作的基本精神仍然是现实主义的。抽象的画作成为小说的文眼,特别是改写过的北岛的诗句:"高尚,是卑鄙者的通行证,卑鄙,是高尚者的墓志铭",使得画作更加具有了特别的意味。

酷似张爱玲的才女的小说构成画作的互文。小说描写了这个叫鞠囫觚的花园主人、房地产大佬的坎坷不凡的人生轨迹。他有过美好的青少年时期，时代的恩宠与音乐女教师胡鸥的喜爱，使他爱上了帕瓦罗蒂和歌剧《茶花女》之类的洋歌，在那个血红的年代，爱好洋歌眼看给他带来了灭顶之灾，为了自救，他用自己的右手杀死了自己的音乐老师胡鸥。从此忏悔与自责跟随了他的一生。插队时他有意识自残了自己的右手而成为知青标兵，讲用会的晕倒又令他成为抵制"文革"的英雄榜样，且从此青云直上。然而，"就在一片看好，飞黄腾达有日的时候，他突然辞职"，并自我揭发且揭发别人，他的疯狂行为几乎得罪伤害了所有的人。鞠囫觚在世人的眼里终于成为一个"为自己的卑鄙付出了代价的忏悔者"。显然，这是一个二十世纪八十年代司空见惯的反思历史的故事。然而，王蒙在此巧妙地改写了八十年代，通过把北岛的诗句改写为"高尚，是卑鄙者的通行证，卑鄙，是高尚者的墓志铭"而改写了八十年代的意识形态叙述，作家把对历史的反思，扭转到对九十年代以来特别是红尘滚滚、欲望如潮的新世纪的文化现实、民族的心理结构、思维定式的反思上来了。

　　小说中鞠囫觚与自己影子的争辩正是高尚的忏悔者与大众流俗的争辩。当历史进入了一个欲望化娱乐化浅俗化的时代，无可救药的享乐主义主宰了一切，健忘、推诿、自我安慰、趋炎附势、用血迹斑斑的右手在那里书写慈悲与博爱，历史的血腥的页码被拦腰折断，而真正的忏悔者，高尚者却被看成疯子和卑鄙者，"在一个从来没有罪责与忏悔意识，也就不可能有真正的怜悯与宽恕的空间"的民族，忏悔者就是狂人，就是病态的"卑鄙者"。可见，王蒙的改写充满反讽意味，卑鄙者假扮高尚却屡屡畅通无阻，他们往往扮作历史的受害者，无辜者，在新的时代赚取新的各种资本；而高尚者却要背负沉重的历史的十字架，备受内心良知的煎熬。勇于替历史承担责任的人，注定要被历史拉来垫背，他要替历史把卑鄙铭刻在自己的墓碑上。因此，对历史断裂的悲愤，对现实文化冷漠的痛楚，对民族大众健忘的忧虑，构成这篇小说的少有的深度与力度。

鞠冈觚就是这样一个被看作是病人的忏悔者。他通过各种方式来赎罪，与易永红结婚主动承担队长的罪孽，为胡鸥老师的女儿倾尽全力，他几乎把自己的一生全部用来忏悔与赎罪了，因此他是那样地不合时宜。不合时宜的人还有显赫文学刊物的老主编。在一个普遍遗忘，一切都有着潜规则的时代，文学其实也是一种交易，湖鸥别墅区物业管理公司的美丽女秘书的口水诗要刊登在显赫文学杂志的显著版面上，正是以巨额楼盘广告费作为交换条件的。正像那位老主编所迷惑的："富足了，浪费了，堕落了，没有一定之规了。从前，我们知道我们要什么，祖国要什么，人民要什么。现在的事如入十里雾中。人的生活也渐渐难于理解。"在巨大的世俗化面前，似乎无人能够拒绝和幸免。因此，在一个众人皆醉我独醒的情势下，那个清醒者又怎能不被流俗视为病态、狂人，甚或卑鄙者呢？可见，王蒙在此所深感困惑、忧虑与痛苦的正是对泣血历史的遗忘轻视乃至并不把这种遗忘轻视看作是一种非常态的自以为是的轻狂与无可救药的娱乐至死。

如前所述，这篇小说在艺术上颇具博尔赫斯的意味。小说以镶嵌的结构方式，把女画家的画作与70后才女的小说以及歌剧《茶花女》的片段巧妙连缀起来，通过层层剥笋，最终凸显真相，从而使这篇作品具有了迷宫般的感觉。小说叙述人采用的不定视角，使故事扑朔迷离、神秘莫测，极大地增添了阅读魅力。小说舒放自如，开阖有致，曲终奏雅。在短短的篇幅里，把历史与现实、具象与抽象、实感与幻觉交织起来，使小说如同一曲多步轮唱。这说明，即使在短篇小说里，王蒙也是立体的，繁复的。

2009年2月20日深夜4点15分

原载《文艺报》2009年2月23日第2版

论《王蒙自传》的思想史意义

三卷本《王蒙自传》的出版，理所当然地成为当代文学界、史学界乃至思想界的一件大事。《王蒙自传》不仅是文学家王蒙的一部个人历史，而且更重要的它是我们共和国历史的一部生动的个人见证史，一部知识分子的思想史。从思想史的角度来看《王蒙自传》，它的非凡的意义，在今天越发显示出异样的光彩。

一

王蒙是一个有思想的文学家，其思想目前还不为人们所全面理解，这就越发说明王蒙思想对我们时代的意义。当然，作为文学家，王蒙的思想是散见于他的文学作品中的，而《王蒙自传》的出版，无疑使王蒙有机会全面梳理总结他的这些思想。因此，我们在《王蒙自传》里，看到了王蒙的哲学思想、伦理思想、政治思想以及文艺美学思想等等。

早在《王蒙自述：我的人生哲学》一书里，王蒙就声明自己赞成黑格尔的命题——杂多的统一。杂多的统一是王蒙的哲学思想和世界观。"杂多，就是一种开放性。"开放性就是包容，就是兼收并蓄，就是平等民主地对待一切人和事。"杂多"又是多元的，交往的，承认差异和特殊性的博大的胸怀。那么"统一"呢？"统一"在王蒙看来，"指的是一种价值选择的走向，价值判断的原则和交流互补的可能性。随风倒，见什么人说什么话，蝇营狗苟，不负责任，机会主义，都是不可取的。"① 可见"统一"就是在一种统一的价值原则下，把"杂多"整合为有机整体的一种状态。统一就是要有一个基本的价值原则，统一就是摒弃相对主义也不要绝对主义。所以，"杂多的统一"就是有规范的开放，是一种把握好"度"的平衡原则，中庸原则。正是"杂多统一"的世界观，使王蒙摒弃了两分法而走向了"三分法"，即承认在两极之间的中间状态的存在。王蒙多次说过："不承认中间状态是极权主义的一个特点。"② 王蒙在二十世纪八九十年代成为一个反对极权主义并反思极权主义的知识分子，但他没有成为一个反对派，而是试图成为一个连接官方与民间的桥梁，一个中介，实质上成为一个界碑了。"我好像一个界碑。这个界碑还有点发胖，多占了一点地方，站在左边的觉得我太右，站在右边的觉得我太左，站在后边的觉得我太超前，站在前沿的觉得我太滞后。前后左右全占了，前后左右都觉得王蒙通吃通赢或通'通'，或统统不完全入榫，统统不完全合铆合扣合辙，统统都可能遇险、可能找麻烦。胡乔木、周扬器重王蒙，他们的水平、胸怀、经验、资历与对全局性重大问题的体察，永远是王蒙学习的榜样。然而王蒙比他们多了一厘米的艺术气质与包容肚量，还有务实的、基层工作人员多半会有的随和。作家同行能与王蒙找到共同语言，但是王蒙比他们多了一厘米政治上的考量或者冒一点讲是成熟。书斋学院派记者精英们也可以与王蒙交谈，但是王蒙比他们多了也许多于一厘米的实践。那些牢骚满腹，怨气冲天的人也能与王蒙交流，只是王蒙比他们多了好几厘米的理解、自控与理性正视。……"③ 这就是王蒙说的"多了一厘米"。这多了的一厘米，恰恰

---

① 王蒙:《王蒙自述：我的人生哲学》，第267页，人民文学出版社2003年1月版。

② 王蒙:《王蒙自传》第三部《九命七羊》，第117页，花城出版社2008年4月。

③ 王蒙:《王蒙自传》第二部《大块文章》，第175页，花城出版社2007年4月。

正是各执一端的人所缺少的中间状态。相信中间状态，实际上就是一种中庸之道，王蒙说：自己多年来勠力实践的就是这种"中道或中和原则。认同世界的复杂性与多元性。认同世界的矛盾性与辩证法。认同每一种具体认识的相对性"①。因此，坚持中道原则，才能不偏不倚，不简单化，不绝对化、极端化。才能真正达到杂多的统一。

由此带来的是王蒙在政治思想上的清明、和谐、包容与建设的主张。王蒙说："我致力于低调、沟通、缓和、平衡、克制、自律、抹稀泥，大事化小小事化无。"王蒙也曾多次讲到自己赞成的是改良。赞成改良，使王蒙对激进主义心存疑虑；提倡宽容，使王蒙对整合与超越格外倾心；青睐相对性，使王蒙对任何形式的独断论绝对性深恶痛绝。这是不是说王蒙就绝对地反对激进主义，毫无原则地宽容任何人？ 如果是这样，那么王蒙也就成为无原则的相对主义了。王蒙多次声称，他无怨无悔于自己少年时的选择，"我坚信中国的人民革命是不可避免的与完全必要的"，"当然激进主义我也并非笼统反对，没有激进主义就没有革命，而革命的成功与惯性大大张扬了激进主义，过分张扬的激进主义反过来又会危害与歪曲革命事业。"② 这既是辩证法又是原则，承认多元与杂多，但更承认统一，这就是王蒙的价值选择。因此，宽容也是有度的，不是无原则的。王蒙所讲的宽容主要是在两个层面上说的：一是文化政策层面上的宽容，与文化专制主义相对应；二是在为人处世与境界涵养上，在这方面，宽容也是有原则的。在青岛中国海洋大学《王蒙自传》研讨会上，王蒙先生谈到许子东阅读自传后感到王蒙的火气很大，认为王蒙所谓的宽容值得怀疑后，王蒙说他感到很吃惊。其实，这种感觉不仅是许子东的，许多人读完自传都不同程度地有这种感觉。王蒙的"火气"正是王蒙

① 王蒙：《王蒙自述：我的人生哲学》，第237~238页，人民文学出版社2003年1月版。
② 王蒙：《王蒙自传》第三部《九命七羊》，第19页，花城出版社2008年4月。

原则性的体现。王蒙不是打左脸给右脸的基督徒，王蒙的"火气"正是"说出真相"的一部分。但这并不妨碍王蒙的宽容，宽容是一种包容与整合，是一种不结帮不拉派不害人的与人为善的处事原则，其实质是一种平等的对话与交往理性，对那种拉帮结派、整人害人、大言欺世、不怀好意、恶言相向、偏执武断的人，又怎么可以宽容！ 不以牙还牙，只是说说而已，也是一种宽容了。

在美学思想上，王蒙是主张混沌美的。我曾在《王蒙文艺美学思想散论》一文中对王蒙混沌美的追求有过较为详细的论述。在这篇文章中，我写道："事实上，混沌美不完全是一种技巧，而主要是一种对生活的深刻体验和领悟的结果，因此混沌美的基础是'真正的写实'。所谓'真正的写实'就是一种全方位的、混沌的写实，一种无选择的'广泛的真实性'。用王蒙的话说就是一种'迷失'：'我认为这是一个伟大的小说家在他的人生经验里在他的艺术世界里的迷失。因为他的经验太丰富了，他的体会太丰富，他写了那么多人，那么多事，他走失在自己的人生经验里，走失在自己的艺术世界里。他的艺术世界就像一个海一样，就像一个森林一样，谁走进去都要迷失。'迷失，就是说作家没有简单地剪裁生活，选择生活，而是和盘托出、杂糅并包，就是把生活的全部丰富性和复杂性呈现出来。混沌不是糊涂，混沌是欲说还休，是一言难尽，是矛盾重重，混沌实际就是一个作家对生活无法穷尽的困惑和悖论。"①

那么，一个问题摆在了我们面前：就是王蒙的这些思想为什么不为时代和人们所理解和接受，为什么他要频频地遭受争议？ 所谓的太聪明、太世故、左右逢源，当然还有左右夹击、腹背受"敌"，其中的原因究竟何在呢？ 这实际上只能从思维方式上去解释。

---

① 参见郭宝亮:《王蒙文艺美学思想散论》,《渤海大学学报（社会科学版）》2008年第3期。

二

　　我觉得，王蒙给我们最有价值的思想资源是他的立体复合式的思维方式。所谓立体复合式思维方式，是指王蒙在看取事物的时候，总是力避简单化的、单向性的、黑白分明的、非此即彼的极端化的思维方式，而是倡扬复杂全面的、多向立体的、亦此亦彼的多维理性的思维方式。对于这样一种思维方式，王蒙在自传里，曾不止一次地谈到过。比如当谈到《人妖之间》时，他对那种黑白分明、非此即彼的简单的二分法的反感溢于言表；当谈到李香兰的时候，王蒙声明说"是为了一种思想方法，一种对于人类与历史的理解"。王蒙甚至激愤地说："是的，我们没有反省的意识，我们没有忏悔的传统，我们接受的佩服的宣扬的是大言欺世，是英雄悲情，是黑白分明，是卑鄙对准了崇高，崇高横扫了卑鄙，最后是自己横扫了国人与世界，是冲锋号与处决令，是鲜花归自己狗屎归对方。我们接受假大空，冲霄汉接着冲云天接着上九天，是最新的时尚与对于时尚谩骂的时尚，是最浅薄的古董与同样浅薄的对于传统的一笔抹杀，最愚昧的迷信与最没有把握的幻想 …… 总而言之，我们可能相对容易地接受一切，除了实事求是。"① 在谈到"人文精神"讨论的时候，王蒙说："我终于看出一些好同行的红卫兵背景。作为政治运动，你可以全面否定，彻底推翻，审'四人帮'，'揪三种人'，在中国的情势下，没有什么人提反对意见也没有讨论争辩的必要与可能。但作为一种文化传统，（……）文化现象，思维模式，红卫兵的影响将长期存在。高调主义，零和模式，唯意志论，精神至上，斗争哲学，造反有理，舍得一身剐、拉之下马，悲情主义，极端主义，永不妥协、永不和解，自命鲁迅，所谓只身与

---

① 　王蒙：《王蒙自传》第三部《九命七羊》，第128页，花城出版社2008年4月。

全中国作战，到咽气那一刻也是一个也不原谅……这些红卫兵精神，在多少人身上仍然存活！包括不同的政治选择的人，进入截然对立的营垒的人，其心态与方式竟然如此相近！"① 由此可见，王蒙不遗余力所反对的正是一种极端化的思维方式。这种思维方式不管表现为极左还是极右，其实质都是一样的。而王蒙所提倡的正是它的对立面——立体复合式思维方式。这种思维方式是真正超越了好坏黑白你死我活式的简单二分的二元对立的思维惯例之后的一种立体复合多元并举的辩证型思维方式。

这样一种思维方式的获得是不易的，它需要经历炼狱般的锤炼，付出沉重的代价才有可能。从《王蒙自传》中我们看到了这种思维方式获得的痛苦的蜕变过程。这是王蒙在经历了半个多世纪的风风雨雨，付出了沉重代价，集一生之经验后的结果。五十年代的王蒙也和所有的革命人一样，在形势的裹挟下，走上了比较决绝的革命道路。作为"相信的一代"，他对"革命"神话的力量坚信不疑。由于"地下党员"的特殊身份，王蒙在新中国成立初期，绝对是以主人翁甚至是救世主的心态从事革命工作的。小小年龄，便春风得意，便"趾高气扬，君临人世，认定历史的舵把就掌握在自己手里"，"人生从我这一代开始啦"。② 王蒙在《自传》中这样评价自己："我相信我当时'左'得惊人。"③ 不过，王蒙的个性气质，以及参加过实际工作的经历，使五十年代的王蒙已经具备了温和的，感伤的，复杂的情怀。《组织部新来的青年人》对刘世吾的塑造，已经留有了余地。刘世吾不是纯粹的坏人，刘世吾的成熟与意志衰退，另有隐情，王蒙在刘世吾的实际主义与林震的理想主义之间犹豫不定。然而在总体

① 王蒙：《王蒙自传》第三部《九命七羊》，第176页，花城出版社2008年4月。

② 王蒙：《王蒙自传》第一部《半生多事》，第75页，花城出版社2006年5月。

③ 王蒙：《王蒙自传》第一部《半生多事》，第80页，花城出版社2006年5月。

上看，王蒙是一个理想主义者，革命的大形势，使王蒙最终站在了林震的"应该"一边。然后是反右中的"极左"的"顺杆爬"，一担石沟的改造，新疆十六年的自我流放，八十年代重返文坛的王蒙已经不是昔日的王蒙了，王蒙由理想主义走向了经验主义。[①]我在《王蒙小说文体研究》一书中，对王蒙小说语言形象之应该/实际的前后变化的分析中，已经注意到王蒙蜕变的问题[②]。实际上这种蜕变的最大收获就是王蒙获得了立体复合式思维方法。由于具备了这样的思维方法，王蒙在二十世纪八十年代初的伤痕文学大合唱中，没有像其他通常应该做的那样，控诉声讨，黑白分明，人妖两分地去写伤痕，去写好人与坏人的道德比赛，而是一开始就进入了历史的反思，进入了自我忏悔之中。《布礼》《蝴蝶》《如歌的行板》《杂色》等一批作品的出现，都具有了这样的特质。之后的王蒙的《活动变人形》、"季节系列"、《青狐》、《尴尬风流》以及大量的随笔等，都是如此。许多人对王蒙的印象是太复杂，太聪明，太世故，盖因为没有把握住王蒙的思维方法之故也。因此，立体复合式思维方式是我们进入王蒙、把握王蒙、读懂王蒙、理解王蒙的秘密通道。八十年代初，许多人都认为王蒙的作品表达了"王蒙式的忠诚"，体现了王蒙的"少共情结"，王蒙从来都没有认可过，其原因也在于我们的许多评论者，都是从既定的思维方式出发，简化曲解了王蒙。比如《布礼》，钟亦成的忠诚肯定是主题之一，但王蒙是否也反思了这种忠诚背后的危机，理想主义走到反面的可怕呢？"文革"之所以可以发动，难道不是理想主义的恶果吗？"红卫兵"所秉持的难道不正是当年钟亦成意义上的理想主义吗？同理，《蝴蝶》的张思远的蜕变，实际上也是理想主义走向反面的例证。至于《活动变人形》中的倪吾诚，王蒙对其空洞

---

① 王蒙：《沪上思絮录》，《王蒙文存》第23卷第220页，人民文学出版社2003年9月。

② 参看郭宝亮：《王蒙小说文体研究》第1章，北京大学出版社2006年版。

理想主义的反思就来得更加明显与彻底。当然，我们这样理解王蒙仍然有简化的危险，实际上，王蒙所有的作品都具有不止一个主题的复杂性，正像王蒙在自传第三部《九命七羊》中对其作品《满涨的靓汤》的多重主题的分析那样。王蒙以这样的思维方式，来看自己的过去和我们革命的历史，他认为自己之所以被划为"右派"，并不是由于自己思想上的"右"，实际上恰恰与自己"见杆就爬，疯狂检讨，东拉西扯，啥都认下来"的"一套实为极'左'的观念、习惯与思维定式"有极大的关系，"最后一根压垮驴子的稻草，是王蒙自己添加上去的"，"是王蒙自己把自己打成了右派"。① 这里王蒙所反思的实际上是习惯的革命式的非此即彼、黑白分明的思维方式。王蒙对《人妖之间》的反思，不应该看作是对刘的攻击，而是对这种习惯的思维定式的反省。由此，我们也可以看到，王蒙在二十世纪九十年代所遭遇的左右夹击、腹背受"敌"实质上也是不同思维方式之间的冲突，这种争论并不在同一个层面上。

三

长期以来，我们习惯于一种极端的偏执的，非此即彼的思维方式。这种思维方式的形成与自近代已降思想界、政治界对革命的诉求有关。

当帝国主义列强对中国的瓜分愈演愈烈，当清政府的腐败无能日甚一日，传统文化中的中庸和谐的思想便愈来愈显得无力。爱国反帝改变现状的冲动亟须找到一种新的思维方式和世界观。认真梳理中国近代以降的思想史，我们就会发现，对后世中国产生重大影响的思想方法是进化论和马克思主义中国化的阶级斗争学说。前者如

---

① 王蒙:《王蒙自传》第一部《半生多事》，第173页，花城出版社2006年5月。

改良派的代表人物康有为的"公羊三世说"所宣扬的历史观正是一种借圣贤之道来"托古改制"的进化论历史观；而严复的《天演论》所宣扬的进化论的世界观则影响了好几代中国知识分子。李泽厚在《中国近代思想史论》一书中这样评价严复的《天演论》："人们通过读《天演论》，获得了一种观察一切事物和指导自己如何生活、行动和斗争的观点、方法和态度，《天演论》给人们带来了一种对自然、生物、人类、社会以及个人等万事万物的总态度，亦即新的世界观和人生态度。……自《天演论》出版后，数十年间，'自强''自力''自立''自存''自治''自主'以及'竞存''适存''演存''进化''进步'之类的词盛行不已并不断地广泛地被人们取作自己或子弟的名字和学校名称。……这就深刻地反映了严复给好几代中国人特别是知识分子，以一种非常合乎他们需要的发奋自强的资产阶级世界观。"[1]资产阶级革命派的孙中山的哲学思想中，进化论仍然是其哲学世界观的一个基本内容。孙中山说："民权之萌芽，虽在两千年以前的罗马希腊时代，但是确立不摇，只有一百五十年，前此仍是君权时代，君权之前便是神权时代，而神权之前便是洪荒时代"。(《民权主义第一讲》)[2]甚至早年的鲁迅、李大钊、陈独秀等五四新文化运动的主将们也是相信进化论的。进化论的要点是对传统的历史循环论的挑战。在当时进化论起到了革命启蒙的进步作用，其功绩是不可抹杀的。然而，进化论把时间赋予了价值，时间成为一种神话，这种线性的历史进步论，催生了激进主义的昂扬，进步与落后，新与旧，革命与反革命，前进与后退等等二元对立也在进化论的框架下形成了。

中国进入现代时期，马克思主义传入中国，迅速为进步的中国知识分子所接受，这说明马克思主义与进化论在具有实用理性传统

---

[1] 李泽厚：《中国近代思想史论》，第259~260页，安徽文艺出版社1994年1月。

[2] 转引自李泽厚：《中国近代思想史论》，第351页，安徽文艺出版社1994年1月。

的中国知识分子心中是有着较大的一致性的。"重要的是，对中国知识分子来说，唯物史观与进化论一样，不是作为具体科学，不是作为对某种客观规律的探讨研究的方法或假设，而主要是作为意识形态、作为未来社会的理想来接受、来信仰、来奉行的。"[①] 因此，中国共产党人对马克思主义的中国化改造，实际上也是在实用理性层面上的创造性运用。"阶级斗争，一些阶级胜利了，一些阶级消灭了。这就是历史，这就是几千年的文明史。拿这个观点解释历史的就叫作历史的唯物主义，站在这个观点的反面的是历史的唯心主义。"[②] 显然，这种对马克思主义历史唯物论的解释是如此鲜明、如此简洁、如此通俗、如此斩钉截铁，的确把马克思主义中国化了。当然，马克思主义阶级斗争学说对中国革命的胜利具有重要的科学的指导意义，而长期的尖锐的阶级斗争军事斗争形势，也使黑白分明、绝然对立、你死我活的激进主义的革命逻辑成为生活的常态，渗入每一个革命人的血液中。"革命不是请客吃饭，不是做文章，不是绘画绣花，不能那样雅致，那样从容不迫，文质彬彬，那样温良恭俭让。革命是暴动，是一个阶级推翻另一个阶级的暴烈的行动。"[③] 这段脍炙人口的毛主席语录，吹响了暴力革命的激进主义的号角，极大地影响着几代中国人的思维方式。

由此看来，在近代以降，经历了康梁变法、辛亥革命、五四新文化运动、国共两党之争、抗日战争等等都使得这种革命性思维方式大有市场。这是必然的也是必要的。问题在于，当革命取得成功之后，

---

① 李泽厚：《中国现代思想史论》，第153页，安徽文艺出版社1994年1月。

② 毛泽东：《丢掉幻想，准备斗争》，《毛泽东选集》（一卷本），第1376页，人民出版社1968年8月。

③ 毛泽东：《湖南农民运动考察报告》，《毛泽东选集》（一卷本），第17页，人民出版社1968年8月。

我们没有适时地转变这种思维方式，而在某种程度上甚至强化了这种思维方式。"不破不立，破字当头，立也就在其中了。""凡是敌人反对的，我们就要拥护；凡是敌人拥护的，我们就要反对。""无产阶级专政下的继续革命"……这些都充分体现了毛泽东的"动斗"哲学思想，[①] 在政治实践中的"反右"、"大跃进"、"大炼钢铁"乃至"史无前例"的"文化大革命"，早已把这种思维定式再一次强烈内化进国人的血液中了。直到今天，这种思维定式仍然很有市场。比如八十年代学界常常流行一句话叫作"片面的深刻"。是不是只有片面才是深刻的，而全面了就成了"老狐狸"呢？我觉得"片面的深刻"容易，而"全面的深刻"却难。当我们把一个方面偏执地极端化，它的深刻实际上是可疑的，螳螂捕蝉，黄雀在后，"片面的深刻"实际上就是只注意到了螳螂与蝉的关系，而没有注意到黄雀与螳螂的关系，因而这种所谓的深刻就是另一种"浅薄"，它怎能靠得住？我觉得，我们过去虽然不断地批判形而上学方法的片面，而倡导辩证法的全面，但实际上，我们所做的恰恰正是一种形而上学——把革命极端化，偏执化，这种深刻的教训直到今天我们仍没有好好地汲取。在这个意义上说，《王蒙自传》所体现出来的这种新的思维方式，就显得难能可贵且深刻异常。这种立体化复合式的思维方法，一种全面的、复杂的、整合的、超越的思维方法，肯定要与那种极端的、偏执的思维方法产生龃龉。这也就造成了王蒙的左右不讨好的处境。王蒙不断提到的桥梁界碑问题，实际上是和他整个的哲学思想，价值观念，思维方式有着直接的关系的。因此，我说立体复合式思维方式是王蒙思想的出发点，只有抓住了这种思维方式，我们才可能真正地理解王蒙。

总而言之，王蒙的立体复合式的思维方式以及他的一系列的有关多元整合的，建设改良的，中庸和谐的，理性民主的，交往对话的诸

---

① 参看李泽厚:《中国现代思想史论》，第125~145页，安徽文艺出版社1994年1月。

多思想观念，接通了中国古代中庸和合的思想流脉，对于改变激进主义极端化简单化的思想现状，实现和谐社会的理念显然具有着重要的思想史意义。

郭宝亮

2008年8月初稿，9月14日改定。

原载《当代作家评论》2009年第3期。

立体复合思维中的历史还原与反思

—— 关于《王蒙自传》的一次对谈

郭宝亮： 王蒙先生，您的《王蒙自传》的前两部《半生多事》和《大块文章》已经出版，在文学界乃至社会上都引起极大反响，今天，咱们就从您的自传谈起吧。

王蒙： 好吧。上次（在海洋大学的）研讨会上山东师大的一个老师（王万森老师 —— 郭宝亮注），他提了一个关于人生拐点的问题，他说得还有点意思。我的童年，基本上是按一个好学生形象来塑造的，听老师的话，能考个全班最优秀，能得到奖学金，突然被政治所吸引，参加政治生活，过早地离开了学校。后来很快又解放了，成为团的干部，基本上算一帆风顺。这种志向突然会走上文学，文学一上来也还行，后来就落马入了另册。然后，运动结束以后 —— 也没结束，只是稍稍平息一点 —— 我到现在的首都师范大学工作，工作也安定下来，又出来了一个新疆，我也没想到。我觉得这个所谓的拐点无非是在政治和文学之间，在社会需求组织设定和个人奋斗之间，必须是这样，必须服从，与自行选择的矛盾。60年代我到大学里有个差事不错，但是我还想个人奋斗，喜别人之所不喜、不敢喜，跑到新疆去了。在这个中规中矩和另类之间，从文体到风格到手法，到内容的调侃性，也是拐点，但是从大的框架来说，又不失中规中矩。对社会潮流，既是认同，又是另类，又是合潮流，不管是政治的潮流，官员的潮流，还是民间的潮流，又是不合潮流。在认同和另类，在政治和文学间拐来拐去，总之，值得一说、一写。

郭宝亮：就是说您这一生的拐点不是一个，而是多头的，一方面是个人的主动追求，另一方面又是时代社会的被动裹挟。在认同与另类，政治与文学之间，拐来拐去，起起落落。正由于此，您的自传是很有趣味的，它不仅是您个人生活的记录，同时也是共和国历史的形象化纪实。您其实是当代最有资格写自传的作家之一，因为您的人生历史与共和国历史是同步的，您几乎都生活在历史时代的中心。这样的自传，文献性的价值不言而喻，同时也很有文学价值，就是一般读者读起来也觉得有趣味。它与您的小说具有很强的互文性。里面很多的事件，在小说里也可以找到影子。所以在自传里，不仅可以研究我们共和国的历史，特别是知识分子的历史，同时也对研究文学有很好的作用。

我读您的自传，觉得其中包含着这样一些东西：一个是您的历史主义态度，再一个就是强烈的反思精神。历史主义态度，就是您对待历史的态度，这是一种客观的、尊重历史、不回避历史的态度。在这个历史中，您把自己和整个时代联系起来，没有单纯地突出自己，而是把整个时代和自己个人的经历糅合在一起。对历史中出现的问题，带着一种平常心，一种对过往事件的超越意识，这也可以说是一种距离，一种高度，或者说是在经历了这么多事以后的一种通透。对历史不是采取简单的态度，而是复杂的、全面的态度，我觉得这是非常难能可贵的。同时里面贯穿着强烈的反思的精神。反思精神，是衡量一个人，乃至一个民族，一个国家是否健全的标志。反思精神不仅包括批判意识，同时更重要的是把自己放进去的反省意识。我觉得，您的自传就贯穿着这种反思精神。不隐讳，不虚美，包括对自己、家庭，对自己的父辈那种深刻的清醒，读了以后既让人深思，又让人感动。

王蒙：写到自己的往事，我看到最多的是两种，一种是谈自己的成就，第二种就是哭天抢地型，就是我说的苦主型。认为历史亏待自己，环境亏待自己，社会亏待自己，体制亏待自己，生不逢时，带有怨恨。至少是洗清自己，自我辩驳。我觉得这是可以理解的，人生就有这么多不平之事。可是我始终认为，人对历史、对环境有一点责任。当然，我们不是国家领导人，不是政策的制定者，也不是事件的发动者。中国有一种情况，当那个事件到来的时候，很少有人敢抵制，哪怕是消极抵制。然后等事情过去以后，大家都成了牺牲者。

到现在为止，说起来很可笑的，写到"文革"，存在一点自我批评精神的，就是巴金的《随想录》，很少见的一个例子。我举两个例子，五七年、五八年被划为"右派"的人各式各样，有民主党派的高级人士。我记得我在自传里面也写到，在那么低龄少年的情况下，参加了革命，立即就取得了胜利，然后就以为自己以革命的名义可以否定一切，可以推翻一切。认为过去的人都没有历史，历史是从今天才开始的。甚至于认为自己可以颐指气使起来。这是当时的一种写照。有时候感觉政治上有些东西，带有一种报应的含义。从我个人来说，我五七年五八年的落难，就是对我的少年气盛，自以为自己靠"革命"二字可以打遍天下无敌手，那样一种锐气的一种报应。还有一个，到现在为止，我在全中国没有发现这样一个例子，就是承认被打成右派，自己有一定的责任。我知道的这一类事多了，但我不知道这是一种什么心理，一种自虐狂还是什么的，就是自己向党交心，交心的时候就是自己为自己扣一大堆帽子，暴露一大堆反动思想，最后被划成右派。当然，作为领导来说这样做是不合适的，把一个人的自我思想检查当成一个人反动的依据，这是毫无道理的。

郭宝亮：您在《半生多事》里写道："最后一根压垮驴子的稻草，是王蒙自己添加上去的，在这个意义上，说是王蒙自己把自己打成右派，毫不过分。"这种说法的确是过去所有此类文章所没有的，这是一种对历史勇于承担的精神，是一种对自我以及时代的重新反省。我国自成立以来，多次进行大规模的运动，直到"文化大革命"的发生，其原因当然是复杂的，但具体到每一个人而言，难道就不应该对历史负点责任吗？我注意到了您对把您打成右派起关键作用的 W 的态度，这个 W 似乎就是"季节系列"小说中的曲凤鸣。您并没有像在其他许多作品中那样把他写成一个道德败坏、十恶不赦的坏人，而是认为他"并无个人动机""没有发现公报私仇的情形"。之所以会是如此，正是时代的大环境使然。在这样一个时代，极"左"的观念、习惯和思维定式成了一种无形的惯推力，甚至连毛泽东也似乎无法左右，您的《组织部新来的青年人》，毛泽东不是曾五次谈及，结果也没能阻止您被划右派的命运。这可以叫作历史的惯性，而每一个人都是这惯性力中的一股。这恐怕正是您的自传所达到的思想高度。

王蒙：在"文革"当中还发生过这样的事情，上海电影制片厂一个老演员，"文化大革命"开始以后，很长 —— 快一年都过去了，没有他的什么事，他受不了了，天天批这个斗那个，怎么把我给忘记了，宁可挨斗，也不愿意被人给忘记了。人有了这种心理，他开始自己偷自己的财产，因为他是老演员，国民党的时候演过电影，日伪时期也跑过龙套，试演过群众角色。当地是把他当反革命给揪出来，批斗一番 …… 这个事我到现在都没忘记，我不知道你们相信不相信有这样的事。但是我的情况又不一样，我非常明确无误地讲，在"文革"的时候，自己把自己 …… 我讲这是最后一根稻草，自己把自己放上边去，事后我听人讲这样一个情况，中央在中宣部主持一个会，北京市委的人也参加了，市委的文教书记坚决反对把王蒙划为右派，这么年轻的一个人 …… 这个时候团市委负责我这个专案的团市委宣传部长，这个人也很可怜，"文革"一开始他就自杀了，他就在这个会上据理力争，这里有个客观原因，团市委当时揪出来一批骨干都是毫无道理的，感觉就是一个极"左"的儿童团，哪里懂革命，都是一些大学生中学生，都是二十几的年龄，十八岁的不算小，有十九岁的，二十二岁的当然算年龄大的。所以他感觉到如果王蒙再不划右派，这个活动就没法进行下去了，我想这是一个原因。除了个人心理上那种……那些事都是真的，他刚刚离过婚，他作为一个男性，个人的隐私，那个情绪是极端地阴暗，心理非常地阴暗，这些都是真的。然后他的论据就是，你看你自己都写出检讨了。他有这个思想有那个思想，这样的人再不划为右派，你还划什么呀？所以我就说，任何一个人在任何一个事变当中，或者是因为胆小怕事，或者是因为迎合潮流，或者是由于人云亦云，甚至是由于表现自己，因为他觉得寂寞，觉得这个运动和他毫无关系，这种寂寞在作祟，比被枪决还恐怖。说起来好像不可思议，但是这个我亲眼看到，是事实。或者由于自己的思想上同样有一种寂寞的东西，我在小说里也写过。我就设想，比如咱们俩换一个个儿，现在是上边通知我了，说这个老 W 有问题，你现在负责解决他这个问题，我比他心会软一点，这点我可以肯定，我心会软一点。我会谈着谈着就自己有点犹豫，自己有点困惑，不会就非把他搞定，非把他钉在柱子上才算完事。

郭宝亮：这正是意识形态的作用。高度统一的意识形态，把人框定在一个高度一体化的集体中，谁都怕被甩出这个集体。

王蒙：是，你也可以这么说，但是我觉得这个是……我看过一个推理电影《尼罗河上的惨案》，它里面最后总结，说女人最大的愿望就是被关注，就是看你怎么理解，起码是吸引别人吧。我觉得它说得很好，可以概括起来，人的最大愿望之一是被关注。为什么一个人需要随时证明自己，这个从心理学上来说是生理本身的一个孤独感、不确定感。

郭宝亮："文革"呢，我还是赶上了，童年是在"文革"期间度过的。您刚才讲的"文革"这些事，我也有这个体验。小时候我就感觉到大人喜欢经常开会，几乎每天开会，当然这跟当时的政治形势有关系。开会的时候，我们这些小孩啊，也喜欢到会上去玩，我记得还很好看。当时不是开批斗会，就是开讲用会。批斗会的时候，就好看了，经常有人说把谁谁揪上来，就把谁谁揪上来，是女的就挂上破鞋，然后专讲这个女性和谁有什么关系，很多人喜欢听这个，而且反复地让这个女性讲自己的经历，大家听了就非常地快乐，非常地高兴。这个讲的人呢，她一开始觉得难受，后来讲惯了，不让讲，她还不高兴了。您讲的"狂欢"两字，我觉得用得非常好，"文化大革命"期间这个状态，就是全民狂欢的状态。大家都在那里没事干，也可能经常政治学习。您的作品里面谈到毕淑敏的时候说，有时候政治消解生活，生活同时也消解了政治，您说当老百姓批斗这个人，不断讲男女关系的事，来作为一个乐子的时候，政治就像游戏，就被消解了。所以有时候想起来确实很残酷，但从另一个角度来看，那个年代的那种游戏，或者说是一种全民的狂欢，从某种意义上来说，确实是关乎人性的，人性的这种孤独、不确定性使他感觉到需要有人关注他，在一个不正常年代的关注，可能就是这种方式。

王蒙：越是弱者，越不能够过一个真正个人的生活。中国缺少一种严肃的个人主义的传统，这是一个原因。像你刚刚说的那个大会，一大堆人，一起喊口号，一个弱者是没法活下去的。

郭宝亮：这实际上就是海德格尔所说的"常人专政"或"常人独裁"，在"常人独裁"之下，没有哪个人是他自己，人们消解在众人当中，消解在集体当中。

王蒙：集体主义是很有力量很有魅力的。就是自己不但是一个人，而是一个群体，有群体器重自己，认同自己，而且这个群体有一个领袖，带领我们走向胜利，这对一个知识分子来说，有时候他是梦寐以求的，就是这种群体，他和群体，和历史的意志，历史的客观规律的融合，从而把个人完全控制，这样的境界，几千年来也有很多知识分子追求这些。我在《狂欢的季节》里面还有一个歌，叫《一江春水向东流》，抗战期间的，"来来来来，你来我来他来，大家来，一起来，来唱歌，一个人唱歌多寂寞，多寂寞，一群人唱歌多快活，多快活，大姑娘唱歌，小伙子唱歌 ……"。我们那个时候很多会议。一开头你心里没有特别的那个 …… 这个也拥护，那个也拥护，你也很激动，你拥护得比前面三个还拥护，当你说完以后，你也变成真拥护了，而且你的拥护反过来又带动了大家，真起作用啊，这种群体性的发动。还有，你刚才说的也有道理，你说是革命也好，我宁可说是历史。我们新中国成立以后并不怎么宣传上帝，我们不搞这个东西，我们也不宣传天道，但是我们宣传历史，历史的发展规律，灭亡，你就说是历史发展规律注定的灭亡的，谁违背历史的规律。反过来说，当你自信你的背后是历史，是客观发展规律，就开始颐指气使。我现在回到这个话题来，几乎没有人反思自己对待历史、对待环境，对一种错误的形成起了什么作用。都是受害者。所以中国问题永远不会有顶好的进步，问题在这。德国那个顾彬跑到青岛来，来海洋大学讲课，他先以德国人的名义向中国人致歉，向青岛人致歉，他说他看了当年德国的总督府，感觉德国在青岛，把殖民主义的手掌伸到青岛来，对中国人犯下的罪行。这里我也提到，我也对别人采取过某些不恰当的言行、态度，甚至给别人造成不好的后果。所以你说反思，我也愿意承认，你如果不反思的话，那现在更没法写回忆录了，都说成是别人的责任。我想我们应该想清楚自己做了哪些缺德事。

郭宝亮：您所有的题材，所有提到的人物，无论是《活动变人形》也好，"季节系列"也好，还是《青狐》也好，大部分都是知识分子。作为一个知识分子，在中国来说，他可能和这个传统有很大的关系，我们古代儒家讲要"吾日三省吾身"，也讲这种反省意识，也讲自我的修养，但是从整体上来讲，我们这个民族的反思，作为现代意义上的反思，好像还是不够的，起码是不特别突出。这种传统可能给我们带来很多。比如说在古代，古代的知识分子，大部分应该算官僚阶级，他经过十年寒窗，经过科举，最后到了官僚阶层，他就成了一个官僚知识分子，官僚知识分子在古代还是有自己的自主意识，对皇帝都有那种"为帝王师"的精神，但是总体上他遵守的是儒家的思想，而他真正的自我意识，作为真正的现代意义上的自由人，基本上是没有。那么，到了"五四"这一代，应该说获得了一种少有的人生独立地位，说他们是现代意义上的自由的知识分子也是说得过去的。那个时代正好是科举制度被废除了，这样就彻底堵死了知识分子晋阶上层官僚的途径，但是它还有另外两个途径，一个是到现代教育机构，即到大学里面当老师，一个是办报。通过这两个途径，他可以确立自己的新的知识分子身份。在大学他可以讲自己的学说，在报纸上可以宣扬自己的观点，这样的话，他就把自己作为一个知识分子阶层的意志表达出来，而这个时候，高校和报业对官僚的依附还是比较少的，所以那个时候，还是有点个人的意味的。不过，这只是一个很短暂的历史时期。到20世纪20年代末，革命文学兴起以后，我们的知识分子马上就有一个要寻找阶级归属的愿望，包括我们的语言，也要向劳工靠拢，和劳工靠拢以后我们才有出路，也就是知识分子要重新找到自己的阶级归属。这样，知识分子又回到了集体主义里面来了。就是说，它需要有一个组织性的，或者全民动员的那样一个状态，大概也符合历史的这种潮流和合理性，那么个体在这种情况下，知识分子觉得自己应该和潮流走在一起，应该和历史走在一起。否则很可能会一事无成，就像您在《活动变人形》中写到的倪吾诚这样的知识分子，他游走在潮流之外，结果一生一事无成，甚至处在不被接纳的状态。

我注意到您在自传里写到过，说你们这代人是相信的一代，相信这个，相信那个，相信很多，特别对党，对整个我们的社会，对我们的历史，有一种相信，很虔诚的那种，对革命充满了高度的信仰。这种相信也很难说就是盲从，你们这一代人对革命的态度，对共产党的态度，恐怕也不是一时的头脑发热。我也注意到您曾在许多场合提到自己对"革命"的认同，认为革命是必然的也是必需的，您毫不犹豫地加入革命成为其中的一员，也是顺理成章的。然而，"革命"后来的走向偏差，走向负面，甚至生产出"不相信"的一代或几代人，其根源是否也在于"革命"本身呢？

王蒙：我爱说的一句话，我说这是一种革命的惯性，因为现在我们回想起来，抗日战争以后三年，革命取得了胜利，这样一个发展超出所有人的估计，超出蒋介石的估计，超出了国民党的估计，也超出了毛泽东的估计，毛泽东当然是站在共产党这方面，替共产党做贡献，他也按照他的计划行事，他也没有想到，忽然国民党就变得不堪一击，这是他完全没有想到的。这种革命的胜利，使已经在战斗或者正在战斗的新中国一代，或者说革命的这一代产生的这种信心，就是自己什么都做得到，过往的历史根本不算历史，现在的历史才是开始，那个时候……我特别欣赏，只有到了马列主义……变成历史唯物主义，认识历史的主人，我觉得这个在某种意义上说是革命的关键。革命已经取得成功了，可能还停不下来，它还要等，还要高叫。高叫、喊叫，这个是革命时期，经济建设没有这么多高叫、喊叫，经济建设只需要发展科技，发展科技不用高叫、喊叫，发展文化也不用高叫、喊叫。而且越是执政者，越不能高叫、喊叫，因为你高叫、喊叫完了以后，你将了你自己的军，你说你要三年改变面貌，五年超过美国，你要是在野党，你可以这样，执政党不要给自己出这个难题。

现在谈自传，对我来说，既是一种特殊的幸运，也是一种不幸。我说过一句话，我是中华人民共和国国史的一个见证者，一个参与者，不能说都是处在中心位置，但我仍然是在参与着，在观察着，在见证着，在体验着。中国还有一个特点，除了刚才我们提到的，中国实际上，这五六十年来，变化是迅速的。蒋子丹有一部小说里说，昨天已是古老的。我现在回想起来，我冒着傻气能够把这个恋爱的季节，这个失态的季节，这个踌躇的季节和狂欢的季节，像编年史一样地写下来。从文学本身，从阅读本身，轻便舒适来说，中国的这些大事，你最多是作为背景。但是，我总觉得，我得把我所看到的东西写下来。人们很容易接受一个东西，或者不接受一个东西，这是非常简单的。比如说写土改，你看过去写土改的小说，写地主一个个都像魔鬼一样，吃人的魔鬼，而农民的正义斗争天翻地覆，那是血泪仇。

郭宝亮： 这样的作品很多，这样的作品都强调的是阶级斗争的残酷性。地主恶霸欺压农民，农民忍无可忍，反抗清算的正当性与合理性，正是历史的正当性与合理性。

王蒙： 凡是写到土改，我是说某些个人，还是比较强调土改的残酷的，蛮不讲道理，没法活了。山东的土改大概是很厉害，它有翻过来倒过去这种情况，可是我觉得我那个……正像你在你的博士论文里说过的，我是用一种立体的思维，就是从各个方面来思维的，你说当时是残酷的，当时残酷还有当时残酷的那种正义感。我记得我在反右斗争的时候，因为当时还有一个很雄辩的理论——工人农民，尤其是中国农民，已经几千年了，还被压迫在生活的最底层，做牛做马，流血流汗，现在你们几个知识分子，让你们劳动五年，跟农民干活干上五年，让你真的知道这农民日子是怎么过的，有何不可？有一种政治性，你不能说这里头没有政治性，左翼的思潮，社会革命的思潮，包括社会主义和共产主义的思潮，甚至于包括社会民主主义的思潮，包括工人运动的思潮，它都有。也就是说，我们社会最底层，我们被压迫了几千年，有很多特别富有煽情性的说法，盖房子的人没有房子住，种粮食的人吃不饱饭，你要说现在这些人，盖什么住什么这是不可能的，盖星级宾馆的能去住吗？做飞机场的人一律坐波音747吗？根本就做不到。世界上的事就是这样。

从文学的大局来说，我觉得现在比过去立体多了，莫言写过一个30年前举行的一个没有举行完的长跑比赛。他以一个农民的孩子写反右，他说反右什么意思呢？就说我们村突然来了一群人，据说都是右派，一看见右派，大家都羡慕，全都长得漂亮，比农民长得漂亮得多了。女右派越漂亮越能干，农村妇女看见，嘿，一个个眉毛眼睛长得……他们无所不知，无所不晓，你问他关于季节问题，气候问题，工业、农业问题，医药问题，财经问题，地球、太阳……无所不知。而且虽然降了很多工资，都比农民一个个生活得好，戴手表的戴手表，插钢笔的插钢笔，替右派喊冤的那种，当然也可以写，但是莫言那个就让人觉得哭笑不得……从农民来说，我不记得我写没写，我在农村里头劳动过，农民问我说，你一个月挣多少钱？我说八十多块。那么多啊？！那个农民说给我八十块啊，我全家都当右派！当时农民一个月才挣八块钱，人民公社化那个时候，我还记得，每个人一年大概是分三块六，除去吃饭，每个人就三块六，当时农民也嫌少，他一听说我一个月挣八十块钱，那不得了，当右派怕什么呀？要当就当吧，不当我当去，你不愿当我当去。可是你要了解中国国情啊，你要不把这好几面都想到，所谓的反思也是不完整的。

郭宝亮： 过去学界常常流行一句话叫作"片面的深刻"。是不是只有片面才是深刻的，而全面了就成了"老狐狸"呢？我觉得"片面的深刻"容易，而"全面的深刻"却难。当我们把一个方面偏执地极端化，它的深刻实际上是可疑的，螳螂捕蝉，黄雀在后，"片面的深刻"实际上就是只注意到了螳螂与蝉的关系，而没有注意到黄雀与螳螂的关系，因而这种所谓的深刻就是另一种"浅薄"，它怎能靠得住？我觉得，我们过去虽然不断地批判形而上学方法的片面，而倡导辩证法的全面，但实际上，我们所做的恰恰正是一种形而上学——把革命极端化、偏执化。这种深刻的教训直到今天我们仍没有好好地汲取。在这个意义上说，您的自传就不仅仅是一个一般的回忆录，或者说是一个传记，它实际上是一个具有很多的思想意识，包括你的各种各样东西的一个——我称作"王氏百科全书"。它里面包括很多东西，读了以后，不仅有这样的历史主义态度，反思精神，各种各样的东西，文献的意义是非常明显的，但另外它谈到了很多包括您的哲学思想、文艺思想，您的一些对事物的分析看法，特别是您到了老年以后，作为一个智者的形象，在这书里面，也不时地出现。我们从里面可以看到很多东西，对于研究文学创作、研究我们的社会历史的状态，研究包括民风民俗各个方面都可以找到一些有益的东西。第二部大块文章，您写的是20世纪80年代以后，您又回到了时代的风口浪尖上，把知识分子的各种状态，您所接触到的，包括高层领导，各种各样的文坛人物现象，都写出来了，和您的《青狐》可以相互参照着看。我觉得，在您的思想体系中，既反对绝对化、独断论，同时也反对绝对的相对论，这就是一种立体化复合式的思维方法，一种全面的、复杂的、整合的、超越的思维方法。这样一种思维方法，肯定与那种极端的、偏执的思维方法产生龃龉。这也就造成了您的左右不讨好的处境。您不断提到的桥梁界碑问题，实际上是和您整个的哲学思想，价值观念，思维方式有着直接的关系的。您的这种立体复合式思维方式对历史进行的还原与反思就显现出了难得的全面的深刻。

王蒙：我们不断地 …… 其实中国并不注重历史，但是历史有时候随着潮流不断地被改写。我举一个例子，过去，认为左翼的作家都是最高尚的作家，非左翼的作家就都是渺小的，猥琐的，在那个时候是唯周扬的马首是瞻。改革开放以后，流行一种新的潮流，这种新的潮流实际上是以夏志清教授的论点为论点：中国最伟大的两个现代作家，一个沈从文，一个张爱玲，沈从文被改写成一个孤独的英雄，一个抵抗主流意识形态的英雄，可是历史告诉我们，可能不是这样。因为我对沈从文没有更多的了解，因为沈从文看到丁玲受到冷遇以后，曾经割自己的手腕，原因就是他想参军，他非常地欢呼这个革命的潮流，他想参与，但是他没有想到丁玲对他是那样的态度。

还有我看到一个史料，讲萧乾和沈从文的过节。萧乾看到沈从文的住房太差，给上面写了一个报告，要求改善沈从文的住房，沈从文大怒，说我正在申请入党呢，你现在弄那么些个我的私人问题去分散组织的注意力，对我实际上是帮倒忙，是破坏。沈从文是比较收缩的，萧乾相对热情一点，所以萧乾被划成右派了。沈从文没有被划成右派，在批萧乾的时候，沈从文也是比较激烈的。沈从文是一个非常值得尊敬的人，他在古代服装研究上取得了非常辉煌的成就，但是沈从文也有另一面，就是他追求革命，追求新生活，追求新中国。他的寂寞与其说是他自己的一个选择，不如说是历史对他无情对待的结果，这样和有些人说的就不完全一样，我个人的见闻毕竟是非常有限的。韦君宜，我前前后后都讲了，我说她全家都是我的恩师、恩人、恩友，因为杨述从开始就反对我戴这个右派帽子。在"文革"当中，我们在新疆见面的情景，就如我所说的，大吃一惊，她是最真诚地反思的一个人，我说的确实是事实。就我个人来说，我现在还是非常地怀念她——你说感恩也可以，感谢也可以，这样直爽老实的人已经不多了。"文革"中有些人一边嘴里大喊划清界限，一边做点小动作，这种人多得很。还有，我尽量地对任何人都不用强烈的褒贬，或者鞭挞，这种态度，有些呢，我是用正面的语言，但实际上我是不赞成的。所以有些读者呢，他们认可了这些东西，包括我知道那些对我并不是很友善的人，他们也很注意我的书，说我这个人太聪明了，他就是从技巧的角度，从操作的角度。但是我觉得呢，我除了技巧，可操作的层面以外，我还有一份心怀。这个心怀，就是与人为善，就是推己及人，就是能理解别人。恕就是宽容的心，恕就是能理解别人，能理解自己，能理解与自己不一致的人，能理解老是瞅着我别扭的人，对我恨不得除之而后快的人。因为他们有他们的一些想法，或者是个人利益也好，或是干什么也好，我觉得在这个层面来说，我是这样努力做的。是不是完全百分之百地做到，世界上的事没有百分之百，语言环境也好，很多东西也好，起码我没有扯谎，起码该提到的我提到了，有的话本来可以说得更直接一点，我现在说得比较隐讳。本来我是想批评这件事情，但是我选择了一个中性，甚至偏于褒义的词，这些事情，我也承认，我也有，我觉得我也在回答呀。总之，我在文学界是个案，都是特例。

有人说是王蒙当官。这个当官的问题，个人有个人的情况。我恰恰是早就入了党，早就当了干部了，早就有一点职务了，科级也好，处级也好，我20多岁的时候，已经有这个职务了。我的工资在北京——当时我19岁——已经有八十七块五了，当年这八十七块五，感觉跟现在的六千也差不多。所以，以文学为敲门砖，当我去谋求官职，实际上在我身上是不合适的，因为我是恰恰从事文学活动影响了我的仕途。这不是很明显的事吗？否则的话，那就是另外一种情景。把它完全看成一个技巧问题，我觉得是因为他没有看到，我是相当地有入世的经验，尽可能地少做蠢事和不做蠢事。但是不等于我拒绝付出代价，我仍然有我做人的底线，仍然有我冒傻气的地方，譬如包括我保护一些作家，甚至也许你保护的那个人，反过来咬你一口，这样的例子我也可以举很多。但是我并不后悔，我觉得我是在做我应该做的事情，我无法替别人做他所应该做的事情，我一直宣传，比如曹操说的"宁可我负天下人不可天下人负我"，我干脆反过来，宁可天下人负我，当然，谈不到天下人负我。夸我、帮助我的，伸出援助之手的，有很多，我绝不辜负一个人。还有，就是整天讲的东郭先生、中山狼，那我就宁可当东郭先生，我不当中山狼，虽然东郭先生有点蠢，在自己也算一种道德——心里踏实，我不咬人，我被别人咬，而且在社会比较正常的情况下，想咬你也没有那么容易，我也没有那么容易就让你咬。

郭宝亮：我看您专门有一章写到刘宾雁，包括您写到对他的一些看法。我听到文学界对此是有一些议论的。您在写这些的时候是否掂量过一阵子？而且我感觉到，当然这个说法并不一定是完全准确的，比如在《青狐》里面，塑造的一些人物，也有一些影子在里面。您在谈到这个问题的时候，当时是如何考虑的呢？

王蒙：我觉得是这样，我对刘宾雁个人，也无意再做什么评论，他已经去世了，走的完全是另外一个道路，尤其在1989年以后，一直在国外生活，实际在国内的影响很小。但是我觉得我们国人看问题还是太简单，这是第一点。最可笑的是，在1956年我们两个几篇比较有反响的作品，都是在1956年。刘宾雁好像是在二月和四月发表，我那个是在九月发表。而当时呢，恰恰是"左"的评论者认为刘宾雁是健康的，我是不健康的。什么原因呢？就是因为刘宾雁符合这个非好即坏——好人胜利，坏人失败这个原则。而我不符合这个原则，连毛主席都要批评，说反对官僚主义写得很好，但是反过来，正面人物没有写出来。而刘宾雁写的正面人物，都是猛打猛冲，猛打猛冲才能取得胜利，苏联……恰恰是1961年……在他作品里头，我们不断看到的是极"左"的逻辑，起码有极"左"的，因为他对王守信……而且我到现在，说实在的，我是相信王守信那里面描写的内容，那个枪毙，厉害啊，刘宾雁死了，有人说，已经死了，不要再说了，同情死者，那王守信被枪毙了，你说他那个暧昧的内容有什么罪过，一个老太太，她给人看伤口，什么拉老婆舌头……他反映的不但是极"左"的，而且是封建的，而我觉得就是这句话，如果我这句话不说，再没人说了，谁替王守信说？

郭宝亮： 我现在不太了解，不明白他是写了作品之后，王守信执行的死刑，还是死刑之前就写过的？

王蒙： 他是写了这个作品以后，压力很大，半年后被处决了……这个作品的威力很大，而且我讲，刘宾雁的每个作品都引起麻烦的，就这个不引起麻烦，因为他也是赶"文革"的这个车呀。我就觉得这里头人，习惯于简单化，习惯于极左的思想，习惯于人和妖的问题。当时每搞一次运动，都让大家来阅读聊斋，每搞一次运动，蒲松龄都变成了老师，都在看《画皮》，你周围的那些人……小温是不是画皮，老郭是不是画皮，摘下来一看是个白骨精。所以我觉得这个恰恰是，作为一代人，由不得……他所反映的那个思维的方式，那种简单化的判断，那种语言的专制，那种语言的杀手，语言的暴力，和他所反对的是一样的。

我早就明白了。有时候双方不断地斗争，斗来斗去。那最简单的就是，你看一个家庭，到婚姻纠纷，我们假设一开头，女方文雅一点，高明一点；男方流氓一点，市井无赖一点——可是只要斗起来，最后两人绝对是一样。你想想，这男的反过来，这女的一样反过来，这男的动粗动口，什么你妈的，你娘的，那个女方也开始回过来，然后男的就去打探消息，找女方的领导，女的她就去找男方的领导。最后就……这个文艺界的笔墨官司也是这样，一开头是一个显得高明，一个显得比较低级，但是，三骂两骂，最后都火了以后，就抓辫子，抓小辫，怎么死怎么来，怎么狠怎么来，所以我觉得我从里面，对刘宾雁……我确实感觉到我们的老百姓所知道的真相离事实相距很远，我认为老百姓知道的王守信肯定是一个假象，我认为老百姓知道的刘宾雁，也是一个假象。甚至于我们所知道的，我所敬爱的，或者说感恩的，这里头有过一些非常好的人我也都讲到了他们的弱点，比如说在第二册里头，我写到冯牧，冯牧批现代派，批得跟得了病一样，这究竟是怎么回事？我现在也解释不清楚。这里头完全不牵扯对人的评价。冯牧，你要说起来，现在作协再没有冯牧这样的人了，他每天晚上都看新作品，他的特点就是，一个双人床，一半是他，一半是书，他一晚上看几十本厚书，每天晚上看这么多书，这样的人你上哪儿找去？现在的作协谁这样看书呀？人生啊，本来就是社会、人生……尤其是文艺，是那多姿多彩，千变万化。但是老百姓接受的就是这样。

郭宝亮： 这个大部分人啊，包括现在好多人，欣赏的知识分子是那种更偏执的，就是说，我干什么都是黑白分明，就是要走到底，永远不妥协，这种人反而更有市场。

王蒙： 一种温和的、理性的见解，更强调和谐，而不是强调拼命的，更强调恕道的⋯⋯我有时候也觉得哭笑不得，因为有鲁迅研究专家编书说，谁谁向鲁迅挑战，把我也弄进去。费厄泼赖，而且鲁迅说的是"缓行"，是在国民党内部"缓行"，他没说建立了新中国60年以后还得"缓行"。所以这个没有办法，在中国的这种激进主义和那种愚昧的简单化，愚昧的想当然和用煽情来代替理性，用诅咒来代替分析一样害人。为什么我越来越不喜欢像"人妖之间"这个问题？因为"人妖之间"的这个就带有极端主义、封建主义、恐怖主义色彩。那就是靠语言恐怖，把很普通的一件事⋯⋯说一个人动了手术了，给别人看一看，我肚子上哪来了这么大一个口子。这种事我在新疆看到的更多，新疆人最喜欢。新疆人最怕动手术，他用维语说，哎呀，我的肚子吃了刀子啦，你看看，我怎么办？我活不了多久啦。实际上，本来很普通的一件事，他这么一写，别人不敢说了呀，谁敢说呀，这么坏的人呀，这是妖啊！

郭宝亮：人妖黑白，截然分明，这是我们最有市场的一种价值判断方式，更是一种思维方式。"凡是敌人反对的我们就要拥护，凡是敌人拥护的我们就要反对"，"不是东风压倒西风就是西风压倒东风"，"革命群众开心之日，就是反革命分子难受之时"，诸如此类的东西已经深深地沉淀在我们民族的血液里。不承认缓冲带，不要过渡色，是20世纪革命的最大遗产。因此，在中国凡是建设性的改良主义、保守主义、自由主义等等都统统没有市场。

王蒙：就像胡适、梁实秋，甚至林语堂，他们都有一些建设性的深度，但是他们的思路在革命的高潮之中，确实变成了⋯⋯螳臂当车，而中国的这场革命呢，又是——我认为是——不可避免的，有它的正义性。中国革命这出大戏，你想不上演是不可能的。我记得在《狂欢的季节》中，我说中国几千年来，一大堆啊，存天理灭人欲，这个不许，那个不许，压了几千年，这个新思想一来，他不大闹一场？他不大闹一场，是无天理，他就认为，我也真诚地相信中国就要翻一个个儿。有些有台湾背景的人，极端反共的人也不得不说，毛泽东完成了一件事，这件事太伟大了，他把中国的旧社会翻了一个个儿，正是因为翻了一个个儿，大家可以看到，哪些个你可以翻，哪些你不能翻，你还得翻回去。尊重读书人，你还得翻回去，温良恭俭让，革命高潮当中，不能够温良恭俭让，革命不是请客吃饭，我觉得那个说得也有点道理。

另外一方面，中国的这种简单化和几千年的专制体制始终有关系。我没找到出处，西方有一种观点，极权主义，这个"极"不是"集中"的"集"，而是"极端"的"极"。极权主义一大特点就是不承认中间状态，我觉得我们不承认中间状态，自古以来就有。因为我们自古以来就封建主义，或者忠或者是奸，不承认中间状态，不允许你有其他的选择。其实你要说那极端的那种情绪，你看"9·11"事件，美国在这个事件之后，布什的言论就是这样，不支持美国进行反恐战争就会参加恐怖主义，他就是这个意思，他不允许你有中间状态。其实全世界都有这方面，就是有的时候有些表现得更厉害。要想提高全体人民的这种思维能力，这是一个很遥远的事情，我觉得。而且我也谈到马克思一个名言，说理论掌握了群众，就变成物质的力量。这句话绝对是正确的。但是，理论掌握了群众的另一面，或者群众掌握了理论，那和最初精英提出的那个理论相比肯定开始变形了，这个变形里头有发展的理论，创造的理论，也有歪曲的理论，简化的理论，所以你可以想想，不管多么伟大的理论，已经变成了老百姓的口头禅了，那基本上这个理论就要出事了。人人都搞"文化大革命"，人人一张口就是捍卫毛泽东思想，人人一张口就是捍卫毛主席革命路线，这个革命路线被糟蹋成什么样了？

郭宝亮：您所说的这些问题归根到底实际上是一种思维方式问题。这种极"左"的极端化的思维方式，直到今天仍然有着相当大的市场。不管是极"左"的还是极"右"的，在思维方式上其实是一样的。我现在读到那些所谓"酷评"式的文章，那种横扫天下如卷席的架势，的确似曾相识，它与"文革"期间"红卫兵"式的大字报，在思维方式上其实没有太多的不一样。这就越发显示出您的这种立体复合思维方式的可贵。阅读您的作品的时候，这种感觉就更强烈。我觉得您的作品应该说政治性是很强的，这是肯定的。哪个作品不写政治？有的时候，我们不写政治，我们就写永恒的人性，但是政治也是人性当中的一种，哪个人不在政治之中？但是政治性是很强烈的一种，所以您的政治性，没有在政治的表面，而是往下走，走到哪，就走到人性当中去了。通过政治性折射的是人性。您的自传不用说，只说我读您的《青狐》的时候，我就感到，老年的王蒙，在语言上，具有了更加内在的劲道，那种反讽，那种繁复，那种悖反，简直就是新《儒林外史》。但是呢，新《儒林外史》又与吴敬梓的《儒林外史》不一样，吴敬梓的《儒林外史》是站在外边来看这些人，你是站在里面来看，你把自己摆在这些人里面，那么在观察这些人的时候，采用了多侧面、多角度的立体复合式思维方式，其中就包括你讲的恕道，就是你在写到人的时候，把他写成立体的，这样在还原历史反思历史的时候才有一个整体的、全面的概貌，这就是您的"广泛真实性原则"与"杂多统一原则"的具体体现。

（本次对话由中国海洋大学的温奉桥先生与张丽芳女士根据录音整理，已经王蒙先生审阅。）

原载《渤海大学学报》（社会科学版）2009年第3期

论王蒙《这边风景》的矛盾叙事

《这边风景》是王蒙写于"文革"后期的一部70余万字的长篇小说。据王蒙自己所言，这部小说最早写作于1972年，但只是"试写了伊犁百姓粉刷房屋等章节"。1974年作者四十岁时，开始全力写作这部作品，1978年8月7日完成初稿，然而，终因"政治正确"的问题，未能出版。如今，《这边风景》在尘封了近四十年之后的出版，不仅填补了王蒙在新疆16年写作的空白，也填补了中国当代文学在"文革"后期写作的空白。这部小说对我们进一步研究王蒙和中国当代文学都具有重要的意义。在我对《这边风景》的阅读中，我感到了王蒙那无处不在的矛盾叙事现象，这种现象恰恰构成这部作品的价值。

一

如果把《这边风景》放置在"文革"结束前的27年的文学史链条上来考察，这部小说究竟与当时的作品具有怎样的关系，也许是一个很有意思的话题。"文革"结束前27年的小说创作主要集中在革命历史题材和现实题材两类上，而现实题材作品尤以农业合作化为最。50年代赵树理的《三里湾》、柳青的《创业史》（第一部）、周立波的《山乡巨变》，虽然已经形成比较雷同化的人物模式和情节模式，但还是较为真实地表现了农民在走向集体化过程中的心理风貌。到了60、70年代的浩然的《艳阳天》《金光大道》，则明显地增加了路线斗争和阶级斗争的概念化的内容，显得不够真实了。但在"文革"年代，浩然的小说却是"最像小说"的小说了。王蒙在《王蒙自传·半生多事》一书中说："比较起来，我宁愿读浩然兄的〈艳阳天〉〈金光大道〉，浩然毕竟是作家，而作家与非作家并非全无区别，虽然作家都是从非作家变化而来。经过这个过程与从未有这个过程，并不相同。我喜欢他写的中农，小算盘，来个客人也要丢给你一把韭菜，让你帮他择菜。我喜欢他写的京郊农民的俗话：'傻子过年看隔（应读介）壁（应读儿化与上声）'。……当然，'金光大道'就更有'帮文学'的气味了，有横下一条心，六亲（指文学艺术之'亲'）不认地豁出去了去迎合的烙印。另一方面，我看他写的英雄人物萧长春，高大泉，也为他的惨淡经营，调动出自己的全部神经与记忆，力图按要求写出有血有肉的英雄人物，力图使自己的文学才能文学经验为上所用而摇头点头，这样的苦心使我感动，使我叹息不已。"[1] 由此可见，王蒙的《这边风景》也属于这一写作序列中的一环，而且也步着浩然等"文革"流行写作的后尘的。作品从1962年伊塔边民事件开始写起，一直写到"四清"运动，其人物设置、结构布局，情节模式均与以上作品类似就不难理解了。这说明王蒙并没有，也不可能超越时代的局限。小说的人物设置明显分为对立的两派，以伊力哈穆为代表的正的一派和以库图库扎尔为代表的邪的一派的斗争，成为贯穿全书的主要情节线索。

主要人物伊力哈穆一出场就面临着严峻的自然灾害和伊塔边民外逃事件，阶级斗争的弦绷得紧紧，伊力哈穆首先拿出的是毛主席与库尔班叶鲁木的合影照片。这里有一个细节很有意思，巧帕汗老太太误把库尔班叶鲁木错认为熟人，王蒙写道："这是不需要纠正的，人们谁不以为，那双紧紧握住主席的巨手的双手正是自己所熟悉的，或者干脆就是自己的手呢？"然后作者又让伊力哈穆肯定地说："这就是

---

① 王蒙：《王蒙自传·半生多事》第一卷，第353页。花城出版社2006年5月。

我们大家，""毛主席的手和我们维吾尔农民的手紧紧地握在一起。毛主席关心着我们，照料着我们。看，主席是多么高兴，笑得是多么慈祥。在极端复杂的情况下，我们的毛主席挑起了马克思、列宁曾经担过的世界无产阶级革命事业的担子。所以，国际国内的阶级敌人，对毛主席又怕又恨。领导说，目前在伊犁发生的事情，说明那些披着马列主义外衣自称是我们的朋友的人，正在撕下自己的假面具，利用我们内部的一些败类，向毛主席的革命路线疯狂挑战，向我们伟大的社会主义祖国猖狂进攻。但是，乌鸦的翅膀总不会遮住太阳的光辉，毛主席的手握着我们的手，我们一定能胜利，胜利一定属于我们！"这样的情景、这样的语言凡是经历过那个时代的人大概都不陌生。在第二十一章，伊力哈穆在大湟渠龙口的深思，我们似乎也曾见过，它与"文革"期间的样板戏中主人公在遭遇困难时的独白式的咏叹调多么地相似啊。当伊力哈穆面对严峻的阶级斗争形势，一筹莫展的时候，"伊力哈穆拿出了随身携带的毛主席接见库尔班吐鲁木的照片。毛主席！是您在解放初期指引我们推翻地主阶级，争取自由解放。是您在五十年代中期给我们又指出了社会主义大道。去年，又是您向全党全国人民发出了'千万不要忘记阶级斗争'的伟大号召。现在，您在操劳些什么？您在筹划些什么？您将带领我们进行什么样的新的战斗？您在八届十中全会上完整地提出的党在社会主义时期基本路线，将武装我们迈出怎样的第一步？"如此这般我们在全书中还会找到很多，这充分说明王蒙的写作模式正是当年流行的模式，这种模式是当时意识形态的产物。王蒙夫人崔瑞芳女士谈到《这边风景》时说："这本书写成于'四人帮'统治时期，整个架子是按'样板戏'的路子来的，所以怀胎时就畸形，先天不足。尽管有些段落很感人，有些章节也被刊物选载过，但总的来说不是'优生'，很难挽救，只好报废。"[1]

---

① 方蕤:《我的先生王蒙》，第110页，长江文艺出版社2004年。

然而，王蒙的写作却没有滑向极左的泥潭，而是在作品中处处反左。第三章当库图库扎尔建议把萨木冬的老婆乌尔汗逮捕审讯批斗的时候，伊力哈穆却旗帜鲜明地为乌尔汗夫妇说好话，强调要重证据而不是采取动辄上纲上线的极左做法。第十七章上级要求麦收要突出政治，要求十天割完麦子，这种明显脱离实际的口号，也是那个年代极左思维的突出特征。

　　以左的写作模式来写反左，使我们看到了王蒙在"文革"后期的矛盾处境。小说的重点在写"四清"运动，"四清"作为"文革"的前奏，已经显现出政治生活中强劲的"左"倾风暴，但王蒙却巧妙地抓住了反对"桃园经验"极左做法的"二十三条"作为挡箭牌，以获取政治正确的筹码。"桃园经验"被指陈为形左实右，而工作队的章洋又是极左路线的代表，如果说库图库扎尔的"左"是为了掩盖他的"右"的真面目而披上的皮，那么章洋的"左"则是骨子里的"真左"，在王蒙看来，这种"真左"恰恰是最为可怕的。因为这种"左"是毫无顾忌的，气势汹汹的，因而其破坏力也是无与伦比的。章洋实际上就是王蒙新时期小说中的宋明、曲凤鸣的前身。

　　我发现小说的上册与下册对极左批判的比例并不协调，下册对章洋的极左的批判明显坚决和彻底。这应该与世事的大变有直接关系。《这边风景》开始写作于1974年，1978年8月7日完稿。如果以1976年10月为界，这部作品恰好处于这两个时代的交界处。王蒙夫人崔瑞芳言，1974年10月15日是王蒙40岁的生日，这一天王蒙真正受到触动，决心写一部长篇小说，于是"整个1975年，他几乎一直在我们的斗室里伏案疾书"，[①] 1976年"四人帮"垮台，历史发生了巨变，反左成为新的意识形态。这一新的意识形态不可能不对王蒙产生巨大影响。从1976年10月到1978年8月这一年半多的时间里，王蒙的写

---

① 　方蕤：《我的先生王蒙》，第107页，长江文艺出版社2004年。

作心态正在发生变化，这在王蒙的《王蒙自传》里已有交代。1978年6月16日，王蒙应中青社邀请到北戴河修改《这边风景》的细节我们不得而知，但从他此前写作发表的小说《队长、野猫和半截筷子的故事》①中对"四人帮"极左路线的狠揭猛批来看，王蒙对极左的批判由隐蔽谨慎到公开坚定当是毫无疑问的。因此我们可以说，《这边风景》正是两种意识形态作用的产物，极左与反极左的内在抵牾龃龉，体现出王蒙内心的极大矛盾。正如崔瑞芳女士所言："他在写作中遇到了巨大的难以克服的困难。当时，正值'四人帮'肆虐，'三突出'原则统治着整个文艺界。王蒙身受20年'改造'加上'文革'10年'教育'，提起笔来也是战战兢兢，不敢越雷池一步。作品中的人物又必须'高大完美'，'以阶级斗争为纲'，于是写起来矛盾。在生活中他必须'夹起尾巴'诚惶诚恐，而在创作时又必须张牙舞爪，英雄豪迈。他自己说，凡写到'英雄人物'，他就必得提神运气，握拳瞪目，装傻充愣。这种滋味，不是'个中人'是很难体会到的。"②

二

王蒙在酝酿写作《这边风景》时，就曾说过："我也真的考虑起写一部反映伊犁农村生活的长篇小说来。我必须找到一个契合点，能够描绘伊犁农村的风土人情，阴晴寒暑，日常生活，爱恨情仇，美丽山川，丰富多彩，特别是维吾尔人的文化性格。同时，又要能符合政策，

---

① 据崔瑞芳回忆："1977年岁末他写完了短篇小说《队长、野猫和半截筷子的故事》，第二年1月21日定稿，24日寄往《人民文学》。五个月后，1978年6月5日，我在办公室随手翻开第五期《人民文学》，上面竟赫然印着王蒙的名字，《队长、野猫和半截筷子的故事》发表了！"见方蕤：《我的先生王蒙》，第108页，长江文艺出版社2004年。
② 方蕤：《我的先生王蒙》，第107页，长江文艺出版社2004年。

'政治正确'。我想来想去可以考虑写农村的'四清'，四清云云关键是与农村干部的贪污腐化、多吃多占、阶级阵线不清做斗争，至少前二者还是有生活依据的，什么时候都有腐化的干部，什么时候也都有奉公守法艰苦奋斗的好干部。不管形势怎样发展，也不管各种说法怎么样复杂悖谬，共产党提倡清廉、道德纯洁是好事情。阶级斗争嘛总可以编故事，投毒放火盗窃做假账……有坏人就有阶级，有坏事就有斗争嘛，也不难办。就这样，以不必坐班考勤始，我果真在'文革'的最后几年悄悄地写作起来了。"① 在这里，王蒙最关注的还是"政治正确"的问题。为了"政治正确"不得不"主题先行"、图解概念。然而，王蒙毕竟是一个在50年代就文名大振的作家，他的成名作《组织部新来的青年人》，曾引得议论哗然，连毛泽东主席都在不同场合五次谈到王蒙。因此，王蒙不能不追求小说的艺术真实性。长期的新疆生活积累，使他十分明白原生态的生活究竟是什么样子的。于是，我们在《这边风景》里，看到了流行的先验的政治概念与原生态的生活真实纠结缠绕在一起的矛盾现象。

浓郁的伊犁边地风味，维吾尔人民的民族风情，文化习俗等在这部小说中都浓墨重彩地加以描述，成为这部小说的最为亮丽的风景。伊犁的电线杆子都能发芽成树，乌甫尔打钐镰，以及烤肉打馕酿啤渥等的维吾尔人民的日常生活描写，既显示了王蒙作为外来者的新奇眼光，又证明了王蒙新疆16年与维吾尔人民同甘共苦、打成一片的对生活的熟稔而信手拈来的自信和自由。由此带来的是鲜明生动的现场感，即小说场面描写和细节描摹的功力。曾几何时，我们的小说写作现场感减弱，代之以叙述人的讲述和议论，特别自先锋小说以来，纠正了"文革"前小说过分写实的问题，想象力得以张扬，但在一定程度上削弱了小说的现场感。现场感需要深厚的生活积累，想象力如

---

① 王蒙：《王蒙自传·半生多事》，第一卷第358页，花城出版社2006年。

果离开了坚实的生活积累的基础，有时候会变得模糊缥缈，也就失去了小说的厚重笃实。记得作家格非在某个地方说过："小说描写的是这个时代，所有的东西都需要你进行仔细的考察，而一个好的小说家必须呈现出器物以及周围的环境。……你要表现这个时代，不涉及这个时代的器物怎么得了？包括商标，当然要求写作者准确，比如你戴的是什么围巾、穿的什么衣服。书中出现的有些商标比如一些奢侈品牌我不一定用，但在日常生活中很多人会向我提及，我便会专门去了解：'这有这么重要的区别吗？'他们就会跟我介绍。器物能够反映一个时代的真实性。"① "也可能有人觉得这是在炫耀，我毫无这种想法，而且我已经很节制了。《红楼梦》里的器物都非常清晰，一个不漏———送了多少袍子、多少人参，都会列出来。但《红楼梦》的眼光不仅仅停留在家长里短和琐碎，它有大的关怀。"② 格非在这里所说的表现"器物"的能力实际上就是作家处理生活经验的功力。新时期以来，我们的很多作品，特别是历史题材的小说，作者不熟悉特定历史时期的生活，也不做案头和田野工作，只是靠想象和猜测来臆想当时的生活场景，古人的生活起居、服饰器物谁敢于细致地描摹？结果只有靠议论和讲说来搪塞敷衍，历史的生活场景成为今人假扮的木偶，作品的现场感严重失实。《这边风景》现场感之所以鲜明丰厚，正是王蒙对新疆生活经验刻骨铭心的体验之深。王蒙把这种对生活经验的深厚称之为"迷失"，比如在谈到曹雪芹写《红楼梦》时他说："我认为这是一个伟大的小说家在他的人生经验里，在他的艺术世界里的迷失。因为他的经验太丰富了，他的体会太丰富，他写了那么多人，那么多事，他走失在自己的人生经验里，走失在自己的艺术世界里。他的艺术世界就像一个海一样，就像一个森林一样，谁走进去都要迷

---

① 邵聪：《格非：这个社会不能承受漂亮文字》，《南方都市报》2011年12月18日。
② 邵聪：《格非：这个社会不能承受漂亮文字》，《南方都市报》2011年12月18日。

失。"① 王蒙也迷失在他的伊犁生活中，他写维吾尔人民粉刷房屋打扫卫生，写打馕，写喝茶吃空气，写维吾尔人见面痛哭等，如没有切身体验都不可思议。

《这边风景》的现场感还体现在丰厚与鲜明生动的人物形象塑造上。小说有名有姓的人物一共82个，其中大部分人物都血肉丰满，栩栩如生。主人公伊力哈穆虽然略显概念化，但他与人为善，木讷厚道，从不张牙舞爪，咋咋呼呼，是一个梁生宝、萧长春式的人物；反派人物库图库扎尔精明强悍、锋芒毕露、爱出风头，口若悬河，但却言行不一，虚伪而自私，是一个郭振山、马之悦式的人物；另外里希提的质朴严厉，阿西穆的胆小怕事、谨慎保守，"翻翻子"乌甫尔的快人快语、不讲情面，穆萨的风流油滑，艾拜杜拉的正直实在，尼亚孜泡克的无赖、自私，还有雪林古丽的美丽温柔单纯善良，狄丽娜尔的泼辣，章洋的教条古板偏执等都跃然纸上。这都充分说明王蒙生活在他的人物之间，他无须刻意编造，只是顺手拈来就已经够丰厚的啦。

可以说《这边风景》重点写的就是边地人民的原生态的日常生活，但王蒙处在那个特殊年代的政治情势，使他又不可能挣脱政治概念的藩篱，我们也没有理由说王蒙不是真诚地相信这些政治概念的正确性，但原生态的日常生活又的确消解了先验的政治概念的正确性。

三

《这边风景》的这种矛盾叙事，实际上也不是王蒙特有的现象，而是"文革"结束前27年的许多作品共有的现象。"十七年"时期的

① 王蒙:《王蒙活说〈红楼梦〉》，第183页，作家出版社2005年6月版。

几部有影响的作品——"三红一创青山保林"①都是如此。比如杨沫的《青春之歌》，小说虽然书写的是知识分子林道静如何克服自身的小资产阶级世界观而成长为无产阶级革命分子的故事，但在小说叙事中我们处处感受到了启蒙话语与革命话语的缠绕纠结，是这两种话语压制与反压制的矛盾。林道静离家出走、从反抗包办婚姻到爱上余永泽，这与五四时期知识女青年所走的道路是完全一样的，而后离弃余永泽爱上卢嘉川，并不意味着她走向革命，而是生性浪漫渴望冒险的林道静对卢嘉川的英俊外表与其背后神秘的革命的向往，经历了狱中锻炼最后与江华的结合，表面上是林道静皈依了革命集体，而林道静的内心仍旧并不甘心。也就是说，林道静并没有被彻底改造，她的内心始终处在启蒙与革命两种话语的矛盾撕扯之中。同样，柳青的《创业史》也存在着一种难以克服的矛盾：即为政治服务的狭隘性与浓郁生活气息的宏阔性的矛盾，由先验的政治取舍的概念化与生活原生态的真实性的矛盾。作为党员作家，柳青为政治服务的态度是自觉的。在"第一部结局"部分柳青引用毛泽东的批示："从中华人民共和国成立，到社会主义改造基本完成，这是一个过渡时期。党在这个过渡时期的总路线和总任务，是要在一个相当长的时期内，逐步实现国家的社会主义工业化，并逐步实现国家对农业、对手工业和对资本主义工商业的社会主义改造。这条总路线是照耀我们各项工作的灯塔，各项工作离开它，就要犯右倾或'左'倾的错误。"但是，柳青长期生活在农村，对原生态生活非常熟悉，于是在对梁生宝等人物塑造上，虽然也不可避免地拔高（党的忠实儿子），但作者采取了让梁生宝围绕发展生产、靠多打粮食的优越性的方式与其他势力进行和平竞赛。小说虽然写了各种各样的错综复杂的矛盾斗争，但正面的、激烈的公开交

---

① 指《红旗谱》《红岩》《红日》《创业史》《青春之歌》《山乡巨变》《保卫延安》《林海雪原》。

锋几乎没有，而是一种思想意识上的交锋，是通过发展生产的和平竞赛来体现社会主义集体化优越性的较量。书中用县委杨副书记的话"靠枪炮的革命已经成功了，靠优越性、靠多打粮食的革命才开头哩"来作为点睛之笔，深刻概括了当时我国农村的实际情况和历史特点。这是柳青《创业史》的独特之处，也是柳青坚持现实主义创作态度的结果，以自己熟悉的农村生活原生态消解先验政治概念的一种并非自觉的表现。

实际上，王蒙在50年代的写作也是具有这种矛盾性的。他的《青春万岁》充满激情和理想主义，但即便这样的小说，其中也隐隐约约地透出一种不自觉的矛盾心态。比如，苏宁的哥哥苏君批评杨蔷云时有这样的对话：

> 苏君掏出一条女人用的丝质手绢，用女性的动作擦擦自己的前额。收起来，慢慢地说："……我不反对学生可以集会结社。但也不赞成那么小就那么严肃。在你们的生活里，口号和号召非常之多，固然生活可以热烈一点，但是任意激发青年人的廉价的热情却是一种罪过……"
>
> "那么，你以为生活应该怎么样呢？"
>
> "这样问便错了。生活是怎么样就是怎么样，而不是'应该'怎么样。人生为万物之灵，生活于天地之间，栖息于日月之下，固然免不了外部与内部的种种困扰。但是必须有闲暇恬淡，自在逍遥的快乐。……"

这里的批评，王蒙显然站在理想主义立场加以否定，但不是简单地否定，而是让杨蔷云不能不"低下头，沉思"，"然后严肃而自信地向着苏君摇头"，发表了一篇宏大的庄严的议论，这时作品写道："于是蔷云轻蔑地、胜利地大笑，公然地嘲笑苏君的议论。"显然，杨蔷云"低下头，沉思"的描写，实际上体现了王蒙对苏君意见的矛盾态度。

而后的《组织部新来的青年人》中这种矛盾已经到了不能克服的地步。比如"第六节写林震在党小组会上受到严厉批评，林震的辩解是：'党章上规定着，我们党员应该向一切违反党的利益的现象作斗争……'；刘世吾的批评是：'年轻人容易把生活理想化，他以为生活应该怎样，便要求生活怎样，作一个党的工作者，要多考虑的却是客观现实，是生活可能怎样。年轻人也容易过高估计自己，抱负甚多，一到新的工作岗位就想对缺点斗争一番，充当个娜斯嘉式的英雄。这是一种可贵的、可爱的想法，也是一种虚妄……'听到这种批评，林震的反应是：'像被击中了似的颤了一下，他紧咬住了下嘴唇。'这里攻击'应该'的刘世吾的声音显然比苏君的声音要强大得多，而林震的声音比起杨蔷云来也弱小得多，不自信得多，他的反应也比杨蔷云要强烈得多。而在作者的自我意识中，林震的来自书本的理想主义规范化语言是一条正途，刘世吾的基于现实的'实际主义'显然是一种对乌托邦话语的偏离，但它也是具有一定的合理性的，作者找不到驳斥的理由，他只有惶惑和矛盾，然而作者又渴望把刘世吾的'实际主义'统一到林震的理想主义上来，唯一的解决方法就是寻求最高意识形态话语——权力的支持。"

王蒙在1957年反右运动中落马，被迫搁笔，自我放逐新疆，直到"文革"后期的重新提笔写作，王蒙思想中的这种矛盾非但没有削弱，反而越发地强化起来。这正是极左政治与日常生活的严重不搭调的结果。王蒙凭借对现实生活的熟稔程度以及坚持的现实主义创作理念，通过这种矛盾叙事赢得了文学史的存在价值。

当然，我们也不应该过分抬高《这边风景》的艺术价值，它只是王蒙写作链条上的一环。严格地说，它其实还是一部颇有瑕疵的作品。但是，它对我们研究王蒙、理解王蒙乃至研究"文革"创作具有重要的意义。这部作品之所以有认识的价值，正是它的这种现实主义的矛盾叙事，真实地表现出了王蒙乃至那个时代人们对待政治与生活的态度。在那个时代，王蒙通过矛盾叙事写出了生活的复杂性，这也为新时期的王蒙写作开了先河。

2013年10月28日于石家庄

原载《小说评论》2014年第3期

王蒙小说文体政治论略

王蒙是贯穿中国当代文学史的重要作家。自从1953年创作《青春万岁》走上文坛以来，王蒙的命运与共和国的命运同浮沉，在他迄今1700多万字的文学作品中，王蒙为我们描绘了共和国六十余年风云变幻的历史和人民的命运，同时也显示出王蒙对艺术坚持不懈的探索精神，可以说，王蒙就是一部活的共和国历史和文学史。王蒙的文学创作涉及领域甚广，诗歌、散文、文学评论、学术研究，小说等均有涉猎，而小说创作尤擅。在新时期小说创作领域，王蒙引领了一代风气。二十世纪八十年代初，王蒙开创的所谓"意识流"写法，吹响了新时期小说文体革命号角；进入九十年代和新世纪，王蒙的小说文体探索仍不停歇，形成了多种不同类型的小说文体形态。我认为，王蒙小说的文体探索，并不仅仅具有艺术上的价值，而是饱含着深广的文化内涵的，是一种文体政治。

一、王蒙小说文体探索以及文体形态凝定

王蒙六十余年的文学创作生涯是在不断探索和追求中度过的，直到今天，八十多岁的他仍然笔耕不辍，且激情飞扬，宝刀不老，实在是文坛奇迹。他近年出版的长篇小说《闷与狂》，已经分不清是小说还是散文，因此，试图对王蒙小说进行文体形态上的分类是困难的。但我勉为其难，曾在《王蒙小说文体研究》一书中，对王蒙小说的文体形态做过一个归类：即自由联想体、讽喻性寓言体与拟辞赋体。[①] 当然，

①　郭宝亮：《王蒙小说文体研究》，北京：北京大学出版社，2006年，第99~136页。

从整体上来看王蒙的小说，远不止这几种文体形态，比如他的小小说（已结集为《尴尬风流》出版），写得往往简练机智；他的《一嚏千娇》《来劲》《致爱丽丝》《组接》等作品，又是十足的先锋实验小说，其中的"元小说"性质明显，因此，以上三种文体形态是不能完全涵盖王蒙小说创作整体的。不过，这三种文体形态是有代表性的，因此，从这三种文体形态来分析王蒙小说文体也是可以尝试的一条路径。

二十世纪七十年代末到八十年代初，复出后的王蒙率先开始了对小说写法也就是小说文体形式的探索，连续发表了《夜的眼》《春之声》《海的梦》《风筝飘带》《布礼》《蝴蝶》等号称"集束手榴弹"的小说，连同稍后发表的《杂色》《相见时难》等作品，以其绝然不同于传统小说的"新型"文体样式，震动了文坛，王蒙也被称为"最先敢吃蜗牛的人"。① 他的这些文体创新的作品被称为"意识流"，引发了评论界的持续争鸣。后来，大家觉得王蒙的这些"意识流"与西方意识流不尽相同，便命名为"东方意识流"。② 而王蒙自己对意识流的态度也很暧昧。③ 所以，我经过研究论证，认为这一时期的王

① 刘心武：《他在吃蜗牛》，《北京晚报》，1980年7月8日。
② 宋耀良：《意识流文学东方化过程》，《文学评论》，1986年第1期，第33~40页。另见李春林：《王蒙与意识流文学东方化》，《天津社会科学》，1987年第6期，第71~77页。
③ 1980年在一个"王蒙创作讨论会"上的发言中王蒙说："至于给这些感觉扣上什么帽子，这种感觉是不是'意识流'？ 对不起，我也闹不清什么叫'意识流'。有人说，你这不叫'意识流'，就叫'生活流'。这也请便。还有的同志因为对我怀有好意，认为'意识流'是一个屎盆子，说王蒙写的小说可绝不是'意识流'，写的是我们的生活。好像谁要说'意识流'，就准备和他决战。这我也谢谢。"见王蒙：《在探索的道路上》，见徐纪明、吴毅华编《王蒙专集》，贵州人民出版社1984年2月版第75页。王蒙在另一篇文章中说："去年我被某些人视为'意识流'在中国的代理人。由于自己对'意识流'为何物并不甚了，所以也不敢断定自己究竟'流'到了何种程度，'流'向了何方，是不是很时髦，是不是一出悲喜剧，以及是丰富了还是违背了现实主义 …… 至于把我的近作仅仅归结为'意识流'，只能使我对这种皮相的判断感到悲凉。"见王蒙《倾听着生活的声息》，同上第95页。在《关于"意识流"的通信》一文中，王蒙说："我也承认我前些时候读了些外国的'意识流'小说。"见徐纪明、吴毅华编《王蒙专集》，贵州人民出版社1984年2月版，第123页。

蒙小说，还是叫"自由联想体小说"为好。① 所谓自由联想体，是指王蒙在小说创作中以自由联想为主要方法而创作的作品。这些作品一般具有一定的内向性。主人公通过内心独白和自由联想展示自我意识和内在精神世界。自由联想体小说的联想方式是由现实的触发，进而产生发散型的联想。一种联想与另一种联想之间并没有必然的联系，这种联系只是相邻性的、类比式的。自由联想体在文体上属于心理小说的范畴，它的联想是人物心理的一种独白，内向性、情景性是它的主要特征，因此，叙述人的语言与转述语言的有机衔接就显得非常重要。王蒙主要采用了自由直接引语的操作方法。从美学功能上看，自由联想体小说打破了情节小说的模式，使情节小说的外在的动作性冲突转化为内在的心理性冲突，从而拓展了小说表现生活的范围。向内转是它的基本美学倾向，感觉化是它的基本美学特征。自由联想体小说有着自己丰富的历史渊源。它与西方意识流小说的区别是根本的，这种区别是理性与非理性、经验领域与潜意识领域的区别。王蒙的自由联想体小说的血脉来源于传统的"比兴"，它是传统"比兴"特别是"兴"在新的历史条件下的发扬光大，是继承性与创新性结合的产物。

王蒙是一位具有多套笔墨的作家，这多套笔墨不仅指的是王蒙既可以写小说，也可以写诗和散文，还可以写评论和学术研究性的文章；更是指他写小说时的多种尝试。就在王蒙进行自由联想体小说的实验时，他也在进行着另一类小说的写作。这类作品的写作时间从八十年代初开始，直到九十年代。主要以《莫须有事件》《风息浪止》《说客盈门》《加拿大的月亮》《坚硬的稀粥》《球星奇遇记》《满涨的靓汤》《郑重的故事》等为代表。我把这一类小说叫作"讽喻性寓言体"小说。这些作品以描写世态风情为主，作者一般采取冷嘲热讽或

---

① 　郭宝亮：《王蒙小说文体研究》，北京：北京大学出版社，2006年，第99~115页。

戏谑调侃的姿态，以寓言化荒诞化的方式把所叙事件展示出来。智性视角，幽默、调侃、荒诞化的语体风格，政治寓言，是王蒙这类小说的基本特征。从创新的角度看，王蒙的讽喻性寓言体小说既开创了"文革"后寓言化小说的写作路径，又开了"文革"后调侃小说的先河。王蒙的讽喻性寓言体小说在精神上受到我国古代寓言和讽喻诗的影响，同时这种小说中的幽默调侃等喜剧色彩，又明显来源于我国民间的笑文化。

1985年，王蒙发表了他自《青春万岁》之后的第二部长篇小说《活动变人形》（1987年出版单行本），重开了他的长篇小说写作之旅。进入九十年代，他的"季节系列"小说写作成为他小说创作的重头戏，连同新世纪创作的《青狐》《闷与狂》，形成他的又一次文体探索的丰收期。这一时期小说文体探索形成的文体形态我称之为"拟辞赋体"。[①] 所谓"拟辞赋体"是以上两种文体的杂糅和整合进而有机统一为一体的一种小说体式。"拟辞赋体"小说充分吸收古代辞赋的文体气质，铺排扬厉，大开大阖，嬉笑怒骂，调侃狂欢，进而形成王蒙特有的以反讽为实质的文体形式。王蒙的文体形式是复杂的，他的文体具有广泛的杂糅性、包容性与整合性，其外在特征是杂。王蒙是主张文体杂糅的，杂糅是一种动态的创造。杂糅的内在心理机制则是一种包容性整合性的思维方式。只有经过这种整合，各种文体与艺术手法的杂糅才可以成为有机的统一体。如此说来，拟辞赋体，只是一种概括的说法，在王蒙的小说中还有政论体、散文体，诗体等文类因素，还调动了各种艺术手法：排比、比喻、顶真、回环、调侃、戏仿、拼贴、夸张等等。在语言运用上，包容了大量的政治熟语、民间俗语、歌词、笑话、古诗古词、新造词等等，形成了真正的杂语喧哗的效果。当然杂糅的结果是创造新的统一的文体形式，这种文体形式的内核是

---

① 　郭宝亮：《王蒙小说文体研究》，北京：北京大学出版社，2006年，第126~134页。

反讽。因此，区分王蒙文体与古代骚体之间的差异是必要的。后者的写作主体与经验主体是一致的，他们统一在政治失意的哀怨中，以怨愤和牢骚表达自己永远不能化解的骚绪；而王蒙的拟辞赋体的写作主体与经验主体是分离的，这种分离是反思性的分离，反思意味着在王蒙的自我意识中有两个自我，一个是现在的历尽劫波之后的世事洞明的通脱旷达的自我，另一个则是昔日体验着苦难经验着历史的自我，前一个自我凭借时间的距离反观省思着第二个自我。正是由于这种反思性的分离，才是构成反讽的必要条件。这种跳出局外的超脱心态，使他超越了古代一般的骚人墨客的单纯政治哀怨情绪，而获得了更加阔大和复杂得多的反讽之笑的力量。

总之，自由联想体、讽喻性寓言体、拟辞赋体是王蒙小说基本文体形态样式，而统摄这些样态的"总体特征就是杂糅性、包容性、整合性与超越性。杂糅性是王蒙文体的外在特征，包容性是杂糅性的内在肌质，整合性与超越性则是王蒙小说文体的基本思维方式和文化精神。因此我们可以在整体上把王蒙的小说称为'杂体小说'或'立体小说'"①。

二、王蒙小说文体的权力政治

王蒙八十年代开始的小说文体变革以及凝定而成的文体样态，决不能单纯地看作是一种形式革新，而是一种关乎权力的政治。我们可以肯定地说，文体就是一种权力——话语权力的体现。从这个意义上说，文体创新是对文坛上居统治地位的旧文体话语权力秩序的挑战，也是在挑战中确立自身话语权威合法性的一个过程。可以说，王蒙在"文革"后文坛上的领袖地位的形成，与他在二十世纪八十年代

---

① 郭宝亮：《王蒙小说文体研究》，北京：北京大学出版社，2006年，第9页。

初的文体创新对以现实主义为圭臬的文体权力秩序的挑战并进而取得合法性地位有关。

在我国现当代文学史上，现实主义文体的话语霸权地位的形成和确立是颇为耐人寻味的。现实主义作为一种创作精神和倾向是古已有之。我们所说的《诗经》、杜甫等诗歌传统中的现实主义就是从这个角度言说的。但把现实主义作为一种创作方法和流派，则是从"五四"时期由国外舶来的。在国外现实主义作为一个正式命名和形成流派还是在十九世纪五十年代的法国。"1850年左右，法国画家库尔贝和小说家尚弗勒里等人初次用'现实主义'这一名词来标明当时的新型文艺，并由杜朗蒂等人创办了一种名为《现实主义》的刊物（1856—1857，共出6期）。刊物发表了库尔贝的文艺宣言，主张作家要'研究现实'，如实描写普通人的日常生活，'不美化现实'。这派作家明确提出用现实主义这个新'标记'来代替旧'标记'浪漫主义，把狄德罗、斯丹达尔、巴尔扎克奉为创作的楷模，主张'现实主义的任务在于创造为人民的文学'，并认为文学的基本形式是'现代风格小说'。从此，才有文艺中的'现实主义'这一正式命名的流派。"[①] 现实主义的哲学基础是笛卡儿以来的理性主义。理性主义在我国则具体体现为科学主义。"五四"时期的科学、民主两大旗帜是现实主义产生的话语基础。文学革命的主将陈独秀、胡适在他们著名的《文学革命论》和《文学改良刍议》中都不约而同地以科学的眼光即进化论的眼光来看待文学的变革和发展，都把中国新文学的出路寄托在"写实主义"文学上。[②] 而写实主义的提倡实际上正是对封建主义文学的"古典主

---

① 中国大百科全书出版社编辑部：《中国大百科全书·外国文学Ⅱ》，北京：中国大百科全书出版社，1982年，第1121页。

② 陈独秀：《文学革命论》，《新青年》，1917年第2卷，第6号。胡适：《文学改良刍议》，《新青年》，1917年第2卷，第5号。

义和浪漫主义"权威的挑战。二十世纪三十年代初周扬将苏联的"社会主义现实主义"的创作方法介绍进来，从而使"五四"以来提倡的现实主义增加了新的因素。[①]1942年5月，毛泽东在《在延安文艺座谈会上的讲话》中以中共领导人的身份正式提出："我们是主张社会主义现实主义的。"从此，社会主义现实主义成为具有权威地位的创作方法和原则，建国后，在1953年9月召开的第二次全国文艺工作者代表大会上，再一次把"社会主义现实主义"明确地规定为今后创作和批评的最高准则，从而更加巩固了自己的话语权力地位，成为君临一切之上的不可更易的文学"元叙事"规则。

那么，社会主义现实主义的基本含义是什么呢？简单地说就是以无产阶级的世界观来表现革命现实的本质真实，以典型化的方法来塑造新时代的英雄人物为根本任务。何为本质真实？按照周扬的解释，"本质"实质上就等于"典型"，"典型"就等于"本质"："典型是表现社会力量的本质，与社会本质力量相适应，也就是说典型是代表一个社会阶层，一个阶级一个集团，表现他最本质的东西……所以要看先进的东西，真正看到阶级的本质，这是不容易的事，真正看到本质以后，作家就是一个社会主义现实主义者了。"[②]在这里，周扬把"典型"与"本质"画上了等号，而怎样才能表现"本质"，那就是要夸张："现实主义者都应该把他所看到的东西加以夸张，因此我想夸张也是一种党性的问题。他所赞成的东西，他所拥护的东西加以夸大，尽管它们今天还不很大；他所反对的东西尽管是残余了，也要把它夸大，而引起社会对新的赞成，对旧的憎

①　周扬：《关于"社会主义现实主义与革命的浪漫主义"》，《现代》第4卷第1期。

②　周扬：《在全国第一届电影剧作会议上关于学习社会主义现实主义问题的报告》（1953年），见《周扬文集》第二卷，北京：人民文学出版社，1985年，第197～198页。

恨。……"①而夸张就是"典型化"。对此，冯雪峰说得更明白："典型化的方法之一，就是所谓的扩张；扩张就是放大，放大的意思，就是把小的东西放大，使人容易看见，或者把隐藏的东西变成显露，以引起人们注意的意思。"②很明显，社会主义现实主义已经改变了现实主义的初衷，在"写真实"中塞进了"浪漫主义"的理想成分，从而成为"伪现实主义"，成为为政治服务的庸俗社会学的工具。社会主义现实主义的"本质真实"、"典型化"以及由以上两点衍生出来的"史诗性"等元叙事规则表现在文体上的特征就是线性因果律的情节结构模式、空间的外在扩张和时间神话模式、叙述语式的高度显现性以及语言的确定性逼真性等。线性因果律的情节结构模式，注重的是外在动作性冲突，因而需要开端发展高潮结局的情节运作模式；表现革命历史的社会主义现实主义小说在空间上往往有很强的扩张意识，因为它要全景式史诗性地表现革命的历史，因而对从某一局部（比如农村）入手的空间处理就觉得受到局限，因此必须向外扩张，农村则要写到城市，城市则须有农村补充，实际上这一倾向在茅盾的《子夜》中就有表现。而在这些小说中，空间由时间制约，时间具有优先的重要价值。这是一种历史不断进步的时间价值化的时间神话思维。因而作品中的时间与历史或现实中的公共时间是重合的一致的。这样一种占统治地位的文体，到了"文革"达到了登峰造极的地步，按照"三突出"创作方法创作出来的"样板戏"，小说《虹南作战史》，电影《春苗》、《决裂》等实际上与此前的所谓社会主义现实主义一脉相承。物极必反，当新的历史时期来临的时候，人们对这种文体的话语权力的质询与挑战就顺理成章了。

---

① 周扬：《在全国第一届电影剧作会议上关于学习社会主义现实主义问题的报告》（1953年），见《周扬文集》第二卷，北京：人民文学出版社，1985年版，第198页。

② 冯雪峰：《英雄和群众及其它》，《文艺报》1953年第24号。

当然这种争夺话语权的挑战是有限度的，主流意识形态一方面允许甚至鼓励作家向"极左"的文艺思想开战，另一方面又设定了挑战的范围。清算"极左"文艺思想与政治上的拨乱反正是一致的，但主流意识形态所允许的范围是恢复到现实主义的"本来面目"上去，就是重提"真实性"问题。从1978年下半年始，全国的许多家报刊都开辟了有关"文艺真实性问题的讨论"，[①] 参加讨论的文章基本上是就文艺的观念发表意见，并没有涉及文体问题。值得注意的是王蒙参加讨论的文章，在《反真实论初探》和《睁开眼睛面向生活》的文章中，王蒙不仅梳理了文学真实性的观念，而且提出了对他在文体上产生重要影响的文学真实性观念。王蒙说："文学的真实性，既包括着对于客观外部世界的如实反映，也包括着对于人们的（包括作家自己的）内心世界的如实反映，我们决不因为提倡真实而排斥浪漫主义，排斥理想、想象、艺术的虚构与概括，但我们也决不允许以渺小的粉饰生活和卑污的伪造生活来冒充浪漫主义，冒充什么理想和虚构。"[②] 可见王蒙的这些观念正在孕育着对新的文体形式的探索，他在寻找自己："在茫茫的生活海洋、时间与空间的海洋、文学与艺术的海洋之中，寻找我的位置、我的支持点、我的主题、我的题材、我的形式和风格。"[③] 寻找自己就是寻找新的适合于自己的文体形式，寻找能与传统现实主义文体争夺话语权的文体形式。因为在文学艺术的"场域"中，新的文体形式正是一种生产权威的"文化资本"。当然，王蒙的文体创新在王蒙的自我意识中既是一种艺术天性，也是一种新的时代所赋

---

① 1978年12月，《辽宁日报》首开"关于文艺真实性的讨论"的专栏，1980年《人民日报》也开辟了"关于文艺真实性问题的讨论"专栏。

② 王蒙：《睁开眼睛面向生活》，见《王蒙文集》第六卷，北京：华艺出版社，1993年，第23页。

③ 王蒙：《我在寻找什么》，见《王蒙文集》第七卷，北京：华艺出版社，1993年，第690页。

予的习性，注重感觉，注重人的内心世界也许是王蒙天性中早已存在的艺术灵气，而新的历史时期的触发和塑型对王蒙这种艺术天性的建构起到了更为重要的作用。二十世纪八十年代初的"集束手榴弹"的连续爆炸，的确震动了文坛，王蒙成为文体创新的代表。继之而起的创新潮流的涌动，促进了王蒙文体创新的话语权力的合法化进程。因为，在那个时代，创新就是最大的话语权力，而创新的指向就是西方现代派文学，这是时代的潮流，也是时尚。可以说，王蒙在二十世纪八十年代以后文坛上的新的话语权威地位的确立，是历史时代的作用的结果。它也许并不是王蒙的本意。在王蒙的自我意识中，并不是要打破旧文体的话语权力秩序进而取而代之，王蒙所反对的就是定于一尊的文体形式，他说："我不赞成把一种手法和另一种手法对立起来。如说某一种手法是创新，难道另一种手法不是创新吗？为什么要这样提问题呢？难道各种手法是互相排斥、有我无你的吗？李白、杜甫，风格手法是如此不同，然而，他们都伟大，他们实际上是相异而成，相异而相辉映，相异而相得益彰。"[①]又说："百花齐放的政策是各种风格和流派的作品进行自由竞赛的政策。萝卜茄子，各有各的爱好是自然的。因为爱吃萝卜就想方设法去贬茄子，却大可不必。在艺术手法、艺术趣味这种性质的问题上，'党同'是可以的和难免的，'伐异'是不需要的、有害的。只要方向好、内容有可取之处，我们就应该让其八仙过海，各显其能。我们要党同好异，党同喜异，党同求异。没有异就没有特殊性，就没有风格，没有流派，没有创造了。"[②]可见，王蒙所挑战的话语权力，并不完全是现实主义本身，而是这种定于一

---

① 王蒙：《倾听着生活的声息》，见《王蒙文集》第六卷，北京：华艺出版社，1993年，第119页。
② 王蒙：《倾听着生活的声息》，见《王蒙文集》第六卷，北京：华艺出版社，1993年，第119页。

尊的话语权力秩序。历史的经验教训使王蒙形成了反对一切形式的独断论、极端化，主张多元化、相对性的文化哲学思想，故而他的文体形式不断变化，不断探索，实际上也是在自我消解自身的权威地位。不过，在客观上，王蒙愈是坚持探索坚持先锋姿态，他的话语权威地位就愈巩固，在话语权力秩序中，王蒙成为新的权威，是他不经意中的产物。

三、王蒙小说文体的身份政治

然而，事实上的权力地位，使王蒙在九十年代不断遭遇攻讦，这显然与王蒙在话语权力秩序中的特殊身份有关。

在二十世纪八十年代以后的中国文坛这一"场域"中，意识形态早已不是铁板一块，它在实质上处于严重的分裂状态中。一方面，正统意识形态仍然占据统治地位，掌握着文化领导权，是主流意识形态；另一方面，"民间意识形态"[①]也正以迂回曲折的方式来试图争得一席之地。在二十世纪八十年代初期，王蒙可以看作是这一"民间意识形态"萌芽的代表，这从王蒙与胡乔木的交往中可以见出。胡乔木一方面劝诫王蒙在创作上不要走得太远，另一方面又真诚地关注着王蒙的创作。[②]前者说明王蒙文体创新对于主流意识形态的异质色彩，后者又标志着主流意识形态对于王蒙所寄寓的希望。"这样的境遇决定了王蒙今后在文坛上的位置：一个连接主流意识形态与民间意识形

[①] 这里所说的"民间意识形态"实质上是一种在社会转型时期出现的新的文化价值形态，这种文化价值形态与传统的主流意识形态产生尖锐冲突，因而是边缘的、受压制的，但却被人们逐渐认可，因而具有强大的生命力，甚至可以说是一种代表着未来发展趋向的文化价值观，因此我称其为"民间意识形态"。

[②] 王蒙：《不成样子的怀念》，《读书》，1994年第11期，第48~52页。

态的桥梁或界碑的位置。"① 当王蒙成为文化部长，当二十世纪八十年代中后期，一批文坛新人以更急进的创新方式闪亮登场的时候，王蒙的权威位置便遭遇了来自两方面的攻讦和挑战：主流意识形态中的"左"派认为王蒙是最具危险的"新派人物"，而民间意识形态中的一些人认为，王蒙又是具有官方色彩的保守人物。② 这时也出现了针对

---

① 郭宝亮：《王蒙小说文体研究》，北京：北京大学出版社，2006年，第175页。另，关于"界碑"的说法，王蒙在《王蒙自传·大块文章》中也说过："我好像一个界碑。这个界碑还有点发胖，多占了一点地方，站在左边的觉得我太右，站在右边的觉得我太左，站在后边的觉得我太超前，站在前沿的觉得我太滞后。前后左右全占了，前后左右都觉得王蒙通吃通赢或通'通'，或统统不完全入榫，统统不完全合铆合辙，统统都可能遇险、可能找麻烦。胡乔木、周扬器重王蒙，他们的水平、胸怀、经验、资历与对全局性重大问题的体察，永远是王蒙学习的榜样。然而王蒙比他们多了一厘米的艺术气质与包容肚量，还有务实的、基层工作人员多半会有的随和。作家同行能与王蒙找到共同语言，但是王蒙比他们多了一厘米政治上的考量或者冒一点讲是成熟。书斋学院派记者精英们也可以与王蒙交谈，但是王蒙比他们多了也许多于一厘米的实践。那些牢骚满腹，怨气冲天的人也能与王蒙交流，只是王蒙比他们多了好几厘米的理解、自控与理性正视。……"参见《王蒙自传》第二卷《大块文章》，第175页，花城出版社2007年4月。
1989年后，王蒙不断遭遇来自两个方面的批评，一个方面是来自《文艺报》、《中流》、《文艺理论与批评》等几家报纸杂志的带有明显正统色彩的强烈指责，代表性文章有山人：《〈坚硬的稀粥〉是一篇什么作品？》，《文艺理论与批评》1991年第6期第140—142页；慎平：《读者来信》，《文艺报》1991年9月14日；淳于水：《为什么"稀粥"还会"坚硬"呢？》，《中流》1991年第10期。另一方面则是年青一代的批评，代表性文章有王彬彬：《过于聪明的中国作家》，《文艺争鸣》1994年第6期；林贤治《五十年：散文与自由的一种观察》，《书屋》2000年第3期。
② 1989年后，王蒙不断遭遇来自两个方面的批评，一个方面是来自于《文艺报》《中流》《文艺理论与批评》等几家报纸杂志的带有明显正统色彩的强烈指责，代表性文章有山人：《〈坚硬的稀粥〉是一篇什么作品？》，《文艺理论与批评》1991年第6期第140~142页；慎平：《读者来信》，《文艺报》1991年9月14日；淳于水：《为什么"稀粥"还会"坚硬"呢？》，《中流》1991年第10期。另一方面则是年青一代的批评，代表性文章有王彬彬：《过于聪明的中国作家》，《文艺争鸣》1994年第6期；林贤治《五十年：散文与自由的一种观察》，《书屋》2000年第3期。

王蒙小说文体的批评，比如有论者认为王蒙的文体是"杂乱而空虚"的。① 这些都说明，王蒙文体的权威地位也正在遭遇新的话语权力的挑战。

我说王蒙的位置是一个连接主流意识形态与民间意识形态桥梁和界碑的位置，主要是针对王蒙在二十世纪九十年代不断遭遇的两面夹击的境况而言的。这一境况具有重要的文化象征意义，它标志着王蒙以及他们这一代知识分子的尴尬处境。王蒙常常在政治文化上采取一种"抹稀泥"行为，而"抹稀泥"行为在王蒙看来正是一种桥梁作用。王蒙说："我总是致力于使上面派下来的提法更合理也更容易接受些。也许我常常抹稀泥，但我仍然认为抹稀泥比剑拔弩张和动不动'断裂'可取。"② 而在批判者看来，王蒙只能是两个时代的界碑。林贤治就认为："王蒙是一个'跨代'的典型。他是正统意识形态的最后一个作家，同时是新兴意识形态的最初一个作家；他以他的存在，显示了过渡时代中国文学的特色。"③ 这一过渡时代文学特色是什么呢？ 这就是新旧并置、多元共存、众声喧哗、"乱相"丛生的状态。在这样一个多元化无主潮的时代，在主流意识形态日渐式微，民间意识形态日益强盛的时代，王蒙只能成为一个"抹稀泥者"。王蒙生活在体制内，他对他的前辈看得很清楚，这在他的怀念文章中有很明显的表现，他知道他们的弱点，也理解他们的苦衷；他写出了他们的政治化，也写出了他们的人情味。胡乔木的谨慎老成却不失天真与折中，丁玲的个性、政治与实际上不通政治的书生气，周扬晚年对来访的王蒙近乎哀婉的挽留中所透露出来的寂寞孤独心态种种，都浸染着王蒙对他们的深深的理解、同情和宽容的情怀。生活在体制内，使王

① 吴炫：《中国当代文学批判》，上海：学林出版社，2001年，第77~99页。
② 王蒙：《不成样子的怀念》，《读书》，1994年第11期，第48~54页。
③ 林贤治：《五十年：散文与自由的一种观察》，《书屋》，2000年第3期，第17~79页。

蒙在他的前辈身上看到了他们与时代脱节而酿成的悲剧般的结局。旧的时代注定要结束，但王蒙却与这个时代有着千丝万缕的联系，在王蒙看来，时代应该是连续的，不能因为过去的失误就彻底否定历史，因而他不可能与其一刀两断，这样，王蒙实际上把自己看成了过去时代的承接者；然而王蒙也深深懂得，历史前行的车轮是谁也阻挡不住的，改革是时代潮流，而未来属于青年人。这就是他在一些年轻人比如王朔等人身上，看到的身处体制外的自由、轻松、洒脱和解颐的痛快，但王蒙对王朔的认同不是全部而是局部的，他欣赏的是他的"智商蛮高，十分机智，敢砍敢抢，而又适当搂着——不往枪口上碰"①。他这样评论王朔："他写了许多小人物的艰难困苦，却又都嘻嘻哈哈，鬼精鬼灵，自得其乐，基本上还是良民。他开了一些大话空话的玩笑，但他基本上不写任何大人物（哪怕是一个团支部书记或者处长），或者写了也是他们的哥们儿他们的朋友，决无任何不敬非礼。他把各种语言——严肃的与调侃的，优雅的与粗俗的，悲伤的与喜悦的——拉到同一条水平线上。他把各种人物（不管多么自命不凡），拉到同一条水平线上。他的人物说：'我要做烈士'的时候与'千万别拿我当人'的时候几乎呈现出同样闪烁、自嘲而又和解加嬉笑。他的'元帅'与黑社会的'大哥大'没有什么原则区别，他公然宣布过。""抢和砍（侃）在他的作品中，在他的人物的生活中，起着十分重大的作用。他把读者砍得晕晕乎乎，欢欢喜喜。他的故事多数相当一般，他的人物描写也难称深刻，但是他的人物说起话来真真假假，大大咧咧，扎扎刺刺，山山海海，而又时有警句妙语，微言小义，入木三厘。除了反革命煽动或严重刑事犯罪的教唆，他们什么话——假话、反话、刺话、荤话、野话、牛皮话、熊包话直到下流话和'为艺术而艺术'的语言游戏的话——都说。（王朔巧妙地把一些下流话的关键

---

① 王蒙：《躲避崇高》，《读书》，1993年第1期，第10~17页。

字眼改成无色无味的同音字，这就起了某种'净化'作用。可见，他绝非一概不管不顾。)他们的一些话相当尖锐却又浅尝辄止，刚挨边即闪过滑过，不搞聚焦，更不搞钻牛角。有刺刀之锋利却决不见红。他们的话乍一听'小逆不道'，岂有此理；再一听说说而已，嘴皮子上聊做发泄，从嘴皮子到嘴皮子，连耳朵都进不去，遑论心脑？发泄一些闷气，搔一搔痒痒筋，倒也平安无事。"[①] 可见，王蒙在这里所欣赏的是王朔诸人不硬来乱来的聪明劲儿。这也充分说明了王蒙只能是体制内的温和的改良派，他采用渐进的方式试图改革体制的弊端，但决不会成为激进的冲破体制的"革命派"。由此看来，王蒙倒有点像新文化运动中的胡适、梁实秋辈，但王蒙缺乏欧美文化的背景，实际上与胡、梁也不同。王蒙是一个思想文化上的经验主义者，但王蒙又不是培根意义上的实证的经验主义者，而是体验的经验主义者。王蒙强调体验，强调对生活的纠缠在一起的感悟。因此，他的人生经验和政治智慧，都是在生活中体验出来的。从生活体验中得来的经验教训，使王蒙变得聪明起来，成熟起来，正如贺兴安所说的："他的有些决定和见解，很勇敢很大胆，他又经常是十分谨慎、小心、并仔细掂量自己的步履。我只能说，他充分地估量了他的有限的存在，却在这种有限中显示了惊人的爆发力。"[②] 也许正是这种人生经验和政治智慧，这种聪明与成熟，这种谨慎、小心，使王蒙看起来显得"世故"，甚至"圆滑"，而这恰恰是他遭遇攻讦的主要"罪证"。

然而，攻讦者看到的只是表面的王蒙，而没有深入到王蒙所处的文化位置上。事实上，正是由于这一位置，才决定了王蒙文体的杂糅性与整合性。王蒙的文体创新总给人一种不彻底、不干脆的印象，总给人一种形式化、表面化的感觉，原因也在这里。吴炫就曾指出王蒙

① 王蒙:《躲避崇高》,《读书》, 1993年第1期, 第10~17页。
② 贺兴安:《王蒙评传》, 北京: 作家出版社, 2004年, 第3页。

式的创新是一种把玩和装饰，王蒙式的批判是一种肯定性的抚摸式的批判，[①] 这种说法在一定意义上是有道理的，只是我们不应该简单地把王蒙的这种状态理解为生存策略，而是与他在时代文化中的桥梁或曰界碑的位置与身份有关，从位置和身份的角度来理解王蒙，王蒙是真诚的。然而，王蒙注定要遭遇误解，历史注定了他与他的同代人的尴尬的过渡代命运，因为时代的文化矛盾已经宿命般地决定了他们的现实和未来。

原载《华中学术》2017年第3期

---

① 吴炫:《中国当代文学批判》，上海:学林出版社，2001年，第77~99页。

浅谈王蒙近年来小说创作的新探索

  从1953年创作《青春万岁》开始，王蒙迄今已有67年的创作历史。其创作生命之长，创造力之旺盛，都是无人匹敌的。把他称为文学界的"劳动模范"是当之无愧的。进入老年以来，王蒙仍然战斗在创作一线，且佳作频出，据不完全统计，近十年来王蒙共出版各种著作、文集十几部，其中小说及小说集就有七部。单就2015年以来，几乎每两年就出一部小说集，2020年还出版了长篇小说《笑的风》。①从小说创作的质量看，宝刀不老，探索不止，真正践行了他"创造到老，书写到老，敲击到老，追求开拓到老"的誓言。本文试图以编年的方式，对2015年以来王蒙创作的主要小说，进行解读与评述，梳理其创作的新的追求和探索。

拒绝"肥皂剧"：世俗交响中的历史感与命运感

  2015年王蒙的中篇小说《奇葩奇葩处处哀》发表于《上海文学》

---

  ① 近十年来，王蒙出版的小说及小说集有：《明年我将衰老——王蒙小说新作》（小说集），广州：花城出版社2013年4月；《这边风景》（长篇小说），广州：花城出版社2013年4月；《闷与狂》（长篇小说），北京：北京联合出版公司出版2014年8月；《奇葩奇葩处处哀》（小说集），成都：四川文艺出版社2015年7月；《女神》（小说集署名王蒙 陈布文），成都：四川文艺出版社2017年5月；《生死恋》（小说集），桂林：广西师范大学出版社2019年7月；《笑的风》（长篇小说），北京：作家出版社2020年4月。

第4期，机缘巧合的是，短篇小说《仇仇》《我愿意乘风登上蓝色的月亮》也同步发表于《人民文学》《中国作家》两本杂志的第4期。本年7月这三篇短篇小说又与发表于《人民文学》2014年第7期的《杏语》结集出版。表明81岁的王蒙仍然具有旺盛的创造力。

阅读王蒙的这些小说，一种"不知从何说起"的感觉更加强烈，王蒙的深不见底，王蒙的杂沓繁复，王蒙的万花筒版的无限缠绕……正如王蒙在"后记"里说的："……一些荒谬，一些世俗，一些痴呆，一些缘木求鱼南辕北辙直至匪夷所思，一些俗意盎然的情节……无限的人生命运的叹息，无数的悲欢离合的撩拨……空间、时间、性别三元素的纠结激荡，旋转了个人、历史、命运的万花筒。"[①]

中篇小说《奇葩奇葩处处哀》，表面上好像是一个很世俗的故事——一个丧偶的老年男子与六个奇女子之间的可叹、可爱、可哭的婚恋奇遇。王蒙说素材早就有了，"只是久久不想写，是因为太容易写成家长里短肥皂剧。"正因为有了这份警醒，王蒙才能在世俗的交响中直逼灵魂深处，透视百态人生，以横切面的方式把时间串接起来，让历史与现实，追忆与猜想，前生与今世，昨日与明天，穿插腾挪，纵横驰骋，极大地拓展了小说的信息容量，使得一篇中篇小说具有了扎扎实实的宽度与厚度，从而避开了俗世的鸡毛蒜皮，获得了历史的纵深感和错综感。

小说一开始便是在沈卓然对发妻淑珍的沉痛追忆中展开。老年丧妻，回忆淑珍与自己相濡以沫、患难与共的一生，沈卓然痛彻心扉，追悔不已。淑珍是一个怎样的女性啊？沈卓然把自己的怯懦谨慎、胆小怕事与淑珍的平淡自然、常人常态加以对比。体温计事件，那蔚阑事件，特别是后者，沈卓然在同学的恶作剧中被诬陷，甚至吃了一记屈辱的耳光，他没有也不敢抗争，他习惯性遭诬陷，这是他怯懦的

---

① 王蒙：《奇葩奇葩处处哀·后记》，成都：四川文艺出版社，2015。

表现，损人之后的不敢挺身而出，与被损害后的不敢抗争，本质上都是人格不健全的一种标志，而被压抑的怯懦之后的性幻想，难道不正是阿Q质的一种变种吗？随后的政治压抑与诬陷，那蔚圚老师在政治危难中的避风要求，沈卓然与淑珍的表现更是天壤之别，沈的装聋作哑与淑珍的真诚挽留，体现出淑珍人格的平凡而伟大。因此，"淑珍不仅是葩，淑珍是根，是树，是枝，是叶，它提供荫庇，提供硕果，提供氧气，提供生命的范本。"

与历史感联袂而生的是命运感。命运多舛，世事多艰，大起大落，乐极生悲，十年河东十年河西等等都是讲的人生命运的变幻无常。王蒙的一生不正是这样富有戏剧性的命运幻化吗？所以沈卓然才处处感到正是自己的小人得志，胆小怕事，卑微渺小，乃至不敢成仁成义的犬儒主义、机会主义、实用主义、活命主义等才导致了老年丧妻，天塌地陷，一步没顶！才有"上苍给你多少快乐，就会同样给你多少悲伤，上苍给你多少痛楚，就会同样给你多少甘甜。没有比这更公道的了"的感慨。同样，沈卓然在与后来的几位女性的接触中仍然贯穿着这种命运感。周密型葩连亦怜，身世奇特，五十岁了，生活拮据，家有病儿，她的功利和实用与她的命运有着怎样的关联呢？才智型葩聂娟娟，对于沈卓然而言，则是另外一种新鲜的体验，"神经质、不无卖弄，万事通，出色的记忆力，阴阳八卦，中外匪夷，文理贯通，古今攸同。"神神道道，虚虚实实，来无踪去无影，她在四十多岁丧夫的寡居的岁月，是怎样经历了命运的捉弄啊？至于力量型葩吕媛的"二"与"糙"，年轻前卫型葩乐水姗的"潮"与"新"，都构成沈卓然新的生活网络。她们身后的故事和命运都自成一体，足以结构为一部传奇的活剧。

在《仇仇》中李文采一生热爱外国文学，他与同样热爱外国文学的特别的女生仇仇的一段邂逅，足以拨弄命运的琴瑟，政治运动的大波使得李文采狼狈不堪，他检举了仇仇，仇仇从此不知所终。五十多年的世事沧桑，漂流海外的仉仉寄来李文采年少时的笔记本，然而字迹却灰飞烟灭，一切的一，一的一切，都成为记忆，而记忆也终将淹没于无形。我觉得李文采的"无字书"真是神来之笔，此时无形胜有形，此时无字胜有字，古今多少事，都付笑谈中！

同样，在《我愿意乘风登上蓝色的月亮》一文中，"播种者小姑娘"白巧儿的一生沉浮，令人多少感慨啊！从一个乡村民办小学的教师，到主管文教的副市长，再到因贪腐落马，小说采用了"捕风捉影"的手法，加以叙述，使得小说留有足够的空白，令人浮想联翩。

王蒙写了一个个鲜活的人物，他们各有自己的命运轨迹。王蒙没有干扰他们的生活和命运，而是站在一个相当的高度来俯察他们，这个高度是"80后"王蒙的人生省思和生命体验的高度，王蒙在宽容中储满了悲悯。无论是奇葩们还是仉仉与白巧儿，王蒙无一例外地都给予人物充分的理由，他看着她们苦着乐着挣扎着无奈着乃至生着死着。人生变幻，世事沧桑，苦海无边，王蒙以生命的大觉悟和大悲悯洞悟了存在的秘密。

"非虚构"小说：虚实之间的张力与"实录精神"

王蒙在《生死恋》小说集的前言里说到，他的责任编辑已经把他列入可以开拓出新领域的青年作者的名单以内了。这话一点也不夸张。从王蒙近年来的一系列小说中，我们的确看到了这一趋向。我特别注意到，王蒙所写的几篇"非虚构小说"，比如《女神》（《人民文学》2016年第11期）[①]、《邮事》（《北京文学》2019年第3期），另有几年前发表出版的《悬疑的荒芜》（《中国作家》2012年第5期）、《闷与狂》

---

① 2017年5月将《女神》与陈布文的小说《假日》《离婚》《黑妞》以及附录一、附录二一起，署名王蒙、陈布文，由四川文艺出版社出版单行本。

（北京联合出版公司2014年8月）等，还有王蒙自己透露的那尚未面世躺在硬盘里的"非虚构"书稿，充分证明王蒙的创造探索精神。

"非虚构"是近年来文学界的热点现象，2010年《人民文学》杂志开辟"非虚构"专栏，据说一开始是为了发表韩石山的自传《既贱且辱此一生》而特别开设的。[①]但据时任《人民文学》副主编的邱华栋讲，是他在与主编李敬泽的交谈中，痛感时下文学与现实的隔膜，进而借鉴美国杜鲁门·卡波特等的"非虚构"写作来改善这一写作环境。[②]我也曾关注过这一写作现象，读过一些"非虚构小说"，但在阅读中也发现了一些问题。比如常常被大家谈起的几篇"非虚构"作品：梁鸿的《中国在梁庄》，慕容雪村的《中国，少了一味药》，萧相风的《词典：南方工业生活》等，这些作品的确在虚构性纯文学作品普遍萎靡的境况中透露了一丝大地的气息，但总的来看，这些作品仍带有传媒时代猎奇化的痕迹。慕容雪村"冒死"潜入传销组织然后写一个"好"的故事的表演性行为，更像一个颇有卖点的"噱头"，记得在八十年代就有贾鲁生秘密潜入丐帮数月，然后写就纪实文学《丐帮漂流记》，引发大家的好奇心一样。更为严重的是，以上诸作中的"中国叙事"和"个人叙事"是分裂的，作者以外在的"看"呈现的是"事"而不是"人"，因此"梁庄"也好，传销组织也好，南方工业生活中的女工也罢，都是扁平的被"我"观看的事主，因此显出平庸的底色来。而恰恰在这一点上，王蒙的"非虚构小说"，其非凡的品质显而易见。

《女神》发表于2016年11期的《人民文学》，并没有标识为"非虚构"，而是在"中篇小说"栏目的头条，但在编者的卷首按语里，把其称为"非虚构"。这篇小说以生活中的真实人物陈布文（著名艺术

---

① 李敬泽、陈竞：《文学的求真与行动》，《文学报》2010年12月13日。

② 邱华栋：《非虚构写作和时代 —— 兼论阿列克谢耶维奇的〈二手时间〉》，《领导科学论坛》2017年第4期。

家张仃夫人）的真实生活故事展开叙述，叙述人则由生活中的真实人物王蒙来承担，因而，写这样的小说的确是对作者自己的"严重挑战"。但"高龄少年"王蒙却迎着这挑战而去，他充分发挥了小说家的艺术才能，像写小说那样"非虚构"，一个从未谋面的人物，只因一封短信，一次电话中的爽朗笑声，几篇文字，还有一生的念念不忘……便把"非虚构"的故事写得如此引人入胜，把"非虚构"的人物塑造得如此饱满和鲜活，的确显示了作者深厚的内功。小说起笔于日内瓦，那个扑朔迷离的"日内瓦相遇"真真是飞来之笔，它与主人公临终之时对"日内瓦"的呼唤遥相呼应，诗意化地浓缩了主人公陈布文始终如一的高洁人格魅力，不管是身居权力中心还是退居家庭成为"家庭妇女"，她的性格都是诚挚、纯洁、平淡的。不做作，不虚夸，不伪饰，是个地地道道的"真人"。是的，王蒙重在写"人"，同时，这个"奇异的真人"也折射出了时代的波澜。陈布文，一个来自延安的老革命，曾做过共和国总理周恩来的机要秘书，后主动去职，先是到大学教书，后彻底回归家庭，相夫教子。用王蒙的话说，她是"最文化的家庭主妇"。当然，她也是很成功的母亲，在她的几个孩子中，不止一个成了诗人和作家，儿子郎朗还是著名的"太阳纵队"的骨干分子，"文革"中差点像遇罗克一样被枪毙，多亏了周总理的搭救。总之，《女神》是王蒙根据真人真事的再创造。小说中提到的杨绛，还有作为《蝴蝶》中海云原型的于光远的夫人孙历生，都说明，王蒙的《女神》是经过合理想象之后的产物。

《邮事》发表于2019年第3期的《北京文学》，也是王蒙明确宣布为"非虚构"小说且与报告文学、散文明确加以区分的一篇作品。这篇"非虚构"小说，完全以王蒙的亲身经历来实录自己与邮局之间所发生的诸多难忘的往事。但王蒙的用意显然不仅仅讲述自我身边的那点故事，而是串联起了一百多年中国邮政事业的兴衰际变，正像崔建飞所言：王蒙通过"生活的际遇、命运的波折、时代的变迁和历史的沧桑，编织成一支以绿色邮政为主旋律的交响曲"。[①]王蒙在此把个人叙事与中国叙事完美地结合起来了。在王蒙的早期记忆中，邮局是美好的，在绿色的邮箱里有着生活的无尽希望和人间温馨。从何时起，邮局里也掺杂了不和谐的音符，王蒙以自己收取稿费的烦琐经历，昭示了一个充满阳光的行业是如何无可奈何花落去的。这其中既有对逝去岁月的无尽惆怅，也有着王蒙对世界一日千里飞速发展的欣慰和通达，小说犹如沧桑的交响，复调般地展示了历史和人生的多重步履以及无以言传的心事。从这一意义上说，《邮事》是个人对时代和历史的活的见证。

我觉得，到《邮事》这篇小说，王蒙建构了他对"非虚构"小说的美学理念。在《生死恋》的"跋二"，王蒙谈到"非虚构"小说时说："虚构是文学的一个重要手段，非虚构是以实对虚，以拙对巧，以朴素对华彩的文学方略之一。于是非虚构的小说作品也成为一绝。绝门在于：用明明以虚构故事人物情节为特点与长项的小说精神、小说结构、小说语言、小说手段去写实，写地地道道有过存在过的人与事，情与景，时与地。好比是用蜂蜜做药丸，用盐做牙膏，用疼痛去追求按摩的快感，好比是我在苏格兰见过的、在铁匠作坊里用大锤在铁砧上砸出来的铜玫瑰。"[②]我理解王蒙的这段话是否可以把"非虚构"小说，叫作"戴着镣铐的舞蹈"呢？实际上从理论上说，"虚构"与"非虚构"并不应该是完全对立的，他们甚至也不应该成为一个问题。文学永远都是在虚实之间。绝对的"虚"和绝对的"实"都不成其为文学，其奥妙就在于虚实之间的**张力**。不过，从实践上说，"虚构"与"非虚构"还是有区别的，"虚构"是可以不拘泥于生活的外在真实而大胆想象，但要力求达到本质真实；"非虚构"则是应该尊重生活的

① 崔建飞：《绿邮乡愁——评王蒙中篇小说〈邮事〉》，《中国当代文学研究》2019年第4期。
② 王蒙：《生死恋·跋二》，桂林：广西师范大学出版社，2019。

本来面目，但在局部可以合理想象。从这一点出发，王蒙至于"非虚构"小说的营造是有着天然优势的。王蒙有着丰富的人生阅历，又有着老到的小说写作艺术经验，而且王蒙的此前的小说实际上都具有"非虚构"的性质。早在《青春万岁》的写作时期，王蒙就对那种故事性作品不感兴趣："能不能集中写一个故事呢？太抱歉了，我要写的不是一个大故事而是生活，是生活中的许多小故事。我所要反映的这一角生活本来就不是什么特殊事件，我如果硬要集中写一个故事，就只能挂一漏万，并人为地为某一个事件添油加醋、催肥拉长，从而影响作品的真实性、生活感，并无法不暴露出编造乃至某种套子的马脚。这样的事，我不想干。"[①]新时期王蒙复出后，大部分作品也几乎没有那种"巧合""传奇"式的很有戏剧性的故事情节，其自传性都很强，比如《布礼》、《夜的眼》、《活动变人形》、"季节系列"等，其中都贯穿着一种"实录精神"。特别是"季节系列"小说，写作、出版于20世纪90年代之后，那个时代正是消费文化盛行的时代，读者喜欢的主要是猎奇化、娱乐化的产品，王蒙对此十分清醒，但王蒙没有迎合这种文化风气，而是仍然坚持了自己对历史和时代负责的态度，坚持了"实录精神"。

　　近年创作的小说，除了上面提到的《女神》《邮事》外，长篇《闷与狂》是诗化自传，《太原》(《上海文学》2008年第7期)属于"王蒙与崔瑞芳"式的爱情回忆，《悬疑的荒芜》其实也是纪实性很强的作品。《山中有历日》(《人民文学》2012年第6期)、《小胡子爱情变奏曲》(《人民文学》2012年第9期)是王蒙在平谷雕窝村生活的产物。我觉得，王蒙在虚实之间腾挪翻转，向右走一步就是小说，向左走一步就是"非虚构"小说，在两者之间自由穿梭，突破了文体上的限制，达到了怡然自得的自由状态。用《小说选刊》卷首语对王蒙的评价很贴

---

① 王蒙:《我的第一篇小说》,《王蒙文集》第七卷，第620页，北京：华艺出版社，1993。

切："踏遍青山人未老，红杏枝头春意闹，一篇压你三千年，耄耋之年娶媳妇，春风十里不如你。他成了精啦。"

"生死恋"：宏阔历史幕景下的个体生命之谜的天问

《生死恋》，是王蒙发表于《人民文学》2019年第1期上的一篇5万多字的中篇小说，后与《邮事》《地中海幻想曲》（《上海文学》2019年第1期）《美丽的帽子》（作为《地中海幻想曲》的"又一章"发表于《上海文学》2019年第1期）一起合集为《生死恋》，由广西师范大学出版社2019年7月出版单行本。

显然，《生死恋》是这部集子里最重要的小说，也无疑是2019年度最有魅力的小说之一。这篇小说含蕴深远，指向多极，既有青春的激情澄澈，又有耄耋的智慧沧桑，称其为"耄耋青春小说"[1]是有道理的。

小说以顿开茅的视角展开叙述，深情而又冷静地追忆两代人的爱恨情仇故事。小说设置了两个"三角恋爱"框架：一是上一辈苏绝尘与吕奉德、顿永顺的"老三角"，二是子一辈苏尔葆与单立红、丘月儿的"新三角"，这两个三角，互为循环"报应"，互为因果关联，演绎着生命的神秘宿命。

作为吕奉德先生秘书的顿永顺，在吕先生蒙受冤狱受难之时，却与他的优雅的夫人苏绝尘双双坠入爱河，陷入了一段不伦之恋，并生下了儿子苏尔葆，自此埋下了怨怼悔愧的种子。小说以隐晦的笔触叙写了"老三角"的故事：半夜从吕家传出的如狼嚎般的怪声以及压抑的哭泣，梦魇般弥漫在大杂院的空气里，这使得顿永顺异常"吃心"，就像顿开茅质问的："今天我说到苏老师家，你吃那么大的心干什

---

① 陈柏中、楼友勤：《问世间情为何物 ——〈生死恋〉阅读笔记》，《王蒙研究》第五辑，第47页，青岛：中国海洋大学出版社，2019。

么？你究竟干了什么缺德事害了人家吕奉德与苏绝尘？我问你，你是不是坏人？"这一质问犀利且直接，这对于当年的顿开茅来说是可以理解的，但对于耄耋之年的王蒙而言，顿开茅的质问显然简单了。接下来顿永顺的反应则是：愤怒，继而泄气，抱头、摇手、结结巴巴地说"不是的……不是……"很明显饱含着无尽的潜台词，尽管"风流成性"的顿永顺，曾几次因男女作风问题差点儿被枪毙，但王蒙却仍然给予他足够辩白的机会，如果用简单的道德评判来判定一个生命体的好和坏，定然是不合时宜的。

有趣的是，顿永顺这一形象，在王蒙的其他小说里似乎也能见到其影子。如《活动变人形》中的倪吾诚，《恋爱的季节》里的钱文父亲，甚至在《王蒙自传》中的真实的父亲王锦第……父亲给予孩童、青少年，乃至中老年王蒙的全都是噬心的疼痛感，这是一种爱恨交加的心灵创伤性记忆。"永远不做对不起女性的事"，源自父亲这一反面教训，然而，这个父亲真的仅仅是一个反面的坏人和混蛋吗？当顿永顺患癌逝去以后，顿开茅无数次梦到父亲，究竟是一种怎样的象征？一个一向健康的人，为什么突然就得了绝症呢？顿永顺对儿子说："这也是报应！"是的"报应"，这是王蒙小说中的高频率词汇，《活动变人形》据说最初的名字就叫"报应"！"报应"对应着命运的浮沉，承载着多少神秘的宿命气息啊！顿家显赫的家世似乎很可疑，但把顿家与纳兰性德联系起来，既昭示了历史的厚重，同时也增强了这种宿命的意味。顿永顺突患恶疾，难道不是因悔愧而招致的生命报应吗？苏绝尘亦如是，她改名苏清恶，而"清恶"就是"惭愧"之意。生命是啥？人又是啥？"人啊，人"，顿开茅的感慨，充分显示了人——生命的无限复杂性。

如果说，王蒙以比较隐晦的方式叙写了老一辈"三角"故事，那么对新一代"三角"则以浓墨重彩的方式来细腻讲述。二宝的出生，暧昧而尴尬，吕先生作为自己名誉上的爹，实际是最痛恨讨厌他的人。

家庭情势决定了二宝（尔葆）未来的命运。他自小谨小慎微，抑郁寡欢，心事颇重。他是个听话的孩子，他的自律文明，常使顿开茅想起一个词"克己复礼"。他活在前辈人的阴影中，同时也活在"爱的阴影"中。出现在他生活中的小队长山里红（单立红），以爱的方式绑架了尔葆的未来和生活，甚至连"洋插队"也听凭山里红安排。尔葆以极大的忍韧和克己，抵制了杜莱夫人、胖丫头等的各种欲望的诱惑，保持了自己对山里红的道德上的忠贞。当夫妻二人终于团圆于美利坚，且有了一对可爱的儿女时，尔葆却又远涉重洋，重回中国办厂，变成时髦的洋买办。在这里他结识了风情万种的弹词艺人丘月儿，并疯狂地爱上了她。痴爱月儿却怕伤害山里红，啥都想要，啥都不忍弃舍，在爱与非爱、道德与原罪的夹缝里，尔葆骨子里的优柔寡断、顾虑重重、不敢做不敢当的种种人格弱点全都暴露无遗。而这所有的一切，难道不都是先天孽因注定的报应吗？单立红离了，月儿走了，二宝（尔葆）蛋打鸡飞，只有一死了之了。或许，一切皆在天，天意难违，就像五笔字型中的重码现象，顿开茅与王蒙，月儿与豺狼的重码，是否有着奇异的先验关系？生命的密码谁又能穷尽得了呢？

小说延续了王蒙此前小说在艺术和文体上的诸多特征，同时又有着新的探索。小说具有广阔的时空：从清末到新世纪，从北京四合院到美国和欧洲大陆、再到中国东南部工业园，大开大阖，闪转腾挪，出演了一幕幕惊心动魄的人间活剧。设置一个如此宏阔的历史舞台，仍然体现了王蒙对历史、政治、文化的高度热情，这是王蒙小说一以贯之的旨趣。如此，在王蒙笔下，即便最个人化的恋爱故事，也不可能只是一种纯粹的个人行为，而是历史帷幕下的个人生命史。小说中反复出现的"年表"，不是没有意味的。"报应"的含义虽然与个体生命密码有关，但最重要的决定因素显然与时代历史的进程有着直接的关系。中国自近代以来，戊戌维新、辛亥革命、五四新文化运动、共产主义革命、抗日战争、人民解放战争、社会主义建设、改革开放等一系列波澜壮阔的革命、运动乃至变革，塑造并改变着中国人的思维方式乃至性格特征，这种天翻地覆的变革难道不都是天道使然吗？"天若有情天亦老，人间正道是沧桑"。王蒙对时间的充满激情的感叹，其实也是这个意思：

> 时间，你什么都不在乎，你什么都自有分定，你永远不改变节奏，你永远胸有成竹，稳稳当当，自行其是。你可以百年一日，去去回回，你可以一日百年，山崩海啸。你的包涵，初见惊艳，镜悲白发，生离死别，朝青暮雪。你怎么都道理充盈，天花乱坠，怎么都左券在握，不费吹灰之力。……你迅速推移，转眼消逝，欲留无缘，欲追无迹，多说无味，欲罢不能，铭心刻骨，烟消云逝，岑寂也是纪念，沉默也是咏叹。……①

在这里，王蒙在故作轻快调皮的狂欢化语调中，荡涤着沉郁悲怆的生命慨叹！

小说在叙述上尝试了多种技法。作为叙述人的顿开茅，同时也是见证者，思考者，他的感叹、议论，使得小说具有了某种"元小说"的先锋意味；同时，顿开茅的感叹思考，也代表着作为智者的王蒙，集八十多年人生经验的启示，使小说充满了一言难尽的复杂况味。《生死恋》不仅仅是一曲爱情的哀歌，更是宏阔历史幕景下对生命之谜探究的天问。

"笑的风"：无限的生长点和可能性

《笑的风》是王蒙发表于2019年第12期《人民文学》上的一篇

---

① 王蒙：《生死恋》，第43~44页，桂林：广西师范大学出版社，2019。

"具有长篇容量的中篇小说"（《人民文学》卷首语），发表以后，多家杂志转载，反响热烈。之所以说这篇小说具有长篇小说的容量，不仅在于它有接近长篇的篇幅，而且在于它的广阔时空和人物命运的大开大阖、大起大落，还有说不尽味不了的人生感喟、哲理辩证、大欢乐、大悲悯、无限的生长点和可能性。因此，王蒙意犹未尽，又花了两个月的时间增加了五万多字，将其"升级"为长篇小说，交由作家出版社于2020年4月出版。

单从小说的表层结构上看，《笑的风》写了一个类似"陈世美式的"喜新厌旧的故事，滨海渔村的傅大成与白甜美的包办婚姻，以及80年代的挣破这一包办婚姻与作家杜小娟的自由恋爱，其实并不是一个多么新鲜的故事，但王蒙却能化腐朽为神奇，把一个有点老套的故事写出了时代的新鲜感和历史的厚重感。和《生死恋》一样，《笑的风》也依然具有宏阔的时空维度，而宏阔的时空维度，只是王蒙营造小说多层结构的作业场。从建基的角度，这一宏伟大厦始终是以近现代以来的中国和世界为基准的。正是这一基准，决定了小说人物和主题的丰富蕴含。在王蒙的小说里，从来都没有孤立的个人，历史时代决定了人物的命运轨迹，个人也为时代增添了斑斓的色彩。滨海渔村的小伙子傅大成如果不是乘着1958年"大跃进"的春风，被补招进县中学成为一名高中生，也就不会有未完成的诗稿"笑的风"，"笑的风"成为青春期小青年们集体意淫的寄托，既奠定了傅大成浪漫高蹈的文学青年的底色，也几乎注定了他日后命运的跌宕起伏。"笑的风"来自天外，无影无踪，近乎捕风捉影般地虚无缥缈，但无限的想象空间和无穷的可能性魅力就在其中。然而，1959年，父母包办强加于傅大成的婚姻——大媳妇白甜美的出现，把他拉进了实实在在的现实世界中，他懵懵懂懂、迷迷糊糊、跌跌撞撞、半推半就、半梦半醒地做起了新郎。他考上了大学，也过起了日子，有了一龙一凤一对儿女，他甚至说不出白甜美有什么不好——白甜美的确又白又甜又美，而且心灵手巧，持家有术。他绝望、犹豫、抗争、矛盾、自我说服，但到底意难平，终究还是逃避，只身去了Z城。直到躲不过，直到1969年的形势大变，他的"笑的风"的老账被翻出来了，他的大媳妇白甜美与一对儿女来到身边。"她（白甜美）的到来全面扭转了大成的生活与形象"，也彻底改善了傅家与众人的关系。白甜美给了傅大成结结实实的日子，尽管这种日子平常普通，没有个性、没有特色，但在那样的动荡年代，平平安安地，该是多么有福啊！然而，1978年的到来，预示着一个全新时代的开始，傅大成因为发表一诗一小说而成为文坛新星，从此，他的婚姻生活出现了危机，作家杜小娟的出现和大胆进攻，彻底诱发了傅大成对白甜美的"背叛"，他向着不可逆转的对理想爱情的渴望迅跑。我特别注意到了，当写到改革开放之后的时空时，王蒙的笔触大开大阖，不仅仅写了国内从乡村到城市，从内地到边疆，而且写了从国内到国外，从北京、上海到欧洲的西柏林、东柏林、都柏林，写到了二战和柏林墙，写到了苏联和社会主义阵营，还写了世界名人乔伊斯、卢卡奇、君特·格拉斯等。这构成王蒙写作的一个独有的特色：大处着眼，小处落墨。这一特色，在《活动变人形》时就已经开始，小说把倪藻回忆的视点放置在20世纪80年代前往欧洲访问的时空中，奠定了小说的叙事背景是全球化的。到了《生死恋》《笑的风》，这一写作特色得到了全面拓展，这显然与王蒙的耄耋高龄和丰富的人生阅历、知识储备有关。在《王蒙自传》第二部《大块文章》中，在第26章、27章、34章、35章等处，王蒙叙述了自己走向世界的经历，单就1986至1989这三年期间，王蒙就访问了50多个国家。[①] 这种经历，是其他中国作家难于企及的。王蒙顺手将这种生活经历和生命体验写进小说，既真实又自然，同时强化了傅大成、杜小娟、白甜美爱情婚姻的时代背景以及中国现代化发

---

① 　王蒙：《王蒙自传·大块文章》，第305页，广州：花城出版社，2007。

生的全球化视野，是不可或缺的。

由上可见，开放时空中的时代变迁决定了人物命运的浮沉变幻，作家几乎不用特意虚构编撰。我注意到王蒙在叙述中不断提到"强力构思"和"零构思"的说法："人生是谁的构思呢？""是谁继续强力构思二十世纪八十年代的中国与她的每个子民呢？""天才构思都是零构思，即无为而无不为"……从这些说法里。我们可以窥见王蒙的小说观。小说虽是虚构，但虚构的故事并不是由着作家的性子编出来的，而是从生活中的发现和拿来。"强力构思"都是"天"的构思，非人力可为也，因此也是"零构思"。王蒙在小说《生死恋》中写道："天地的创造力，胜过了文学的创造力……好的作品是天造出来，天压下来，天捅入你的心肺，天掏出了你的肝胆，天捏住了你的神经末梢，天燃烧着你的躯体——天命天掌天心天火天剑天风。天的构思，胜过了你渺小的忖度，和你的渺小的微信糊涂群。天的灵感，辗轧过殉文学者一个个的痴心。"① 因此，《笑的风》的故事是"天"赐的故事，傅大成、白甜美、杜小娟的爱恨情仇、哭哭笑笑都不需要编造出来，王蒙就那么随手一拨拉，就把他们安放在了时代这个大棋盘中。如果没有改革开放，如果不是文学，傅大成也许永远都会匍匐在大媳妇白甜美的白花花的怀抱里，安享平安和平庸的日子了，然而，世事大变，傅大成成了人物，他竟然与王蒙、陆文夫、方之、邓友梅、张弦、从维熙等这些"重放的鲜花"还有新秀贾平凹、贾大山、刘心武、莫伸、成一、王亚平等成了文友，他北上北京，南下上海，又是参加文学界的各种盛会，又是出国访问，他再一次"晕眩"了，"他似乎刚刚找到自己，也就是说，他再也找不到原来的自己了"。傅大成与杜小娟，这样两个凌空蹈虚在浪漫无垠星空中的文学奇葩，一个是火星，一个是仙女座，已经无可救药地燃烧在爱情的大火中了。更为荒唐的是，

---

① 王蒙：《生死恋》，第56页，桂林：广西师范大学出版社，2019。

傅大成的女儿阿凤却唱红了母亲的情敌杜小娟写给父亲的情诗《未了思念情》，这连傅大成都觉得荒唐尴尬，不可思议。由此，我觉得，王蒙写这样一个三角恋爱的故事，实际上是在写一个时代，王蒙在缅怀祭奠省思八十年代：

> 这是一个大开眼界的时代，这是一个怎么新鲜怎么来的时代，这是一个突然明白了那么多，又增加了那么多新的困惑与苦恼的时代。有人说是红灯绿灯一起开的时代，天啊，红灯绿灯一起开，你能不分裂吗？报纸上甚至出现了"松绑"与"闯红灯"的口号。①

正是这个既新鲜又困惑，既自由又禁锢，既追新逐异又荒唐惶恐的时代，才可能产生出杜小娟和傅大成这样的奇葩人物，也才可能有傅大成与杜小娟的惊世骇俗的婚外恋情！正是思想解放的八十年代，才能极大刺激和激荡起人的向往远方的理想和欲望。这也是一个令人眩晕的年代，傅大成的晕眩症，不啻是一种个人的病症，也是时代的一种病症。正像王蒙所说的："近一二百年，中国是个赶紧向前走的国家，好像是在补几千年超稳定带来的发展欠缺的债。停滞是痛苦与颓丧的，超速发展也引起了种种病症。所以傅大成患了晕眩症，我们的社会也患上了浮躁症，20世纪80年代已经有所谓'各领风骚'三五天的戏言。傅大成回忆过去，有了一种已无须多言的感觉，这就是一代一代的递进。后浪推着前浪，历史不断前行；当新的后浪追过来了，于是后浪又成了前浪；每个人都是后浪，也都成了前浪。'此情可待成追忆，只是当时已惘然。'每当写作的时候，我不是只追忆他人的沧桑，也惘然于自己的必然沧桑啊！正因为是匆匆过客，才

---

① 王蒙：《笑的风》，第114页，北京：作家出版社，2020。

不愿意放过。"①正所谓"激情之后是疲乏",理想之后是失落,在此,王蒙的现代性体验刻骨铭心,当傅大成与杜小娟真正走到一起时,恋爱中的浪漫和高蹈,让现实的琐碎击得粉碎。难道美丽的爱情,只有在空幻的虚无中才能存在? 杜小娟在20世纪90年代写的歌词《要不,你还是回去吧》里"让我想念和想象吧,我老是想念你。想念和想象也许更美丽"。理想的虚幻美丽,现实的琐碎残酷,最终都归为沧桑。一的一切,一切的一都宿命般地成为一团混沌。由此,《笑的风》的深层含义也隐含其中了。

王蒙在《笑的风》中是否在进一步探究传统与现代、理想与现实、此岸与彼岸、理智与情感等等文化哲学问题? 我认为是的。从一定意义上说,傅大成、白甜美、杜小娟的三角爱情故事也可以说是这些文化哲学问题的具象化表征。傅大成与白甜美虽然是包办婚姻,但却是实惠、实在、踏踏实实的日子;而傅大成与杜小娟的爱情,虽然烈烈轰轰,几近燃烧,但却是缥缈玄虚,如天外之音,镜中之花,中看不中吃。我觉得,王蒙正是在借包办婚姻和自由恋爱这一对矛盾,来省思自近现代以来以启蒙主义话语为范式的现代知识型构的词与物、名与实的内在联结和龃龉。众所周知,自近现代以来,面对世界格局的变化,中国知识界在思想和思维方式上发生了由传统向现代的转型。这种转型是由历史循环论向现代进化论的转变。这种进化论尽管起到了革命启蒙的进步作用,但却催生了激进主义的昂扬,现代/传统、新/旧、理想/现实等等二元对立都在进化论的框架内形成了。在这种框架内,以启蒙主义话语为范式的现代知识型构,是以肯定现代、新、理想而贬抑二元对立的另一极即传统、旧、现实等为价值圭臬的。傅大成与白甜美的包办婚姻由于它的传统型构,天然成为一种

---

① 王蒙、单三娅:《你追求了什么? —— 王蒙、单三娅关于长篇小说〈笑的风〉的对话》,《光明日报》2020年6月10日第14版。

被贬抑的，而傅大成与杜小娟的爱情由于它的现代型构天然应该被赞扬的，然而王蒙却偏偏没有这样写，他把白甜美写成了一个漂亮、理性、忍韧、干练的传统女性，较之于杜小娟，白甜美更适于婚姻生活。正像傅大成所悟到的："与包办相比，自由恋爱说起来是绝对地美妙，但是，以自由度为分母、以爱情热度为分子的幸福指数，到底比以包办度为分母、以'家齐'（即治理与规范）度为分子的幸福指数高出多少，则是另一道算数题，只能答：'天知道。'新文化与自由恋爱主义者必须有如下的决心：幸福不幸福都要自由的爱情，即使你为自由的爱情陷入泥淖，也不向封建包办丧失人的主体性的瞎猫碰死耗子婚姻低头。这倒很像前些年一个夸张的说法：'宁要社会主义的草，不要资本主义的苗'，那么他到底能不能说'宁要自由恋爱的狼狈与失败，不要封建包办的凑合与过得去'呢？"[①] 由此我们不难理解，为什么在小说中，王蒙不断提到"五四"，巴金的《家》，还有说傅大成"只要不从近现代史与新文化运动的角度去反思自己的婚姻……"等说法，实际上正是从这一知识型的认知角度来反省绝对化地谴责包办和赞扬自由恋爱的武断与荒唐了。当然，我们不能这样一一对应地去解释王蒙在小说中投射的哲学思想，但其中的隐含与沉浸当是实实在在的存在，王蒙一贯反对绝对化，在《笑的风》中同样是如此。实际上，王蒙的小说里是有着多种滋味的，混沌朦胧，一言难尽，普遍的悲悯与和解，宿命感、沧桑感，悲喜交集感，使得《笑的风》富有了无尽的韵味。

2020年2月20日完稿，2020年6月10日改，2020年6月18日再改

（原载《当代作家评论》2020年第5期）

---

① 王蒙：《笑的风》，第15页，北京：作家出版社，2020。

灿烂诗心与如火激情

—— 读王蒙长篇小说《猴儿与少年》

　　《猴儿与少年》是"人民艺术家"王蒙最新创作的长篇小说。小说沿袭了王蒙一以贯之的灿烂诗心和昂扬蓬勃的如火激情，以追忆的方式，叙写了鲐背老人外国文学专家施炳炎"摊上事儿"之后，下放农村"劳动改造"的一段"热气腾腾"的往事。而在这段往事中，猴儿"大学士三少爷"与"核桃少年"侯长友举足轻重。特别是"猴儿三少"，王蒙称其为自己作品中的"最爱"。

　　的确，《猴儿与少年》中的"猴儿大学士三少爷"是王蒙贡献给文坛的一个生动有趣的艺术形象，从生物学、生态学、生命学的意义上，王蒙写活了"猴儿性"。猴儿三少的伶俐机智、闪转腾挪，自由自在自如自安自闹自玩，不怕人、不服人、不巴结人、不讨好于人的独特"个性"，给人留下深刻印象，特别是猴儿哥二叔要猴儿，"三少爷照镜子"的描写，简直妙绝：左照右看，东抓西挠，前伸后缩，急躁狂乱，猴态百出，从要猴儿的角度看，实在趣味盎然。

　　然而，王蒙为什么要写这1+n只猴儿呢？初读《猴儿与少年》，我对王蒙塑造的猴儿大学士三少爷是颇有点儿困惑的，继而数读作品，对其中三昧稍有领悟。猴儿在小说中除了具有生物学、生态学、生命学的意义外，是否也是王蒙历史哲学、文化哲学以及心理学的意义载体呢？"猴儿照镜子"的细节，凸显了猴儿三少的象征意义。猴儿三少与施炳炎、王蒙互为镜像，互为"镜中我"，施炳炎－王蒙身上的那种自尊、自恋、自怜是否也是猴儿三少镜中的那个"自我"呢？"炳炎儿时不就是一只小猴儿吗？""炳炎突然悟了，三少爷是猴儿里的'小资产阶级'，或者，小资产阶级是社会变革突飞猛进大潮大浪中的'猴儿'。"在这里，不管王蒙是一种幽默还是戏谑，联想到1957年开始的知识分子改造运动，是否也是一种对知识分子"自以为是，自作聪明，弼马温气质，天真的官迷气质，少爷的任性与骄矜"等"猴性"的清算呢？让"猴儿"驯顺成为人——革命人，经风雨见世面就是必要的必需的。而且，从人类发展的意义上看，"猴儿"正是人类的原初镜像。从猿到人，劳动起到了决定的作用。这也是施炳炎为什么并不反感体力劳动，不反感下放改造，不反感到人民中来的缘故。他甚至把来到大核桃峪村的这一天当成了自己重新做人的又一个生日，因为他相信劳动创造人，劳动创造世界，这是他的信仰，他的初心。"施炳炎为自己的劳动史而骄傲，而充满获得感充实感幸福感成功感！劳动是他的神明，劳动是他的心爱，劳动是他的沉醉，劳动是他的诗章！"施炳炎作为王蒙的"镜中我"，他的追忆，他的对于历史的看法，自然会得到王蒙的赞许和积极回应，作为相信的一代，他们见证了抗日战争、解放战争以及建国以后社会主义革命和建设的近百年的历史进程，欣逢其时，置身其中，在人生的晚年，回忆当年的盛况，应该是个什么状况呢？用王蒙的话说就是："我赶上了激情的年代，沉重的苦难、严肃的选择、奋勇的冲锋、凯歌的胜利，欢呼与曲折，艰难与探索，翻过来与掉过去，百年——也许是更长的时间——未有的历史变局，千年未有的社会与生产生活的发展变化，而我活着经历了、参与了这一切，我能冷漠吗？我能躺平吗？我能麻木不仁吗？我能不动心、不动情、不动声色，一式36.5℃吗？"（见舒晋瑜对王蒙的专访）从"所有的日子都来吧"到"所有的哨子都吹起来吧"——这一从十九岁时的"青春万岁"到八十七岁时的"万岁青春"，昭示着王蒙激情燃烧的诗人本质。

但王蒙毕竟是王蒙。小说设置的"真假宝玉"——施炳炎与王蒙同时出现在小说中，不是没有用意的。施炳炎作为王蒙的镜像，他的经历，情感指向，乃至所思所想都可以说与王蒙极为相似甚至相同。从《王蒙自传·半生多事》中可以认证，《猴儿与少年》的故事正是来源于王蒙生命中的一段真实经历：即二十世纪50年代末到60年代初，王蒙被下放到京郊门头沟区斋堂公社桑峪生产队和后来的一担石沟与三乐庄的生活经历为原型的。不过我觉得，施炳炎与王蒙还是不完全一样的，王蒙≥施炳炎。王蒙作为施炳炎追述往事的倾听者，实际上也是叙述者，品鉴者，审视者，对话者。从读者接受的角度看，王蒙作为一个大体量的作家、睿智饱学的学者，他与施炳炎的对话，自然有着思想的广度和认识的深度。因此，我不赞同简单地把《猴儿与少年》看作是"《青春万岁》的回响"的说法。《猴儿与少年》不仅仅是激情的歌、青春的歌、火红年代的歌，而且更是对历史、现实乃至未来的省思审视之作，在作品中作为哲人的王蒙的另一面——"冷峻理性的自我"时时闪现。施炳炎的"七个我"——倒霉蛋、革命人、被责难者、自适应者、天真乐观者、时代见证者记录员、文学人，实则是王蒙对"自我"审视以及对"自我审视"的审视。借用库利的镜像效应理论来看，王蒙的手里拿的不是一面镜子，而是多面多维的镜子。在不同的镜子里映照出不同的"自我""自我的自我"，以致无穷，王蒙将其叫作"长廊效应"。施炳炎一方面被单位领导宣布为"另类分子"，另一方面在少年侯长友的眼里却是一个"思想非常好的，绝对的好人"；一方面他不断遭到举报，另一方面他也得到了老革命老英雄侯东平在物质与精神上的双重慰藉而无声痛哭。如何看待自己亲身经历过的那段历史，这对王蒙来说，在情感与理智之间的龃龉和悖反是明显存在的，这在他的《活动变人形》、"季节系列"等小说中都有互文（有趣的是，在这两部作品中，倪藻与王蒙；钱文、王模楷与王蒙都曾经是"真假宝玉"）。如今在人生的耄耋和鲐背之年，王蒙回首往事，可以更加自信与从容地站在岁月的峰峦上观照历史，他试图以全景式的大历史观来审视过往。那些带着火热温度的激情岁月，令他迷恋、迷狂、晕眩，但同样也伴随着哀伤，沉重的代价，乃至荒唐。在《猴儿与少年》中，王蒙一如既往地专注于大时代，大历史，他既关注到了历史大趋势、大走向，同时也关注到历史的褶皱，历史中的个体的命运。在历史踏踏前行的脚步声中，猴儿三少的诡异"自缢"，"核桃少年"侯长友的扑朔迷离的出身与"精神疾病"，犹如交响乐中的多声部回环复沓旋律。还有那个差点被枪毙的"军统特务"医生侯守堂的离奇出走与最终叶落归根，魂回故乡，其人生的传奇和命运的跌宕，都令人叹为观止，扼腕唏嘘。然而，大江东去，千古风流，往者已矣，壮心犹烈，真真是青山遮不住，毕竟东流去；天若有情天亦老，人间正道是沧桑！

可见，施炳炎与王蒙互为镜像的设置，增加了小说的混沌感、立体感和浊重度，也拓宽了小说的对话与互文的场域。王蒙不仅与施炳炎对话，也在与历史、现实乃至未来对话。时间飞速前行，不舍昼夜；一切都在飞跃，一切也在连续性中断，"生活飞跃，前所未有，千年变局，稳如泰山。"王蒙在《猴儿与少年》中的既滔滔不绝，又欲说还休，铸就了小说汪洋恣肆、一泻千里，同时又混沌醇厚、朦胧多义的语体风韵。

2022年1月8日于石家庄

原载《光明日报》2022年1月19日文艺评论周刊

论文后记

写完论文初稿，已经是三月初了。北京虽然仍旧笼罩在冬日的寒风中，但校园垂柳的柳丝上已经泛出隐隐的春意。我走在校园熟悉的林荫路上，回想自己在北师大六年的求学生涯，不禁百感交集、思绪万千。上个世纪九十年代初，我曾经在这里学习；新世纪的第一个年头，在工作了数年之后，我重返母校，师从童庆炳先生攻读文艺学博士学位，当时的心情既感欣慰又十分惶恐。童先生是著名的文学理论家，久闻先生对学生要求严格，因此，生怕自己的愚笨有辱师门。三年来潜心苦读不敢怠慢，只见头发日渐稀少，两鬓也早生华发。好在论文完成了，但心情仍不觉轻松。

近些年来，我的学术兴趣主要在当代小说批评上。在这一领域，许多前贤和同人已经做出了不凡的成绩，但我也感到有些研究文章缺乏必要的理论准备，甚至今天说东、明日说西，没有应有的理论品质。我尽管早就意识到这种问题，却也生怕蹈人覆辙，这是我由现当代文学转向文艺学的主要原因。我常常钦慕于海德格尔对荷尔德林、里尔克诗作的批评，以及巴赫金对陀思妥耶夫斯基的研究，他们深厚的理论原创性，对问题的独到发现，都成为我不可企及的遥远的榜样。不过，理论也不是万能的，只有活生生的创作实际才是常青的。理论既来源于书本，更来源于创作实际，只有与创作实际高度契合的理论才是最好的理论。因此，我们的研究不应该从既定的理论观念出发，而应该从作家的创作实际出发。正像童庆炳先生常常教导的那样，"优良学风在过程中"，首先必须深入到研究对象里面，在细读中发现问题，这一过程就要采取"无我"的客观的态度，"万万不可根据自己的先入之见，各取所需，导致研究失去客观性"；然后还要出乎其外，出乎其外，就是要与研究对象拉开距离，这样才能"从社会历史文化语境中来考察资料"，"才能站在一定的角度，形成观察对象的视野"，这时候你才有可能"提出某种理论学术假设"，这一个过程是"有我"的过程，即你将提出你研究要着力阐发的观念，其"研究的本质是创新"；第三步则还要再走进去，对材料加以处理，去粗存精，去伪存真，通过摆事实讲道理，来充分论证你的理论和思想。童先生把这种研究过程称为"进—出—进"的方式。童先生常常要求我们要认真对待前人的理论成果，首先要照着说，然后才能接着说，甚至反着说，照着说的目的是接着说或反着说，这也就是在提倡创造性。童先生特别强调创造性，他强调指出："我们做学问最终的目标不是收获资料，而是收获真理。"近几年来，童先生致力于提倡"文化诗学"，就是希望理论为创作实际服务，并从创作实际中升发出自己的理论和思想来。本论文的指导思想是"从文本中来，到文化中去"，就是尝试通过这种批评实践，摸索出一种新的批评范式来。这实际上是在努力实践童先生的这一思想。总之，三年来，我从童先生这里得益甚多，不仅是他的严谨的治学精神，还有治学的方法论，这将使我受益终生。

在论文的写作过程中，无论从选题还是具体的写作进程，直到最后完成，无不是在童先生的悉心指导下进行的。如果没有先生的指点迷津和热情鼓励，论文的完成是不可思议的。记得当初童先生建议我研究王蒙，我心里的确很犯嘀咕，不是我不愿意研究王蒙，实际上研究王蒙一直是我的夙愿，但王蒙的复杂多产却让我望而却步，我担心自己的学养无法全面把握王蒙。但童先生却坚定地说："你一定能写好的。"先生的信任和鼓励使我备受鼓舞，我全力以赴一头扎进王蒙研究中去了，并逐渐读出了自己的心得。当我将自己的心得说给先生时，他高兴地说："好，好，你已经读进去了，读进去就会有收获。"为了使论文写作掌握第一手资料，童先生在寒风刺骨的冬日带我去拜访王蒙先生的情景，我将终生难忘。论文写作过程中不断遇到难题和困惑，童先生即时点拨，总能使我豁然开朗、受益匪浅。童先生对王蒙也颇有研究，曾写过不少研究文章，因此先生的指导总是有的放矢、发人深省。初稿完成后，童先生又认真批阅，提出了许多宝贵的修改意见，论文成为目前的样子，肯定与先生的要求还有距离，只能有待日后再继续完善了。总之，对童先生的感激之情是难于用语言表达的，今后只能倍加努力，以更优异的成绩来报答师恩。

北师大文艺学中心是一个人才济济的学术集体，在这里我深深感受到了什么叫"学问"。在我的论文写作过程中，我得到了程正民先生、李春青先生的热心指导，在我向他们请教的时候，他们总是诲人不倦，对我的论文写作给予很大的帮助。王一川先生也是王蒙研究的专家，在写作中他的著作和文章是我的重要参考文献，他的热情鼓励对我的帮助尤为巨大。首都师范大学的陶东风教授在我的论文写作过程中，慨然赠阅资料，并提出很好的意见。另外蒋原伦先生、李壮鹰先生、马新国先生、曹卫东博士、季广茂博士、赵勇博士、陈雪虎博士、陈太胜博士也都给予我的写作以不同程度的帮助，在此谨表谢意。

读书是艰苦的，但也充满乐趣。特别是同我的师兄师弟师妹们在一起的日子，这种快乐就尤为令人怀念。师兄王柯平的宽厚平和与睿智的点拨都对我的论文写作充满智性的启迪，师弟们姚爱斌、魏鹏举、李茂民、石天强、陆道夫、苗遂奇以及赵敏、尹民、叶涛、孟庆澍、高俊林等，是天天吃住在一起的兄弟，他们往往是我论文的第一听众，他们宝贵的意见使我受益匪浅。师妹们吴晓峰、孙丹虹、吴燕、孙萌也以不同的方式对我的写作给予帮助。下一届的师弟师妹耿波、吉新宏、杨红莉、白春香、杜霞也对我的写作提出过建设性意见。杨红莉女士还曾无私地帮助我收集有关材料，并提出建设性意见，在此深表谢意。新疆师范大学教授朱玉麒博士慨然将自己珍藏的王蒙书籍馈赠于我，解除了我寻书的烦恼。

我的读硕士时的导师们蔡渝嘉先生、刘锡庆先生、李复威先生、杨聚臣先生，是他们引导我走上学术之路，特别是蔡渝嘉先生，直到今天仍关注着我的生活和学习，她的慈母般的关怀我将永志不忘。还要感谢章景琪先生，他的无私帮助和对我论文写作的关心都使我深受感动。

感谢王蒙先生在百忙中两次接受我的采访，并惠赠作品，对我的写作具有决定性的帮助。感谢《文艺报》的王山先生、刘颋女士，他们为我寻找资料使我的写作得于顺利进行。我的论文的部分章节已在《文学评论》、《文艺争鸣》、《海南师范学院学报》（社科）、《河北师范大学学报》（社科）等杂志发表，因此要感谢《文学评论》的董之林博士、吴子林博士，《文艺争鸣》杂志的朱竞女士，《海南师范学院学报》的毕光明教授，《河北师范大学学报》的李靖女士。

还要感谢河北师范大学文学院院长邢建昌博士，在我三年的读书生活中，邢院长曾给予很多的帮助与鼓励。我的同事和朋友陈超教授、崔志远教授、张俊才教授、马云教授、李锡龙教授都曾给予我精神上的鼓励。感谢我在河北师范大学的硕士生李丹、柳靖、崔喆、李娜、甄成、王国杰，他们对我的求学予以理解，并顺利圆满地完成自己的学业，也给我以极大的鼓励。

最后，我要感谢我的妻子王红女士，在我六七年的北京求学生涯中，她默默地无怨无悔地承担了照顾儿子教育儿子以及全部家务劳动，还要承担繁重的本职工作，没有她的支持和帮助，我的论文写作是不可能顺利进行的。我曾经几次答应儿子去海滨看海，但几次都因学习工作的繁忙而不能成行，对儿子我深感歉意。

我将永远怀念我的老母。2003年5月3日，在"非典"肆虐的日子里，老母由于牵挂远在北京的我，不幸突发脑出血溘然长逝，我竟未来得及见她最后一面，成了我终生的遗憾。我在2002年写的一篇惦念老母的散文《牵挂》竟成为对老母的奠文。今天我要将我的论文献给她，聊以弥补我的遗憾。

郭宝亮谨记于北京师范大学13楼419室

2004年4月12日

跋

本书是我的博士学位论文。它能这么快面世，使我感到欣慰的同时又有几分惴惴不安，总觉得还有许多不如意的地方，可眼睁睁地又不知道如何再去修改。丑媳妇总要见公婆，也只好就这样让它面世了。

回想今年5月14日的那场持续了五个多小时的博士论文答辩会，答辩委员会诸位评委先生们兢兢业业、严肃求真的工作精神，至今仍使我感动不已。以北京大学中文系教授严家炎先生为主席，以中国社会科学院文学所研究员何西来先生、《文学评论》杂志社编审董之林博士、北京大学中文系教授陈晓明博士、首都师范大学文学院教授陶东风博士、北京师范大学文学院教授王一川博士、张健博士为委员的答辩委员会，对我的论文进行了严肃认真的评议和提问，并给予很高的评价，提出了许多宝贵而中肯的意见，本书正是根据这些专家的意见，做了一定的修改充实。

感谢王蒙先生在百忙中欣然前来旁听，由于他的到来也使这场博士论文答辩会显得别开生面。感谢北京大学中文系教授曹文轩先生对我的论文的评议，他不顾外出旅途的劳顿，对我的论文进行了认真的评价，并提出宝贵意见。感谢我的导师童庆炳先生在百忙中为本书作序。学生虽然离开了校园，但先生始终关注着学生的学习科研乃至工作情况，因此，感谢二字是难于言表的。还要感谢北京师范大学文艺学研究中心"文艺学与文化研究"丛书编委会将本书纳入丛书出版。感谢北京大学出版社责任编辑张雅秋博士为本书顺利出版所付出的辛勤劳动。我昔日的学生付艳霞博士不辞劳苦校对了书稿全文，并提出宝贵意见，在此也一并致以谢忱。

是为记。

郭宝亮

2004年10月8日凌晨记于石家庄

增订版后记

2006年1月，我的博士学位论文《王蒙小说文体研究》，纳入我的导师童庆炳先生主编的"文艺学与文化研究丛书"，由北京大学出版社出版，迄今已近十八年了。论文出版后，在学术界产生了较大的反响。好像是2014年的一次会议上见到责编张雅秋博士，她告诉我，本书2007年3月又加印一次，将近八千册，现在库存还有五百来本，过了没几个月我向出版社购书，书已经售罄。作为一本学术著作，这样的销量也算可以。然而，还是有朋友和学生不断来索书，我的手头也只剩下一本了。

2014年初，北京师范大学文学院的李怡兄约我拿出一本书，编入由他主编的"人民共和国文化与文学丛书"，交由台湾的花木兰文化出版社出版。恰好《王蒙小说文体研究》的出版合同已经到期，便将此书按原样拿出来，又把近些年写的有关王蒙作品的研究文章作为附录增订为一册，故曰增订版。花木兰的书印得很精美，我也把它送给朋友和学生们了，但友人、学生们反映阅读起来还是不大方便，便有人建议我再版简体版的增订本。特别是王蒙先生虽已是耄耋老人，可创作激情仍如少年，且数量品质俱佳，这业已成为文坛奇观。这些年来，我跟踪研究老先生的文章加起来也有十几万字了，遂决定出版新的增订本。增订的内容作为附录收在该书里。这些文章均在《河北日报》《文艺报》《当代作家评论》《文艺争鸣》《小说评论》《光明日报》《华中学术》等杂志发表。感谢崔立秋先生、刘颋女士、林建法先生、韩春燕女士、李国平先生、王双龙先生、王国平先生，也感谢李怡教授的盛情邀约。感谢人民文学出版社的付如初博士为此书的再度出版所付出的辛勤劳动，也感谢河北师范大学文学院的支持。

是为记。

郭宝亮

2023年3月21日于石门